Tucholsky Wagner Zola Scott Sydow Schlegel
Turgenev Wallace Fonatne Freud
Twain Walther von der Vogelweide Fouqué Friedrich II. von Preußen
Weber Freiligrath
Frey
Fechner Fichte Weiße Rose von Fallersleben Kant Ernst Frommel
Richthofen
Hölderlin
Engels Fielding
Fehrs Eichendorff Tacitus Dumas
Faber Flaubert
Eliasberg Ebner Eschenbach
Maximilian I. von Habsburg Fock Zweig
Feuerbach Eliot
Ewald Vergil
Goethe London
Elisabeth von Österreich
Mendelssohn Balzac Shakespeare Ganghofer
Dostojewski
Lichtenberg Rathenau
Trackl Stevenson Doyle Gjellerup
Hambruch
Tolstoi
Mommsen Lenz
Thoma Hanrieder Droste-Hülshoff
von Arnim
Dach Verne Hägele Hauff Humboldt
Reuter
Karrillon Rousseau Hagen Hauptmann
Garschin Gautier
Defoe Baudelaire
Damaschke Hebbel
Descartes
Hegel Kussmaul Herder
Wolfram von Eschenbach Schopenhauer
Dickens
Darwin Rilke George
Bronner Melville Grimm Jerome
Bebel
Campe Horváth Aristoteles Proust
Voltaire Federer
Bismarck Vigny Barlach Herodot
Gengenbach Heine
Storm Casanova Tersteegen Grillparzer Georgy
Lessing Gilm
Chamberlain Langbein
Gryphius
Brentano
Lafontaine
Strachwitz Claudius Schiller Kralik Iffland Sokrates
Schilling
Bellamy
Katharina II. von Rußland
Gerstäcker Raabe Gibbon Tschechow
Löns Hesse Hoffmann Gogol Wilde Vulpius
Gleim
Luther Heym Hofmannsthal Morgenstern
Klee Hölty Goedicke
Roth Heyse Klopstock Kleist
Homer
Luxemburg Puschkin Mörike
La Roche Horaz Musil
Machiavelli
Kierkegaard Kraft Kraus
Navarra Aurel Musset
Kind Moltke
Lamprecht Kirchhoff Hugo
Nestroy Marie de France
Laotse Ipsen Liebknecht
Nietzsche Nansen
Marx Ringelnatz
Lassalle Gorki Klett
von Ossietzky Leibniz
May
vom Stein Lawrence Irving
Petalozzi
Platon Knigge
Pückler Michelangelo
Sachs
Poe
de Sade Praetorius Mistral

D1653537

Der Verlag tredition aus Hamburg veröffentlicht in der Reihe **TREDITION CLASSICS** Werke aus mehr als zwei Jahrtausenden. Diese waren zu einem Großteil vergriffen oder nur noch antiquarisch erhältlich.

Symbolfigur für **TREDITION CLASSICS** ist Johannes Gutenberg (1400 — 1468), der Erfinder des Buchdrucks mit Metalllettern und der Druckerpresse.

Mit der Buchreihe **TREDITION CLASSICS** verfolgt tredition das Ziel, tausende Klassiker der Weltliteratur verschiedener Sprachen wieder als gedruckte Bücher aufzulegen – und das weltweit!

Die Buchreihe dient zur Bewahrung der Literatur und Förderung der Kultur. Sie trägt so dazu bei, dass viele tausend Werke nicht in Vergessenheit geraten.

Jugenderinnerungen und Bekenntnisse. Autobiographie

Paul Heyse

Impressum

Autor: Paul Heyse
Umschlagkonzept: toepferschumann, Berlin

Verlag: tredition GmbH, Hamburg
ISBN: 978-3-8424-9065-9
Printed in Germany

Rechtlicher Hinweis:
Alle Werke sind nach unserem besten Wissen gemeinfrei und unterliegen damit nicht mehr dem Urheberrecht.

Ziel der TREDITION CLASSICS ist es, tausende deutsch- und fremdsprachige Klassiker wieder in Buchform verfügbar zu machen. Die Werke wurden eingescannt und digitalisiert. Dadurch können etwaige Fehler nicht komplett ausgeschlossen werden. Unsere Kooperationspartner und wir von tredition versuchen, die Werke bestmöglich zu bearbeiten. Sollten Sie trotzdem einen Fehler finden, bitten wir diesen zu entschuldigen. Die Rechtschreibung der Originalausgabe wurde unverändert übernommen. Daher können sich hinsichtlich der Schreibweise Widersprüche zu der heutigen Rechtschreibung ergeben.

Text der Originalausgabe

Paul Heyse

Jugenderinnerungen und Bekenntnisse

(1900)

1. Mein Elternhaus.

Wenn es für ein Findelkind ein erhebendes Gefühl ist, sich selbständig durch die Welt geschlagen zu haben, so hat doch das Bewußtsein, einem edlen Stamm wackerer Vorfahren entsprossen zu sein, einen höheren Wert, in dem Maße, als dankbare Pietät das kühle Selbstgefühl, niemand als sich selbst für sein Leben verpflichtet zu sein, an wärmender und beglückender Kraft überwiegt.

Freilich legt ja auch der Vorzug, trefflicher Eltern sich rühmen zu dürfen, dem Sohne Pflichten auf, die kein Ausruhen auf ererbten Lorbeeren gestatten, und mein Oberlehrer in der Quinta des Gymnasiums wußte, was er tat, als er mir in mein Schülerstammbuch (auf griechisch, das ich damals noch nicht verstand) die homerische Mahnung schrieb:

> Immer der erste zu sein und vorzustreben den andern,
> Ehre zu machen der Väter Geschlecht.

In mir aber war der Familiensinn, der allen Heyses im Blute liegt, noch besonders genährt worden, da ich zu dem stattlichen Bilde meines Großvaters in unserer Wohnstube von früh an mit Ehrfurcht aufblicken lernte. Auch von den Brüdern meines Vaters, dem Petersburger Großkaufmann *Ludwig*[1] , Onkel *Theodor* in Italien, dem

---

[1] Dieser Onkel vor allen, ein warmherziger Mann von großem Zuschnitt, ließ es sich angelegen sein, auch in den entfernteren Zweigen der Familie das Gefühl der Zusammengehörigkeit wach zu erhalten. Im Jahre 1842 berief er einen Familienkongreß aller Heyses mit y - die sich mit i schreiben, haben wir nie als Stammverwandte anerkannt - nach Magdeburg, wo damals noch die zweite Frau meines Großvaters lebte, eine ehemalige Lehrerin an der Töchterschule, die nach dem Tode ihres Gatten noch ein Mädchenpensionat hielt. Da kamen zweiunddreißig Heyses, verschiedene halbverschollene Vettern, Landpfarrer und Landschullehrer, auf des Onkels Kosten mit ihren Frauen herbei, ärmliche Leutchen, sehr unbeholfen und verlegen, sich plötzlich in einem so großen Verwandtenkreise zu finden. Sie tauten dann aber auf, als bei dem solennen Festmahl im ersten Gasthof der Stadt der Champagner schäumte, den sie früher kaum je zu kosten bekommen hatten, und der Festgeber in seiner gütigen Art freute sich, ihnen einmal einen sonnigen Tag verschafft zu haben. Derselbe Onkel hatte auch den Kindern aus seinen beiden Ehen - er hatte nach dem Tode der ersten Frau ihre Schwester geheiratet - die Namen seiner eigenen Geschwister gegeben.

großen Griechen und Catullübersetzer, und dem Onkel *Gustav* in Aschersleben, der erst Bergmann, dann bis an sein Ende an der dortigen Realschule ein hochverehrter Lehrer war, von ihnen allen erfuhr ich, daß sie dem Geschlecht der Väter Ehre machten. Vor allem aber sah ich schon in der helldunklen Knabenzeit im eigenen Vater ein Vorbild alles Edlen und Guten, Selbstlosigkeit mit schlichtem Selbstgefühl gepaart und die Pflichttreue, mit der er eine große, ihm vom Vater überkommene Arbeitslast lebenslang auf Kosten seiner Gesundheit und eigener Lieblingsaufgaben trug. Höher hinauf erstreckte sich meine genealogische Kenntnis damals nicht, und es fehlte mir auch die historische Neugier, in den Wipfel unseres Stammbaums hinaufzuklettern. Erst später erfuhr ich, daß wir unser Geschlecht bis auf einen Johann Heinrich Heyse zurückführen können, der während des Dreißigjährigen Krieges als Landwirt in Lipprechtsrode bei Bleicherode lebte und im Jahre 1683 starb. Nach ihm kam ein Johann Adam, geboren 1669, gestorben in Nordhausen als Ädituus und Schullehrer am Frauenberge. Sein Sohn Johann Georg, der Theologie und Philosophie studiert hatte, folgte dem Vater in dessen Ämtern, war auch als Organist an der Frauenberger Kirche angestellt und starb 1784.

Dessen Sohn, Johann Christian August, 1764 in Nordhausen geboren, war mein Großvater. Auch er hatte Theologie und Philosophie studiert, dann aber in Oldenburg eine Mädchenschule gegründet und später seinen Wohnsitz in Magdeburg genommen, wo er 1829 als Direktor der dortigen höheren Töchterschule starb.

In Oldenburg war ihm sein ältester Sohn, *Karl* Wilhelm Ludwig, mein Vater, am 15. Oktober 1797 geboren worden. So bin ich also nur von der Mutter Seite ein richtiges Berliner Kind, da sie am 12. Januar 1788 als die jüngste Tochter des königlich preußischen Hofjuweliers, des »Hofjuden« Salomon Jakob Salomon und dessen Ehefrau Helene, geborenen Meyer (gestorben 1811) zur Welt kam. Fünf Geschwister, zwei Brüder und drei Schwestern, gingen ihr voran, sämtlich von der Natur glücklich ausgestattet mit lebhaftem Geist und einem schönen Äußeren, wie man es in gewissen aristokratischen jüdischen Familien findet. Nur die Züge des ältesten Bruders, Simon, und einer der Töchter, Klara, erinnerten an den bekannten semitischen Typus. Den anderen war ihre Abstammung nicht an den feinen geraden Nasen zu lesen, so wenig wie an den großen blauen Augen unter breitgeschwungenen Lidern. Keines der Kinder jedoch soll, wie ich Mutter und Tanten oft versichern hörte, ihrer eigenen Mutter an Schönheit gleichgekommen sein, wofür freilich zwei treffliche Miniaturbilder, die sie als alte Frau von stark ausgesprochenen orientalischen Zügen mit üppigem grauem Haar, kohlschwarzen Augen und blendend weißer Büste darstellen, nur ein unvollkommenes Zeugnis ablegen.

Von der Anmut aber der jüngsten Tochter Karoline Marie Helene Henriette *Julie* gibt ein schönes Pastellbild etwa aus ihrem zwanzigsten oder einundzwanzigsten Jahre eine hinlängliche Vorstellung, die ich freilich aus eigener Erinnerung nicht zu bestätigen vermag, da meine Mutter, als sie mich zur Welt brachte, schon das zweiundvierzigste Jahr erreicht hatte. Auch war jener Jugendreiz schon früh durch einen schmerzlichen Unfall in der Blüte versehrt worden. Eine Blatternepidemie brach in der Stadt aus, und die vorsichtigen Eltern auch unter der jüdischen Gesellschaft ließen ihre Kinder impfen. Nur die jüngste Enkelin, ihren Liebling, wollte meine alte Großmutter, noch ganz im Vorurteil gegen dies neue Schutzmittel befangen, der Impfung nicht aussetzen. Die Folge war, daß meine Mutter allein von der Krankheit befallen wurde, wobei eine Blatter sich auf das rechte Auge setzte. Ein berühmter Arzt tröstete die Eltern, es sei mit einem leichten Eingriff zu helfen, Tag und Stunde der Operation wurden festgesetzt, ein paar Assistenzärzte waren zur Stelle, man wartete und wartete, der alte Arzt wollte nicht kommen. Einer seiner jüngeren Kollegen erbot sich, um das junge Fräulein nicht länger in der bangen Spannung zu lassen, die geringfügige Operation der Entfernung des kleinen Häutchens sogleich vorzunehmen, war aber so unbeholfen, daß er zu tief schnitt. In demselben Augenblick trat der Erwartete herein, das Auge aber war verloren.

An dieses Unglück hat sich eine Legende geknüpft, der ich nur in einigen Zeitschriften, niemals in Erzählungen meiner Familie begegnet bin. Das arme Kind habe, um den Verlust zu verbergen, ein künstliches Auge getragen, das so täuschend dem lebendigen geglichen, daß ein junger Mann, der sich früher um eine der älteren Schwestern beworben, nun der jüngsten seine Neigung zuwandte. Als diese es inne geworden, habe sie sofort auf die Täuschung verzichtet, um dem Glück der Schwester nicht im Wege zu stehen.

Seitdem trug sie über der leeren Augenhöhle eine schmale Locke aus ihrem schwarzen Stirnhaar, die durch ein Sammetband darauf festgehalten wurde.

Was an diesem heroischen Geschichtchen Wahres sein mag, weiß ich, wie gesagt, nicht zu entscheiden. Doch würde es durchaus der Gemütsart meiner Mutter entsprochen haben, die von weiblicher Eitelkeit völlig frei war, wie sie auch mit ihren geistigen Gaben nie zu prunken suchte und über ihr Mißgeschick sich selbst mit Humor zu trösten pflegte, indem sie von ihrem »Einspänner« sprach, mit dem sie dennoch den rechten Weg durchs Leben zu finden wisse.

Und in der Tat hat sie, dank der unverwüstlichen Frische und Liebenswürdigkeit ihres Naturells, ihr ganzes Leben lang so viel Liebe und Freundschaft genossen, daß sie jenen Verlust wohl verschmerzen konnte.

Sie war ohne Frage unter den vier Schwestern die begabteste, wenn sie auch an regelmäßiger Bildung ihnen nicht überlegen war, sondern sich nur auf eigene Hand aneignete, was ihre geistigen Bedürfnisse befriedigte. Wie sie und ihre Geschwister erzogen wurden, habe ich die Mutter leider nie gefragt. Ich zweifle aber, daß sie je eine Schule besucht und auch nur im Hause einen regelmäßigen Unterricht genossen haben. In Französisch, Tanzen, Singen, feinen Handarbeiten hat man sie wohl ziemlich zwanglos unterrichtet und es ihnen selbst überlassen, sich nach Belieben weiterzubilden. Sie waren aber alle sprachenkundig, sprachen geläufig Französisch und Englisch, und die zeitgenössischen Literaturen blieben ihnen, die mit den Kreisen der Rahel und Henriette Herz in Verkehr standen, ebensowenig fremd, wie die Werke unserer Klassiker, deren Zeitgenossinnen sie noch eine gute Weile waren. Ich bewahre noch ein Gedicht Goethes (»Herz, mein Herz, was soll das geben«) in der englischen Übersetzung meiner Mutter. In ihrer Bibliothek fanden sich sämtliche Werke Shakespeares, Byrons, Moores, Walter Scotts in englischen Originalausgaben, und die erste Anregung, englisch zu lernen, verdanke ich den Stunden, in denen ich, zuerst ohne ein Wort zu verstehen, nur um die Aussprache zu lernen, meiner Mutter den ganzen Quentin Durward vorlesen mußte, bis ich nach und nach ratend und nach einzelnem fragend auch in den Sinn des Gelesenen eindrang.

*

Wann und unter welchen Umständen die sechs Geschwister zum Christentum übertraten und ihren jüdischen Namen Salomon gegen den nicht allzu christlichen Saaling vertauschten, wüßte ich nicht anzugeben, so wenig wie, wer die Paten waren, die meiner Mutter zu ihrem Rufnamen *Julie* die übrigen Namen gaben. Von dem nicht übergroßen Reichtum des Vaters war, da das Erbe in sechs Teile ging, auf das einzelne Kind nur ein mäßiger Anteil und einiges an Juwelen gekommen, immerhin genug, daß die Geschwister sorgenfrei leben konnten. Der älteste Bruder starb, noch ehe ich geboren wurde. Der zweite, *Louis* Saaling, brachte es in kaufmännischen Stellungen zu einem etwas ansehnlicheren Vermögen, das er sorgfältig durch eine wunderliche Sparsamkeit zu vermehren suchte. Während er eine offene Hand hatte, wo es galt, seinen Schwestern oder guten Freunden Liebes zu erweisen, kehrte er unter anderem die Kuverte empfangener Briefe um, sie zu den Antworten zu benutzen, kaufte auf einmal mehrere Dutzend Ausschußhandschuhe und rauchte Zigarren, die sein nicht eben verwöhnter Neffe standhaft verschmähte. Dabei war er ein weichherziger, heiterer, allgemein beliebter Mann, der es zu hohen Jahren brachte und bis zuletzt die drei steilen Treppen seiner Wohnung an der Schönen Aussicht in Frankfurt a. M. nachts hinaufstieg, nachdem er in der Ressource stundenlang dem Kartenspiel der anderen zugesehen hatte.

Noch steht der gute Onkel Louis vor mir, die hohe, wohlproportionierte Gestalt bis in seine achtziger Jahre ungebeugt, in einem langen blauen Rock, dessen Schöße tief hinab über die Nankingbeinkleider fielen, die Schuhe mit Gamaschen verwahrt, auf dem Haupte den grauen Zylinder, unter dem das glattrasierte regelmäßige Gesicht mit freundlichklugen blauen Augen durch die goldene Brille hervorsah, das Kinn in eine handbreite schwarze oder buntleinene Krawatte eingetaucht. So erschien er alljährlich zur Sommerfrische in Baden-Baden, wo er in jede Bude eintrat, um an die Verkäuferinnen galante Scherze zu richten, ohne je etwas zu kaufen. Er gehörte zu den stehenden Figuren des Orts, und man lachte freundlich über seine eben so stehend gewordenen Witzworte.

Mir, der ich oft in seinem Hause dort zu Gast war, bewies er das herzlichste Wohlwollen, bis ich die Tochter Franz Kuglers heimführte, während er selbst mir eine reiche Erbin zugedacht hatte. Er vergoß Tränen über diese törichte Verbindung, als er zu meiner Hochzeit nach Berlin kam, und seitdem erhielt ich auf alle Briefe, in denen ich die Geburt meiner Kinder oder andere wichtige Neuigkeiten anzeigte, nur eine Bescheinigung des Empfangs mit ein paar freundlich-kühlen Zeilen - in einem umgewendeten Kuvert.

Und doch hatte auch er, da er sich zu heiraten entschloß - in schon etwas vorgerückten Jahren, doch immer noch ein ansehnlicher Freier - bei seiner Erwählten nicht auf goldene Schätze gesehen, sondern die Tochter eines armen Landarztes zu seiner Frau gemacht, die bei seiner ältesten Schwester *Marianne* als Zofe im Dienst gestanden hatte. Sie war weder schön noch sonderlich gebildet, er aber folgte seinem Herzen, das ihn auch nicht betrog, und hatte es dieser Heirat wegen auf ein langes Zerwürfnis mit zwei anderen seiner Schwestern ankommen lassen, die ihm eine »ebenbürtige« Gattin gewünscht hatten und sich weigerten, die ehemalige »Dienstmagd« als Glied ihrer Familie zu betrachten. Erst als die Frankfurter Schwester, verwitwet und einsam geworden, von langem Siechtum heimgesucht wurde, kam eine Versöhnung zustande; denn Tante *Emilie* widmete sich der früheren Gegnerin mit so aufopfernder Treue, daß diese ihr tausendmal alles Unholde, was sie ihr angetan, abbat.

Daß dies so spät geschah, war begreiflich, wenn auch nicht verzeihlich. Diese Frankfurter Schwester meiner Mutter, Tante *Klärchen*, ihrer Mutter wohl von allen Geschwistern die ähnlichste, da sie dieselben großen, schwarzen Augen und den üppigen Wuchs hatte, war an einen reichen Frankfurter Bankier *Herz* verheiratet, einen großen, stattlichen, jovialen Mann, an den sich meine früheste Kindererinnerung knüpft. Ich war in meinem dritten Jahr mit den Eltern nach Frankfurt gekommen, wo der Onkel sich nicht zu gut hielt, meinen Spielkameraden zu machen. Er trug mich auf seinem breiten Nacken im Galopp den langen Korridor hinauf und hinab, und wir rasteten von dem Ritt gewöhnlich in einer Speisekammer, wo allerlei süße Vorräte aufgespeichert waren. Ich durfte aber von einer gewissen Himbeermarmelade erst naschen, wenn ich »Esel asinus« gesagt hatte, vielleicht das einzige Latein, über das der Onkel gebot, jedenfalls das erste, das über meine Zunge kam und sich mir mit Hilfe des süßen mnemotechnischen Mittels tief einprägte.

In diesem vornehmen jüdischen Hause aber verkehrte nicht nur die Frankfurter Geldaristokratie, sondern auch die Blüte der Bundestagsgesellschaft, durch den Glanz der Empfangsabende, Bälle und Diners, die Liebenswürdigkeit der Hausfrau und die Schönheit der Töchter angezogen. Die älteste, Adelheid, heiratete einen Rothschild, die zweite und schönste, Helene, einen Attaché der französischen Gesandtschaft, Graf Salignac de Fénélon, die dritte, Marianne, einen Baron von Haber. Es war kein Wunder, daß Frau Klara Herz die Vermählung ihres Bruders mit einer armen, zum Dienen genötigten Landarzttochter für eine Mesalliance hielt, zu der sie ihre Zustimmung nicht geben könne. Sie hatte vergessen, daß sie von einem Vater abstammte, den der Hofmarschall, wenn er ihm schriftlich eine Bestellung zu machen hatte, mit »Lieber Jude!« anzureden pflegte.

Die andere Schwester, die sich unversöhnlich zeigte, Tante *Regine*, lebte in Wien, in den Kreisen der dortigen jüdischen Aristokratie, der Arnstein und Eskeles. Sie hatte früh eine Ehe geschlossen, die unglücklich war und bald wieder aufgelöst wurde. Seitdem hatte sie sich als geistreiche Frau etabliert und unter dem Namen Regina Frohberg verschiedene Romane verfaßt, die das Leben der höheren österreichischen Gesellschaft zu schildern suchten, ohne das geringste Talent und mit so wenig Erfindungsgabe, daß es ein Rätsel war, wie diese armseligen Produkte einen Verleger finden konnten. Indessen wußte sie ihrem »Salon« doch eine Anzahl treuer Bewunderer und Hausfreunde zu erhalten, zumal sie in jüngeren Jahren mit ihrem feinen, zierlichen Gesicht und ihrer Weltgewandtheit eine anziehende Erscheinung gewesen sein muß. Ich lernte sie kennen, als ein beginnender Star sie nach Berlin führte, um die Hilfe des berühmten Jüngken in Anspruch zu nehmen. Sie wohnte da einige Monate im Erdgeschoß unseres Hauses, und ich entsinne mich noch, wie betroffen ich war, als ich - ein dreizehn- oder vierzehnjähriger Knabe - die Wiener Tante in ihrem halbverdunkelten Zimmer begrüßte. wo sie in großer Toilette mit weißen Glacéhandschuhen den ganzen Tag wie ein geputztes Götzenbildchen saß und sich von ihrer dicken, blatternarbigen steiermärkischen Zofe den Tee bereiten ließ.

*

Daß die geschminkte und gepuderte Salondame von der kleinbürgerlichen Schwägerin nichts wissen wollte, konnte der Bruder leicht verschmerzen. Blieben doch seine beiden Lieblingsschwestern auf seiner Seite, meine Mutter und die älteste Schwester Marianne, in deren Hause er seine Lebensgefährtin gefunden hatte.

Von dieser meiner Tante *Marianne Saaling* ist vielfach in Büchern, die die Zeit des Wiener Kongresses schildern, die Rede gewesen. Sie hatte damals in Wien durch ihre hohe Schönheit eine glänzende Rolle gespielt, Könige und Fürsten hatten ihr gehuldigt, ein alter portugiesischer Herzog sich mit ihr verlobt. Er starb, ehe sie die Seine geworden war, aber der Nachglanz dieses Erlebnisses und der Wiener Triumphe verbreitete sich über ihr langes, ferneres Leben und verlieh der hohen junonischen Gestalt auch in den bescheidenen, doch nicht ärmlichen Verhältnissen, in denen sie neben uns lebte, einen vornehmen Zug. Da sie der portugiesischen Heirat wegen zum Katholizismus übergetreten war, ließ sie es sich angelegen sein, in den katholischen Kreisen Berlins eine hervorragende Rolle zu spielen, gründete ein Krankenhaus, veranstaltete zu dessen Ausstattung allweihnachtlich einen Bazar, den die katholische Aristokratie besuchte und manchmal sogar die Königin, die sie zu umarmen sich herabließ, und erreichte in stillen, kleinen Befriedigungen ihrer naiven Eitelkeit ein hohes Alter.

Von ihrer späteren Verlobung mit Varnhagen bald nach Rahels Tode und der Aufregung, die die Auflösung derselben bei uns hervorrief, habe ich die dunkle Erinnerung behalten, daß sich vor meinen Knabenaugen hier zum erstenmal etwas zutrug, was einem Roman ähnlich sah. Eine Aufklärung über die seltsamen Motive, die zu der Katastrophe führten, verdankte ich viel später dem Einblick in vergilbte Briefblätter und Varnhagens eigenen Mitteilungen in seinen Denkwürdigkeiten.

Mir waren früh die Augen über die Schwächen dieser Tante aufgegangen, zumal ich an der ganz echten und impulsiven Natur meiner Mutter einen Maßstab hatte für das einzig Wertvolle im Menschenleben. Aber die große Liebe und Treue, die mir die gute Tante bewies, entwaffnete mein rigoroses Knabenurteil und ließ es mich sogar bedauern, daß ich für ihre Schriftstellerei - auch sie, wie die Wiener Schwester, füllte in ihrer kaum lesbaren Handschrift dicke Hefte mit romanhaften Memorabilien und freien Erfindungen - kein anerkennendes Wort haben konnte.

Von solchen literarischen Velleitäten hielt meine Mutter sich immer frei, bis auf die Übersetzung von Lieblingsgedichten ins Englische und Französische zu ihrem eigenen Vergnügen. Sie war aber eifrig darauf aus, alle neueren Erscheinungen auch der deutschen Literatur kennen zu lernen, und eine Zeitlang scheint besonders Tieck sie aufs Lebhafteste beschäftigt zu haben. Auch das Theater verfolgte sie wie das ganze damalige Berlin mit höchstem Interesse, niemals aber mit dem Anspruch, sich als geistreicher Mittelpunkt eines befreundeten Kreises hervorzutun oder gar ein sogenanntes bureau d'esprit zu halten, sondern einzig und allein ihrem innersten Bildungstriebe zu genügen.

So vorbereitet, begegnete sie meinem Vater, auf den diese seltene Verbindung von Anspruchslosigkeit und geistiger Regsamkeit, von warmer Empfindung und sprühendem Witz sofort, wie es scheint, einen tiefen Eindruck machte, obwohl die nicht mehr junge, durch den Verlust des Auges geschädigte äußere Erscheinung durch die noch in voller Blüte stehende Schönheit der älteren Schwester in den Schatten gestellt wurde.

Mein Vater, fast zehn Jahre jünger, fühlte sofort, daß ihm hier »eine Natur« gegenübertrat, und verehrte sie zugleich als die Reifere, Überlegene, die auch im äußeren Leben unabhängig dastand, während er selbst es nur zum Hauslehrer gebracht hatte. Er hatte, da sein Vater im Jahre 1807 nach Nordhausen übersiedelte, am dortigen Gymnasium schon mit fünfzehn Jahren das Abiturientenexamen bestanden und dann sofort an der Erziehungsanstalt eines Herrn von Türk in Vevey eine Lehrerstelle annehmen müssen, da er noch acht Geschwister hatte und so früh als möglich selbständig werden sollte. Von den drei Schwestern ging ihm nur eine voran - er allein konnte dem Vater, der als Mädchenschullehrer, erst hier in Nordhausen, dann später in Magdeburg hoch geachtet und schlecht besoldet war und durch seine Schulbücher, seine Lexika und Grammatiken das Fehlende hinzuerwerben mußte, schon früh die Sorge für den Unterhalt der großen Familie in etwas erleichtern. Drei Jahre lebte er dann im Hause des Ministers Wilhelm von Humboldt als Erzieher des jüngsten Sohnes, dann von Oktober 1819 bis Ostern 1827 in Berlin als Hauslehrer des jungen Felix Mendelssohn-Bartholdy, den er zur Universität vorbereitete.

In diesem Hause lernte er meine Mutter kennen, die eine Kusine von Felix' Mutter war. Sie und ihre Schwester Marianne schlossen sich der Mendelssohnschen Familie an, als diese über Frankfurt a. M. eine Reise in die Schweiz machte. Soviel ich weiß, kam es auf dieser Reise zur Verlobung, zunächst zu einer heimlichen.

Denn wenigstens promovieren wollte der junge Gelehrte, ehe er seinen Hausstand gründete, und durch seine Habilitation als Privatdozent ein Vierteljahr später (Ostern 1827) den ersten Schritt zu einer öffentlichen Wirksamkeit tun. Am 11. Juli 1827 fand dann die Hochzeit statt, und zwei Jahre später kam die Ernennung zum außerordentlichen Professor.

Das junge Ehepaar wohnte die ersten Jahre in einem Hause der Heiligengeiststraße, das, wenn ich mich recht entsinne, der Familie Salomon gehört hatte und wo ich am 15. März 1830 zur Welt kam. Im Jahre 1831 bezogen meine Eltern dann eine Wohnung in dem einstöckigen Hause am Weidendamm, das einem Holzhändler gehörte und mitten auf dem sehr ausgedehnten Holzplatz stand, gegen die Friedrichsstraße durch die hochaufgeschichteten Holzhaufen verdeckt, hinter denen auch das bescheidene Gärtchen nur einen kargen Pflichtteil von Luft und Sonne erhielt. An der anderen Seite lag ein ziemlich geräumiger Hof, der unser Haus von einem niedrigen, nur aus einem Erdgeschoß bestehenden Hintergebäude trennte. In diesem, das sich vorn bis an die Uferstraße erstreckte, wohnte ein Schenkwirt, der für die Schiffer, die hier das Holz auf ihren Spreekähnen landeten, Eß- und Trinkwaren feilhielt. Hinter seinem Grundstück floß ein trüber, schwarzer Kanal mit träger Welle in die Spree.

Vor wenigen Jahren, bei einem Besuch in meiner Vaterstadt, fühlte ich ein Verlangen, diese Stätte meiner frühesten Jugend einmal wieder aufzusuchen. Ich hatte es bisher unterlassen, in der Meinung, alles verändert und statt der wohlbekannten verwitterten alten Mauern und heimlichen Winkel moderne vierstöckige Zinshäuser zu finden. Wie sehr war ich überrascht, alles so wiederzusehen, wie ich's in meiner Erinnerung trug! Unser unscheinbares Wohnhaus, an dem sogar die alten Stuckornamente noch nicht abgebröckelt waren, der Hof, der mir freilich jetzt kleiner vorkam, - so spukhaft alles, daß ich mich kaum gewundert hätte, wenn sich das Fenster oben im Arbeitszimmer meines Vaters geöffnet hätte, wie an jedem Nachmittag, wenn er mich von meinem Spiel heraufrief, um ein paar lateinische Deklinationen bei ihm zu schreiben. Nur das Gärtchen war verschwunden, - die Holzhaufen waren bis auf sein Gebiet vorgedrungen. Dafür hatte sich an dem Schenkenhäuschen nichts verändert. Ich sah im Geiste wieder den dicken, jungen Wirt, der dort mit seiner blassen, schwindsüchtigen Schwester hauste. Sie war zu zart für diese Umgebung, saß still in ihrem Stübchen mit einer Näharbeit und sah unseren Spielen zu oder rief uns herein, uns Kuchenwerk zu geben und Geschichtchen zu erzählen. Zuweilen wurde für die Schenke ein Schwein geschlachtet. Dann mußte ich meinen Kopf in den Schoß des Mädchens legen, und sie hielt mir fest die Ohren zu, damit ich das Todesstöhnen und Röcheln nicht hören sollte. Ich hatte sie sehr lieb. Als sie gestorben war, führte mich ihr Bruder in das niedere Zimmer, wo sie im Sarge lag, und deutete stumm auf das feine, wachsbleiche Gesicht, während ein Weinkrampf seine derbe Gestalt erschütterte und er zuweilen laut aufschrie. Es war das erstemal, daß ich dem Tode ins Gesicht sah, und das feierliche Bild steht darum tief eingegraben in meiner Erinnerung[2] .

Daß ich dies alles wiederfinden sollte, obwohl in der Weltstadt sonst kaum ein Stein auf dem andern geblieben war, hatte seinen Grund nur darin, daß am Weidendamm noch immer die Holzkähne anlegten und eines Stapelplatzes für ihre Fracht bedurften. Hinter den dunklen Holzhaufen aber, die wie eine Stadt mit vielen engen Gassen oder ein Gebirge mit tiefen Schluchten uns Knaben den herrlichsten Platz zu unseren Räuber- und Kriegsspielen darboten, würde ein neues, eleganteres Wohnhaus doch nur verloren gewesen sein, da es von der Straße aus niemand gesehen hätte.

Für mich war, daß ich meine ersten Kinder- und Knabenjahre gerade in diesem Hause verleben durfte, von unschätzbarem Wert. Zunächst für meine körperliche Entwicklung. Besser sogar als in einem wohlgepflegten Garten, dessen Beete Schonung verlangt

---

[2] In den »Kindern der Welt« habe ich dem kleinen Maler aus jenem Schenkengebäude seine Wohnung zurecht gemacht.

hätten, konnte ich in diesem weiten Revier meine Glieder tummeln und freiere Luft atmen, als in einem der gewöhnlichen Stadthäuser mit ihren engen, lichtlosen Höfen. Dazu kam die mannigfache Anregung, die meine Kinderphantasie in dieser hochaufgetürmten hölzernen Stadt empfing, die wechselnde Szenerie auf dem Flusse, das Leben und Treiben der Schiffer auf ihren schwimmenden Häusern mit der geheimnisvollen Kajüte, die meine Neugier unendlich reizte, nicht zum wenigsten der stille, dunkle Kanal hinter der Schenke, zu dem vom Hofe aus ein Treppchen hinabführte. Ich entsinne mich, daß ich hier oft gesessen und in das langsam vorbeifließende Wasser gestarrt habe, ja als ein noch sehr kindlicher kleiner Idealist mich darüber grämte, daß es mir nicht möglich war, das Gold herauszufischen, das die Abendsonne in einzelnen breiten Flecken auf die schwarze Flut streute.

*

Sechs Jahre lang lebten meine Eltern in diesem Hause, Schwester Marianne schon hier mit ihnen, wie später in dem Hause der Behrenstraße.

Sie waren beide gesellige Naturen. Aber sie verstanden die Geselligkeit im besten Sinne, daß sie sich auf wenige vertraute Menschen beschränken sollte, die zu jeder Zeit an dem gastlichen Tische willkommen sind. So lange ich denken kann, erinnere ich mich nicht, daß meine Eltern eine größere Festivität besucht oder bei sich mehr als ein halbes Dutzend Gäste bewirtet hätten. Noch heute steht mir jener Mittag vor Augen, zu dem mein Vater seinen ehemaligen Schüler, den nun hochgefeierten Leipziger Musikdirektor Felix Mendelssohn mit seinem Bruder Paul eingeladen hatte, als er zum Besuch seiner Schwester Fanny Hensel nach Berlin gekommen war. Ich sehe ihn leibhaftig vor mir, die schlanke Gestalt mit dem feinen, scharfgeschnittenen Gesicht und dem schwarzen Lockenhaar, zurückgelehnt gegen den runden Deckel des Sekretärs meiner Mutter, heitere Scherze wechselnd mit seiner alten Freundin, Tante Julie Heyse, während ich mit schüchterner Bewunderung zu ihm aufsah und kein Wort an ihn zu richten wagte.

Um diese Zeit ereignete sich auch ein kleines Geschichtchen, das für seine Kunstanschauung charakteristisch ist.

Robert Griepenkerl, der Verfasser des Robespierre, erzählte eines Abends bei Moritz Lazarus, er habe neulich mit Mendelssohn einen ganzen Morgen lang disputiert und ihm zu beweisen gesucht, jede Zeit habe das Recht, eine neue Kunst hervorzubringen und sie für die alleinseligmachende zu halten. Felix habe das nicht zugeben wollen, doch ohne sich weiter auf eine Widerlegung einzulassen, immer nur gesagt: »Was scheen is, is scheen!«

*

Auch als außerordentlicher Professor gebot mein Vater nicht über reiche Einkünfte, und sein Stolz ließ es nicht zu, von dem Vermögen seiner Frau mehr als das Unumgänglichste in Anspruch zu nehmen. Wohl mehrten sich seine Einnahmen nach dem Tode seines Vaters im Jahre 1829. Die Fortsetzung und Neubearbeitung der verschiedenen väterlichen Lexika und Grammatiken war testamentarisch ihm, als dem ältesten Sohn, übertragen worden, zugleich aber auch die Sorge für die einzige noch lebende Schwester, die an einen Pfarrer verheiratet und mit vielen Kindern gesegnet war. Ihr sollte die Hälfte aller Honorare zugute kommen, nachdem die anderen Brüder sowohl auf die Arbeit als auch auf den Ertrag verzichtet hatten.

Mein Vater hatte an der Universität als klassischer Philolog begonnen (er las auch später noch einige Kollegien über Platos Kratylos, Horaz' Epistel an die Pisonen, Catull und Terenz). Aber die persönliche Berührung, in die ihn seine Hauslehrerstelle im Humboldtschen Hause mit dem großen Begründer der Sprachwissenschaft gebracht, hatte seinen Sinn ebenfalls nach dieser Richtung gelenkt, wo die anziehendsten Probleme zugleich historischer und philosophischer Forschung ihrer Lösung harrten. Das Glück aber, das höchste aller geistigen Menschen, sich in voller Freiheit den Aufgaben zu widmen, zu denen man sich berufen fühlt, sollte ihm nicht gegönnt sein.

Denn sein Leben lang hat er als Märtyrer seiner Pietätspflicht vornehmlich am Ausbau der Wörterbücher (von dem großen dreibändigen deutschen waren beim Tode des Vaters nur wenige Bogen gedruckt, das Fremdwörterbuch wurde erst von dem Sohne durch die etymologischen Nachweise zu wissenschaftlicher Bedeutung erhoben), der großen Grammatik und der grammatischen Schulbücher gearbeitet, und sein eigentlichstes Lebenswerk, an das er seine beste Kraft gesetzt, das »System der Sprachwissenschaft«, erschien erst nach seinem Tode, aus seinem Vorlesungsheft und Nachschriften seiner Schüler von dem bedeutendsten unter ihnen, Heinrich Steinthal, herausgegeben.

Ein tragisches Lebenslos, unter dessen Schwere manche robustere Kraft erlegen wäre. Und doch widerstand die zart angelegte Natur meines Vaters dreißig Jahre lang diesem Druck, weil in dem schwachen Körper ein stählerner Wille, ein unerschütterliches Pflichtgefühl lebten. Wohl lag fast immer ein Hauch von Resignation über den stillen Zügen seines nicht regelmäßigen, aber feingebildeten Gesichts, und in dem seelenvollen Blick seines hellen Auges lasen die ihm nahe standen den Kummer um ein verlorenes Leben. An Tagen aber, wo er einmal, etwa nach Beendigung eines schweren Abschnittes, ein wenig aufatmete, war die Heiterkeit, die dann aus ihm hervorglänzte, um so ergreifender. Etwas Jünglinghaftes, Reines, ein Strahl »jener Jugend, welche nie verfliegt«, klang aus seinen Worten und gewann ihm die Herzen, wo er sich in dieser Stimmung zeigte. Und er wußte auch einen munteren Lebensgenuß wohl zu schätzen und war glücklich, gute Freunde mit einer Flasche edlen Weins und einer »echten« Zigarre bewirten zu dürfen. Zu dem dritten Luxus, den er sich gönnte, fand er nur selten Teilnehmer, zu seiner Leidenschaft, wertvolle alte Drucke zu sammeln, sie zu ordnen, sauber einbinden zu lassen und so mit der Zeit einen »Bücherschatz« zusammenzubringen, dessen später gedruckter Katalog den Kennern und Liebhabern unserer älteren Literatur ein wertvolles Hilfsmittel ihrer Studien geworden ist. Ich selbst habe diesen Schatz, als mein Vater wenige Jahre vor seinem Tode sich entschloß, ihn als ein Ganzes zu verkaufen, ohne Bedauern, außer soweit es meinen Vater anging, in fremde Hände übergehen sehen. Es hat mir zeitlebens, bis auf sehr bescheidene Ansätze zu einer Käfersammlung, an allem Sammeltrieb gefehlt, und für die literarische und wissenschaftliche Bedeutung dieser alten Drucke besaß ich nicht die Kenntnis, so daß ich an den großen Schränken in unserem Entree, wo die Schätze aufbewahrt wurden, ohne sonderliche Ehrfurcht oder Neugier vorbeiging, zu stetem schmerzlichem Bedauern meines Vaters.

Auf seine philologische Richtung hatte F. A. Wolf den entscheidenden Einfluß geübt; in der Philosophie stand er unter dem Banne Hegels, der damals, in den dreißiger Jahren, eine unumschränkte Herrschaft über die jungen Geister ausübte. Doch brachte er in diese Schule sein Bedürfnis nach unabhängiger Forschung mit, das er gelegentlich in den Versen aussprach, die ich als den Wahlspruch seines Lebens auf seinen Grabstein schrieb:

In des eignen Busens Schranken
Suche Wahrheit, werde frei!
In dem Irrsal der Gedanken
Finde dich und sei dir treu!

Auch war er von Wilhelm von Humboldts Ideen aus zu seinen eigenen Überzeugungen gelangt und gab sich der Hegelschen Dialektik nicht auf Gnade und Ungnade gefangen. Seine nächsten Universitätsfreunde aber waren entschiedene Hegelianer: Hotho, Werder, Michelet, später der geistvolle Eduard Gans, der auch zu den intimeren Hausfreunden gehörte. Ein nicht minder vertrauter Freund war der Historiker Ernst Helwing, und ich bewahre aus diesen frühen Jahren am Weidendamm eine lebendige Erinnerung an die heiterste Geselligkeit, zumal das chronische Leiden meines Vaters damals noch nicht zu der späteren lebensverderblichen Höhe gediehen war.

Das Bekenntnis zum Hegeltum indessen sollte verhängnisvoll für die weitere Universitätskarriere werden. Nach dem Tode des Meisters hatten sich bekanntlich die Schüler nach den verschiedensten Richtungen selbständig weiter entwickelt, die Autorität des Systems war dadurch erschüttert worden, mit ihr das Ansehen bei den maßgebenden politischen Gewalten. Zugleich kam gerade auf dem Gebiet, das meines Vaters Domäne war, die historische Richtung auf unter der glanzvollen Führung der Brüder Grimm. Nun sollte eine systematische Sprachwissenschaft, mochte sie noch so redlich die Ergebnisse historischer Forschung verwerten, kein Recht mehr auf eine staatliche Förderung besitzen, und der außerordentliche Professor, der mit Unrecht des Hegeltums auch in seinen grammatischen Arbeiten verdächtig war, hatte keine Hoffnung, jemals eine ordentliche Professur zu erlangen.

Zumal wenn er, wie mein Vater, aus seinen liberalen Ansichten über die damals in Staat und Kirche herrschenden Mißstände nie ein Hehl machte, so wenig er sich berufen fühlte, öffentlich damit hervorzutreten.

Und so hat mein Vater über dreißig Jahre an der Universität gelehrt, ohne mehr als eine magere Besoldung und infolge einer durch seine Bücher unterstützten energischen Beschwerde beim Minister statt der Beförderung, auf die er gerechten Anspruch zu haben glaubte, - den Roten Adlerorden vierter Klasse zu erhalten.

Ich war gerade bei ihm, als die Antwort auf seine Eingabe eintraf. Als er den Orden, der beigefügt war, aus seiner Umhüllung hervorzog, sahen wir uns in augenblicklichem Einverständnis an und brachen dann in ein helles Lachen aus, das aus meiner Seele wohl bitterer klang als aus der meines Vaters. Er hat dies allgemeine Ehrenzeichen für redliche Beamtendienste nicht ein einziges Mal angelegt.

*

Doch wenn er selbst auch über diese Demütigung mit hoher Seele sich erhob und gelassen in seinen Arbeiten fortfuhr, - meine Mutter war nicht so leicht zu beruhigen, wo sich's um eine Unbill handelte, die diesem leidenschaftlich geliebten, ja vergötterten Manne angetan wurde. Ihr alttestamentarisches Blut wallte auf, sie warf einen unversöhnlichen Haß auf die Personen, die sie für die Zurücksetzung meines Vaters verantwortlich machte. Es war unmöglich, ihr klarzumachen, daß Trendelenburg, den sie vor allen dieser »Kabale« bezichtigte und um so heftiger anklagte, da er früher in naher Freundschaft mit ihnen beiden gelebt, aus *sachlichen* Motiven gegen die Beförderung zum ordentlichen Professor gestimmt hatte, da er als Aristoteliker gegen den Hegelianer, als Vorkämpfer für das Beckersche grammatische System gegen das Heysesche sich erklären mußte. Von einer unumschränkten Lehrfreiheit an den Universitäten und kollegialer Toleranz war man damals freilich weiter noch als heute entfernt.

Zum Glück hielt der leidenschaftlichen Empörung über diese Kränkung und dem Kummer über die schwankende Gesundheit ihres Mannes gleichwohl das tiefe Dankgefühl die Wage, daß sie ihn überhaupt besaß. Denn ihre Liebe zu ihm war völlig unbedingt und grenzenlos. Sie sah in ihm geradezu die höchste Verkörperung aller menschlichen und männlichen Vollkommenheiten, und kein Opfer, das sie ihm zu bringen gehabt hätte, wäre ihr zu schwer gewesen. Zwischendurch kamen freilich Augenblicke, wo ihr jähes Naturell, ihr orientalisches Temperament auch ihm gegenüber aufloderte. Aber auf solche Szenen folgte eine um so innigere Ergebung in seine Autorität und das Bemühen, durch ein wahres Feuerwerk von übermütiger guter Laune die kleine Trübung des Verhältnisses vergessen zu machen.

Schon in ihren Mädchenjahren war meine Mutter ihres Witzes wegen berühmt gewesen. Sie wußte das natürlich selbst; aber wie sie in allem nicht zu glänzen suchte, ließ sie auch dieser ihrer Gabe wie etwas, das ihr natürlich war, freies Spiel, zumal auch in ihren Briefen, in denen sie sich ihren eigenen, oft etwas dunkeln und geistreich barocken, öfter jedoch heiter mit Worten und Gedanken spielenden Stil gebildet hatte. Von früh an hatte sie viele treue Freunde gefunden. Denn es ging ein Hauch von Herzenswärme, von tätiger Liebenswürdigkeit von ihr aus, der jedem wohltat, während zugleich die Munterkeit und Frische ihres Geistes die Besucher ergötzte. Dabei fehlte es ihr durchaus an eigentlichem *praktischem* Humor. In ihren menschlichen Verhältnissen verstand sie keinen Spaß, konnte sich nicht zu einer freien Betrachtung der Weltwidersprüche erheben und zwischen den Gefühlen von Liebe und Haß der pauvre humanité ein halb mitleidiges, halb belustigtes Interesse widmen.

In der Tat aber durfte sie ihrem Geschicke danken für das überquellende sanguinische Temperament, das ihr ins Leben mitgegeben war, nicht nur um die trübsinnigen Stunden ihres Gatten zu erleichtern, sondern auch sich selbst in einer der schwersten Prüfungen, die einem Mutterherzen auferlegt werden können, aufrecht zu erhalten.

Sie hatte am 23. März 1828, ein Jahr nach ihrer Vermählung, einen Knaben geboren, der einen oder zwei Monate zu früh zur Welt kam, meinen einzigen Bruder, *Ernst Hermann* getauft. Es war ein übrigens wohlgebildetes, schönes Kind, mit großen, blauen Augen, und die Eltern waren glücklich, als es der aufopferndsten Mühe, besonders der guten Tante Marianne, gelang, das zarte Wesen am Leben zu erhalten.

Auch zeigte sich in den ersten, nur mit Spielen ausgefüllten Jahren nichts, was eine bleibende Schwäche der Entwicklung befürchten ließ. Erst als das Lernen anfing, das von einem trefflichen Hauslehrer geleitet wurde, kam es zutage, daß der Kopf des Knaben, der etwas zu klein geraten war, nur schwer zu jedem Denkgeschäft sich bequemte. Es wurde ihm sauer, mit mir, dem um zwei Jahre Jüngeren, Schritt zu halten, und als der Vater mich in meinem achten Jahr ins Gymnasium brachte, wurde beschlossen, meinen Bruder in die

Realschule zu tun, die glücklicherweise ebenfalls in der Kochstraße lag und unter demselben Direktor stand, so daß wir den langen Schulweg gemeinsam machen konnten.

Dieser Schulweg wurde bald genug ein Dornenweg für mich. Zum erstenmal, nachdem mich im elterlichen Hause nur Liebe und Güte umgeben hatten, lernte ich die Bosheit der Menschenwelt kennen, zunächst der jugendlichen, da die Kameraden meines armen Bruders mit der Herzlosigkeit ihres Alters sich ein täglich neues grausames Vergnügen daraus machten, den Harm- und Wehrlosen zu hänseln, truppweise oder einzeln ihn zu verhöhnen und ihm jeden denkbaren Schabernack zu spielen. Mit erstickten Tränen der Wut und zusammengebissenen Zähnen fuhr ich dazwischen, solange ich an seiner Seite war. Was im Hofe seiner Schule geschah, konnte ich nicht verhindern, und wieviel meine Klagen bei dem alten Direktor Spilleke erreichten, erfuhr ich nicht, da der gute Junge alle Unbill, ohne sich dagegen zu empören, ertrug. Zuletzt scheint gerade dieses stille Erdulden die Tücke der jungen Teufel entwaffnet zu haben, da ich in den höheren Klassen, in die auch er langsam vorrückte, mich nicht entsinne, oft genötigt gewesen zu sein, als sein Beschützer aufzutreten.

Aber wenn mir auch diese Sorge vom Herzen fiel, blieb noch genug, was schwer zu tragen war. Man konnte sich keinen sanfteren, liebevolleren und treuherzigeren Jungen denken als meinen Bruder, und ich liebte ihn zärtlich und gönnte ihm alle Freuden unserer jungen Jahre. Doch bei seiner geistigen Unbeholfenheit spielte er in der Gesellschaft meiner aufgeweckten Schulfreunde, mochte ich nun sie zu mir geladen haben oder bei ihren Eltern mit ihnen verkehren, eine linkische, wunderliche Figur, so daß ich, selbst wenn die Kameraden sich bemühten, es mich nicht empfinden zu lassen, um alle Freude kam und wünschte, der arme Junge möchte zu Hause geblieben sein.

Doch einzusehen, daß dies auch für ihn das Beste gewesen wäre, konnte meine Mutter nicht über sich gewinnen. In ihrer grenzenlosen, blinden Zärtlichkeit hatte sie keine klare Vorstellung von dem, was dem lieben Kinde zu einem normalen Menschen fehlte, wenn sie auch zugab, daß er weniger begabt sei als sein jüngerer Bruder, und zum Studieren nicht das Zeug habe. Ihr sonst so scharfer Verstand versagte völlig, sobald auf dieses ihr Schmerzenskind die Rede kam; sie sah es als eine lieblose Zurücksetzung an, wenn zu irgendeinem meiner jungen Genossen mein Bruder nicht mit eingeladen wurde[3], und wie manches Mal schlug ich eine solche Aufforderung ab, um der Mutter Kummer und Tränen zu ersparen.

Sie hatte sich ausgedacht, wenn Ernst die Schule durchgemacht hätte, ihn zu einem Landwirt oder Kunstgärtner in die Lehre zu geben. Vielleicht, wenn dieser verständige Plan beizeiten zur Ausführung gekommen wäre, hätte sich das spätere Leben meines Bruders anders gestaltet. Nun aber wurde er mit den vielen Schulaufgaben geistig und körperlich so lange belastet, bis es zu spät war.

In der kritischen Zeit der Pubertät brach das Unheil aus. Er kam eines Sonntagmittags aus der Kirche, die er gern besuchte, nicht nach Hause, mein Vater ging, ihn dort zu suchen, und fand ihn ganz einsam im Kirchenstuhl sitzend, mit seltsam irrem Blick und blödem Lächeln. So folgte er ihm gutwillig nach Hause, wo er eine kurze Zeit gepflegt wurde, während er tagelang am Fenster stehend in den Hof starrte und Choralverse sang, immer sanftmütig und leicht zu lenken. Als der Zustand sich verschlimmerte, wurde er in eine Heilanstalt gebracht, die er schon nach einigen Monaten ver-

---

[3] So mußte er zurückbleiben, als ich einmal eine Einladung nach Glienicke zu dem gleichaltrigen Prinzen Friedrich Karl erhielt. Jener Oberlehrer in der Quinta, dessen ich oben erwähnt habe – sein Name war Bogen, seine hohe, schlanke Gestalt und der blonde Kopf mit dem kurzgehaltenen krausen Haar stehen noch heute in hellen Zügen vor meiner Erinnerung – dieser ungemein lebhafte und anregende junge Mann gab dem Prinzen einige Privatstunden, ich weiß nicht in welchen Fächern, und da ich ein Musterschüler war und sich's vielleicht darum handelte, einen Sohn aus guter bürgerlicher Familie zum Schul- und Spielgefährten des Prinzen zu erwählen, hatte er die Einladung vermittelt. Ich entsinne mich nur dunkel, daß es mir in dem schöngelegenen königlichen Schlosse und Garten gar wohl gefiel, während es zwischen mir und meinem fürstlichen Kameraden zu keinem sonderlich traulichen Verhältnis kam. Der spätere schneidige Reitergeneral zeigte schon damals sein heftiges Temperament bei unseren Spielen. Es imponierte mir aber sehr, daß sein militärischer Gouverneur, als der Prinz einmal sich einer Weisung widersetzte, mit größter Strenge sich Gehorsam zu erzwingen wußte. Es blieb dann auch bei dieser ersten Einladung. Ich war aber ein wenig eitel darauf, die Kleidung, die für solche Besuche vorgeschrieben war, eine blaue Jacke mit Perlmutterknöpfen, auch an den folgenden gutbürgerlichen Sonntagen weiter tragen zu dürfen, und dieses harmlose Vergnügen durfte auch mein Bruder mit mir teilen.

lassen durfte, »geheilt«, aber mit einer unheilbaren geistigen Unzulänglichkeit behaftet. Seine Entwicklung war auf der Stufe eines dreizehnjährigen Knaben stehen geblieben.

Er hat noch lange gelebt (bis zum 28. Dezember 1866), ja die Mutter überlebt, die über diesen größten Schmerz ihrer leidenschaftlichen Seele nie zur Ruhe kam. Die treffliche Schwester meines Vaters, Bertha, die mit einem Landpastor Brennecke verheiratet war, nahm den unglücklichen Neffen in ihre Obhut und liebevolle Pflege, wo er unter seinen vielen gutmütigen Vettern und unter den einfachen ländlichen Verhältnissen wohlaufgehoben war. Er hatte keine ernstlichere Beschäftigung, leistete gelegentliche kleine Dienste im Hause und Hofe, holte Wasser vom Brunnen für die Gartenbeete und fühlte sich, soweit man urteilen konnte, wunschlos glücklich. Wenigstens, als ich ihn zum letztenmal besuchte und fragte, ob ich ihm etwas zuliebe tun könne, schüttelte er den Kopf, streichelte mir den Arm und sah mich mit seinen großen Knabenaugen rührend dankbar an. Auch hatte er das Schreiben nicht verlernt, und seine sehr einfachen, aber nicht konfusen Briefe erhielten die gute Mutter bis zuletzt in der Täuschung, er sei allerdings nicht ganz wie andere Menschen, aber bei richtigem Verstande, der sich nur nicht zu äußern wisse. Daß sie selbst darauf verzichten mußte, ihn bei sich zu haben, da es in der großen Stadt nicht möglich war, ihm leiblich und geistig die für ihn passende Umgebung zu schaffen, war ihr ein lebenslanger Kummer.

*

Ob die Freude, die sie an der normalen Beschaffenheit und raschen Entwicklung ihres jüngeren Sohnes haben konnte, dem Gram um den älteren ganz die Wage hielt, möchte ich für die ersten Jahre bis zu der traurigen Katastrophe bezweifeln. Hernach, als der »Schmerzenreich« ihrem leiblichen Auge entrückt war, widmete sie die ganze reiche Liebesfülle ihres Herzens nächst ihrem Manne dem Sohn, der ihr geblieben war. Und dies tat sie mit derselben kritiklosen Überschwenglichkeit, mit der sie sich ihrem Gatten unterordnete und selbst das unglückliche Kind nie im richtigen Licht gesehen hatte.

Ich war indessen schon früh Manns genug, um durch diese mütterliche Verhätschelung in meiner geistigen Selbstzucht nicht beirrt zu werden, zumal das Vorbild meines Vaters mir beständig vor Augen stand. Nur meine körperliche Erziehung litt unter der Verweichlichung, die meine überängstliche Mutter durchführte, so daß ich von mancher Leibesübung, die mir sehr zustatten gekommen wäre, ferngehalten wurde. Zum Glück war das Turnen damals in den Schulplan aufgenommen worden, und zum noch größeren Glück hatte mir die Mutter ihre herrliche körperliche Konstitution, ihr reges, gesundes Blut vererbt, so daß gewisse Unterlassungssünden meiner jungen Jahre in betreff meiner Abhärtung durch diese unschätzbare Mitgift reichlich aufgewogen wurden[4] .

Im übrigen, wenn ich die Elemente prüfe, aus denen meine westöstliche Natur zusammengesetzt ist, finde ich an mir die alte Erfahrung bestätigt, daß uns die Charakteranlage vom Vater, die geistig-sinnliche von der Mutter vererbt zu werden pflegt. Wie ich dieser verdanke, was an phantastischem Vermögen und warmblütigem, sinnlichem Temperament mein eigen ist, so habe ich von meinem Vater, der aus echtestem germanischem Stamm entsprossen war, die Eigenschaften überkommen, deren ein Künstlerleben zu seiner reinen und freien Entfaltung bedarf, die Gewissenhaftigkeit und den Fleiß - »seines Fleißes darf man sich ja rühmen« - und den unerschütterlichen Trieb zur inneren und äußeren Unabhängigkeit. Zugleich auch neben einer Anlage zu jäh auflodernder Leidenschaft

---

[4] Doch nicht so sehr, daß ich zum Militärdienst tauglich geworden wäre, was ich aufrichtig bedauert habe, da es mir von großem Wert gewesen wäre, auch in dieser so wichtigen Schule unsrer nationalen Erziehung eigene Erfahrungen zu sammeln. Mein Eintritt als Einjährig-Freiwilliger war immer wieder hinausgeschoben worden. Ehe ich als ein Vierundzwanzigjähriger in meinen neuen Wohnort nach München ging, hatte ich mich einer vorläufigen Prüfung durch einen Militärarzt unterzogen, der mir ein befreiendes Zeugnis ausstellte, da mein Brustumfang nicht genügte. »Treffliche Konstitution, aber verpimpelt!« Daraufhin hatte ich geheiratet und war nach München gezogen, da ich die letzte definitive Untersuchung nur für eine Formsache hielt. Im Herbst aber, als ich mich in Berlin der Kommission stellte, fand der Oberst, der den Vorsitz hatte, Wohlgefallen an meiner langen, schlanken Figur, die unter etwelchen verkümmerten Schneidergesellen sich vorteilhaft hervorhob. Er bestand darauf, gegen das Votum der anwesenden Ärzte, ich müsse »zur Probe« eintreten. Für den jungen Ehemann und königlich bayrischen »Günstling« keine erfreuliche Zumutung, von der mich dann König Max durch diplomatische Vermittlung erlöste.

die Kraft, diese gefährlichen Anwandlungen zu bändigen, so daß ich fast immer denen, die mich nur oberflächlich kennen, den Eindruck eines durchaus gleichmütigen, von inneren Stürmen und Kämpfen stets verschonten Menschen gemacht habe, wovon ich weit entfernt bin.

Früh war mir die Ahnung aufgegangen, was ich an diesen Eltern besaß. An meinem Vater hing ich mit einer innigen Verehrung, die der meiner Mutter für ihn wenig nachgab. Ihm etwas Liebes zu tun, ihn zu erheitern, sein Lob zu erringen, war mein beständiges Bestreben. Ich war glücklich, wenn er meine Hilfe bei seinen Arbeiten brauchen konnte, zum Beispiel die peinlich langweilige Korrekturarbeit an den immer neu bearbeiteten Wörterbüchern sich dadurch erleichterte, daß er sich die Bogen von mir vorlesen ließ. Wie gern auch unterzog ich mich der mühseligen Kunst, in den alten Druckwerken, die er sammelte, einzelne Blätter oder ausgerissene Titel nach den Vorlagen wohlerhaltener Exemplare in möglichst ähnlicher Frakturschrift zu ergänzen! Und obwohl er mich früh nicht wie einen Sohn, sondern wie einen Freund behandelte, verlor ich bei aller traulichen Hingebung nie das Gefühl, daß er von einer höheren, edleren Menschenart sei, wofür auch meine gute Mutter ihn ansah.

Diese, so sehr ich sie liebte, stand mir nicht auf der gleichen Höhe, teils weil ich ihr manchmal etwas zu verzeihen hatte, wenn ihr rasches Temperament sie zu einer ungerechten Behandlung fortriß – denn sie besaß nicht das kleinste Teilchen von der pädagogischen Kunst meines Vaters, die nur gerade an ihr, weil sie eben so ganz und gar aus einem Stück war, nichts auszurichten vermochte; – teils weil sie sich unbedenklich in heiteren Stunden zu uns Knaben herabließ, unseren Übermut nur noch schürte, uns ihre alten, drolligen Volksliedchen sang und es hin und wieder nicht verschmähte, wenn wir in dem großen, altmodischen Sofa uns mit Kissen bombardierten, an diesem Scharmützel teilzunehmen. Ich höre noch, wie eines Nachmittags, als mein Vater, der in seinem Zimmer nebenan durch unser Lärmen und Jauchzen in der Arbeit gestört wurde, mit einer vorwurfsvollen Miene hereintrat, mein Bruder ausrief: »O, Mutter ist immer die Dollste!« worauf wir in ein Lachen ausbrachen, in das der nachsichtige Vater, statt zu schelten, mit einstimmte.

Meine Eltern hatten, als ich sieben Jahr alt geworden war, die Wohnung auf dem Holzplatz mit einer anderen im zweiten Stock des Hauses in der Behrenstraße Nummer 58 vertauscht, zu meiner großen Betrübnis. Einen so geräumigen Spielplatz, wie ich ihn dort gehabt, konnte ich nicht leicht verschmerzen. Doch wurde ich bald getröstet. Der neue Hausbesitzer, ein Herr Seifarth, hatte eine acht- oder neunjährige Tochter Antonie, deren orientalische Schönheit auf mein Knabenherz einen tiefen Eindruck machte. Ich huldigte ihr vorläufig nur in einer sehr kindischen und unzweckmäßigen Weise, so daß sie nie eine Ahnung davon bekam. Unter anderm hatte ich schon damals den Trojanischen Krieg in der Beckerschen Bearbeitung für die Jugend gelesen und führte nun allerlei Szenen daraus mit meinen Kameraden auf, wobei ich ihr die Rolle der Helena zuerteilte, von deren Bedeutung sie jedenfalls nicht den leisesten Begriff hatte. Ich selbst war natürlich Achill, und sie sollte mit ihren Freundinnen sich über uns Griechen unterhalten und meine Tapferkeit rühmen. Was die Mädchen über uns Buben plauderten, konnte ich freilich nicht verstehen, und so entsinne ich mich nicht, daß ich einen anderen Gewinn aus diesem glorreichen Kampfspiel davontrug, als einen zerhauenen Helm und Schild und das beschämende Bewußtsein, vor Helenas Augen gegen meine stärkeren Gegner trotz meines Heldennamens den kürzeren gezogen zu haben.

Für meine gute Mutter jedoch hatte die neue Wohnung außer anderen Vorteilen noch den, daß sie aus den Fenstern ihres Wohnzimmers die lange Kanonierstraße hinunterblicken und ihre beiden Söhne jeden Morgen eine Strecke weit auf ihrem Schulwege verfolgen konnte, den wir im Winter, wohleingepackt in wollene Schals, die sie selbst gestrickt hatte, antraten. Sie war überhaupt eine unermüdliche Strickerin, hatte sogar, während sie las, immer das Strickzeug in den Händen und verfertigte dazwischen künstliche Häkelarbeiten, große, rot- und gelbgestreifte Bettdecken für uns oder weite, wollene Tücher, die sie freigebig rechts und links verschenkte.

*

Als ich acht Jahr alt geworden war, kam ich auf das Friedrich-Wilhelms-Gymnasium.

Hier sollte ich sogleich erfahren, daß man in der Schule des Hauses, zumal eines so liebevollen wie mein Elternhaus, manches nicht lernt, was man im Leben, und wär's nur das Zusammenleben mit kleinen, oft nichtsnutzigen Schulkameraden, nicht ohne Schaden entbehren kann; daß es nicht genügt, ohne Falsch wie die Tauben zu sein, wie wir zwei so äußerst »wohlerzogene« Brüder unsern teuren Eltern und Verwandten gegenüber es sein durften, sondern auch ein wenig klug wie die Schlangen, ohne welche Kunst man mit dem besten Willen sich nur allzuoft im Lichte steht.

Ich war durch den Unterricht meines Vaters und meines vortrefflichen Hauslehrers Valentin Kutscheit - er hat einen damals sehr gelobten Atlas der Alten Welt herausgegeben - für die Sexta mehr als genügend vorbereitet, im Latein eigentlich schon für die Quinta reif. Daß ich nie im Deutschen einen besonderen grammatikalischen Unterricht erhalten hatte, mag für den Sohn und Enkel zweier Grammatiker seltsam erscheinen. Doch wurden wir auch auf dem Gymnasium mit theoretischen Lektionen in der Muttersprache verschont und lernten das Nötigste von der Terminologie bei Gelegenheit des Lateinischen.

Da ich nun meine Schulaufgaben zu Hause aufs Gewissenhafteste machte und in den Schulstunden mit einer Art Andacht zu den Lehrern aufblickte, konnte es nicht fehlen, daß ich für einen Musterschüler galt und meinen Kameraden, die eine schlechte Zensur ohne sonderliche Gewissensbisse hinnahmen, als Vorbild hingestellt wurde. Das hätten sie mir nun wohl verziehen, wenn ich mich im übrigen kameradschaftlich betragen und auch in den Raufereien auf dem Schulhof und bei den Possen, die gewissen wehrlosen Lehrern gespielt wurden, danach getrachtet hätte,

Immer der erste zu sein und vorzustreben den andern.

Das aber konnte mir nicht in den Sinn kommen, da ein Lehrer für mich eine geheiligte Person und das Balgen in den Zwischenstunden und auf der Straße verboten war. Ja, schlimmer als das: ich war von meinen Eltern zur unbedingtesten Wahrhaftigkeit angehalten worden und glaubte nun auch, wenn nach irgendeinem mutwilligen Streich ein Verhör angestellt wurde, um den Täter oder Rädelsführer zu ermitteln, verpflichtet zu sein, alles, was ich wußte, auszusagen, ohne in meiner blöden Unschuld ein Gefühl dafür zu haben, wie verächtlich die Rolle eines Denunzianten in den Augen aller tapferen Schelme ist, die lieber unschuldig büßen, als gute Freunde einer noch so wohlverdienten Strafe zu überliefern.

So konnte es nicht fehlen, daß ich meinen Kameraden immer widerwärtiger und verhaßter ward, je mehr ich bei unseren Lehrern »in Tee kam«, - (ein Ausdruck, der wohl daher stammt, daß Lieblingsschüler von ihren Lehrern dann und wann abends in ihr Haus geladen wurden). Ich selbst, durch meine Überlegenheit als kleiner Tugendbold verblendet, achtete nicht auf die sich mehrenden Zeichen der Abneigung, die ich hervorrief. Ich hielt es sogar für unrecht, schwächeren Kameraden bei ihren Aufgaben zu helfen, oder gar eine Arbeit von ihnen abschreiben zu lassen, da die Lehrer dadurch betrogen worden wären. Und sicherlich spielte bei dieser Hypertrophie des Gewissens eine noch minder löbliche Eitelkeit auf meine Erfolge bei den Lehrern mit, zumal ich damals zu keinem meiner Kameraden ein herzliches Verhältnis hatte.

Daß so ein kleiner Heiliger zu Schaden kommt, wenn er es verschmäht, mit den Wölfen zu heulen, sollte mir auf eine beschämend lächerliche Weise klargemacht werden.

Ich saß, wenn ich nicht irre, in der Quinta, als das Reformationsfest gefeiert wurde. Alle Schulen hatten bronzene Medaillen zur Erinnerung an das Fest erhalten, die in der Art verteilt werden sollten, daß auf jede Klasse nur eine kam, über deren Verleihung an den besten Schüler die ganze Klasse abzustimmen hatte.

Als unser Oberlehrer die Stimmzettel ablas, die wir ihm eingereicht hatten, und auf jedem, außer meinem eigenen, mein Name stand, lief ein dumpfes Murren durch die Reihen der Bänke. Wie aber auch der letzte verlesen war, wieder mit meinem Namen, und der Lehrer erklärte: »So hat also Heyse einstimmig die Medaille erhalten« -, da brauste wie ein wahrer Sturm durch das Klassenzimmer der ebenso einstimmige Ruf: »Heyse nich! Heyse nich! Heyse nich!«

Statt mich meines Erfolges zu freuen, saß ich auf meinem Primussitze wie ein armer Sünder, der zu Pranger und Staupe verurteilt wird, kalter Schweiß trat mir auf die Stirn, auch in dem Lächeln des Lehrers glaubte ich meine Schande zu lesen, als er sagte: »Ihr seid wunderliche Jungen. Warum habt ihr ihm denn die Medaille zuerkannt, wenn ihr sie ihm nicht gönnt? Nun muß es einmal dabei bleiben.«

Bei allem anderen aber, was zu dieser tragikomischen Szene geführt hatte, blieb es nicht. Von dieser Stunde datierte eine gründliche Reformation meiner Weltanschauung vom Standpunkt des Schülergewissens aus. Ich nahm eine entschlossene Trennung meiner häuslichen von meiner Gymnasiastenmoral vor und ließ es mir angelegen sein, mich mehr nach unten als nach oben beliebt zu machen.

Es gelang mir dies auch bald, obwohl ich darum die Gunst der Lehrer nicht verscherzte. Übrigens war kein sonderliches Verdienst dabei, den ersten Platz zu behaupten, um den ich nur zuweilen mit einem guten Kameraden, dem Sohn eines armen Volksschullehrers, zu kämpfen hatte. Zufällig befanden sich in meiner Generation sehr wenige gute Köpfe, was auch daraus erhellt, daß sich kaum einer von all meinen Mitschülern im späteren Leben hervorgetan und mich an seinen Namen erinnert hat, bis auf den einen v Kardorff, mit dem ich täglich zweimal die lange Friedrichstraße hinabwanderte, ohne zu ahnen, welch eine parlamentarische Größe aus ihm erwachsen würde.

Hermann Grimm und sein Bruder Rudolf traten nur für ein oder zwei Semester in unsere Prima ein und besuchten dann ein anderes Gymnasium.

Von unserer alten Friderico-Guilelma aber ist so viel gesungen und gesagt worden, ich selbst habe meiner Dankbarkeit gegen sie bei verschiedenen Gelegenheiten lyrischen Ausdruck verliehen, und die »Chronik«, die von ihren ehemaligen Schülern alljährlich verfaßt und auch mit Rückblicken in alte Zeiten ausgestattet wird, spricht so beredt zu ihrem Ruhme, daß ich an diesem Ort mich eines ausführlichen Eingehens auf meine Schuljahre enthalten kann. Nur zur Ergänzung des Allbekannten will ich bezeugen, wie weit entfernt wir waren, ein Gefühl der Überbürdung zu empfinden oder, so gründlich wir in den klassischen Sprachen geschult wurden, über grammatischem Formelkram den Blick für die Schönheit der alten Welt, ihre Geschichte und Dichtung uns trüben zu lassen und als junge klassische Philologen in herba das Interesse für die heutige Welt und ihre großen Aufgaben zu verlieren. Ob es sehr ersprießlich war, daß wir im lateinischen Aufsatz unreife Gedanken in ciceronianische Phrasen kleideten oder Cornelius Nepos mündlich ins Griechische übersetzen konnten, will ich dahingestellt sein lassen. Doch übt man ja auch auf dem Turnplatz seine Glieder in allerlei kühnen akrobatischen Exerzitien ohne einen anderen Zweck, als sie geschmeidig zu machen. Und so wird keiner unter uns es bereut haben, daß er dergleichen halsbrechende philologische Künste betreiben müsse, statt, wie es die heutige Richtung auf die Realfächer mit sich bringt, sein Gedächtnis mit einem Übermaß naturwissenschaftlicher Kenntnisse zu belasten, die doch nur halb verstanden und halb verdaut bleiben müssen und für eine spätere praktische Fortbildung eine sehr dürftige Grundlage bilden.

Was mich betrifft, so war ich für Chemie und Physik schon aus dem Grunde verdorben, weil mir das mathematische Organ vollständig versagt war. Was weder meinen Geist noch meine Phantasie anregte, fand keinen Eingang bei mir, und die Welt der Zahlen blieb mir so fremd wie die Geographie des Mondes. Auch mein Gedächtnis sträubte sich gegen die Aufnahme von allem, womit ich keine Anschauung verband, während ich, sobald ich von dieser Seite gewonnen wurde, außerordentlich leicht lernte und lange behielt. Ich habe auf einem Redeaktus einmal den ganzen ersten Gesang der Odyssee auswendig griechisch vortragen können, gewiß zu geringer Erbauung der anwesenden Väter und Mütter. Dagegen kostete mich's große Mühe, nur das Nötigste an historischen Jahreszahlen mir einzuprägen, selbst von den Zeiten, die mich durch die Ereignisse und Gestalten höchlich interessierten. Sobald aber eine Zahl ins Spiel kam, wurde mein Gedächtnis geradezu gelähmt; ich konnte mich dann nur im allgemeinen orientieren, indem ich den Ablauf der Tatsachen in mir wieder rekapitulierte.

Bis in die Untersekunda hatte ich mich in den mathematischen Stunden mitgeschleppt. Vor den Vegaschen Logarithmen machte ich ein für allemal halt, wie ein müder Wanderer vor einem Urwalde, der ihm undurchdringlich scheint. Ein wenig mutiger zeigte ich mich der Trigonometrie gegenüber. Wo es galt, die Höhe eines Mastbaums oder eines Turms zu berechnen, wenn zwei Dimensionen und der Winkel gegeben sind, machte ich mich fröhlich ans Werk. Man sah doch, wo und wie, und freilich kam es mir mehr darauf an, bei dieser Gelegenheit ein stattliches Segelschiff oder einen kühnen Festungsturm zu zeichnen, als die Rechnung selbst richtig zu erledigen. Im übrigen verzichtete ich in den oberen Klassen entschieden darauf, daß mir noch einmal eine Erleuchtung kommen möchte, und zum Glück erbarmte sich unser verehrter Mathematiklehrer, Professor Schellbach, meiner unbezwinglichen Unfähigkeit, da er mich sonst als einen musterhaften Schüler kannte. Er drückte ein Auge darüber zu, daß ich in seinen Stunden Coopers Romane oder Heines Reisebilder las, und wenn die anderen Rechnungen machten, die er dann zur Korrektur mit nach Hause nahm, ließ er sich hernach stillschweigend von mir das Blatt reichen, auf dem ich mein Landschäftchen oder den Kopf eines meiner Kameraden gestrichelt hatte, und ergötzte damit seine Frau und Kinder.

Dieser eine Zug möge genügen zum Beweise, wie wenig pedantisch der Unterricht auf unserem Gymnasium betrieben wurde. Unsere einsichtsvollen Lehrer wußten, daß nicht allen Bäumen eine Rinde gewachsen ist und, was die Natur versagt hat, durch eisernen Drill nicht ertrotzt werden kann. Auch das Abiturientenexamen wurde in diesem Geiste abgehalten. Was ein Schüler im ganzen wert war, welchen Grad der Reife sein Charakter erlangt hatte, wurde schärfer in Betracht gezogen als seine Leistungen in den einzelnen Examenfächern, zumal unter dem Druck der wenigen Prüfungsstunden. Mein teurer Schellbach, als die Mathematik an die Reihe kam und ich hilflos auf das weiße Blatt vor mir starrte, trat an mich heran und fragte: »Nu, nu, Heyse, was haben Sie denn zustande gebracht?« Ich zeigte ihm mit stummer Resignation nur die Aufgabe, die ich niedergeschrieben hatte. »Nu, nu,« sagte er, »das werden wir schon 'rauskriegen. *Ich* würde das etwa so machen.« Damit nahm er meine Feder und schrieb die Rechnung ausführlich hin, nahm auch hernach das Blatt, zu dem ich nichts hinzugefügt hatte, mir wie allen anderen ernsthaft ab, und die Prüfung war bestanden.

*

Obwohl nun aber über der Tür der Pythagoräischen Schule die abweisenden Worte standen: μηδεις αγεωμετρητος εισιτω – kein ungeometrischer Kopf wage sich herein! – war ich doch früh mit heißer Begierde über allerlei philosophische Lektüre geraten und hatte mir begreiflicherweise, da mein Vater ein Anhänger Hegels war, zunächst eine Vorstellung von dieser Philosophie zu verschaffen gesucht. Als ich merkte, daß das für ein fünfzehn- oder sechzehnjähriges Gehirn seine Schwierigkeiten hatte, verstieg ich mich, wohl durch den Titel angelockt, sogar zu der »Kritik der reinen Vernunft«, an der mein Verständnis sich nun vollends als unzulänglich erwies. Ich klagte meine Not nicht sowohl meinem Vater als unserm hochverehrten Professor Yxem, bei dem wir in Oberprima wöchentlich einmal eine trockene Logikstunde hatten. Er fand dies mein heimliches Studium natürlich verfrüht, so daß ich mich denn doch endlich meinem Vater anvertraute. Von ihm erhielt ich das treffliche »Handbuch der klassischen Philosophie« von Ritter und Preller, wo ich die geschichtliche Entwicklung der Systeme in den entscheidenden Äußerungen der einzelnen Denker im Urtext zusammengestellt fand. An diesen befriedigte ich, so gut es ging, meinen neugierig grübelnden Vorwitz.

Professor Yxem, von dem wir in den beiden obersten Klassen im Griechischen und Deutschen unschätzbar gefördert wurden, war unstreitig der interessanteste unsrer Lehrer. Schon sein Äußeres, die schmächtige Gestalt mit dem kleinen verwitterten Gesicht unter einer blonden Haartour, die nervös zitternden Hände und die heiser vibrierende Stimme, ließ ihn zunächst als den Typus eines vertrockneten Schulmagisters erscheinen, dessen Wunderlichkeiten übermütige Jungen zu allerlei Possen und Schabernack reizen mußten. Diese dreiste Laune verging ihnen aber bald, da sie in der ersten Stunde vor dem überlegenen Geist und dem tiefen Wissen, die in dem kleinen Kopfe wohnten, Respekt bekamen. Man erzählte sich, daß er einmal ein Schulprogramm verfaßt habe unter dem Titel: »Goethes Charakter. Ein Versuch.« Der Olympier in Weimar habe ihm dafür in einem eigenhändigen Briefe gedankt, den sein begeisterter Verehrer eingerahmt über seinem Schreibtisch aufgehängt habe und als seinen kostbarsten Schatz betrachte.

Yxem war ein großer Grieche, wir lasen Plato bei ihm. Wohl auf seine Anregung habe ich, als ich eben siebzehn Jahr alt geworden, nachdem mir bei meinem Abgang vom Gymnasium als Primus das mündliche Examen erlassen worden war, die Züricher Gesamtausgabe der Werke Platos vom Jahre 1839 zum Geschenk erhalten, von dem ich jedoch, da ich der klassischen Philologie abtrünnig wurde, weniger Gebrauch gemacht habe, als die gütigen Geber gedacht hatten.

Für den deutschen Aufsatz war uns in der Oberprima die Wahl des Themas freigegeben worden. Als dies zum erstenmal geschah, schrieb ich ein ziemlich übermütiges romantisches Capriccio über »Das Märchen«, zu dem mich Clemens Brentano und, was den Stil betrifft, Heine angeregt hatte.

Als die Hefte dann vom Professor zurückgegeben und kritisiert wurden, nahm er das meine zuerst vor und teilte zur Probe die extravagantesten Stellen mit, sie aufs Unbarmherzigste wegen ihrer logischen Mängel und stilistischen Unmanieren verdammend, so daß ich tief gedemütigt, zumal ich sonst im deutschen Aufsatz einer der besten war, mit gesenktem Kopfe dasaß und die Zensur am Schluß meiner Schreiberei gar nicht anzusehen wagte. Als ich es dann doch zu Hause über mich gewann, las ich zu meinem frohen Erstaunen: »Mit Vergnügen gelesen. Yxem.«

*

Ich muß aber aus der Schule in mein Elternhaus, aus der Prima in meine Knabenzeit zurückkehren, zumal Schulgeschichten, so wichtig und merkwürdig sie denen erscheinen, die sie erlebt haben, für jeden Unbeteiligten nur von geringem Interesse zu sein pflegen. Und so fürchte ich, in meiner Pietät für das so oft verwünschte und doch so unvergeßlich geliebte altersgraue Haus an der Koch- und Friedrichstraßenecke schon allzu weit abgeschweift zu sein.

Das Gymnasium ist seitdem ausgewandert, und seine früheren Schüler haben ihm ein gerührtes Abschiedsfest gefeiert, zu dem ich einen poetischen Abschiedsgruß beisteuerte, wie ich auch meiner Dankbarkeit gegen meinen alten Direktor, Ferdinand Ranke, in dem Gedicht zu seinem fünfundzwanzigsten Direktoratsjubiläum den herzlichsten Ausdruck gegeben habe.

Mein Elternhaus in der Behrenstraße 58 aber hat sich nur einen Umbau gefallen lassen müssen, bei dem es eine elegante Fassade und, wie ich vermute, auch eine völlige Erneuerung und Verschönerung im Innern erfahren hat. Die jetzigen Bewohner würden sich keine Vorstellung machen können, wie dürftig und schmucklos es damals aussah, wie einfach und altmodisch die Möblierung der Wohnungen im zweiten Stock war, die meine Eltern und Tante Marianne innehatten.

In der damaligen Zeit wußte man in noch so gebildeten Bürgerhäusern kaum etwas von einer künstlerischen Ausstattung der Räume. So kunstsinnig mein Vater war, und so früh ich selbst mich in Malerateliers herumtrieb und des Zeichnens befliß, niemand fiel es ein, die Einrichtung unserer Zimmer mit alten Mahagonimöbeln, einem Potpourri auf dem Eckschrank und einem winzigen Teppich vor dem schwerfälligen Sofa spießbürgerlich zu finden.

Die Bilder an den Wänden waren Familienporträts, ein paar Kupferstiche, kolorierte Schweizerlandschaften und eine Menge jener reizenden Miniaturbildchen auf Elfenbein, die heute leider durch die billigen Photographien gänzlich verdrängt worden sind.

Nur in meines Vaters Zimmer hingen einige wertvolle Ölgemälde, das lebensgroße treffliche Bildnis Pestalozzis und ein paar niederländische Genrebilder, darunter ein Jan Steen, der noch heut mein Arbeitszimmer schmückt.

Er stammte aus der kleinen Gemäldesammlung, die mein Großvater zusammengebracht hatte, was damals selbst mit den Mitteln eines Töchterschuldirektors noch möglich war. Vor dem Spiegel auf einem niederen Schränkchen standen Rauchs geistreiche kleine Gipsstatuetten Goethes und Wilhelms von Humboldt, oben auf dem Pult die lebensgroße Büste Hegels; ein großes Porträt F. A. Wolfs in Kupferstich hing an der letzten freien Wand, während die ganze lange Wand gegenüber von der wissenschaftlichen Bibliothek ausgefüllt wurde.

Im übrigen waren wir Knaben in dem neuen Hause nicht allzu gut daran, hatten keinen Raum für uns, sondern mußten unsere Schularbeiten in der dunklen sogenannten »Berliner Stube« machen, die zum Eßzimmer diente und der allgemeine Durchgang war. Die beiden hinteren Zimmer, die nach dem Hofe gingen, wurden uns erst eingeräumt, als ich dreizehn Jahre alt war. Bis dahin gehörten sie den Pensionären, die mein Vater bei sich aufnahm, um seine finanzielle Lage zu verbessern. Der erste war ein Hamburger Kaufmannssohn, Adolf Schirmer, den sein Vater, da er schon ziemlich erwachsen war, in eine strengere Zucht zu geben wünschte. Der junge Mann ließ sich aber auch durch einen so erfahrenen Pädagogen nicht auf einen ersprießlichen Weg bringen. Mir imponierte er sehr, da er Dramen schrieb und mir auseinandersetzte, der Lustspieldichter müsse den Torheiten der Zeit den Spiegel vorhalten. Nun arbeitete er lange an einem Lustspiel, das die Anhänger der Gallschen Schädellehre geißeln sollte, und trieb sich halbe Tage und Nächte lang auf der Straße herum, »Studien nach dem Leben« zu machen, deren Nutzen für sein phrenologisches Stück meinem Knabengehirn nicht eben einleuchtete. In viel späteren Jahren ist mir sein Name als des Verfassers von Kolportageromanen in Wien wieder aufgetaucht.

Erfreulicher waren ein paar junge Franzosen, Tribert, Demion und Anisson, die die Vorlesungen an der Universität besuchten und nacheinander als Pensionäre meines Vaters eine Zeitlang in unserem Hause lebten. Sie fühlten sich bei dem deutschen Professor und seiner heiteren Frau, die beide fließend Französisch sprachen, sehr wohl und ließen sich auch mit uns Knaben freundlich und zutunlich ein. Doch so sehr ich gewohnt war, mich in alles zu fügen, was die Eltern bestimmten, begrüßte ich es doch wie eine Erlösung, als uns Brüdern endlich unser eigenes kleines Reich eingeräumt wurde.

Man hat in Süddeutschland stets unter anderer fable convenue über den Charakter der Berliner auch die sehr verkehrte Meinung von ihren anspruchsvollen Lebensgewohnheiten gehegt. Nichts irriger als dies. Wenn einzelne Parvenüs, die auf Reisen gingen, überall die Nase rümpften und nichts so gut fanden, wie sie es angeblich zu Hause hatten, so konnten diese widerwärtigen Berliner snobs nur für diejenigen maßgebend sein, die sich in den mittleren und unteren Ständen der werdenden Großstadt nie umgesehen hatten. Bei diesen war vielmehr eine so große Genügsamkeit vorherrschend, wie sie in Bayern und Österreich nirgends in den gleichen Schichten der Bevölkerung anzutreffen war. Ihre Wohnungseinrichtung, die engen Höfe, in deren Tiefe kaum ein schwacher Sonnenschimmer fiel und doch ein schwindsüchtiges Gärtchen mit einer Bohnenlaube gepflegt wurde, die Landpartien im »Kremser« nach Pankow, Stralau, dem Grunewald, bei denen der bescheidene Mundvorrat mitgenommen wurde, die Spaziergänge der Bürger und Arbeiterfamilien zu den Wirtschaften in Charlottenburg und Schöneberg, wo »kalte Schale« getrunken wurde oder ein Zettel anzeigte »Hier können Familien Kaffee kochen«, – dies alles zeugte für eine Anspruchslosigkeit im Lebensgenuß, die dem Wiener oder Münchener unbegreiflich gewesen wäre. Berlin war eben noch keine reiche Stadt, und die Arbeiter, die es im Laufe des Jahrhunderts dazu machten, mußten sich noch entsagungsvoll nach der Decke strecken. Auch die geistigen Arbeiter, Beamte und Gelehrte, konnten damals nicht daran denken, wie es schon um die Mitte des Jahrhunderts jeder leidlich wohlstehenden Münchener Familie als selbstverständlich erschien, alljährlich zur Sommerfrische vier bis sechs Wochen aufs Land oder in die Berge zu ziehen. Der Tiergarten mußte für die Bedürfnisse nach frischerer Luft selbst in den Hundstagen ausreichen. Aber mit dem Talent zur Selbstironie, das dem echten Berliner angeboren ist, machte er aus der Not eine Tugend, und von sozialer Unzufriedenheit war damals noch nichts zu spüren.

Auch ich habe bis in meine spätesten Jahre nicht aufgehört, mich als »genügsamer Berliner« mit Humor in manches zu schicken, was mir notdürftig genügen konnte, wenn im Augenblick etwas Besseres nicht zu erreichen war. Damals vollends erschienen mir die beiden Hofzimmerchen als ein sehr stattliches Quartier. Wie bescheiden es ausgestattet war, kam mir eigentlich nie zum Bewußtsein, da der Reiz der Freiheit in eigenen Räumen mich allzusehr beglückte. Ich kam freilich in Häuser, wo es weit glänzender aussah, selbst in den Zimmern der noch die Schule besuchenden Söhne. Denn da mein Vater als ein Eingewanderter keine Familienverbindungen in Berlin besaß und mit seinen Kollegen nicht viel von Haus zu Haus verkehrte, beschränkte sich unser geselliger Umgang fast ausschließlich auf die jüdischen Familien, mit denen meine Mutter schon vor ihrer Verheiratung befreundet gewesen war. Dies waren nun fast lauter reiche Häuser, vor allem die verschiedenen Zweige des Mendelssohnschen Stammes, der Patriarch Joseph Mendelssohn mit seiner seinen alten Frau Hinny, zu deren Hausfreunden Alexander von Humboldt gehörte, Alexander Mendelssohn, dessen einer Sohn, Franz, mein Altersgenosse war, Paul Mendelssohn, Felix' Bruder, dann unter anderem eine sehr musikalische Familie Rubens, bei der ich einmal, da ich mich überarbeitet hatte, einen Sommer lang Gastfreundschaft genoß. Sie hatten die Hälfte der Mendelssohnschen Villa in Charlottenburg gemietet, in deren großem Park ich mich lüften konnte. Auch sonst war's eine vergnügliche monatelange Ferienzeit, in der ich auch an guter Musik keinen Mangel litt. Noch ist mir der Besuch Marschners in lebendiger Erinnerung, und die volle, reine Stimme klingt mir im Ohr, mit der seine schöne, rothaarige (zweite) Frau Lieder ihres Mannes zum Klaviere sang.

Außer diesen waren meine Eltern gern gesehene Gäste bei dem Varnhagenschen Ehepaar und jener trefflichen Madame Levy, deren Haus mit dem parkähnlichen Garten die jetzige Museumsinsel fast gänzlich einnahm. Die trotz ihres Uralters völlig geistesfrische Besitzerin sah jeden Donnerstag allerlei Gelehrte und andre notable Leute an ihrem Tische, und auch ich als ein frühreifer Primaner wurde öfters dorthin mitgenommen und aufs gütigste von der alten »Tante Levy« behandelt.

Mit besonderer Dankbarkeit aber gedenke ich all des mannigfachen Guten, das ich in dem Hause der Leipzigerstraße genoß, in welchem späterhin der Reichstag seinen vorläufigen Wohnsitz aufschlug.

Im Erdgeschoß des Vorderhauses wohnte Felix Mendelssohns jüngere Schwester Rebekka, die mit dem großem Mathematiker Dirichlet vermählt war, über ihnen die Familie Böckh. Noch sehe ich den großen Philologen, wie er am Nachmittag in den Garten kam und an dem Bocciaspiel des Henselschen Kreises teilnahm, das von diesem aus einer italienischen Reise nach Berlin mit herübergebracht worden war. Das einstöckige Hinterhaus zwischen dem geräumigen Hof und dem weitgestreckten Garten hatte nämlich der Maler Wilhelm Hensel inne, der Felix' ältere Schwester Fanny zur Frau hatte. Zu allen früheren freund- und verwandtschaftlichen Fäden, die mich mit diesen trefflichen Menschen verbanden, kam noch die Schulfreundschaft mit ihrem einzigen Sohn Sebastian (dem späteren Herausgeber des reichen und anziehenden Memoirenwerks »Die Familie Mendelssohn«). Diesen begleitete ich alle Sonnabende um zwölf von der Schule nach Hause, um bei einem Schüler seines Vaters, Pietrowski, ein paar Stunden zu zeichnen, leider nach einer unglücklichen Methode, da ich nur große Gipsköpfe in sorgfältiger Durchführung nachzustricheln hatte. Schon seit meinem zehnten Jahre hatte ich eifrig gezeichnet, nicht nur in der Schule, sondern zu Hause nach allerlei Vorlagen, und in den Schulstunden meine Lehren und Mitschüler abkonterfeit. Auf der Reise 1842 mit dem Petersburger Onkel nach Süddeutschland trug ich in ein Skizzenbüchlein allerlei Umrisse von Gebäuden, die mir gefielen, ein, schon damals ein paar Münchner, die ich heute noch bewahre. Meine Hand und meine Augen übten sich früh, und zeitlebens ist mir die Freude am Porträtzeichnen nicht erloschen, ohne daß ich es hierin, so wie in meinen Landschaftsskizzen, je zu wirklicher Künstlerschaft gebracht hätte.

An jenen Sonnabenden blieb ich dann nach der Zeichenstunde zu Tisch im Henselschen Hause und gewann eine warme Verehrung für die edle, hochbegabte Mutter meines Freundes, die trotz ihrer körperlichen Unansehnlichkeit mit den charaktervollen Zügen und dem ruhigen Blick ihrer schwarzen Augen einen beherrschenden Einfluß auf ihre gesamte Umgebung ausübte. Auch zu Sebastians Vater hatte ich eine herzliche Zuneigung, schon um der Güte willen, mit der er meine junge Zeichenkunst aufmunterte. Er war durchaus an Charakter und der Art, sich zu geben, das Widerspiel seiner Frau, mit der er jedoch in der glücklichsten Ehe lebte: ein heiterer, gern witzelnder, zu Gelegenheitsversen stets aufgelegter guter Gesellschafter, bei Friedrich Wilhelm IV. wohlgelitten wegen seiner schwärmerischen Königstreue, in allen Häusern des hohen Adels eingeführt, wo er seine sehr konventionellen idealisierenden Bleistiftporträts zeichnete. Seit einem Kolossalbilde in der Garnisonkirche, Christus vor Pilatus geführt, das die Höhe seines Könnens bezeichnete, hatte er nicht mehr viel Größeres von Bedeutung zustande gebracht.

Wertvoller aber als die malerischen Anregungen, die ich in diesem Atelier empfing, waren mir die musikalischen, die ich seiner Gattin verdankte.

Meine Erziehung in dieser Hinsicht war leider vernachlässigt worden.

Meine Mutter war sehr musikalisch. In ihrer Mädchenzeit hatte sie Gesang und Klavierspiel gelernt, beides aber nach ihrer späten Vermählung nicht mehr geübt, und ihr altes Klavier stand verschlossen in dem dunkelsten Zimmer, jener schon erwähnten »Berliner Stube«. Doch die ersten Lieder, die ich als kleiner Knabe zu hören bekam, sang mir die Mutter vor. Sie besaß ein großes Repertoire kleiner kindischer Reime, die ich sonst nirgends wiedergefunden habe, wie:

Der Kuckuck ist ein alter
Ziesele bum bum basele besele,
Der Kuckuck ist ein alter Mann.
Er muß wohl zwanzig Weiber ha'n.
Er kam vor eines Goldschmieds Haus.
Der Goldschmied sah zum Fenster 'naus.
Ach Goldschmied, lieber Goldschmied mein,
Mach mir ein goldnes Ringelein usw.

Ferner hatte sie einen Vorrat französischer Liedchen:

Ainsi font font font (bis)
Les petites marionettes (bis)

oder:

Que je vous aime,
Das muß ich gestehn.
Sans papa, sans mama,
So ganz allein, ach ja!
Que je vous aime,
Das muß ich gestehn!

oder das bekannte:

Sur le pont d'Avignon . . .

Daß sonst in unserm Haufe musiziert worden wäre, kann ich mich nicht entsinnen. Nur einmal wurde meinen Eltern ein junger Komponist empfohlen, dessen Name mir entfallen ist. Er hatte das obligate lange Haar der Musikanten und ihren großen Durst. Wenigstens sah ich mit Erstaunen, daß er am hellen Nachmittag eine Flasche Rheinwein, die mein Vater ihm vorsetzte, fast allein austrank. Worauf er das alte Instrument öffnete, das ziemlich verstimmt sein mochte, und mit einer dünnen Komponistenstimme mehrere seiner Lieder sang. Eines davon auf einen Eichendorffschen Text machte einen so tiefen Eindruck auf mich, daß ich Worte und Melodie bis heute noch in mir trage:

Wenn der kalte Schnee vergangen,
Stehst du draußen vor der Tür.
Kommt ein Knabe schön gegangen,
Stellt sich freundlich dar zu dir,
Lobet deine frischen Wangen,
Dunkle Locken, Augen licht -
Wenn der kalte Schnee vergangen,
Glaub dem falschen Herzen nicht!

Noch weiß ich, mit welcher Bewunderung ich zu dem Künstler aufschaute.

Ich bat denn auch meine Eltern, mir zunächst Klavierstunden geben zu lassen, was sie gern bewilligten. Es war aber kein rechter Segen dabei. Die Stunden, die ich eine Zeitlang bei einer meinen Eltern befreundeten, uns benachbarten Dame, der Gesangslehrerin

Frau Johanna Zimmermann, nahm, gerieten bald ins Stocken. Sie fanden in aller Frühe vor der Schule statt, wo mein Kopf teils noch unausgeschlafen, teils mit der Präparation auf die bevorstehenden Stunden erfüllt war. Im Gymnasium selbst nahm ich eifrig am Gesangsunterricht teil, da ich eine gute Stimme und ein treffliches Gehör und Gedächtnis hatte. Aber eine eigentliche Unterweisung im Technischen der Musik wurde uns nicht zuteil; kaum daß wir die oberflächlichste Kenntnis der Noten gewannen. So habe ich bei großen Festaufführungen - wir wagten uns an Händels »Messias«, Haydns »Jahreszeiten« und schwere kirchliche Kantaten - Solopartien frischweg und ziemlich fehlerlos zu singen gewagt, bloß nachdem ich sie einmal von unserm glänzendsten Solisten, dem Sohn des Tenors der königlichen Oper, Stümer, hatte vortragen hören. Meine vielfachen anderen Allotria neben den Schulfächern, Versemachen und Zeichnen, ließen für eine ernstlichere Pflege der Musik keine Zeit, ein so inniges Bedürfnis ich fühlte, meine musikalische Bildung zu fördern, wozu ich begierig jede Gelegenheit wahrnahm.

Damals waren die Symphoniekonzerte vor dem Oranienburger Tore eben in Aufnahme gekommen, wo man gegen ein Eintrittsgeld von zwei guten Groschen unter der Leitung des Kapellmeisters Liebig an gewissen Nachmittagen eine Symphonie und zwei Ouvertüren klassischer Meister zu hören bekam, in einem großen Saal, in welchem trotz des Tabaksqualms und Bier und Kaffeegeruchs die andächtigste Stimmung herrschte. Ich kann nicht genug sagen, wie sehr ich diesen »populären Konzerten« für Kenntnis und Verständnis der unbegreiflich hohen Werke verpflichtet bin.

Vor dem Oranienburger Tore lag auch die Egellssche Maschinenbauanstalt, neben der Borsigschen damals in Preußen das größte Unternehmen dieser Art. Der Chef des Hauses war als ein Mitglied der katholischen Gemeinde mit meiner Tante Marianne bekannt geworden, und zumal die älteste Tochter, Elise, hatte sich eng an sie angeschlossen. So war auch ich in das Haus gekommen, hatte mich mit den Söhnen befreundet und für jene Elise eine große Verehrung gefaßt, da sie ihr unerfreuliches Verhältnis zu einer jungen französischen Stiefmutter mit klagloser Ergebung ertrug. Ich machte sie in allerlei jugendlichen Herzensnöten zu meiner Vertrauten und weihte sie auch in die poetischen Versuche ein, die sich oft um sie selbst und meine Erlebnisse in ihrer Gesellschaft drehten. In diesem Hause machte ich auch die Bekanntschaft des um mehrere Jahre älteren *Peter Cornelius*, der mir zu weiterer laienhafter musikalischer Ausbildung verhalf. Er lebte mit Mutter und Schwester in ziemlich engen Verhältnissen in Berlin seinen Studien in der Komposition, und es gereichte mir zu nicht geringer Aufmunterung, daß er - als der erste Musiker, der mir diese Ehre erwies - vier meiner Lieder komponierte, die aus seinem Nachlaß herausgegeben wurden. So oft er mit seinen Kameraden Quartette spielte, durft' ich dabei sein, und hörte dann in meiner Sofaecke eifrig zu, bemüht, das verschlungene viersträhnige Tongewebe genau zu verfolgen. Die geniale Natur des Freundes zog mich lebhaft an, auch seine stille, kluge Schwester war mir sehr lieb geworden. Sie hatten beide, nachdem sie meine »Francesca von Rimini« gelesen, eine sehr gute Meinung von meinem poetischen Talent bekommen. Das viel reifere Gedicht, das darauf folgte, »Urica«, nahmen sie nicht sonderlich günstig auf. Den Grund habe ich nie recht begriffen. Doch als der Jugendfreund später nach München übersiedelte, um dort zunächst die Partitur des »Cid« auszuarbeiten, wollten unsere Wege sich nicht wieder vereinigen, da ich seine Begeisterung für die Meister der Zukunftsmusik nicht zu teilen vermochte.

Alles aber, was mir an musikalischen Genüssen von verschiedenen Seiten zuteil ward, wurde durch die Sonntagskonzerte in Fanny Hensels Gartensaal überboten, zu denen ich ein für allemal Zutritt hatte.

Eine illustre Gesellschaft füllte den weiten Raum, doch war kaum einer darunter, der nicht durch ein intimes Verhältnis zur Musik ein Anrecht auf seinen Platz beweisen konnte, und es galt durchreisenden musikalischen Zelebritäten immer für eine hohe Auszeichnung, der Ehre einer Einladung zu diesen Morgenkonzerten gewürdigt zu werden. Zu den Stammgästen gehörte neben Böckh der alte Steffens, dessen ehrwürdiges Gesicht die reinste Verklärung zeigte, während er dem geistvollen Spiel der Hausfrau oder dem Gesang ihrer Freundinnen lauschte, die Felix' liebliche Quartette vortrugen. Die breiten Glastüren nach dem Garten zu standen offen; zuweilen schmetterte der Vogelgesang mit hinein. Hier wurde die »Letzte Walpurgisnacht«, von dem Komponisten soeben vollendet, zuerst aufgeführt und wie manche der schönen Klavierstücke und Lieder noch im Manuskript frisch vom Blatt gespielt und gesungen. Zuweilen kam auch der geliebte Bruder und Meister in Person von Leipzig herüber und verherrlichte eine dieser Matineen durch sein wundervolles Spiel. Dann war der Saal wie in einen Tempel verwandelt, in welchem eine enthusiastische Gemeinde jeden Ton wie eine himmlische Offenbarung einsog.

Ich selbst stand neben Freund Sebastian zuhinterst auf der Schwelle des Nebenzimmers und reckte meine lange Figur auf den Zehen, um keinen Ton zu verlieren und die Gesichter zu betrachten, die sich um den Flügel reihten. Hier sah ich auch die blonde Löwenmähne des jungen Franz Liszt, der seinen ersten Triumphzug durch Berlin hielt, in der vordersten Reihe der Zuhörerschaft eine schöne, blonde Gräfin, die hernach am Arm des glücklichen jungen Eroberers den Saal verließ[5].

---

[5] Ob er an jenem Morgen sich herbeiließ, sich an den Flügel zu setzen, der oft unter den Händen der Hausfrau und ihres großen Bruders erklungen war, ist mir nicht erinnerlich. Desto lebendiger steht ein Tag in meinem Gedächtnis, wo ich über ein Jahrzehnt später den hohen Genuß hatte, den wundersamen Künstler für mich allein spielen zu hören. Er war mit seiner Freundin, der Fürstin Wittgenstein, nach München gekommen, um dafür zu wirken, daß Richard Wagner der Maximiliansorden verliehen würde. Zu diesem Zweck lud die Fürstin die Mitglieder des Kapitels der Reihe nach zu Tisch in ihr Hotel, den Bayrischen Hof, und wendete all ihre Liebenswürdigkeit daran, jeden für den Meister der Zukunft günstig zu stimmen. Ich selbst hatte damals zu dem Orden noch keine Beziehung, doch als Mitglied der königlichen Tafelrunde konnte auch ich vielleicht im gewünschten Sinne gelegentlich ein Wort fallen lassen, und so wurde auch mir zuweilen die Ehre zuteil, zu diesen intimen Diners geladen zu werden, öfter sogar als die alten Herren, da die Tochter der Fürstin, die schöne Prinzessin Marie, sonst eines unterhaltenden Tischnachbars entbehrt hätte, wenn die Mutter sich nur ihrer diplomatischen Mission widmete.
Bei den Gesprächen über das Musikdrama und seinen Schöpfer konnte es nicht fehlen, daß auch ich bescheiden zu Worte kam, wobei ich aus meinem Unvermögen, mich für den Sprechgesang und die neue Kunst überhaupt zu erwärmen, kein Hehl machte. Ich mußte versprechen, den Tannhäuser noch ein zweites Mal zu hören, und wurde beim Wiederbegegnen sofort examiniert, ob ich nun nicht bekehrt worden sei. Die große Virtuosität, einen dankbaren Stoff theatralisch wirksam zu machen, erkannte ich bereitwillig an, die Musik hatte mich lebhafter angezogen als das erstemal. Nur mit dem Text konnte ich mich nicht einverstanden erklären. Die trivialen Sprüche der Dichter beim Sängerkampf schienen mir eines Wolframs und Walters unwürdig, wie auch an vielen anderen Stellen mein Ohr beleidigt wurde. Herr Wagner, sagte ich ganz naiv heraus, sollte sich mit

Bei jenen Morgenkonzerten im Henselschen Gartensaal hatte noch niemand eine Ahnung, daß einmal die Ära einer Zukunftsmusik anbrechen würde, in welcher dem blondmähnigen jungen Virtuosen eine führende Rolle beschieden war, und deren fanatische Anhänger die Musik eines Felix Mendelssohn mit Achselzucken als abgetan zu den Toten werfen würden.

Die Namen vieler anderer aus den besten Berliner Kreisen und durchreisender hoher Gäste sind mir entfallen. Doch entsinne ich mich, daß einmal auch das gewaltige Silberhaupt Thorwaldsens über die Menge emporragte. Er war am Morgen vorher von drei Malern zugleich porträtiert worden, dem Hausherrn, Begas und, wenn ich mich recht erinnere, Eduard Magnus. Die drei alla prima gemalten Bildnisse standen noch im Atelier, dessen Flügeltür geöffnet war, um nach der Musik die Bewunderer des Meisters einzulassen. An einem anderen Tage fiel mir ein scharfgeschnittener Männerkopf von entschieden jüdischem Typus auf, in dessen Zügen ein Ausdruck gebieterischer Willenskraft und kalten Hohnes lag. Ich fragte Sebastian nach dem merkwürdigen Gesicht. Er nannte mir den Namen Ferdinand Lassalle, vom alten Böckh hier eingeführt, der ihm wegen seiner Abhandlung über Herakleitos den Dunkeln eine glänzende Philologenzukunft weissagte.

Auch die Konzerte in der Singakademie besuchte ich fleißig, zumal eine alte Freundin, die Witwe eines Kammergerichtsrats Gedike, die mit meiner Tante Marianne zusammenlebte, eine der Vorsteherinnen dieses ehrwürdigen Institutes war. Die künstlerische Haltung desselben war seit Zelters Tode ein wenig gesunken. Ihr

---

einem Poeten assoziieren, etwa von Peter Cornelius seine Texte revidieren lassen. – Wie diese Gotteslästerung auf die Hörer wirkte, die ihren Abgott auch für den größten Dichter aller Zeiten hielten und, da sie nicht deutscher Abstammung waren, nicht entfernt zu fühlen vermochten, wie ein deutscher Poet von dieser dilettantischen Dichtkunst befremdet werden mußte, kann man sich vorstellen. Die Fürstin insbesondere und ihre Tochter schienen mich ein für allemal als einen Barbaren zu betrachten und einfach aufzugeben. Liszt aber verleugnete seine große Liebenswürdigkeit auch jetzt nicht. Er setzte sich an das Klavier und spielte die Ouvertüre zum Tannhäuser mit so zauberhafter Kunst, daß ich hingerissen lauschte und hernach meine Ketzereien zwar nicht widerrief, aber versprach, von jetzt an mit redlichem Willen mich in diese und alle folgenden Schöpfungen des Meisters hineinzuhören.

damaliger Direktor Rungenhagen galt für einen pedantischen und doch energielosen Anhänger der klassischen Musik, der jedem frischen Hauch der neueren Zeit den Eingang wehrte. (Als man meiner Mutter erzählte, er sei krank, und man fürchte für sein Leben, erwiderte sie: »Da liegt wohl die Singakademie in den ersten Zügen?«[6]) Immerhin hatte ich auch hier Gelegenheit, mich an guter Musik zu erquicken und meine Kenntnis der hohen Meister zu vervollständigen.

Zu eigenem Komödiespielen auf einem Liebhabertheater war keine Gelegenheit, auch traute ich mir, so leidenschaftlich meine Neigung allem Dramatischen zugewandt war, ein schauspielerisches Talent nicht zu. Wenn es einmal sich fügte, daß ich bei einer Dilettantenaufführung bescheiden mitwirkte, war es nie in jugendlichen Rollen. In einem kleinen Lustspiel, das im Mendelssohnschen Hause am Geburtstage von Felix' Mutter aufgeführt wurde, hatte ich den *Papa* von Mariechen Böckh, der späteren Frau Professor Gneist, zu spielen und zog mich ohne sonderlichen Ruhm aus der Sache. Ein einziges Mal, in einem französischen Lustspiel, das eine Dame, bei der ich Konversationsstunde nahm, von ihren Schülern aufführen ließ, machte ich einen jungen Ehemann und verliebte mich ein wenig in meine reizende Frau, der ich hernach in einer Menge französischer Gedichte, ohne das geringste Verständnis der fremden Verskunst, zu huldigen fortfuhr. Später aber, auf der Universität, wo Professor Geppert seine Schüler in Stücken des Plautus

---

[6] Noch einige ihrer originellen Worte mögen hier angeführt werden. Als jemand sie zu etwas überreden wollte und sagte: Die Sache ist doch an und für sich recht angenehm - erwiderte sie: »Ja, aber nicht an und für mich.« ... Ein Bekannter fragte: Ist Herr N. denn ein Jude? - Sie: »Das will ich meinen! Jude mit Jude gefüttert.« ... »Die L.schen Kinder sehen aus, als ob ihre Mutter sie beim Trödler alt gekauft hätte.« ... »Der X. macht immer ein Gesicht, als ob er sich's übel nehme, daß er auf der Welt ist. Ich kann doch nichts dafür.« ... »Wenn R. lacht, sieht es aus, als ob er zu lachen eingenommen hätte.« ... »Ist das Konkordiatheater (ein neuerbautes Liebhabertheater) hübsch? ... Nicht besonders, sehr eng und dunkel. - »Also recht passend für Liebhaber.« ... »Es täte mir sehr leid, wenn ich nächstens abrutschte. Ich habe mich sehr gern gehabt.« ... »Wenn man mir am jüngsten Tag nicht Equipage schickt, bleib' ich liegen.« ... Als man sie bei einem munteren Essen, wo viele Toaste ausgebracht wurden, aufforderte, auch eine Tischrede zu halten, sagte sie: »Nein, Kinder, meine Reden sind nicht so schwach, daß sie gehalten werden müßten.«

öffentlich auftreten ließ, gab ich eine Gastrolle als der joviale alte Micio in den »Menächmen«, haud sine laude. Ich hatte aber früh einen zu klaren und hohen Begriff von dem, was zur Kunst des Mimen erforderlich ist, als daß ich an der unzulänglichen Produktion von eigenen oder fremden Liebhaberkünsten Freude gehabt hätte, denen ich auch mein ganzes Leben lang sorgfältig aus dem Wege gegangen bin.

Zu Theatergenüssen kam ich leider nur selten, wegen meines sehr bescheidenen Taschengeldes.

Den ersten vollen Eindruck einer richtigen Bühnenkunst empfing ich durch eine Posse im Königstädter Theater, »Die Reise auf gemeinschaftliche Kosten«, in der mich Beckmanns komisches Talent bezauberte. (Ich konnte ihm lange Jahre später, als er in Wien den Henoch in meinem »Hans Lange« so herrlich spielte, wie ich vor und nach ihm die Rolle von keinem andern gesehen habe, für diese erste theatralische Freude danken.) Mein erster Operneindruck war eine Aufführung des »Fidelio«. Eine sehr liebe Freundin hatte meine Mutter an der Sängerin Milder, deren ich mich in der Rolle der Gluckschen Iphigenie noch dunkel als einer imposanten Erscheinung mit herrlicher Stimme erinnere. Das Königliche Schauspielhaus aber besuchte ich selten, und so vielgerühmt die dort auftretenden Künstler waren, sie hielten in meiner jugendlichen Empfindung den Vergleich nicht aus mit einer französischen Truppe, an deren Spitze das Saint-Aubainsche Ehepaar und der jeune premier Monsieur Péchéna standen. Und als vollends die Rachel zu einem längeren Gastspiel nach Berlin kam, versäumte ich keine ihrer Vorstellungen und verkaufte einige Schulbücher, um mein Parterrebillet bezahlen zu können.

Für unsere deutsche Komödie in Berlin war die große Zeit vorbei. Ludwig Devrient, Iffland, Seydelmann, Beschort lebten nicht mehr. Frau Crelinger mit ihren Töchtern und ihre männlichen Kollegen machten mit ihrem korrekten, etwas nüchternen Spiel stets den Eindruck, als vergäßen sie, selbst wenn es Figuren aus dem Volke darzustellen galt, keinen Augenblick, daß sie die Ehre hatten, königlich preußische Hofschauspieler zu sein. Erst später kam ein anderer Geist in diese Gesellschaft, und Döring, Dessoir, Liedtke, Gern Sohn, Hoppé und Berndal nebst einigen schönen und temperamentvollen Damen, dazu die unvergeßliche Frieb-Blumauer bildeten einen Künstlerkreis, der wohl den Vergleich mit dem Wiener Burgtheater aushalten konnte.

*

Mit diesen Erinnerungen bin ich endlich bis in die Zeit vorgerückt, die, wie alle Übergangszeiten, unbehaglich durchzumachen sind, wo man, den Knabenschuhen entwachsen, noch nicht von den Jünglingen für ihresgleichen, von den Männern vollends nicht für voll angesehen wird und bei einem Gespräch, in welchem man für seine Meinung noch so gute Gründe vorgebracht hat, sich sagen lassen muß: »Werden Sie erst älter, dann werden Sie von dieser Ansicht selbst zurückkommen.« Die schönen Mädchen, denen man eine schüchterne Huldigung widmet, lassen sie sich gefallen, solange kein reiferer Anbeter um den Weg ist, oder beim Tanz, wenn sie sonst keinen Tänzer fanden. Der hoffnungsvolle Primaner, der schon ahnungsvoll eine Welt im Busen trägt, gebärdet sich in unbeholfener Blödigkeit zuweilen dreist und hochfahrend, nur um seine Unsicherheit zu verbergen, und nimmt eine Zurechtweisung wie eine tödliche Kränkung hin. Was man vom Glück der Jugend sagt, liegt vor und nach dieser unerquicklichen Zeit, in der gerade die feinsten und begabtesten Naturen das meiste Herzweh zu erdulden haben.

Ich selbst, obwohl auch mir solche Erfahrungen nicht ganz erspart blieben, kam doch gnädig genug durch, teils weil ein tiefgewurzelter Respekt vor dem Alter in Gegenwart reifer Männer meine Zunge im Zaum hielt, teils weil ich meist mit Altersgenossen verkehrte, die weniger dialektisch geschult waren als ich und meine fürwitzigen Urteile mir hingehen lassen mußten. In Mädchengesellschaften gereichte mir meine allzu grüne Jugend eher zum Vorteil, da ich schon früh für einen heimlichen Poeten galt, von dem gelegentlich angesungen zu werden es immerhin wert war, daß man ihm ein Ungeschick oder eine Dreistigkeit hingehen ließ.

In diese Zeit fällt meine Bekanntschaft mit Geibel und mein Eintritt in das Kuglersche Haus. Was das Verhalten meiner Eltern zu den neuen Menschen, die mich nun an sich zogen, betrifft, so kann ich nicht verhehlen, daß meine gute, zärtliche Mutter den immer regeren Verkehr mit jenem Kreise freilich nicht ohne Eifersucht mit ansah. Auch mein Vater empfand es anfangs schmerzlich, daß ich nun häufiger als sonst, oft mehrmals in der Woche, dem stillen, häuslichen Teetisch fern blieb. Aber in seiner weisen, liebevollen Seele gönnte er mir die Förderung meiner künstlerischen Bildung durch so treffliche Freunde wie Kugler und Geibel und die geselligen Freuden, die mir das Elternhaus nicht bieten konnte. Denn je schwankender sein körperliches Befinden wurde, je mehr zog er sich von allem geselligen Umgang zurück. Nur hin und wieder lud er einen Freund zu Tische, oder es stellte sich ein guter Bekannter oder einer seiner Schüler Lazarus und Steinthal abends bei uns ein, um ihn über seine Sorgen und Beschwerden ein paar Stunden hinwegzuplaudern.

Dann aber, als ich die Eltern in meine zuerst noch heimliche Verlobung mit Kuglers Tochter einweihte, schon im Jahre 1851, begrüßten sie die neue Tochter beide mit wärmster Freude, und auch meine Mutter schloß meine Braut ohne Widerstreben in ihr leidenschaftliches, eifersüchtiges Herz, das nur für wenige Menschen Raum hatte, diese aber um so inniger festhielt. Für ihren in blindem Mutterstolz überschätzten Sohn war ihr die Beste gerade gut genug gewesen. Nun erschien ihr ohne weitere Prüfung die als die Beste, die diesen Sohn glücklich machte.

Daß ihr die Trennung von Sohn und Tochter, die durch meine Berufung nach München notwendig wurde, schwer zu ertragen war, ist begreiflich, und selbst die Befriedigung des mütterlichen Ehrgeizes durch die ehrenvolle Stellung in der Nähe des Königs Max konnte sie nicht ganz über den Verlust der täglichen Gegenwart trösten. Als dann im Winter des folgenden Jahres mein Vater starb, überkam sie vollends das Gefühl einer tödlichen Vereinsamung.

Sie konnte sich aber nicht sofort entschließen, alle Bande, die sie an ihr heimatliches Berlin fesselten, zu zerreißen und zu ihren Kindern nach München überzusiedeln. Auch fand sie sich, dank ihrer lebensmutigen, sanguinischen Natur, äußerlich wenigstens rascher wieder zurecht, als wir ihr zugetraut hatten. In der kleineren Wohnung, die sie bezogen hatte, empfing sie nach wie vor ihre alten Freunde; Schwester Marianne, die sie um acht Jahre überleben sollte, hielt getreu zu ihr; was sie von meinen dramaturgischen und literarischen Erfolgen hörte, bereitete ihr Festtage, und sie las meine Sachen, so wie sie erschienen waren, mit der lebhaftesten, völlig kritiklosen Begierde.

So lebte sie noch neun Jahre, und ich sorgte dafür, teils durch allwöchentliche Briefe, teils durch Besuche in Berlin oder unser Zusammenkommen in den Monaten der Sommerfrische, daß sie die Trennung nicht allzu schmerzlich empfand. Daß sie meine Kinder mit der zärtlichsten großmütterlichen Liebe umfing, brauche ich kaum zu erwähnen. Besonders meinen ältesten Sohn Franz hatte sie zu ihrem Liebling erkoren und konnte stundenlang mit dem Knaben scherzen und Unsinn treiben und ihm die Liedchen vorsingen, mit denen sie uns Kinder belustigt hatte. Auch daß sie ihrer Schenklaune nun erst recht die Zügel schießen ließ, war natürlich. Zu allen Geburtstagen von Kindern und Enkeln kamen reiche Sendungen ihrer gütigen Hand, darunter nicht wenige große gehäkelte Bettdecken und selbstgestrickte Strümpfe für die erwachsenen bis zu den kleinsten Füßen, und ihre Weihnachtskiste war ein unerschöpfliches Schatzhaus. »Wirst du mir auch nicht böse sein,« schrieb sie mir mehr als einmal, »daß du nichts zu erben findest, wenn ich einmal mit meinem Einspänner aus der Welt hinauskutschiert sein werde?«

Als aber Jahr um Jahr verging, manche alte Freunde wegstarben, ihr Befinden, obwohl sie nie eigentlich krank war, doch zuweilen ihr zu schaffen machte, ihr lebhafter Geist jedoch immer noch Ansprüche erhob, die einer einsamen alten Frau nicht befriedigt werden können, fühlte sie ein immer zunehmendes Ungenügen und den heftigen Wunsch, Berlin, das ihr jetzt öde und kalt vorkam, mit unserm München zu vertauschen. So sehr ich bestrebt war, ihr jeden ereichbaren Wunsch zu erfüllen, konnte ich ihr doch nur zureden, auf diesen zu verzichten. Ich sah eine bittere Enttäuschung voraus, wenn sie, da man ohne Schaden keinen alten Baum verpflanzt, in ihren hohen sechziger Jahren ihr gewohntes Leben aufgegeben hätte, das ihr freilich mancherlei Verzicht auferlegte, wie er aber vom späten Alter in den meisten Fällen unzertrennlich ist. Meine Münchener Freunde waren ihr fremd. Die Kinder, mit denen zusammen sie zu leben hoffte, gingen in die Schule, meine Frau war durch häusliche Pflichten, ich selbst durch meine Arbeiten in Anspruch genommen. Sie hätte uns in der Nähe schmerzlicher entbehrt als in der Trennung und wäre sich vollends verloren und verlassen vorgekommen, wenn weder ihre Schwester noch alte Bekannte, die ihr immer noch treu geblieben waren, zu traulichem Geplauder sich bei ihr eingefunden hätten. Ja, schon ihre gewohnte Spenersche Zeitung hätte sie schwer vermißt, und die Annoncen der »Neuesten Nachrichten« wären ihr keine Entschädigung gewesen für die Ankündigungen von Verlobungs- und Todesfällen mit alten Berliner Namen und die Geschäftsanzeigen der Kaufleute, die ihr seit fünfzig Jahren bekannt gewesen waren.

Sie fügte sich endlich meinem eindringlichen Abraten, und ich überzeugte mich, als ich ihr im Jahre 1863, nachdem ich im Jahr vorher in Meran meine junge Frau begraben hatte, auf ein paar Monate ihre beiden ältesten Enkel brachte, daß ihr Leben in der Tat nicht so verarmt und vereinsamt war, wie sie in sehnsüchtigem Ungenügen es darzustellen pflegte. Auch war es noch die alte geistige und leibliche Frische, all ihre Sinne standen ihr ungeschwächt zu Gebote, sie las ohne Brille, hörte den leisesten Ton, und der heitere Witz, mit dem sie jeden Besucher ergötzte, ließ niemand die Stunde für verloren halten, die er bei der alten »Mama Heyse« zugebracht hatte.

Erst im folgenden Jahre mehrten sich ihre körperlichen Beschwerden, eine nahe Lebensgefahr aber schien bei ihrer glücklichen Konstitution und der Unversehrtheit aller Organe nicht vorhanden. Dennoch wurde ich durch allerlei ängstliche Berichte alarmiert und war drauf und dran, im Herbst zu ihr zu reisen, um mich von ihrem Zustande mit eigenen Augen zu überzeugen. Sie selbst aber beruhigte mich wieder, und so fuhr ich am 20. Oktober nach Wien, um am Burgtheater der dritten Vorstellung meines »Hans Lange« beizuwohnen. Ich konnte ihr noch den glücklichen Erfolg telegraphieren und ahnte nicht, daß es die letzte Freude ihres Lebens sein sollte.

Wenige Tage nachher, als ich schon wieder bei den Meinigen in München war, rief mich ein Telegramm der Tante Marianne an ihr Sterbebett. Die Wassersucht, die langsam aufgetreten und oft wieder zurückgegangen war, hatte sich plötzlich edleren Teilen genähert, und der Arzt gab nur noch eine kurze Frist. Sie selbst, als ich um Mittag an ihr Bett trat, begrüßte mich mit ihrer alten Heiterkeit, ohne daß die Schatten des nahen Todes ihr Gemüt und ihren Geist schon verdunkelt hätten. Ich mußte mich zu ihr setzen, ihr von den Kindern und von der Wiener Aufführung erzählen, dann war ihre Hauptsorge, wie in früheren Tagen, was ich essen und wie ich nachts gebettet sein würde. Nur der etwas schwerere Atem ließ erkennen, daß schon vorgestern ein leiser Lungenschlag gedroht hatte sie hinzuraffen, und ihr liebevolles, großes Auge irrte unsicher umher. Aber ihre gute Laune verließ sie auch jetzt nicht. »Es geht noch nicht ans Sterben,« sagte sie; »kein ordentlicher Mensch stirbt.« Dann wieder: »Meine Mädchen sind treu, ich behalte sie auch beide. Wenn sie mich nur behalten! Aber das kann der liebe Gott ja wohl machen, es ist ja nur eine Kleinigkeit, wenn er sonst Lust dazu hat.« - Als ich ihr Wasser reichte, scherzte sie:

»Ein Schlückchen nur
Dem Troubadour!«

Dann sprach sie noch von Iffland, halb im Traum und ganz abgerissen: »Er war sehr häßlich, aber ein sehr guter Schauspieler. Ja, er lebte in Mannheim. Kinder, ich spreche wohl irre, oder habe ich noch meine gerade Sprache? Ja, und Beschort war auch kostbar!« Dann verstand sie nicht mehr klar, was ich sagte, ihr Auge wurde immer trüber, die Lampe schien ihr dunkel, sie wußte nicht mehr, ob wir bei ihr saßen, und lag ganz still. Die schwache Flamme ihres Bewußtseins erlosch unmerklich, nur der Atem ging noch stundenlang aus und ein, bis auch der am Morgen des 27. stillstand.

Ihre helle, heitere Seele war, wie sie sich's immer gewünscht hatte, heiter und ohne Kampf aus dem Leben geschieden.

2. Berliner Lehrjahre.

Es war im Herbst des Jahres 1846, daß ich zum erstenmal über Geibels Schwelle trat, ein sechzehnjähriger Primaner, dem zu Ostern des nächsten Jahrs das Abiturientenexamen bevorstand.

Schon lange hatte ich mich eifrig des Dichtens beflissen und zumal die Freuden und Leiden einer ersten Liebe, mit der es mir bitterer Ernst gewesen war, in unendlichen lyrischen Variationen, meist nach bekannten Mustern, gebeichtet. Auch an dramatischen Versuchen hatte es nicht gefehlt, und es war mir sogar gelungen, mit einem ersten fertig gewordenen Trauerspiel, »Don Juan de Padilla«, den aufmunternden Beifall meines lieben Vaters zu erringen, der mein aufkeimendes poetisches Talent von früh an begünstigte, doch als der Pädagog und Sprachforscher, der er war, wenn ich ihm wieder einmal ein Heftchen mit Versen zeigte, sich lobender Kritik möglichst enthielt, dagegen sprachliche und Reimverstöße sorgfältig anmerkte.

Noch eins, zu vielem anderen, danke ich ihm. Er hielt streng darauf, daß ich jeden einmal angefangenen Entwurf zu Ende führte, auch wenn ich mitten in der Arbeit die Lust oder selbst den Glauben an den Wert des Stoffes verloren hatte. »Selbst aus einem verfehlten Ganzen,« sagte er, »lernst du mehr als aus zehn leicht begonnenen und leichtsinnig aufgegebenen Fragmenten.«

Außer ihm und einigen Schulfreunden wußte nur noch mein obenerwähnter verehrter Lehrer, Professor Yxem, um meine heimlichen poetischen Jugendsünden, war aber weit entfernt, mich darin zu bestärken. Liebeslieder durft' ich ihm natürlich nicht zur Beurteilung vorlegen. Ich wagte es aber hin und wieder mit einer Romanze oder Ballade im Uhlandschen Stil, nach dem Muster von »Der Wirtin Töchterlein«. Nicht wenig betroffen war ich dann, als der grillenhafte alte Herr mit einer gewissen Gereiztheit mich warnte, in dieser Uhlandschen »Handwerksburschenpoesie« fortzufahren. Der Grund dieses wegwerfenden Urteils über einen Dichter, der uns allen so hoch stand, lag in seiner schon erwähnten begeisterten Goetheverehrung. So hatte er sich nun auch Goethes Ansicht über den schwäbischen Dichter, »aus dessen Region nichts Tüchtiges, die

Welt Bewegendes kommen könne«, angeeignet, was mein jugendliches Gezwitscher im Volkston entgelten mußte.

Auch Geibels erste Gedichte waren mir natürlich nicht unbekannt geblieben. Zur Nachahmung aber hatten sie mich nie angeregt. Ich bewunderte ihren Wohlklang, des Dichters reife Künstlerschaft in der Beherrschung aller Formen und die Wärme und Zartheit seiner Empfindung, und doch, sie machten mir weder kalt noch warm. Was ich in ihnen vermißte, hätte ich damals nicht klar zu bezeichnen vermocht: jene starke persönliche Eigenart, die mich in Heines kleinen Liedern, seinen Nordseebildern und dem Romancero fesselte, und dann wieder den unwiderstehlich süßverworrenen Naturton Eichendorffs, der mich mit seiner einförmigen Melodie, den wenigen, unermüdlich wiederkehrenden Stimmungsklängen ganz in seinem Banne hielt.

So hätte ich nie daran gedacht, gerade Geibels Bekanntschaft zu suchen, vollends nicht, ihn um sein Urteil über meine poetischen Exerzitien anzugehen. Er war fünfzehn Jahre älter als ich, ein berühmter Mann, der es schon zu einem halben Dutzend Auflagen gebracht hatte. Wie sollte er sich um die »Handwerksburschenpoesie« eines unbärtigen Gymnasiasten kümmern? Ja, wenn mich noch eine überschwengliche Verehrung zu ihm geführt hätte!

Daß ich trotzdem eines Tages an seine Türe klopfte, und zwar als angehender Poet, der »schüchtern und beklommen« den Spruch des Meisters zu hören erwartet, damit war's in folgender seltsamer Weise sehr gegen meinen Wunsch und Willen zugegangen.

*

Während meines letzten Schuljahrs hatte ich mit dreien meiner nächsten Freunde ein poetisches Kränzchen gegründet, das wir den »Klub« nannten. Einmal in der Woche fühlten wir das Bedürfnis, uns unsere Verse vorzulesen, und versammelten uns zu diesem Zweck in der Wohnung des Ältesten unter uns, des Sohnes eines wohlhabenden Soldiner Bürgers, *Richard Göhde*, der mit mir in der Prima saß, ziemlich weit zurück auf den hinteren Bänken. Er war ein heiterer, überaus gutherziger Kamerad, von seinem Papa der Obhut eines Schulvorstehers in Berlin anvertraut, der seinem Pflegling neben der Überwachung seiner Schulstudien Freiheit genug ließ, allerlei unschuldige Allotria zu treiben.

Zu diesen gehörte unter anderem eine gelegentliche, aber ziemlich hoffnungslose Beschäftigung mit der edlen Poeterei, die auch mich und zwei andere Schulfreunde mit ihm zusammengeführt hatte. Denn er besaß, was ihn uns besonders liebenswürdig erscheinen ließ, eine schwärmerische Neigung, anzuerkennen, was ihm selber fehlte, so daß wir uns kein dankbareres Publikum wünschen konnten.

Der zweite meiner Klubgenossen war *Felix von Stein*, der Urenkel von Goethes Freundin. Das geringe Talent für Poesie, das er besaß, schien ihn doch wegen der Familientradition zu einiger Pflege und Ausbildung zu verpflichten, und noch viele Jahre später, als er bereits glücklicher Gatte und Vater geworden war und sein Erbgut Kochberg, mit geringem Erfolge freilich, bewirtschaftete, hat er in den Zimmern, die Goethe mit kleinen, runden Wandbildern in Sepia geschmückt, sich mit dramatischen Versuchen abgemüht, die höchstens damals in unserem Primanerklub Anerkennung gefunden hätten.

Der vierte im Bunde war ein entschiedenes dichterisches Talent, das fruchtbarste von uns allen, *Bernhard Endrulat.*

Er stammte aus einer litauischen Familie; die Eltern, in bescheidenen Verhältnissen lebend, waren, so viel ich mich entsinne, seit Jahren in Berlin angesiedelt, zwei hohe, stattliche Gestalten, von denen der Sohn die Statur und eine gewisse Zartheit des Wesens geerbt hatte. Er war ein oder zwei Jahre älter als ich, an Leib und Seele wohlgeraten, ein auffallend schöner, stolz und treuherzig in die Welt blickender Junge mit dunklen Locken, von dem seine Lehrer - er besuchte nicht mit uns das Friedrich-Wilhelms-Gymnasium - nach seinen Zeugnissen zu schließen, die günstigste Meinung hegten.

Früh hatte sich bei ihm die Überzeugung festgesetzt, daß er zum Dichter geboren sei. Er erklärte dies auch mit naiver Feierlichkeit seinen Freunden, ohne daß er die Verse, die er mit unglaublicher Leichtigkeit hinwarf, schon für vollkommene Gaben der Muse angesehen hätte. Bald nachdem uns ein Zufall zusammengeführt, befreundete ich mich mit ihm aufs herzlichste. Ich bewunderte sein

Talent höchlich und stellte es weit über mein eigenes. Denn obwohl ich selbst in einer dichterischen Welt lebte und webte, war ich durchaus nicht klar darüber, ob ich zum Dichter und nicht vielmehr zum Maler berufen sei. Von Endrulat aber glaubte ich, daß ihm der Lorbeer des Poeten nicht fehlen könne. Meine neidlose Bewunderung ging so weit, daß ich mich unendlich geehrt und geschmeichelt fühlte, als er eines meiner kleinen sentimentalen Gedichte so hochschätzte, daß er es selbst gedichtet zu haben wünschte. Er schlug mir einen Tausch gegen eines der seinigen vor, das mir als ein unerreichbares Virtuosenstückchen erschienen war, und da ich ihn ohnehin für den reicheren hielt, ging ich ohne sittliche Bedenken auf diesen Glaukustausch ein. Meines eigenen Produkts entsinne ich mich nicht mehr. Das seine, das er als Motto vor ein Buch mit weißem Papier geschrieben hatte, ist mir im Gedächtnis geblieben:

Was ungereimt
Gereimt entkeimt,
Sich ungesäumt
Zum Verschen säumt,
Ob's gegen Zaun
Und Zügel bäumt,
Hier wird ein Raum
Ihm eingeräumt.

Zur Steuer der Wahrheit muß ich hinzufügen, daß ich von meinem wohlerworbenen Eigentumsrecht nie Gebrauch gemacht habe.

Man würde aber eine falsche Meinung von dem hochgestimmten, schwärmerisch dichtenden und trachtenden Jüngling fassen, wenn man ihn im Verdacht hätte, dergleichen Formkünste hätten sein dichterisches Wesen ausgemacht. Vielmehr war er ganz erfüllt von den Freiheitsgedanken der vormärzlichen Zeit, in höherem Grade als irgendeiner von uns, und in schwungvoller Rhetorik huldigte er den abstrakten politischen Idealen der Lyriker jener Tage, denen er auch später nicht untreu geworden ist.

Daß es um unser Naturgefühl nicht zum besten stand, wir uns vielmehr in diesem Gebiete mit wohlfeilem Anempfinden begnügten, wird niemand von richtigen Berliner Kindern anders erwarten. Auch er war hierin mir nicht überlegen. Doch entsinne ich mich, welchen Eindruck die Verse in einem seiner Gedichte auf mich machten:

Melancholisch finster
Schwankt der gelbe Ginster.

Was wußte ich im Tiergarten oder der Hasenheide von dieser wildwachsenden Pflanze! Als ich ihr später zuerst begegnete, mußte ich freilich lachen, da ich dem heiteren Gesträuch, das mit heller Goldfarbe an den Bergabhängen leuchtete, nicht zutrauen konnte, jemals in finsterer Melancholie vor dem Auge des Dichters geschwankt zu haben.

Unsere Zusammenkünfte erfuhren auch im Sommer keine Unterbrechung. In jener anspruchsloseren Zeit war es ja noch nicht Sitte geworden für jeden, der es irgend vermochte, sich aus dem Berliner Staube zu flüchten, und Felix von Steins Eltern besaßen überdies ein Haus mit einem großen, alten Garten in Schöneberg, das auch den »Klub« oft gastlich beherbergte. Im übrigen betätigte Felix sein literarisches Interesse weniger durch eigene poetische Beiträge als durch den Eifer, mit dem er sich an unseren ästhetischen Debatten beteiligte, wobei er, der einzige unter uns grünen Jünglingen, eine Zigarre nach der anderen rauchte.

Auch der Soldiner Freund war nicht sehr produktiv. Er erwarb sich aber auf andere Art ein erhebliches Verdienst um uns, da er ein besonderes Talent für die Kochkunst hatte. So ging er, oft während der Vorlesungen selbst, geschäftig ab und zu, um in der Küche nach dem Rechten zu sehen. Er »rumohrte« draußen, wie wir mit Bezug auf den Verfasser des »Geists der Kochkunst« von ihm sagten, wenn er zu lange fortblieb. Aus den geringen monatlichen Beiträgen, die wir zu unseren Symposien leisteten, konnte unmöglich die für unsere Begriffe oft glänzende Bewirtung bestritten werden. (Richard war stolz darauf, uns sogar einmal in die Geheimnisse der Béchamelsauce eingeweiht zu haben.) Da er aber einen reichlichen Wechsel hatte und es sich zur Ehre schätzte, in dem Poetenkreise wenigstens durch *ein* schätzbares Talent sich hervorzutun, drangen wir nicht weiter auf genaue Abrechnung.

Das Getränk bestand in ein paar Flaschen jenes säuerlichen Josty-schen Biers, das nicht im Verdacht stehen konnte, uns die Köpfe zu erhitzen. Dafür sorgte jedoch nicht bloß die Begeisterung, mit der wir unsere eigenen Verse vortrugen; sie wurde überdies oft genug durch die offenherzigste Kritik gedämpft. In eine feurigere Stimmung versetzten uns häufig die Werke der großen Dichter, die wir uns mit verteilten Rollen vorlasen. Unter anderem entsinne ich mich eines Abends, wo wir die »Iphigenie« gewählt hatten. Immer mächtiger ergriff uns die Herrlichkeit des wundersamen Gedichts, immer höher erhoben Endrulat und ich die Stimmen; unser Kochkünstler war von seinem Herde hereingeschlichen und hatte sich sacht auf einen Stuhl neben der Tür niedergelassen; im Sofa lag Felix mit zurückgesunkenem Haupt und geschlossenen Augen; wir achteten nicht darauf, daß wir beide zuletzt allein lasen, bis tiefe, regelmäßig auf- und absteigende Töne vom Sofa her uns verkündeten, daß einer aus unserem Bunde sanft entschlummert war. Zugleich drang ein brenzliger Mißduft aus der Küche herein, der verriet, daß unser Abendessen Gefahr lief, als ein Brandopfer auf dem Altar der Dichtung für geringe Sterbliche ungenießbar zu werden.

Richard sprang erschrocken auf, dem Übel draußen womöglich noch Einhalt zu tun; träumerisch erhob sich Felix von seinem Lager und versicherte, nur einen Augenblick von der Macht der Schönheit überwältigt worden zu sein; wir alle aber konnten durch dergleichen drollige Intermezzi in unserer gehobenen Stimmung nicht ernstlich gestört werden.

*

Was an diesen Abenden vorgelesen wurde, unterlag einer strengen Sichtung, nach welcher das für würdig Erklärte in das sogenannte »Klubbuch« eingetragen wurde, – ein Quartband mit dünnem, bläulichem Schreibpapier, in einer rot marmorierten Decke, so unscheinbar, wie sich's für die prunklose Beerdigung meist totgeborener Musenkinder geziemte.

Es war unter uns ausgemacht, daß keinem profanen Auge der Einblick in diese Blätter gestattet werden sollte. Wir waren daher nicht wenig bestürzt und entrüstet, als Richard uns eines Abends mit verlegener Munterkeit gestand, er habe sich erlaubt, unser Klubbuch jemand zu zeigen, und zwar keinem Geringeren als Emanuel Geibel, der es denn auch freundlich durchgeblättert und geäußert habe, es werde ihm Vergnügen machen, die Verfasser persönlich kennen zu lernen.

Zu diesem Verrat hatte sich unser Freund auf folgende Weise verleiten lassen, wodurch sein Verbrechen allerdings in milderem Lichte erschien.

Das stille Haus nämlich am Enkeplatz Nr. 3, dicht an dem Gitter, das den Bezirk der Sternwarte abgrenzte, stand in besonderer Musenhuld. Im ersten Stock wohnte der Schulvorsteher, Schuft mit Namen, Richards ehrsamer Nähr und Pflegevater, bei dem unsere dichterischen Konventikel stattfanden, der zweite Stock beherbergte *Robert Prutz* mit seiner Familie, im dritten hatte *Emanuel Geibel* ein paar möblierte Zimmer inne. Trotz unserer Neugier, wie wohl ein wirklicher, schon gedruckter lebender Dichter aussehen möge, hatten wir keinen Versuch gemacht, mit den »höheren Mächten« in Verkehr zu kommen. Richard aber, als Hausgenosse, war beiden Dichtern zuweilen auf der Treppe begegnet und mit Geibel insbesondere in ein freundnachbarliches Verhältnis getreten, da er sich erboten hatte, ihm Federn zu schneiden.

Dabei hatte der berühmte Mann sich einmal zu der Frage herabgelassen, ob er etwa auch Verse mache. Errötend hatte Richard seine eigenen lyrischen Sünden verleugnet, dagegen von dem Talent zweier Freunde groß Rühmens gemacht und endlich zum Beweise, daß er nicht übertreibe, das Klubbuch ausgeliefert.

Nachdem der Sturm unserer sittlichen Entrüstung verbraust war, sahen wir ein, daß wir die Folgen dieses Vertrauensbruches wohl oder übel auf uns nehmen mußten. So stiegen wir am nächsten Vormittag mit einigem Herzklopfen in den dritten Stock hinauf. Der Empfang aber, der uns zuteil wurde, verscheuchte bald jede Beklommenheit.

Auf dem Schreibtisch freilich, von dem der Dichter sich erhob, uns mit herzlichem Händedruck zu bewillkommnen, lag das corpus delicti, unser Buch in dem rot marmorierten Einband. Das peinliche Verhör aber, das wir fürchteten, unterblieb. Geibel, damals einunddreißig Jahre alt, begrüßte uns mit väterlichem Wohlwollen als hoffnungsvolle junge Leute, deren löbliches Streben mit seinem Rat zu fördern ihm Freude machen würde. Er hielt uns, da wir selbst bescheiden verstummten, eine schöne kleine Rede über die Pflicht, durch strenge Selbstzucht sich der Gunst der Musen wert zu machen. Vor allem sollten wir uns bemühen, etwas Rechtes zu lernen, mit allem Wissen der Zeit unseren Geist zu nähren, da der Dichter auf der Höhe seiner Zeit stehen müsse, wenn er ihr Leitstern werden wolle. Der sonore Klang seiner Stimme und die priesterliche Wärme, mit der er sprach, machten einen tiefen Eindruck auf mich. Er hatte sofort mein junges Herz gewonnen, weit sicherer, als wenn er sich auf die freundlichste Kritik meiner Verse eingelassen hätte. Mit einer Art Ehrfurcht betrachtete ich das von braunem, lockigem Haar - damals noch reichlich genug - umrahmte, groß geschnittene Gesicht, aus dem unter der schönen Stirn die hellen, feurigen Augen uns gütig anblickten. Im ganzen freilich hatte ich mir einen Dichter anders vorgestellt. Mit dem alten grünen Schnürrock und dem lose umgeschlungenen Tuch um den offenen Hals machte die stämmige, untersetzte Gestalt mehr den Eindruck eines alten Studenten oder eines etwas verwahrlosten französischen Troupiers, an den auch der starke Schnurr- und Knebelbart erinnerte. Es war mir aber lieber, ihn so [zu] finden, als wenn er in der Gestalt eines Barden oder Troubadours erschienen wäre. Dazu waren seine Worte denn doch von dem tiefen lyrischen Hauch durchweht, der seinen Gedichten ihren Reiz verlieh, und wie er sich nun mit jedem einzelnen von uns über seine persönlichen Verhältnisse und Lieblingsstudien unterhielt, ganz anders, als wir es von den ebenfalls sehr verehrten Professoren unseres Gymnasiums gewohnt waren, fühlten wir doch, daß er von einer Menschenart war, der wir bisher noch nicht begegnet waren.

Dazwischen warf ich verstohlene Blicke auf das Blatt, an dem er eben geschrieben hatte. Ich glaube, es war eine Szene seiner Albigensertragödie, mit der er sich lebenslang tragen sollte, ohne sie zum Abschluß zu bringen. Zum erstenmal sah ich ein im Entstehen begriffenes Manuskript eines Meisters, und auch die großen, etwas schwerfälligen Züge seiner Handschrift mit ihren Haken und Schwänzen imponierten mir höchlich.

*

So verlief unsere erste Begegnung zu unsrer großen Befriedigung, und wir erteilten im Hinuntergehen auf der Treppe dem Verräter unserer Klubgeheimnisse feierlich Absolution.

Dann führte er mich beiseite und vertraute mir, die Gedichte im Klubbuch, die Geibel als besonders talentvoll bezeichnet habe, seien fast alle von meiner Hand geschrieben gewesen, was natürlich Bernhard gegenüber Geheimnis bleiben müsse.

So sehr dies meinen nicht allzu lebhaften Ehrgeiz aufstacheln mußte, befremdete mich's doch nicht wenig. Ich hatte Endrulats Talent für das weit bedeutendere und reifere gehalten. Als ich dann aber das erstemal von Geibels Aufforderung, ihn auch einmal allein zu besuchen, Gebrauch machte, erkannte ich an seinem freundlichen Eingehen auf einzelne meiner Lieder und Romanzen, daß es ihm jedenfalls ernst damit war, wenn er in meinen noch vielfach unbeholfenen, naiven Anfängen etwas fand, was er in den weit flüssigeren, doch oft konventionell-pathetischen Versen meines Freundes vermißte.

Doch ermahnte er mich, in diesem Winter mich des Versemachens möglichst zu enthalten und erst das Gymnasium zu absolvieren. Er wolle mich auch dann erst bei Franz Kugler einführen, mit dem er in herzlicher Freundschaft verbunden war, und von dessen Urteil über alles Künstlerische er die höchste Meinung hatte.

Eines meiner Gedichte - eine Art Monolog der Niobe vor ihrer Versteinerung, deren Eintritt auch den Fluß der Terzinen zum Stocken brachte - hatte er schon jetzt dem Freunde gezeigt und beurteilte nun das Gedicht sehr eingehend. Ich hatte mich ja auch von meinem Vater einer strengen Kritik zu erfreuen gehabt. Doch obwohl dieser selbst eine feine poetische Ader hatte, wovon ich manches Zeugnis bewahrte, - die letzten Geheimnisse des lyrischen Metiers waren ihm doch nicht aufgegangen, während wohl kaum ein deutscher Dichter so vertraut mit ihnen war, wie Emanuel Geibel.

Ihm war nicht nur das feinste Ohr für den sinnlichen Reiz des dichterischen Ausdrucks eigen, auch das sicherste Gefühl für die Einheit des Stils und das klarste Verständnis für alles, was die *innere Form* betraf. Sein angeborenes Kunstgefühl war aus drei Quellen genährt und geläutert worden: dem Studium der Alten, besonders der Griechen - mit Ernst Curtius war es ihm ja vergönnt gewesen, ein paar schöne Jugendjahre in dem klassischen Lande selbst zu verleben, - dann aus der Bewunderung Goethes und endlich nicht zum wenigsten aus einer genauen Kenntnis der zeitgenössischen französischen Lyriker. Es war ihm aber gelungen, alle diese Elemente so in sich zu verarbeiten, daß aus ihrer Verschmelzung ein eigener Klang hervorging und von Nachahmung kaum hie und da die Rede sein konnte. Es hat größere lyrische Dichter gegeben als ihn; wohl nie einen größeren lyrischen Künstler.

Das sollte auch mir zugute kommen. Denn wenn der Dichter auch »den Gehalt in seinem Busen« keiner menschlichen Schulweisheit verdanken kann, sondern nur seiner innersten Natur und dem lebendigen Leben, bringt er »die Form in seinem Geist« doch nicht fertig mit auf die Welt und darf es als ein Glück betrachten, wenn ein richtiger Meister ihm hilft sie auszubilden.

Wie einem lyrischen Motiv am einfachsten und schlagendsten alles abzugewinnen sei, was es an Stimmungsreiz und seelischem Wert enthält, wie, wenn der erste Hinwurf vorliegt, eine sorgsame Feile anzuwenden, nicht so sehr zur tadellosen äußeren Glättung, sondern um jede verbrauchte, flache oder bloß rhetorische Wendung durch eine charakteristischere, eignere zu ersetzen, darüber gingen mir durch Geibels Winke ganz neue Lichter auf. Das Geheimnis des Adjektivs wurde mir klar, das mir freilich schon beim Lesen Heinescher Lieder, der Goetheschen ganz zu geschweigen, aufgedämmert war und sich vollends enthüllen sollte, als ich einige Jahre später Mörike kennen lernte. Geibel zeigte mir an manchem meiner eigenen Jugendlieder, wie durch ein unermüdliches »Nachinnenfeilen« zuweilen ein paar unbedeutende Strophen, die aber einer echten Stimmung entsprungen waren, zuletzt doch einen intimen, persönlichen Reiz gewinnen konnten. Auch wie viel darauf ankommt, richtig anzufangen und zur rechten Zeit zu enden, vor allem »nicht aus dem Stil zu fallen«, das heißt, in einem Gedicht, das in einer bestimmten Tonart, etwa im Volkston, gehalten ist, keine Wendung zu gebrauchen, die einer höheren literarischen Sphäre angehört oder umgekehrt, wurde mir jetzt erst klar. Um nur ein Beispiel anzuführen: ich hatte, durch eine französische Lebensbeschreibung Bayards, des Ritters ohne Furcht und Tadel, angeregt, einen Romanzenzyklus nach dem Muster von Herders »Eid« verfaßt, den ich Geibel nun auch lesen ließ. Was er davon hielt, ist mir nicht mehr erinnerlich. Es muß wohl nicht viel gewesen sein, da ich es nicht der Mühe wert hielt, das Heft aufzubewahren. Nur eine einzige dieser Romanzen habe ich später in meine Gedichte aufgenommen, die letzte, die den Tod des Helden erzählt, wie er nach dem ergreifenden Begegnen mit Karl von Bourbon,

> Prinz Bourbon, der gegen Frankreich,
> Gegen seinen König kämpft,

verwundet im Tal der Sesia an einen Baum gelehnt, verscheidet. Der Sieger -

> Klirrend in dem Eisenharnisch
> Schwingt er sich von seinem Wappen,
> Tritt zu jenem Vielverehrten,
> Spricht zu ihm, indem er weint:
>
> »O Bayard, dein herbes Scheiden,
> Wie zerreißt es mir die Seele.« -
> Doch Bayard - mit dem Verräter
> Tauscht er weder Wort noch Blick.
>
> Schaut noch einmal auf zum Himmel,
> Wendet sich und ist verschieden -

Hieran schlossen sich in meiner ersten Fassung noch einige Verse, die den Eindruck der stummen Verdammung des Verräters warmherzig schilderten. »Dadurch schwächst du den Schluß des Gedichts, sagte Geibel. Hier ist die äußerste Kürze geboten, kein Wort sentimentaler Empfindung, das dem Hörer vorschreibt, was er selbst dabei zu empfinden habe. Ich würde einfach schließen:

> Nie seit dieser Stund' hat jener
> Mehr gelächelt, wie man sagt.

Stoße dich nicht an die letzte trockene Wendung. Auch in den spanischen Romanzen begegnen wir dergleichen scheinbar prosaischen Versen, die eben dadurch das Gedicht als ein echt volkstümliches legitimieren und stilgemäßer sind als die schönste lyrische Phrase«.

Ich entsinne mich, daß ich damals nur mit geheimem Widerstreben seinem Rate folgte. Bald jedoch ging es mir auf, daß es das einzig Rechte gewesen war.

Es hatte nicht lange gewährt, so war mir von dem verehrten Freund und Meister das brüderliche »Du« angetragen worden, in das ich mich trotz des Gefühls meiner Unterordnung leicht genug fand. Er hatte von Anfang an sein geistiges Übergewicht über meine grüne Primanerweisheit nie mit kühler Gönnermiene geltend gemacht, sondern nur wie der gereifte ältere Bruder gegenüber dem jüngeren. Zeitlebens hat er es geliebt, mit jüngeren Talenten sich von vornherein auf den Fuß eines kameradschaftlichen Verhältnisses zu stellen. Julius Grosse, Heinrich Leuthold, Hans Hopfen konnten es bezeugen, wie einfach menschlich der als schroff und hochfahrend Verschrieene ihnen entgegenkam. Gerade weil er sehr wohl wußte, was er wert war, lag ihm nicht daran, äußerlich den noch Unausgereiften gegenüber seine Würde zu wahren, und eine kleinliche eifersüchtige Regung vollends konnte ihn niemals anwandeln. Wie denn überhaupt der vielberufene Künstlerneid immer das Zeichen einer Unsicherheit des Selbstgefühls, die unheimliche geheime Furcht der eigenen Unzulänglichkeit in ehrgeizigen Halbtalenten zu sein pflegt, mit der sich dann doch eine törichte Eitelkeit und Selbstüberschätzung sehr wohl verträgt. Ein anderes ist die bittere Empfindung, die den Edelsten, Neidlosesten überschleichen kann, wenn er »des Ruhmes heil'ge Kränze auf der gemeinen Stirn entweiht« steht. Wo ihm dies begegnete, konnte auch Geibel in eine heilige Empörung geraten, die dann von urteilslosen Anhängern jener falschen Größen als selbstsüchtige Überhebung gedeutet wurde. Den wahrhaft Großen gegenüber war niemand bescheidener als er.

Und doch hätte mancher andere sich durch den raschen Ruhm, den ihm der erste Band seiner Gedichte eintrug, verblenden lassen können. Zu diesem ungewöhnlichen Erfolge hatten, außer dem inneren Wert dieser Dichtungen, mancherlei äußere Umstände mitgewirkt.

Als Geibel auftrat, waren die Zeiten der zweiten Romantik eben vergangen. Der letzte ihrer Jünger, Eichendorff, hatte seine Laute oder »Mandoline«, mit der er auf den Spuren seines »Taugenichts« »durch die überglänzte Au« geschritten war, an den Nagel seines Amtszimmers gehängt und nahm an der Bewegung der Zeit nur noch in seltsamen kritischen und literarhistorischen Expektorationen teil. Heine war eine dichterische Großmacht für sich, deren

Anhänger sich in zwei Lager teilten, die aufrichtigen Poesiegläubigen, die, wie ich und meine Freunde, in ihm den größten Lyriker nach Goethe sahen, und das »Junge Deutschland«, an dessen Spitze Gutzkow jede Poesie, die nicht der Zeit diente und in dem Kampf der Geister ihre Fahne flattern ließ, als ein müßiges Spiel verachtete, Heine aber wegen seiner genialen satirischen Brandraketen in Vers und Prosa seine romantischen Lieder verzieh. Wir jüngeren aus dem Kuglerschen Kreise waren, obwohl das Stichwort l'art pour l'art noch nicht ausgegeben war, innigst davon durchdrungen, daß alle sogenannte »Tendenzpoesie« vom Übel sei, worin wir allerdings insoweit Recht hatten, als es stets nur wenigen der Größten gelungen ist, aus der Tagesstimmung heraus eine Dichtung zu schaffen, die wie der unsterbliche Ritter von la Mancha das Gelegenheitsinteresse weit überdauert. Von den Dichtern, die ein politisch Lied im Sinne der vormärzlichen Freiheitssänger zwar nicht für ein garstig Lied erklärten, aber selbst in der stürmischen Zeit schwerer politischer Krisen an dem Recht der Dichtung, sich an die ewigen Mächte der Menschenbrust zu wenden, festhielten, waren einige der begabtesten, Fontane, Storm, vor allem Gottfried Keller, noch nicht an den hellen Tag hinausgetreten, Mörike in Norddeutschland so gut wie unbekannt, und nur Freiligraths fremdartig glänzende Erscheinung wurde in den etwas matt gewordenen Musenalmanachen als ein aufleuchtendes, vielverheißendes Meteor bewundert.

In diese teils nüchterne, teils überhitzte Stimmung der Geister trat Geibels Muse mit ihren melodischen, seelenvollen Klängen in der Tat wie das Mädchen aus der Fremde hinein. Es war, als wäre der Begriff der wahren Poesie, die vom Herzen zum Herzen spricht, eine Weile verloren gewesen und nun wieder aufgefunden worden. Man freute sich, wenn auch unter den politischen Ungewittern der Himmel einzustürzen drohte, doch noch eine Lerche davonkommen zu sehen, deren süßer Ton die Herzen erquickte. Hier war von keiner »Tendenz« die Rede, von keinen witzigen, spitzigen Sarkasmen oder Sturmliedern einer revolutionären Kämpferschar: die alten, ewigen Gefühle, Liebe, Andacht zur Natur, Feier der Schönheit und gläubige Hinwendung zu einer göttlichen Weisheit, die über allem zeitlichen Weltschicksal thront, waren die bewegenden Mächte in der Brust dieses jungen Dichters, der daneben doch auch schon zu erkennen gab, daß er in dem politischen Kampf dieser Tage seinen Mann zu stehen gedenke.

Es war daher kein Wunder, daß nicht bloß »Backfische« und zartgestimmte Frauen für den neuen Dichter schwärmten, sondern auch ernste Männer, die in ihrer Gesinnung sich von dem scharfen, nüchternen Ton des Jungen Deutschlands und Heines zynischer Genialität abgestoßen fühlten, durch den Hauch von Innigkeit und heiterer Schönheit, der alle Dissonanzen auflöste, für Geibel gewonnen wurden. In den Kreisen der Aristokratie kam noch die Genugtuung hinzu, daß endlich einmal wieder ein Dichter auftrat, der aus seinem von dem geistlichen Vater übernommenen Christenglauben kein Hehl machte.

Zu allen Zeiten hat Geibel Wert gelegt auf aristokratische Verbindungen, doch ohne jemals seiner eigenen Würde etwas zu vergeben. Vielmehr durchdrang ihn dabei das Bewußtsein der Ebenbürtigkeit des Talents mit dem Adel der Geburt, die hohe Meinung von der Glorie des Dichterberufs nach dem Worte Schillers:

Es soll der Sänger mit dem König gehn;
Sie beide wandeln auf der Menschheit Höhn.

Keine *persönliche* Eitelkeit war dabei im Spiel, nur der Anspruch, in diesen exklusiven Regionen als Vertreter seines *Standes* von Macht zu Macht behandelt zu werden. Wie er denn auch sonst von der Schwäche, auch nach dem Beifall Solcher zu streben, die er nicht für voll nahm, völlig frei war. Auch er wußte, daß wir die Welt in unseren Freunden sehen müssen, wenn wir verdienen sollen, daß die Welt von uns erfahre.

In jenem Winter aber klagte er oft, daß er sich in zu viele gesellige Beziehungen verstrickt habe, die mehr von ihm forderten, als sie ihm zu geben imstande waren. Man scheute sich nicht, seine Gefälligkeit und sein leicht improvisierendes Talent zu allerlei privaten Zwecken zu mißbrauchen. So erinnere ich mich, daß ich eines Tages, als ich ihn besuchte, ihn noch im Bette fand. Er war immer ein Langschläfer und mußte sich damit necken lassen, daß er das schöne Gedicht:

Wer recht in Freuden wandern will,
Der geh' der Sonn' entgegen –

wohl nur nach Hörensagen verfaßt habe.

Diesmal war es schon hoher Mittag. Aus den Kissen auffahrend, erklärte er mir, er sei die letzte Nacht erst gegen Morgen zu Bett gekommen. In der Gesellschaft, in die er geladen war, habe eine junge Gräfin einen schwachen Augenblick benutzt, ihn um ein Gedicht zur silbernen Hochzeit ihrer Eltern zu bitten. Er habe es nicht abschlagen können und, als er gegen zwei Uhr nach Hause gekommen, noch die erste Strophe hingeworfen, da die Feier nah' bevorstehe. »Tu mir nun den Gefallen und mache die beiden folgenden. Dies und das ungefähr hab' ich darin sagen wollen, mir brummt aber noch der Kopf von der Ananasbowle und dem schlechten Schlaf. Ich brächte in dieser Verfassung nichts Gescheites zustande.«

Ich brauche nicht zu versichern, daß mir kein König der Welt eine höhere Ehre hätte erweisen können, als er durch diesen Auftrag. Ich fand richtig auf dem Schreibtisch im Nebenzimmer das Blatt mit der großen, diesmal etwas unsicheren Schrift des Freundes, eine achtzeilige Strophe, die an das Glück der ersten, *grünen* Hochzeit erinnerte; die zweite sollte der silbernen gewidmet sein und die dritte mit dem üblichen Ausblick auf das Gold des Greisenalters schließen. Die nächtliche Inspiration hatte ihm nicht eben einen besonders neuen, tiefsinnigen Gedanken eingegeben, dessen Ausführung einem Anfänger schwer gefallen wäre. Als denn auch nach einer Viertelstunde der Verfasser der ersten Strophe, wie er den Federn entstiegen war, nur mit einer Unterhose und der grünen Pekesche bekleidet, mit finsterer Stirn, die Locken wirr ums Haupt flatternd, bei mir eintrat, war das gemeinsame Werk schon beendet. Er ließ es sich vorlesen, nickte ein kurzes »Gut!«, bat mich, das Gedicht abzuschreiben, und nachdem er seinen Namen mit gewaltigen Haken daruntergesetzt hatte, steckte er das Blatt in ein Kuvert und schickte es sofort durch seinen Stiefelputzer an die gräfliche Adresse.

*

Was aber den Gegenstand unserer häufigsten und eifrigsten Unterhaltungen bildete, war keineswegs, wie man nach all diesem voraussetzen möchte, die lyrische Poesie, sondern die dramatische.

Sein ganzes Leben hindurch war Geibel mit dramatischen Projekten, Szenaren und halb ausgeführten Szenen beschäftigt, und kein Thema griff er begieriger auf, als das Problem der dramatischen Technik, »das Geheimnis des Dramas«, wie er es zu nennen pflegte. Fertig geworden war von all seinen jugendlichen Entwürfen nur ein »König Roderich«; der »Meister Andrea«, den er zuerst unter dem Titel »Die Seelenwanderung« für den Sohn des Prinzen von Preußen schrieb, reifte heran. Daß das anmutige Stück, wie Geibels Biograph Gaedertz berichtet, 1847 in acht Tagen geschrieben worden sei, ist bei der langsamen, schwerflüssigen Art, wie Geibel arbeitete, nicht denkbar. Schon aber hatte er die beiden unermeßlichen Gebiete der Geschichte und Sage nach allen Richtungen durchstreift, an jeden Busch geklopft, ob ihm keine dramaturgische Frucht daraus in die Hand fallen möchte, und die zwei inneren Seiten eines leeren Buchdeckels enthielten die lange Liste der Stoffe, die er sich zu dramatischer Behandlung ausersehen hatte. Es fehlte darin kein antiker tragischer Held, kein schon hundertmal dramatisierter deutscher Kaiser, kein vorleuchtender Name der nordischen Heldensage. Und regelmäßig mußte man erleben, wenn man ihm von einem historischen Stoffe sprach, aus dem man ein Trauer- oder Schauspiel zu machen gedenke, daß er die Stirne runzelte, die Augen zornig rollen ließ und mit donnernder Wucht hervorstieß:»Das ist mein Stoff!«

Worauf er dann den Buchdeckel mit der Namenliste herbeiholte und nachwies, daß er denselben Stoff schon vor so und so viel Jahren zu eigenem Gebrauch sich notiert habe.

Damals trug er sich, wie gesagt, mit einer Albigensertragödie, von der er schon einige Szenen ausgeführt hatte, obwohl die Komposition des Ganzen ihm noch nicht feststand. Eben der architektonische Aufbau, so viel er über dessen Grundgesetze sich Gedanken gemacht und mit Freunden ihn hin und her beraten hatte, blieb ihm bei all seinen dramatischen Unternehmungen das Schwierigste. Die sittlichen und geistigen Konflikte, die Charakter- und Leidenschaftsprobleme gingen ihm in voller Klarheit auf und regten seine

Seele zum höchsten dichterischen Ausdruck an. Nur allzusehr aber gebrach es ihm an der unentbehrlichen szenischen, theatralischen Phantasie, die eine sich entwickelnde, anschwellende, in notwendiger Verknüpfung sich gruppierende Handlung in Bewegung setzt. Er war stets in einer hilflosen Lage, wenn sich's darum handelte, seine Figuren mit einem plausiblen Motiv auftreten und wieder abgehen zu lassen. Solange sie auf der Szene verweilten, verstand er es trefflich, ihnen bedeutende Worte in den Mund zu legen, nicht nur lyrisch-rhetorische Herzensergüsse, sondern echt dramatische Reden und Gegenreden. Aber so wie ihm jedes novellistische Talent fehlte, stand er auch der Aufgabe des Dramatikers, äußere Umstände zum Hebel innerer Vorgänge zu gestalten, unbehilflich und unlustig gegenüber.

Ans diesem Grunde ist auch nur das eine seiner Trauerspiele zu einer starken Bühnenwirkung herangereift, die »Brunhild«. Hier hatte die Sage so kräftig vorgearbeitet, daß der erfindenden Phantasie des Dramatikers nicht viel zu tun übrig blieb. Von den vielen Bearbeitern der Nibelungen hat denn auch kaum einer, selbst der am wenigsten Begabten, sich an dem gewaltigen Stoffe versucht, ohne einen bedeutenden Gewinn davonzutragen, bis zuletzt Hebbels kongeniale Natur die Aufgabe für alle Zeit erledigte. So stark sind die tragischen Grundmauern des Stoffes, daß sie auch in einem Ausbau von geringerer dichterischer Größe einen imponierenden Eindruck machen. Gleichwohl bedurfte es auch für dieses Stück Geibels der mäeutischen Beihilfe guter Freunde, wie Kugler und Putlitz, um das äußere Gefüge den Anforderungen der Bühne überall anzupassen.

Diese seine Grenze kam mir damals natürlich nicht zum Bewußtsein, und ich hielt den Freund auch auf dem Gebiet des Dramas zu allem Höchsten berufen, da er zu der *Erkenntnis* dessen, was die größten Dramatiker unsterblich gemacht, die feinsten und reinsten Organe besaß. Ihn über Shakespeare reden zu hören, war mir auch späterhin stets in hohem Grade anregend und belehrend, ihn ein großes Drama vorlesen zu hören, ein unvergleichlicher Genuß. Auch seine Rezitation lyrischer Gedichte, zumal seiner eigenen, war eindrucksvoll; er setzte die Verse gleichsam in Musik und ließ sie auf dem Strom seiner tiefen, melodischen Stimme in einer träumerischen Eintönigkeit hinschwimmen. Wenn er Dramatisches las, kam mehr Licht und Schatten, eine größere Mannigfaltigkeit von Tönen in den Vortrag, die leidenschaftlichen Szenen wuchsen ohne jedes falsche Pathos zu machtvoller Größe an, und in den zarten, lyrischeren Teilen wußte er jede weichliche Affektation zu vermeiden. Die Abende in München, an denen er einem kleinen Freundeskreise Otto Ludwigs »Makkabäer« und Grillparzers »König Ottokar« vorlas, stehen mir in unauslöschlicher Erinnerung. Kaum jemals im Theater, auch nicht von den größten Schauspielern, habe ich eine tiefere Erschütterung erlebt.

Und so werde ich, da er mich zu den Gipfeln dramatischer Kunst emporblicken ließ, schwerlich den Mut gefaßt haben, ihm von meinen tastenden Anfängen zu sprechen, von jenem »Don Juan de Padilla«, der mir selbst trotz des väterlichen Lobes so äußerst unreif erschien, noch weniger von einer krausen dilettantischen Komödie, die ich vor jenem historischen Trauerspiel verfaßt, und mit der ich eine sehr niederschlagende Erfahrung gemacht hatte. Die Handlung dieser phantastischen Posse, die ich für uns Viere vom »Klub« gedichtet hatte, ist mir gänzlich entfallen. Ich weiß nur noch, daß die Hauptpersonen ein Schneider und eine Prinzessin waren, deren Rollen mir und Endrulat zufielen, und daß es von gereimten Versen in allen erdenklichen strophischen Formen wimmelte. Beim Niederschreiben derselben hatte ich mich unendlich ergötzt und so viel lustige Faxen und Anzüglichkeiten auf unsere eigenen werten Personen eingeflochten, daß wir bei den Proben, die auf meinem Hinterzimmer in der Behrenstraße stattfanden, nicht aus dem Lachen kamen. Wir versprachen uns einen glänzenden Erfolg bei unserm Publikum, das nur aus Felix Steins Eltern, seiner schönen Schwester und den Meinigen bestand. Zu unserm größten Erstaunen entzündete die Aufführung nicht die geringste Heiterkeit; die Scherze, die wir oft kaum vor eigenem Lachen vernehmlich hervorbringen konnten, fielen platt zu Boden, und der Beifall am Schlusse rührte nur von der gütigen Absicht der Zuschauer her, uns über die beschämende Stimmung eines vollständigen Fiasko hinwegzuhelfen.

Ich aber hatte die gründliche Lehre erhalten, daß man beim Dichten eines Lustspiels seinem Publikum nicht alles vorweglachen soll, und wie recht Lessing mit seiner Warnung gegen den Bruder hatte: er dürfe nie vergessen, daß man eine Woche lang auf seiner Stube sehr ernsthaft gewesen sein müsse, wenn die Leute im Theater eine Stunde lang lachen sollen.

*

Im März des Jahres 1847, fünf Tage nach meinem siebzehnten Geburtstag war mir das mündliche Abiturientenexamen erlassen worden. Meine Lehrer, die mich zur klassischen Philologie berufen glaubten, hatten mir die schöne Züricher Gesamtausgabe des Plato mit auf den Weg gegeben. Ich habe ihre Hoffnungen freilich sehr getäuscht.

Denn obwohl ich zunächst in vier Semestern in Berlin unter anderem die Vorlesungen von Boeckh, Lachmann und meinem Vater besuchte - bald war ich mir bewußt, daß ich nicht aus dem Holze war, aus dem klassische Philologen geschnitzt werden. Zwar, daß diese edle Wissenschaft mit der Pflege der Dichtkunst vereinbar sei, hatte gerade Geibels Beispiel mir gezeigt, der seinen Schulsack nicht auf die leichte Achsel genommen, sondern so gründlich sein Wissen bewahrt hatte, daß er imstande war, bei einer längeren Verhinderung seines früheren Lehrers am Lübischen Gymnasium ihn in den Jahren 1848 und 1849 nicht nur in Deutsch und Literaturgeschichte, sondern auch im Horaz zu vertreten.

Ich aber hatte früh erkannt, daß ich überhaupt für einen gelehrten Beruf nicht geschaffen war. Mein Sinn stand allein auf dichterische Aufgaben, und da ich stets vor allem Dilettieren in ernsten Dingen eine heilige Scheu gehegt hatte, war mir der Gedanke entsetzlich, mit halbem Herzen und halber Kraft mich einer Wissenschaft zu widmen, die, wie eine jede, die Hingabe des ganzen Menschen und eines ganzen Lebens erheischt.

Zunächst freilich, da es galt, ein »Brotstudium« zu wählen, während damals mehr noch als jetzt die Poesie als eine brotlose Kunst angesehen wurde, schlenderte ich auf dem Wege, den mir meine Abstammung von zwei Grammatikern und Sprachforschern wies, ohne viel Zukunftssorgen weiter und genoß nebenher die schöne Freiheit des Studentenlebens und alles Ersehnte und kaum Geahnte, was sich durch den Eintritt in das Kuglersche Haus vor mir auftat.

Unser »Klub« hatte sich, soviel ich mich entsinne, seit der Bekanntschaft mit Geibel zwar nicht aufgelöst, sich aber lahm und unersprießlich durch den Winter fortgeschleppt. Wir waren, seit wir uns an eine berufene Kritik wenden konnten, gegen unsern eigenen ästhetischen Fürwitz mißtrauisch geworden. Das Klubbuch wurde nicht fortgesetzt. Mein Verkehr mit Endrulat hörte zwar nicht auf, da wir uns von Herzen zugetan waren. Doch da Geibel nicht daran dachte, auch ihn bei Franz Kugler einzuführen, blieb ihm der Kreis, in dem ich nun meine reichsten Eindrücke und die unschätzbarste Förderung in aller künstlerischen Bildung empfing, verschlossen.

Seine anima candida war ganz frei von Neid und Eifersucht. Sein Leben lang hat er mit brüderlicher Wärme zu mir gestanden und mir noch durch die Widmung seiner zweiten Gedichtsammlung, der »Geschichten und Gestalten« (Hamburg, 1862), bewiesen, daß er der Jugendfreundschaft Treue gehalten.

Im Jahre 1857 erschienen seine »Gedichte«, »den deutschen Männern Ernst Moritz Arndt und Ludwig Uhland« gewidmet. Bald nach dem Revolutionsjahr hatte sich der junge Student nach Schleswig-Holstein gewendet, wo er zunächst eine Hauslehrerstelle fand. Als dann der Streit mit Dänemark ausbrach, konnte ihn nichts zurückhalten, sich als Freiwilliger im zweiten Jägerkorps am Kampf zu beteiligen, und er war glücklich, als er bei Idstedt eine leichte Kopfwunde erhielt[7] . Das »Buch der Erinnerung«, das er unter dem Titel »Von einem verlorenen Posten«, Herzog Ernst II gewidmet, im Jahre 1857 herausgab, zeugt auf allen Blättern von dem stürmischen Mut und feurigen Freiheitsdrang, der ihn beseelte.

Er hatte an einer Hamburger Schule eine Stellung gefunden, die seinen Wünschen und Fähigkeiten entsprach. Als die Stadt Hamburg mit großer Begeisterung 1859 ihr Schillerfest feierte, war Bern-

[7] Nach dem traurigen Ausgang, den die Erhebung Schleswig-Holsteins im Jahre 1851 nahm, beteiligte er sich noch mehrfach an den Geschicken der Herzogtümer, an denen sein Herz hing, 1864–1866 als Leiter des Preßbureaus des Herzogs Friedrich von Schleswig, 1868 bis Ende 1872 als Redakteur der»Itzehoer Nachrichten«. Als er seine Hoffnungen auf eine selbständige Stellung der Herzogtümer im Deutschen Reich scheitern sah, siedelte er nach dem Elsaß über, wo er als Journalist tätig war, und trat 1876 in den preußischen Archivdienst, erst in Düsseldorf, dann in Wetzlar, zuletzt als Vorstand des Staatsarchivs in Posen, wo er am 17. Februar 1886 starb.

hard Endrulat die Seele der gesamten Bewegung. In einem stattlichen Bande hat er darüber berichtet. Was er selbst an poetischen Reden und Prologen dazu beigesteuert hat, entbehrt freilich alles eigenartigen Reizes und bleibt hinter vielem zurück, was in seinen anderen Gedichten von seiner schwungvollen dichterischen Beredsamkeit Zeugnis gibt. Wie reich und voll strömt diese gleich in dem Prolog zu den »Gedichten«, in welchem er seine Hingebung auf Gnade und Ungnade an die Poesie, die bestrickende »Meeresfei«, in dithyrambischer Ekstase ausspricht:

> Schiffe fahren, Segel schwellen, und sie singt in sel'ger Ruh.
> Kluge, nüchterne Gesellen stopfen sich die Ohren zu,
> Steuern ängstlich nach der kargen, klanglos-kalten Heimat fort,
> Bebend vor den himmlisch-argen Liedern und den Strudeln dort.
>
> Aber ich – mit festem Steuer zu den Klippen streb' ich hin,
> Meine Augen füllt ein Feuer, Licht und Sonn' ist all mein Sinn.
> Mein verklärtes Antlitz lächelt nach dem lichten Götterbild,
> Luft wie Frühlingsodem fächelt Herz und Stirne kühl und mild.
>
> Mahnet nicht, ich soll erwachen aus dem schauersüßen Wahn:
> Seht, schon langt der schwanke Nachen bei dem schwarzen Schlunde an,
> Und die Zaubrin hör' ich singen, und sie leuchtet rosenrot,
> Und mit Singen und mit Klingen stürz ich in den sel'gen Tod!

Nicht alles in den beiden lyrischen Bänden ist auf diesen pathetischen Ton gestimmt. In buntem Wechsel, in den mannigfaltigsten Formen ziehen die inneren Erlebnisse, Stimmungen und Betrachtungen des Dichters vorüber, vieles so sinnig im Gedanken, so glücklich im Ausdruck, daß es sich neben dem Besten in Geibels Gedichten sehen lassen kann. So unter anderem die Antwort auf die Frage:

Was ist das Glück?

> Nach jahrelangem Ringen,
> Nach schwerem Lauf ein kümmerlich Gelingen,
> Auf greise Locken ein vergoldend Licht,

Ein spätes Ruhen mit gelähmten Schwingen -?
Das ist es nicht!

Das ist das Glück:

Kein Werben, kein Verdienen!
Im tiefsten Traum, da ist es dir erschienen,
Und morgens, wenn du glühend aufgewacht,
Da steht's an deinem Bett mit Göttermienen
Und lacht und lacht!

Oder ein nachdenkliches Sprüchlein, wie das folgende:

Hüt dich vor Wünschen, Menschenkind.
Die guten flattern fort im Wind,
Und keiner ist, der taubenfromm
Zurück mit grünem Ölblatt komm'.

Die schlimmen hascht der Teufel ein
Und stutzt nach seinem Sinn sie fein,
Erfüllt sie dir zu Leid und Last,
Wenn du sie längst bereuet hast.

Und doch, so vieles ich noch anführen könnte, des alten Freundes Talent und adlige Gesinnung zu erweisen, - sein Name ist so gut wie vergessen. In dem Piererschen Konversationslexikon ist ihm freilich ein Artikel von fünfundzwanzig Zeilen gewidmet, doch seine dort aufgezählten Schriften sind verschollen, und nur ein oder das andere seiner kleinen Lieder begegnet uns hin und wieder in einer Chrestomathie.

Denn so rüstig er sich im äußeren Leben zum Manne entwickelt hat - als Dichter ist er über den Jüngling nicht hinausgekommen. Das allein freilich würde nicht erklären, warum er nicht mitgenannt wird, wo man die besten Namen nennt. Ist doch gerade die Jugendzeit für den echten Lyriker die Zeit der schönsten Blüte, und mancher früh Dahingeschiedene lebt im ewigen Gedächtnis der Nachwelt. Solchen Auserwählten aber war es gegeben, früh einen eigenen Ton zu finden, die persönlichen Züge ihres Wesens so deutlich auszuprägen, daß keine Zeit sie verwischen kann. Einem Hölty, Theodor Körner, Hölderlin, Shelley ist dies zuteil geworden. Den

Gedichten meines Jugendfreundes fehlte die persönliche Note, die seine Stimme im Geräusch der Welt erkennbar gemacht hätte. Auch in seiner geistigen Entwicklung ist er bei den Anschauungen und Ideen der achtundvierziger Tage stehen geblieben. Als er mich im Juli des Jahres 1858 in meiner Ebenhausener Sommerfrische besuchte, fand ich auch in dem gesetzten, etwas feierlich auftretenden Manne die alte Wärme der Empfindung wieder. Doch nachdem wir unsere Jugenderinnerungen ausgetauscht hatten, stockte es zwischen uns. Wir fühlten beide, daß wir uns eigentlich nichts mehr zu sagen hatten.

*

Nach dieser Abschweifung, die man der Pietät für einen verschollenen alten Freund zugute halten wird, kehre ich zu der Zeit zurück, wo mir durch den Eintritt in das Kuglersche Haus im eigentlichsten Sinne eine vita nuova aufging.

Der Hausherr selbst, 1808 in Stettin geboren, stand damals in der Vollkraft seiner wissenschaftlichen Lebensarbeit und als vortragender Rat im Kultusministerium auf der Höhe seiner Wirksamkeit auf vielen Gebieten künstlerischer Kultur, da sein Chef, der Minister von Ladenberg, ihm das größte Vertrauen in seine Einsicht und Redlichkeit bewies. Neben der Vollendung und immer neuen Bearbeitung seiner bahnbrechenden kunstgeschichtlichen Werke, neben den Aktenstößen, die sich auf seinem Pulte häuften, fand aber der so vielfach Begabte noch Zeit zu dichterischen Aufgaben, und dieser unwiderstehliche Nebentrieb seiner Natur war es auch gewesen, was ihn mit dem um sieben Jahre jüngeren Geibel zusammengeführt hatte.

Mit anderen künstlerischen Gefährten, darunter vor allen dem Malerdichter Robert Reinick, dem Architekten Strack, dem Bildhauer Drake, hatte Kugler schöne Lehr- und Wanderjahre genossen und in den verschiedensten Künsten sich versucht. Er zeichnete, radierte, sang, blies das Waldhorn, komponierte Lieder im Volkston, die er selbst gedichtet hatte. Eine Frucht dieser romantischen Jünglingszeit war das im Jahre 1830 erschienene »Skizzenbuch«, das seine ersten Gedichte enthielt, mit eigenen, zum Teil phantastischen Radierungen illustriert und mit den Noten seiner eigenen Komposition begleitet. Sein allbekanntes »An der Saale hellem Strande« erschien hier zum erstenmal, mit einer Zeichnung der alten Rudelsburg. Ein so vielseitiges Talent lief Gefahr, sich in dilettantischem Selbstgenuß zu verzetteln. Aber der redliche Ernst, der im Grunde seines Charakters lag, bewahrte ihn vor dem Schicksal, aus so vielen fröhlichen Blüten keine dauernde Frucht zu gewinnen. Er sammelte seine Kräfte zu gründlichen Studien der Kunstgeschichte, einer Wissenschaft, die damals noch in den Windeln lag, und um deren rasches Aufblühen er im Wetteifer mit seinem Freunde Karl Schnaase sich ruhmvoll verdient machen sollte.

Über die Ergebnisse seiner Forschung, die in einer großen Reihe umfangreicher Bände niedergelegt sind, ist die Wissenschaft seitdem vielfach hinausgegangen, manches berichtigend und nach neueren Quellen ergänzend. Dennoch sind diese Bücher in ihrer ersten Form wertvolle Zeugnisse geblieben, wie sich die Fülle der Erscheinungen in einem ungewöhnlich künstlerisch begabten Geist gespiegelt und einen glücklich bezeichnenden Ausdruck gefunden hat.

Als ich ihn kennen lernte, war Kugler mit der Ausarbeitung seiner »Geschichte der Baukunst« beschäftigt. Zur Übung in seinen geliebten freien Künsten ließ dies große Werk ihm kaum noch Zeit, es sei denn, daß er einzelne architektonische Illustrationen selbst radierte und abends zum Klavier eines seiner alten Lieder sang oder den stattlichen Band hervorholte, in welchem er aus dem Schatz der Volkslieder aller Nationen die charakteristischsten gesammelt hatte. Aber die poetische Ader war zu stark in ihm, um sich lange unterbinden zu lassen. Die Tage der Lyrik waren freilich vorüber. Er trug sich dagegen mit einer Fülle von Plänen zu historischen Dramen und Novellen, deren Ausführung durch das ganze nächste Jahrzehnt eifrig betrieben wurde, und über die er mit Freund Emanuel und bald auch mit mir auf weiten Spaziergängen sich auszusprechen liebte.

Wie oft holte er mich aus meiner Wohnung in der Behrenstraße ab, um durch den Tiergarten, am »Knie der Frau Crelinger« vorbei (so hieß bei den Berlinern die Villa der berühmten Schauspielerin, die an der Charlottenburger Chaussee gerade da gelegen war, wo die Straße im rechten Winkel abbog) bis zum »Türkischen Zelt« mit mir zu wandern. Dort rasteten wir ein wenig bei einer Flasche – Limonade Gazeuse! und traten bald den Heimweg nach dem Hallischen Tore an. Was wurde auf diesen traulichen Wanderungen nicht alles besprochen, wie oft auch lange Zeit geschwiegen! Dann kam es wohl vor, daß Franz eine Melodie pfiff, die ihm eben eingefallen war, zu der ich dann ebenso den Text aus der Luft griff. Das hernach so oft komponierte Lied »Waldesnacht, du wunderkühle« entstand auf diese Art zu einer feierlich getragenen, für ein Waldhorn passenden Melodie, deren träumerischer Klang von keinem der späteren Komponisten erreicht worden ist. Zuweilen auch kehrte sich das Verhältnis um; was ich in den Tag hineinsang, regte ihn an, einen Text dazu zu verfassen, womit wir dann abends am Klavier den Frauen etwas zu raten aufgaben.

Das Kuglersche Haus war damals der Sammelpunkt eines ganzen Schwarms aufstrebender junger Leute, die sich freudig als seine Schüler bekannten. Der bedeutendste darunter, *Jakob Burckhardt,* geboren 1818, konnte schon für einen jungen Meister gelten und stand dem älteren Freunde mit eigenem Urteil und einer Fülle auf eigene Hand erworbener Kenntnisse zur Seite, so daß Kugler ihm die Bearbeitung der zweiten Auflage seiner »Geschichte der Malerei« anvertrauen konnte, für die Burckhardt aus frischen eigenen Studien in Italien ein großes Material der wertvollsten Notizen gesammelt hatte. Noch ahnten wir nicht, zu welch beherrschender Stellung in der Geschichte der Kunst und Kultur der damals Neunundzwanzigjährige, der mit seiner heiteren Feinheit, seiner poetischen und musikalischen Begabung den häuslichen Kreis belebte, schon im Lauf der nächsten Zeit sich emporschwingen sollte. Damals sah er mit bescheidener Unterordnung zu dem älteren Meister und Freunde auf, ließ sich geduldig von Tante Luise abkonterfeien und sang, wenn er darum gebeten wurde, zum Klavier seine italienischen Volkslieder mit einer zarten, seelenvollen Stimme. Daß in ihm selbst ein Lyriker steckte, der sich wahrlich sehen lassen konnte, wenn er auch die Tarnkappe vorzog, hatten wir an den beiden anonym gedruckten dünnen Heftchen »Ferien, eine Herbstgabe« und »E Hämpfeli Lieder« erkannt, die letzteren, das Lieblichste, was je im Basler Dialekt gedichtet worden, mir heute noch unvergeßlich. Auch er war mit Geibel herzlich befreundet, wärmer und dauernder als mit den anderen jungen Hausfreunden: *Fritz Eggers,* der jahrelang das Kunstblatt redigiert und durch seine Rauchbiographie sich um die moderne Kunstgeschichte verdient gemacht hat, *Wilhelm Lübke,* der der Kunstgeschichtsforschung durch eine unermüdliche literarische Betriebsamkeit Eingang in den weitesten Kreisen verschaffen sollte, dem genialen Architekten (unter anderem Erbauer des Frankfurter Theaters) *Richard Lucae, Theodor Fontane* und andere. *Adolf Menzel,* der damals schon Kuglers »Geschichte Friedrichs des Großen« durch seine herrlichen Illustrationen verewigt hatte, stand diesem Kreise persönlich ferner, bei dessen geselligen Abenden man ihm kaum einmal begegnete.

Was aber die verschiedenen Elemente dieser Schülerschaft anzog und zusammenhielt, fast mehr noch als die unermüdliche, immer mit Rat und Tat hilfsbereite Güte des Meisters, waren die liebenswürdigen Frauen und Mädchen, die der zwanglosen Geselligkeit des Kuglerschen Hauses einen unwiderstehlichen Reiz verliehen. Vor allen anderen die Hausfrau selbst, eine Tochter *Eduard Hitzigs*, der selbst noch, als ein gebrochener alter Mann, im Erdgeschoß seines Hauses an der Friedrichsstraße 242 vegetierte und seinen Lehnstuhl nie verließ, um in die obere Wohnung der Tochter hinaufzusteigen. Er freute sich aber ihres Glückes, des wachsenden Ansehens ihres Gatten, der drei lieben Kinder, die sie ihm geboren hatte, und dann und wann wünschte er auch einen der jungen Hausfreunde bei sich eintreten zu sehen. Seine Erinnerungen an die eigenen berühmten Freunde, E. T. A. Hofmann, Zacharias Werner, vor allem den edlen Chamisso, bildeten dann das Thema des Gesprächs.

In solcher Umgebung war Franz Kuglers Frau aufgewachsen, ein Poetenkind, an dessen Wiege Dichter gestanden hatten. Auch ihr Vater, der alte »Ede«, hatte sich als Dichter versucht. Sie selbst aber hatte von dem Kastalischen Quell, der durch ihr väterliches Haus rauschte, nur so viel gekostet, um ihren Sinn für alle Schönheiten der Dichtung zu läutern und den Instinkt für das Echte und Große in sich zu befestigen. So bewegte sie sich anspruchslos auch unter der künstlerischen Jugend, auf die der Adel ihrer ernsten Schönheit und die weibliche Milde ihres Wesens einen Zauber ausübten, wie ihn ihr Bräutigam in dem Gedicht

Du bist wie eine stille Sternennacht

und späterhin Geibel bei der Widmung seiner Gedichte geschildert hatte:

Du aber wandelst durch den Garten
In stiller Anmut lächelnd hin.

Neben ihr, in vielem ihr voller Gegensatz, stand Kuglers Schwester *Luise*, äußerlich ohne jede Anmut, mit lebhaften, derben Bewegungen ihre Reden begleitend, eine echt pommersche Frohnatur, dabei mit einem zarten Sinn für alles Künstlerische begabt, wie sie es denn auch im Blumenmalen und Dekorieren von Kunstblättern zu nicht geringer Fertigkeit gebracht hatte. Sie wohnte mit ihrer trefflichen, alten Mutter in einem Hause, das dem Hitzig-

Kuglerschen gerade gegenüber lag, brachte all ihre Abende in der brüderlichen Familie zu, vergötterte die Kinder, tat der Schwägerin alles Liebe und Gute an und nahm an den poetischen Gastgeschenken, die die Hausfreunde lieferten, begierig teil, einen nach dem andern im Profil in ihr Album zeichnend. Alle liebten sie und verkehrten, beim größten Respekt vor der Grundliebenswürdigkeit und Tüchtigkeit ihres Naturells, weit zwangloser mit »Tante Ihßy« als mit der Herrin des Hauses.

Außer ihr gingen noch andere anziehende weibliche Gestalten in den großen, niedrigen Mansardenzimmern der Frau Klara aus und ein, zunächst die Töchter ihres Schwagers, des Generals *Baeyer*, der den ersten Stock des Hauses bewohnte. Seine Gattin, Eugenie, von deren Schönheit alle, die sie gekannt hatten, nicht genug zu sagen wußten, war schon vor einigen Jahren gestorben. An den verwaisten fünf Kindern vertrat Frau Klara neben einer alten Gouvernante Mutterstelle. Auch diese Mädchenjugend war unter künstlerischen Einflüssen aufgeblüht, die zweite Tochter, Emma, die später mein Freund *Otto Ribbeck* heimführte, schon über das Backfischalter hinaus, dem Kuglers Töchterchen *Margarete* in kurzen Röcken und wehenden Haarschleifen als ein übermütiges Schulkind noch angehörte. Eine schöne, blonde Nichte Kuglers, *Klara Wulsten*, lebte zu verschiedenen Malen längere Zeit unter ihrem Dache, und an reizenden jungen Freundinnen war kein Mangel.

Hiernach wird man begreifen, daß ein siebzehnjähriger Student, dem der Eintritt in dieses Haus gestattet wurde, sich die Pforten des Paradieses eröffnet zu sehen glaubte. Zudem war es noch die gute alte Zeit des Berliner Lebens, in der die engeren Verhältnisse, die bescheidneren Sitten der Stadt, die noch nicht davon träumte, als Weltstadt zu gelten, jenen anspruchsloseren Zuschnitt der Geselligkeit begünstigten, der allein ein wärmeres Zusammenschließen der Menschen möglich macht und heutzutage schon wegen der räumlichen Weitläufigkeit des Verkehrs fast ganz geschwunden ist. Man durfte noch ungeladen an eine gastliche Tür anklopfen, ohne die Hausfrau in Verlegenheit zu setzen. Wenn der unvorhergesehenen Gäste einmal so viele wurden, daß das Wohnzimmer wie ein gefüllter Bienenkorb schwärmte, – für die Bewirtung mit Tee, Butterbrot und kalter Küche reichte der häusliche Herd immer noch aus, da niemand kam um eines Soupers willen, sondern um unter liebenswürdigen Menschen ein paar Stunden lang plaudernd und scherzend sich's wohl sein zu lassen.

Nun aber wäre nichts irriger, als zu glauben, daß solche Abende sich zu Sitzungen einer kleinen privaten Kunstakademie gestaltet hätten. So wenig der bekannte scharfe, kritische Ton, der in gewissen ästhetisch angehauchten Berliner Salons vorherrschte, hier angeschlagen wurde, so wenig war es auf ein beständiges Besprechen poetischer oder kunsthistorischer Themata abgesehen. Und dies war nicht zuletzt das Verdienst des Hausherrn, der, ehe er abends zu den Seinigen kam, den Professor- und Geheimratsrock in seinem Arbeitszimmer auszog und in ein bequemes Hausvaterkostüm schlüpfte. Wenn ihm Fernerstehende eine gewisse Steifheit und ablehnende Kälte nachsagten, berührten sie damit sein eigentliches Wesen so wenig wie die Berichte aus Weimar über Goethe von solchen, die in dem großen Dichter nur den Minister gefunden haben wollten. Seine scheinbare Geheimrätlichkeit entsprang nur aus einer Art Zerstreutheit und naiver Unbekümmertheit um den Eindruck, den er auf fremde Menschen machte, aus einer nachlässigen, poetischen Träumerei, in der er von seinen sehr energischen Arbeiten ausruhte. So konnte er auch unter uns jungen Leuten lange stumm dasitzen, nur mit seinen freundlichen Mienen unsere zwanglosen Scherze oder ernsten Debatten begleitend. Dann stand er wohl endlich auf, wenn die Frauen »ein Lied für das Gemüt« von ihm verlangten, und sang ein paar Eichendorffsche Lieder in seiner eigenen einfachen Melodie oder spanische und italienische Volksweisen, zu denen er die Worte gedichtet hatte, und die wir nicht müde wurden immer von neuem zu hören.

*

Jenes erste Jahr aber, das ich in dem traulichen Hause verleben durfte, stand fast ausschließlich unter dem Zeichen Geibels.

Er war damals besonders produktiv und bereitete die Herausgabe seines zweiten Bandes, der »Juniuslieder«, vor, die im folgenden Jahr erschienen. Ich habe diese Juniuslieder stets für die reifste und reichste dichterische Gabe gehalten, die Geibel seinem Volke beschert hat. Alle Töne, über die seine Leier gebot, sind hier voll und rein angeschlagen: neben der zarten, süßen Naturempfindung und den Liebesliedern, die seinen ersten Band fast ausschließlich gefüllt hatten, erklingen die zornigen und weihevollen Töne, mit denen er Deutschlands politische Kämpfe begleitete, jene Seherworte, in denen er schon damals seinen unerschütterlichen Glauben an die Wiederkehr der alten Kaiserherrlichkeit aussprach, als wir alle noch eine Erhebung und Einigung Deutschlands in dieser Form für einen Traum mittelalterlicher Dichterphantasie hielten.

Durch tiefe Nacht ein brausen zieht
Und beugt die knospenden Reiser.
Im Winde klingt ein altes Lied,
Das Lied vom deutschen Kaiser.

Wie männlich klar und bei aller feierlichen Wucht doch maßvoll erhebt er seine Stimme für die damals heiß umstrittenen Herzogtümer, wendet sich gegen die »Kleingläubigen«, die in den Stürmen der Zeit den herannahenden Untergang ahnten, und träumt von glücklicheren Tagen»,wo die Christen Menschen werden«. Mögen manche dieser Lieder in der Form den Einfluß der Freiligrathschen Lyrik verraten und die markigen Sonette an Rückerts »geharnischte« erinnern: der Gehalt in ihnen ist sein eigen, und immer muß es ihm zum Ruhm angerechnet werden, daß er in dem tosenden Hader der Parteien fortfuhr, auf die Stimme seines Genius zu horchen, um sich von seinem Wege weder rechts noch links abdrängen zu lassen. Durch alle die eifernden und dräuenden, klagenden und anklagenden Herzensergüsse klingt immer wieder der zuversichtliche Glaube an den endlichen Sieg dessen, was ihm das Höchste war: die Befreiung seines Volks von allem Druck, aller Schmach unter denen es gelitten.

Es ist ein großer Maientag
Der ganzen Welt beschieden.

Und wenn dir oft auch bangt und graut,
Als sei die Höll' auf Erden,
Nur unverzagt auf Gott vertraut,
Es muß *doch* Frühling werden!

Neben so bedeutsamen Offenbarungen seines Innern stehen liebenswürdige Gelegenheitsverse, in denen er seine Freunde anredet, allerlei Humoristisches, Gnomen und Sprüche voll Geist und Gemüt, zum Schluß die schöne, kleine, epische Dichtung »König Sigurds Brautfahrt«, im musterhaftesten Stil des alten Nibelungenepos. Alles in allem ein so gehaltvoller, reicher und farbenfrischer Gedichtband, wie die achtundvierziger Zeit nichts Ebenbürtiges ihm an die Seite zu stellen hatte.

Gleichwohl hatten die »Juniuslieder« nicht den Erfolg wie der erste Band der Gedichte. Zum Teil lag die Schuld wohl an dem Titel, der erst durch das Sprüchlein, das als Motto vorangesetzt war, erklärt wurde[8] . Weiß man doch, daß die große Menge gern sicher geht und ein einmal akkreditiertes Buch lieber verlangt als ein neues, das ihm unter einer problematischen Etikette angeboten wird. Diejenigen aber, deren Amt es gewesen wäre, das Publikum darüber aufzuklären, daß der Dichter hier seine gepriesenen Erstlinge überboten habe, die Wortführer in der Presse hatten anderes zu tun. Es galt, leidenschaftlicheren Vorkämpfern der »Freiheit« zuzujubeln, solchen, die »auf der Zinne der Partei« standen. Emanuel Geibel, der zum Maßhalten ermahnte, konnte man den Backfischen überlassen, deren Dichter zu sein er in heiterer Selbstironie gelegentlich einmal geäußert hatte. Es ist oft genug verhängnisvoll, eine nur in halbem Ernst gemeinte unterschätzende Selbstkritik offen auszusprechen, die dann gedankenlose oder übelwollende Kunstrichter begierig sich aneignen und für das Zeugnis tiefer Selbsterkenntnis ausgeben.

Im Sommer 1847 aber, wo die Gewitter, die sich im Revolutionsjahr über Frankreich und Deutschland entluden, nur erst von fern durch die gährende politische Schwüle sich ankündigten, hatte man noch für alles Poetische eine dankbare Empfänglichkeit. Es waren schöne Abende, wenn Geibel, der fast täglich im Kuglerschen Hause sich einfand, das schmale abgegriffene Taschenbuch hervorzog und das neueste Gedicht las, das ihm der Tag beschert hatte. Wir

---

[8] Ein ähnliches Ungeschick in der Wahl eines Titels sollte meinem ersten Versbüchlein, mit dem ich mich in München einführte, verhängnisvoll werden. Das Motto, das zur Erklärung des Titels »Hermen« dienen sollte, bewirkte dies erst, wenn das Buch schon gekauft ward, wozu das rätselhafte Wort nicht einlud.

saßen in dem großen Wohnzimmer mit den drei tiefen Fensternischen um den runden Tisch, die Frauen mit einer Handarbeit beschäftigt, Luise Kugler ihr Zeichenbuch vor sich, während irgendeiner der Anwesenden ihr sitzen mußte. Die Kinder hatten ihr Spielzeug weggeworfen und sich hochaufhorchend in die dunklen Ecken gekauert, um nicht zu früh zu Bett geschickt zu werden; alle, und nicht zuletzt die jungen Hausfreunde, hingen an den Lippen des Dichters, der, die Brauen zusammengezogen, heftig den Knebelbart zausend, mit seiner tiefen, eintönigen Stimme den »Morgenländischen Mythus« las –

Welch ein Schwirren in den hohen Lüften
Nächtlich überm Kaschmirsee! – Von Flügeln
Rauscht's, als kämpften droben Schwan und Rabe
Flatternd hin und her, und wundersame
Stimmen gehn dazwischen, scheltend, flehend;
Weithin trägt den Schall der Wind im Mondlicht. – –

Auf eine solche Vorlesung erfolgte nicht immer ein einmütiger Beifall. Zuweilen wagte sich auch eine kritische Stimme hervor, zumal wenn es ein dramatisches Fragment betraf, und auch wir Jüngeren faßten uns wohl ein Herz, mit einem Bedenken nicht zurückzuhalten. In der Regel nahm Geibel dergleichen Einreden mit guter Laune auf. Aber schon damals machte ihm das innere Leiden zu schaffen, das ihm durch sein ganzes Leben den freien Genuß des Daseins verkümmerte. Sein reizbares Temperament konnte dann heftig auflodern, und von den Lippen, denen eben noch die sanftesten lyrischen Töne entströmt waren, brachen dann Ausdrücke von so hanebüchener Art, wie sie eher einem hanseatischen Bootsmann als dem hochgestimmten Seher und Sänger geziemten. Besonders mit Luise, die ihm in ihrer pommerschen Naturfrische bei aller tiefen Bewunderung und warmen Freundschaft an derber Geradheit nichts nachgab, kam es hin und wieder zu einem leidenschaftlichen Disput, den er gelegentlich mit dem gut lübeckischen»Back di wat, Sela!« abschnitt, in hellem Zorn das Zimmer verlassend.

Er kam dann bald wieder sacht zu derselben Tür herein, die er so dröhnend zugeschlagen hatte, beugte vor der Gekränkten, ritterlich Abbitte leistend, ein Knie, oder zog sich mit einem Scherz aus der

Affäre. Einmal unter anderem mit einem lustigen Gasel, dessen Kehrreimzeilen das schnöde Wort wiederholten:

Holde Künstlerin Luise – Back di wat!
Hör das Wort, das ich erkiese: Back di wat!
Bist du klug, so wählst du dir zum Wappenschild
Die Palett' und zur Devise: Back di wat!
Denn in diesen Silben schlummert Zauberkraft;
Keine Formel bannt wie diese: Back di wat!
Und des Westens Sänger müßten sie erhöhn,
Wie des Orients Hafise: Back di wat!
Hätt es Adam einst zur Eva kurz gesagt,
Daß er noch im Paradiese: Back di wat!
Und wir wandelten auf Blumen allzumal,
Statt zu gehn auf hartem Kiese: Back di wat!
Mancher Held, er ward ein Held nur durch dies Wort,
Das so gern ich würdig priese: Back di wat!
Zum Zyklopen sprach es leise schon Uliss,
Flüsternd unterm Widderfliese: Back di wat!
Hannibal, der Alpenklettrer sprach's am Fels,
Und es barst der Alpenriese: Back di wat!
Cäsar, da sein Schifflein schwankte hoch im Sturm,
Rief: Du wiegst den Cäsar, Briese. Back di wat!
Jenen Fluten rief's entgegen, die er brach,
Camoens, der Portugiese: Back di wat!
Als sie schmachtend sich ihm nahte, sagte kühl
Abälard zu Heloise: Back di wat!
Aber laut bei Roßbach donnert's König Fritz
In das Ohr Herrn von Soubise: Back di wat!
Ja, die Welt erobern müßte jener Held,
Welcher mit Trompeten bliese: Back di wat!
Im Marienbade friedlich singt's der Gast,
Singt's zu Karlsbad auf der Wiese: Back di wat!
Und sobald er ausgesungen seinen Spruch,
Naht die heißersehnte Krise: Back di wat!
Darum einen Tempel möcht' ich stolz dir baun,
Auf geschliffnem Marmorfliese: Back di wat!
Und mit goldnen Lettern überm Säulengang

Schreiben auf die breiten Friese: Back di wat!

Es war unmöglich, ihm länger zu grollen. In dem großen Zuschnitt seiner Natur verschwanden diese kleinen Menschlichkeiten, und je näher ich ihm kam, desto fester verband mich mit ihm das Gefühl einer dankbaren, brüderlichen Liebe und Treue. Auch seine dichterische Begabung imponierte mir je länger je mehr. Immer noch blieb ich mir bewußt, daß unsere Naturen zu verschieden waren, als daß ich einen tieferen Einfluß auf mein poetisches Trachten und Treiben von ihm hätte empfangen können. Und wenn

Ein jeglicher muß seinen Helden wählen,
Dem er die Wege zum Olymp hinauf
Sich nacharbeitet –

so war sein Weg nicht der meine. Aber in vollem Maße mußte ich den Adel seines Gemüts, das von aller Phrase weit abliegende Pathos seiner Gesinnung und den Ernst seiner künstlerischen Selbstzucht anerkennen, dabei immer wieder die souveräne Herrschaft über alle Kunstmittel bewundern. Was er dichtete, reifte stets zu einem geschlossenen, in sich vollendeten Gebilde heran, dem es freilich vielfach an jener reizenden Unmittelbarkeit, den charakteristischen Zügen naiver persönlicher Eigenart fehlte, wie sie an den größten oder doch von mir geliebtesten Dichtern mir entgegentraten. Aber wenn sein Bestreben, alles auf den höchsten Ausdruck zu bringen, im Starken wie im Zarten jene scheinbar nachlässigen Naturlaute ausschloß, die ein lyrisches Gedicht als eine Offenbarung der Seele in unbewachten Augenblicken erscheinen lassen, so bewahrte doch der warme Pulsschlag seines Bluts sein Dichten vor der Erstarrung zu kühler akademischer Formschönheit. Je älter er wurde, desto deutlicher trat der priesterliche Zug seines Naturells hervor. Er fühlte sich mehr und mehr als der geweihte Mund, aus dem in ihrer feierlichsten Stunde die Seele seines Volkes sprach, und in den »Heroldsrufen«, die er in der glorreichsten Zeit der deutschen Kämpfe und Siege herausgab, sind Töne angeschlagen, wie sie vor ihm nur Klopstock, freilich oft schwülstig und gesucht, seiner Bardenharfe entlockt hatte.

Nicht minder erschien mir auch die strenge Selbstkritik verehrungswürdig, der er seine Dichtungen unterwarf, ehe er sie veröffentlichte. Seine »Sämtlichen Werke« umfassen nur acht Bände. Und doch, bei der Leichtigkeit, mit der er in Versen improvisierte, hätte er ihre Zahl unschwer auf das Doppelte bringen können. Sein feines künstlerisches Gewissen bewahrte ihn davor, dies Phantasieren auf einem immer bereiten, wohlgestimmten Instrument für etwas Höheres zu halten als ein geselliges Talent. Wie manchen Abend aber hat er uns damit ergötzt!

Die Kinder wurden längst zu Bett gebracht,
Zu scheiden mahnt' auch uns die Mitternacht.
Doch zwischen Tür und Angel, schon im Gehn,
Blieb er in plötzlicher Erregung stehn
Und wand uns aus dem Stegreif eine Kette
Melodischer Oktaven und Sonette,
Elegisch bald, bald humoristisch endend,
Aus seinem Füllhorn unerschöpflich spendend,
Daß der sonoren Verse Klang hinaus
Sich dröhnend schwang und unten vor dem Haus
Ein später Wandler stehen blieb und lauschte,
Was für ein Spuk da oben raunt' und rauschte.

Diese Gabe ist ihm allezeit treu geblieben. Noch in der späteren Münchener Zeit, als sein körperliches Leiden ihn oft schwer verdüsterte, konnte er bei einer Flasche edlen Weins, wenn die Freunde ihn dazu anreizten, sich in die alte Stegreiflaune zurückfinden. Es gab dann zuweilen ein lustiges Wettsingen, zumal zwischen ihm und Dingelstedt, der nicht in lyrischem Pathos, sondern mit scharfgeschliffenen, witzigen Vierzeilen Geibel herausforderte, ihn aber so schlagfertig fand, daß auch er zuletzt den Meister in ihm erkennen mußte.

*

Hier nun habe ich noch eines anderen literarischen Kreises zu gedenken, von dem ich vielfache Förderung genoß, der literarischen Gesellschaft, die unter dem Namen des »Tunnels über der Spree« sich allsonntäglich ein paar Nachmittagsstunden in einem Café hinter der katholischen Kirche versammelte, eigene dichterische

Arbeiten sich vorzulesen und darüber ernsthaft zu Gericht zu sitzen.

Theodor Fontane hat in seinen liebenswürdig hingeplauderten Lebenserinnerungen auch dem Tunnel ein anziehendes Kapitel gewidmet. Ich kann mich daher an dieser Stelle einer ausführlicheren Schilderung dieser »Kleindichterbewahranstalt«, wie Geibel mit sehr ungerechtem Hohn den Tunnel nannte, enthalten und will Fontanes Darstellung gegenüber nur bemerken, daß ich von der Spannung und Spaltung der Mitglieder in zwei Gruppen, die er ausführlich bespricht, nie das geringste wahrgenommen habe. Im übrigen, so mancherlei Seltsames, Pedantisches und Unpoetisches auch mit unterlief - jeder, der es mit seiner künstlerischen Entwicklung ernst nahm, mußte den wohltätigen Einfluß dieser Genossenschaft dankbar anerkennen.

In einem Kreise von zwanzig bis dreißig poesiebeflissenen Männern, die den verschiedensten Berufen angehörten, waren die wirklichen Talente natürlich in der Minderheit. Wenn es zur Abstimmung über vorgelesene Dichtungen kam, gab die Mehrheit der Dilettanten, unter denen es an biederen Philistern nicht fehlte, gewöhnlich den Ausschlag. Aber auch den Talentvollsten konnte daran liegen, das Urteil des gröberen »gesunden Menschenverstandes« zu erfahren, das er ja auch von dem großen Publikum zu erwarten hatte, und eine unschätzbare Abhärtung gegen törichtes Lob und verständnislosen Tadel wurde dem grünen Neuling zuteil, als der ich selbst, trotz meiner Jugend, durch Kugler eingeführt und freundlich aufgenommen wurde. Man weiß, daß niemand unter seinem bürgerlichen Namen Mitglied war, sondern jeder einen Tunnelnamen erhielt, der den Vorteil gewährte, daß alle Rücksicht auf Rang und Stand ferngehalten wurde. So scheute man sich nicht, da eine unbedingte Offenherzigkeit herrschte, einem Anakreon, Cook oder Lessing ins Gesicht zu sagen, was man dem Geheimrat A. oder dem Oberst N. N. gegenüber doch wohl für unschicklich gehalten hätte. Allen aber war es stets um die Sache zu tun. Und da bei der Umfrage nach einer Vorlesung jeder sein Urteil abgeben und begründen mußte, hatte diese schulmäßige Einrichtung zugleich den Vorteil, auch die Schüchternen in freier, zusammenhängender Aussprache über ästhetische Themata zu üben.

Man hatte mir, da ich ein sehr sentimentales, todesahnungerfülltes Gedicht vorgelesen hatte, den Namen Hölty gegeben. Ich zeigte bald ein anderes Gesicht mit minder elegischen Zügen und muß mich sogar anklagen, daß ich oft die Bescheidenheit vergaß, die meiner Jugend geziemt hätte, und dilettantischen alten Herren, von deren talentlosen Versen man billig überhaupt nicht viel Redens hätte machen sollen, rücksichtslos zu Leibe ging. Man verzieh mir aber dergleichen Unarten, da man meine raschen Fortschritte sah und sie zum Teil der erzieherischen Kraft des Tunnels zum Verdienst anrechnete. Und da ich die »Späne« Fontanes, Lepels, Scherenbergs und anderer wahrhaft Begabter mit großer Wärme anerkannte, gewann ich gerade unter den Besten Freunde, denen ich durch mein ganzes Leben verbunden blieb.

Der bedeutendste von diesen und zugleich meinem Herzen der nächste war Theodor Fontane. Er war zehn Jahre älter als ich, ganz anderen Lebenskreisen entstammt, von etwas kühlem Temperament, in dem sich die Elemente des französischen Esprit und der deutschen, ausgesprochen märkischen Charakteranlage vereinigt fanden, zu einer Erscheinung von unwiderstehlicher Anziehungskraft. Die völlige Abwesenheit alles Gemachten, Konventionellen, die sich in seinem Bekenntnis, ihm fehle der Sinn für Feierlichkeit, aussprach, die helle Klugheit, mit der er Menschen und Dinge auf ihren letzten Gehalt zu beurteilen suchte, ohne sein eigenes Wesen weder zu überschätzen noch je zu verleugnen, dazu dichterische Töne des echtesten Klanges, die er auf verschiedenen Gebieten anzuschlagen wußte – dies alles erregte in mir eine hingebende Liebe und Bewunderung, die er, wie mir scheint, niemals so recht voll erwiderte, obwohl er von meinem Talent von Anfang an die beste Meinung hatte. Unsere Naturen waren allzu verschieden. Für das, was mir schon früh als das Höchste in Kunst und Poesie erschien, hatte er nur eine respektvolle Hochachtung, da er im Erhabenen, ohne sich darüber klar zu werden, stets etwas wie Pose witterte. Er hatte freilich nie den Einfluß der antiken Dichtung erfahren, da er in einer Gewerbeschule für den Apothekerberuf vorgebildet worden war. Auch als er gegen das achtundzwanzigste Jahr diese Fessel abschüttelte, sich ganz auf sein schriftstellerisches Talent stützend, fehlte unter den Bildungsstoffen, die er nach wie vor reichlich in sich aufnahm, unter anderm auch alles, was zu philosophischer

Betrachtung der Weltprobleme anregen konnte. Dafür trat sein historischer Sinn immer stärker hervor, sein leidenschaftliches Interesse an merkwürdigen Zuständen und Gestalten einer nicht allzu entfernten Vergangenheit, vor allem neben den englischen an denen seiner Heimat, die er mit dem Auge des Dichters in voller Leibhaftigkeit heraufbeschwor und in festen Zügen vor uns hinzustellen wußte. Für die eigentliche Lyrik, wie er sie vor allem an Storm bewunderte, fehlte ihm jede Begabung. Auch in seinen Herzensangelegenheiten, bei aller Echtheit der Empfindung, bewahrte er sich eine gewisse nüchterne Klarheit, die keinen Hauch von Traumstimmung oder dichterischer Überschwänglichkeit hatte.

Seine ersten Erfolge im Tunnel verdankte er den von Frische und Kraft strotzenden Gedichten auf die »Männer und Helden« der Zeit Friedrichs des Großen. Was auf dem Gebiet der bildenden Kunst den alten Schadow so groß gemacht hat und später in Menzel aufs Höchste gesteigert worden ist, ein idealer Wirklichkeitssinn, eine Verklärung des Nüchternen und zuweilen höchst Prosaischen, die wieder einen Eindruck hoher Kunst machen, den coin de nature, vu par un tempérament zu etwas unendlich Wertvollem erheben – vorausgesetzt, daß das Naturobjekt nicht völlig gleichgültig oder gar abstoßend ist, war auch Fontane eigen.

Wie hoch im Lauf der Zeit diese Kraft charakterisierender Darstellung selbst des Alltäglichsten bei ihm sich entwickelte, wie er insbesondere seinen Menschenblick schärfte, zeigen, um nur ein Beispiel anzuführen, die Porträts, die er von besonders interessanten und ihm nahestehenden Tunnelgenossen entwarf (»Von Zwanzig bis Dreißig«, S. 195–378). Da mir alle diese Charakterköpfe wohlbekannt sind, kann ich die Schärfe und Feinheit jedes Zuges beurteilen und neben der Richtigkeit der Auffassung die hohe Billigkeit im Urteil, die überlegene Sicherheit in der Verteilung von Licht und Schatten nicht genug bewundern. Dazu der von eigentlich literarischer Prätension vollkommen freie Stil, ein beständiges parlato, wie es auch in seinen von Witz und Ungebundenheit funkelnden Briefen so liebenswürdig erscheint, wenn auch zuweilen ein Berlinischer Bummelton durchklingt.

So hat er in diesen Konfessionen, in denen er auch seine Schwächen und Menschlichkeiten schonungslos preisgibt, neben der endlosen Reihe glänzender Porträtfiguren auch sein eigenes Bild treu nach dem Leben gezeichnet, und die wachsende Popularität, die seinem Namen zuteil geworden, heftet sich meines Erachtens noch mehr als an seine Werke an den unvergleichlichen Zauber seiner Person, der durch alles, was von intimen Zeugnissen seines Lebens besonders auch in seinen Briefen nach und nach zum Vorschein kommt, an Wärme und Lebendigkeit immer noch zunimmt. Aus diesem Grunde werden auch seine Wanderbücher wohl unbestritten ihren Rang über allen ähnlichen »Reisebildern« behaupten, da die Figur des Dichters zwischen allem, was er sieht und erlebt, mit seinen hellen Augen und dem nie vordringlichen, stets aus der Sache entspringenden Humor ihren Reiz behalten wird.

Nichts Hochromantisches rings zu sehn,
Pappeln umschwirrt von Spatzen und Krähn,
Ein roter Kirchturm hin und wieder,
Ein Schloßdach dunkelt schwarz hernieder –
Dächer von Ziegel, Dächer von Schiefer,
Dann und wann eine Krüppelkiefer,
Am trägen Flusse Schilf und Rohr,
Und am Abhang schimmern Kreuze hervor –
Ein Land, mit dem verwöhnte Touristen
Wohl nicht viel anzufangen wüßten,
Das leibt und lebt so frisch und echt,
Spricht seine Sprache schlecht und recht;
Ist nichts so groß und nichts so klein,
Der Dichter schließt's in sein Herz hinein,
Und wie er geliebt, was er geschrieben,
So müssen wir's nun wieder lieben[9] .

Diese beiden Gaben, die er im höchsten Maße besaß, scharfe Beobachtung des Lebens und die Fähigkeit, das Erlebte und Geschaute in reizvoller Lebendigkeit darzustellen, kamen ihm auch für seine Romane und Novellen zustatten, so daß er bald nach seinen ersten noch etwas tastenden Schritten zu einer führenden Stellung unter den zeitgenössischen Erzählern gelangte und heute als das glänzendste Talent der neuen realistischen Schule anerkannt wird.

---

[9] An Theodor Fontane zum siebzigsten Geburtstag.

Hier aber gingen unsere Wege auseinander. Da ich von einem novellistischen Kunstwerk oder einem Roman einen höheren Begriff hatte, als daß es sich dabei nur um eine interessante Darstellung des vielgestaltigen Menschenlebens handle, um gut erzählte Geschichten, wie sie eben in buntem Wechsel sich oft zu ereignen pflegen, nicht um bedeutende Fälle sittlicher oder geistiger Konflikte, in denen wir daran teilnehmen, wie sich irrende und strebende Sterbliche mit ihren größeren oder kleineren Schicksalsaufgaben abfinden, konnte mir eine Dichtung nicht genügen, der *jeder*coin de nature gleich wertvoll war, wenn er nur Gelegenheit bot, von irgendeiner malerischen Seite aufgefaßt zu werden. Das Gemeine wurde als ebenso wichtig, wie das Edle, das Alltägliche so berechtigt zur Schilderung, wie das Seltene und Bedeutende betrachtet, das Kranke und Abstoßende sogar gegenüber dem Gesunden und Erquicklichen bevorzugt, da es an pathologischem Reiz diesem überlegen war. Fontane kannte unser Berlin in all seinen Schichten, von den obersten Regionen der Junker, Geheimräte und hohen Offiziere bis in die untersten Volksklassen, wußte um ihre Sitten und Unsitten Bescheid und beherrschte meisterhaft ihren Jargon. Sie so zu schildern, wie sie waren, mit einem neutralen kühlen Interesse an den verschiedensten Modellen, war sein Talent und sein einziger Ehrgeiz. Während man dem Erzähler folgte, war man im Bann seiner großen plastischen Kunst, seines Humors und der Echtheit eines jeden Zuges. War er zu Ende, so fühlte man, daß all seine Kunst nichts Bleibendes, Nachwirkendes in der Seele zurückgelassen, da keine tiefere Idee - wenn das von den Naturalisten belächelte Wort hier einmal gebraucht werden mag - die Handlung zu einer Art organischer Einheit zusammengefügt hatte. Alles war damit erschöpft, daß man wieder einmal davon Zeuge gewesen war, wie es eben in der Welt zuzugehen pflegt.

Um diese Sätze durch ein Beispiel zu illustrieren, will ich an eine Novelle erinnern, die für die Mängel und Vorzüge des Fontaneschen Naturalismus typisch ist.

Sie schildert ein Liebesverhältnis zwischen einem jungen adligen Offizier und der hübschen Tochter aus einer Gärtnerfamilie. Die Eltern haben gegen dies aussichtslose Verhältnis nichts einzuwenden, der vornehme Liebhaber imponiert ihnen, sie gönnen dem Mädchen die heimlichen Freuden dieses Umgangs. Eine Landpartie an heiterem Sommertag wird ausführlich geschildert, mit aller Anmut, die dem Erzähler eigen ist. Die Umgebung, die reizende Abgeschiedenheit, das Glück des Paars tritt in bezaubernder sinnlicher Gegenwart vor unser Auge. Eine tiefere Empfindung wird dadurch nicht geweckt. Weder der junge Baron noch das Gärtnerskind haben sich selbst oder uns irgend etwas zu sagen, was über das Alltäglichste hinausginge, sie sind beide völlig unbedeutende Naturen, an denen nur die Jugendfrische und äußere Gestalt anziehend erscheint, eine Art beauté du diable.

Und diese vergeht auch bald nach diesem Tage, den wir miterlebt haben. Das flüchtig angeknüpfte Verhältnis wird ebenso rasch, wie es geschlossen war, gelöst, ohne großes Herzweh zu hinterlassen. Mein Gott, eine Liebschaft zwischen einem Offizier und einem Mädchen niederen Standes ist ja so etwas Alltägliches! Aber wenn ein Dichter dieses tausendfach sich ereignenden Falles sich bemächtigt, erwarten wir, daß es nicht bei der Konstatierung der Tatsache bleibe; daß noch irgend etwas geschehe, was *diesen* Fall interessanter mache, als tausend ähnliche, ihm einen gewissen sittlichen Wert verleihe. Beide haben nach der Trennung geheiratet, der Baron ein Fräulein seines Standes, das er nicht sonderlich liebt, das Mädchen einen widerwärtigen Menschen, gegen den sie sogar einen stillen Abscheu empfindet. Sie wünschte eben versorgt zu werden. Aber jetzt – jetzt wird doch noch etwas kommen, ein Wiedersehen wird irgendwie stattfinden und vielleicht sogar eine Katastrophe herbeiführen, bei der es zu irgendeinem Konflikt käme? Die eigentliche Novelle wird jetzt erst beginnen und zu irgendwelcher Höhe gelangen? Nichts derart! Denn in der Wirklichkeit pflegt es dabei zu bleiben, daß eine solche Liebschaft keine Fortsetzung hat, es sei denn eine natürliche »Folge«, die ebenfalls auf die gewohnte alltägliche Weise abgefunden wird.

Wie aber stimmt nun mit dem höchst einfachen Verlauf dieser Geschichte der Titel »Irrungen, Wirrungen«, ein Titel, der durch nichts in der Erzählung gerechtfertigt wird. Alles verläuft ja ganz regelrecht, keine der Personen irrt sich in der andern, und von einem Wirrsal, das zu lösen wäre, ist keine Rede. Nur der Leser irrt sich, wenn er eine Vertiefung des Stoffes erwartet, die der Dichter ihm schuldig geblieben ist!

*

Von dieser langen Abschweifung kehre ich zum Tunnel zurück.

Was Fontane dort zum besten gab, ließ seine spätere Entwicklung nicht ahnen, so daß auch ein künstlerischer Gegensatz zwischen uns sich nicht von fern ankündigte. Ich war sehr angetan von seinen Balladen, die zwar fühlbar durch Percys relics of ancient poetry beeinflußt waren, doch auch oft weit über deren chronikartigen Stil hinausgingen. Ich erinnere nur an den herrlichen Archibald Douglas, das Kleinod aller deutschen Balladenpoesie.

Was mich selbst betrifft, so brachte ich im Tunnel 1851 meine erste Novelle »Marion« und die Erzählung in Versen »Die Brüder«, die bei der ausgeschriebenen Doppelkonkurrenz für die beste Erzählung in Prosa und Versen beide den Preis erhielten. Ich verhehlte mir nicht, daß hier, wie bei dem Eindruck alles Künstlerischen auf jedes Publikum, der Wert und Reiz des Stoffes den Ausschlag bei der Beurteilung gegeben hatte. Doch war ich sehr glücklich und von da an, da ich mir nun die Ziele immer höher steckte, vor jeder Überhebung bewahrt.

Bald nachher sollte ich noch bei einer anderen Preisbewerbung als Sieger hervorgehen.

Im Berliner Zoologischen Garten war ein Bär gestorben, den man, um eine Staarbildung auf seinen Augen zu operieren, chloroformiert hatte. Die Operation war auch gelungen, der Patient aber aus der Narkose nicht wieder aufgewacht. Dieses Ereignis hatte unser Tunnelmitglied, der Bildhauer Wilhelm Wolff, der sich besonders durch Skulpturen aus dem Tierreich auszeichnete, in einer humoristischen kleinen Gruppe verewigt. Der selig entschlafene Bär ruht, das schwere Haupt auf die rechte Schulter herabgesunken, von verschiedenen Ärzten in Tiergestalten umgeben, zu seinen Füßen sein kleiner Sohn, der die Tatzen vors Gesicht hält, auf der andern Seite ein ironisch lächelnder Fuchs, hinter dem Toten ein Widder als Famulus mit der Chloroformflasche.

Das lustige Bildwerkchen sollte in Bronze gegossen und mit einer Inschrift versehen werden, zu deren Abfassung der Künstler einen Wettbewerb im Tunnel ausschrieb. Preis: ein Abguß der Gruppe.

Die Verse, mit denen ich siegte, sind mehrfach ungenau zitiert worden, so daß sie hier im richtigen Wortlaut stehen mögen:

Der Bär ist nun ein stiller Mann,
Das Chloroform ist schuld daran.
Ein ärztliches Kollegium
Ging mit dem Tier zu menschlich um.
Das Füchslein grinst, das Bärlein flennt,
Der Wolf setzt ihm dies Monument.

*

Geibel hatte sich, wie schon angedeutet, dem Tunnel beharrlich ferngehalten. Er war nicht der Mann dazu, sich vor einem größeren Kreise Zensuren über sein poetisches Wohlverhalten gefallen zu lassen, zumal vor einer Korona, die so bedenklich aus Laien und Kennern gemischt war. Auch sollten wir ihn bald verlieren. Ende Februar 1848 hatte Ernst Curtius, der Hofmeister des Prinzen Friedrich Wilhelm, ihn auf Befehl des Prinzen von Preußen eingeladen, der zweiten Vorstellung seines »Meister Andrea« beizuwohnen, die diesmal vor dem Könige stattfand. Er erlebte darauf noch den Ausbruch der Märzrevolution mit uns und zog sich bald darauf nach Lübeck zurück, wo er während der Jahre 1849 bis 51 an seinen dramatischen Entwürfen weiterarbeitete.

Mit welcher Stimmung er der Bewegung, die vom 18. März ausging, gegenüberstand, sagten uns seine Briefe. Schon seiner maßvollen, tief religiösen Natur war das wüste Treiben, das nicht auf eine ruhige Entwicklung so tief berechtigter politischer Forderungen und langgenährter volkstümlicher Wünsche, sondern auf einen jähen Umsturz zielte, ein Greuel. Zudem fühlte er sich dem Könige für die freiwillig gewährte Pension zu Dank verpflichtet und hatte im Hause seines hohen Bruders so viel Freundliches und Huldvolles genossen, daß ihn die Ereignisse aufs persönlichste mittreffen mußten, die den verehrten Prinzen nach England trieben, und der Gedanke ihn im Innersten empörte, daß an der Wand des Palais, in welchem noch vor kurzem sein »Meister Andrea« aufgeführt worden war, nun mit großen Buchstaben das freche Wort »Nationaleigentum« geschrieben stand.

Wir jüngeren, politisch völlig Unreifen hatten keinen Schutz gegen das hitzige Freiheitsfieber, das damals auch besonnenere Köpfe ergriff. Die Abenteuerlust der Jugend kam hinzu. Es war so aufregend schön, mit Flinte und Schleppsäbel, eine Feder am grauen Heckerhut, im Studentenkorps mitzumarschieren, nachts Schildwacht zu stehen auf der Rampe vor dem »Nationaleigentum«, oder im Schweizersaal des Schlosses die Nächte zu durchwachen und mit den Freunden Roquette und Fritz Eggers Verse auf Endreime zu machen, um den Schlaf abzuwehren. Auch blieb es nicht bei diesen Reimscherzen, die mit der großen Sache nichts gemein hatten. Wir konnten der Versuchung nicht widerstehen, in die stürmischen Klänge der Zeit auch unser Wort mit hineinzuwerfen, und ließen ein Heftchen im Verlag der Gubitzschen Buchhandlung erscheinen unter dem Titel »Funfzehn neue deutsche Lieder zu alten Singweisen«, natürlich »den deutschen Männern Ernst Moritz Arndt und Ludwig Uhland gewidmet«. Nur der alte Arndt hat ein freundliches Wort zum Dank an uns gewendet.

Wiederholt hatte mich Geibel davor gewarnt, zu früh mit meinem Dichten hinauszutreten; ich sollte warten, bis ich »einen Schlag damit tun könnte«. Zu einem Schlage nun kam es auch diesmal nicht, nur zu einem Schlag ins Wasser. Denn diese wohlgemeinten patriotischen Herzensergüsse, deren Begeisterungssturm stets die schwarzrotgoldene Fahne flattern ließ, gingen spurlos vorbei.

Wie ich jetzt das graue Heftchen wieder aufschlage, steigt meine Jugend daraus empor. Vier Gedichte von Bernhard Endrulat, zwei von Louis Karl Aegidi, der sich zu einem wirklichen Politiker auswachsen sollte, zwei mit N. N. bezeichnet – verbarg sich unter dieser Maske ein gewisser Geheimrat? Ich bin heut nicht mehr imstande, es zu entscheiden, die Züge sind allzusehr verwischt. Die noch übrigen sieben kommen auf mein eigenes Konto. Ich finde, wenn ich sie noch so redlich prüfe, daß sie weder besser noch schlechter sind als die meisten, die damals durch die Zeitungen gingen. Eines, das letzte von ihnen, möge hier seinen Platz finden, um den Ton zu bezeichnen, auf den unsere Gemüter damals gestimmt waren.

Einen Mann!

Mel.: Prinz Eugen, der edle Ritter usw.

O du Deutschland, edle Fraue,
Welch ein' schlimme Witwentrauer
Ist ergangen über dich,
Seit dein weiland Mann und Kaiser
Stieg hinab in den Kyffhäuser,
Barbarossa Friederich!

Freier kamen gnug gelaufen,
Kamen gar zu hellen Haufen,
Sechsunddreißig an der Zahl.
Warum tatst du alle nehmen?
Edle Frau, du mußt dich schämen:
Sechsunddreißig auf einmal!

Ei, du hast es bald gespüret,
Wie die Herrn dich nasgeführet
Und ins Fäustchen sich gelacht.
Sechs mal sechs macht sechsunddreißig;
Rührtest du dich noch so fleißig,
Hast es doch zu nichts gebracht.

Deinen Söhnen auch vor allen
Sollte nimmermehr gefallen
Solch verzwicktes Regiment.
Und sie schrieen Weh und Zeter,
Aber ach, die Herren Väter
Machten bald dem Schrei'n ein End.

Endlich nahm's den Herrgott wunder,
Da man Anno achtzehnhundert-
Achtundvierzig schrieb im März,
Machte nicht viel Federlesen
Mit dem ganzen tollen Wesen,
Daß uns leichter ward ums Herz.

Jetzo mag vor allen Dingen
Eines noch nach Wunsch gelingen,
So man nicht erkämpfen kann:
Unser Herrgott sei so gnädig,
Daß Frau Deutschland nicht bleib' ledig,

Send' er einen mächt'gen Mann.

Nicht den alten morschen Kaiser,
Der verzaubert im Kyffhäuser
Ganz verträumet sitzen soll;
Nein, ein frisches, junges Leben,
Allem Deutschen heiß ergeben,
Aller Kraft und Treue voll.

O du Deutschland, edle Fraue,
Fröhlich im Gemüt vertraue:
Neue Hochzeit hebt dir an,
Wenn der Freier wird erscheinen,
Den wir grüßen wie noch keinen.
Nun gottlob, das ist ein *Mann!*

Der junge Sänger und Seher ahnte nicht, wie spät – dann aber wie glorreich sein Wunsch sich erfüllen sollte.

3. Bonner Studien.

Die Ordnung in Berlin war wieder hergestellt, die Einwohner zu der »ersten Bürgerpflicht« zurückgekehrt. Das politische Fieber, das jung und alt ergriffen hatte, zitterte nur noch in dem leidenschaftlichen Interesse nach, mit dem man die Debatten in der Paulskirche verfolgte.

Auch die Musen, die ja unter den Waffen nicht ganz verstummt waren, bequemten sich wieder, friedlichere Weisen anzustimmen. Im Tunnel fuhr man fort, die Seenovellen des dicken Smidt anzuhören, Fontanes und Lepels Balladen mit»sehr gut« auszuzeichnen und sich in poetischen Wettkämpfen zu erhitzen. Ich selbst schwänzte immer regelmäßiger meine Kollegien und war ein desto häufigerer Gast im Kuglerschen Hause, das mir ein zweites Elternhaus geworden war.

So verging das Jahr 1848. Im Frühjahr 1849 bezog ich die Universität Bonn.

Ich war, wie gesagt, nach den zwei Jahren, in denen ich in Berlin klassische Philologie studiert hatte, nur darüber klar, daß ich zu dieser Wissenschaft weder Talent noch Neigung hatte. Ob zu einer andern und zu welcher, darüber sollte ich in Bonn mit mir ins Reine kommen.

Am ehesten bildete ich mir ein, das Zeug zum Studium der Kunstgeschichte zu haben. Hatte sie doch auch Kugler, ihren Mitbegründer, nicht so ganz in Beschlag genommen, daß sie ihm nicht Zeit und Kraft für allerlei novellistische und dramatische Allotria übrig gelassen hätte. Und so hoffte ich im stillen, das unumgängliche Brotstudium in dem zu finden, was meinem teuren Freunde eine so angesehene Stellung verschafft hatte und wofür ich eine entschiedene Anlage auch in mir zu erkennen glaubte.

Und war es nicht auch günstig genug, daß ich mein neues Universitätsjahr gerade in Bonn zubringen sollte, von wo aus die beste Gelegenheit war, in den Städten hinab und hinaus am Rhein die Geschichte der Baukunst anschaulicher zu studieren, als aus gedruckten Büchern und architektonischen Atlassen? Immerhin fanden sich zunächst in Köln und Aachen Kirchen genug, an denen ich beweisen konnte, was ich in Kuglers Vorlesungen gelernt hatte. Ich war auch eifrig bemüht, mich so tief als möglich ins Technische hineinzuarbeiten, und da Kugler mit diesem Vorhaben einverstanden war, munterte er mich dazu auf, auch das Thema meiner Doktordissertation aus dem Kreise der Baugeschichte zu wählen. Nichts Geringeres betraf es als die Untersuchung, wie es mit den Bauhütten des Mittelalters bestellt gewesen war, ihre zünftige Organisation und ihren sagenhaften Zusammenhang mit der Freimaurerei zu erforschen.

Meine Erwartung, durch Kinkels Vorlesung über Geschichte der Malerei an das Studium der Kunstgeschichte ernstlicher gefesselt zu werden, war freilich eine Täuschung gewesen. Statt eines ernsten Gelehrten im Stil der Kugler, Schnaase, Böttiger, Burckhardt sah ich einen Schönredner auf dem Katheder, der mit selbstgefälliger Würde sein Auditorium zu bezaubern suchte. Als ich von ihm gehört hatte, daß es »der höchste Sieg des Geistes über die Materie sei, nur ein bißchen rote Farbe zum Ausdruck des Zorns oder der Scham auf einem Menschenantlitz zu gebrauchen«, besuchte ich diese Vorlesungen nicht mehr, die denn auch bald durch des Dichters abenteuerlichen Freischarenzug ins Badische abgebrochen wurden.

Auch mit der Ästhetik des alten Brandis, in dessen Kolleg ich zuletzt neben dem Dichter der »Anneliese« Hermann Hersch der einzige Zuhörer war, blieb es beim ersten Anlauf. Auch das war nicht das Rechte, das Eine, was mir not tat. Mit der klassischen Philologie vollends hatte ich innerlich schon gebrochen, eh ich nach Bonn kam. Auch eine so bedeutende Persönlichkeit wie Friedrich Ritschl konnte den Abtrünnigen nicht zurückführen. Ich war dem Ritschlschen Hause aufs wärmste empfohlen worden und verehrte in dem großen Gelehrten auch den gütigen Menschen, der sich meiner aufs freundlichste annahm. Eine ähnliche Güte bewies mir der alte Welcker, der eine eigene Gabe hatte, jungen Menschen das Herz aufzuschließen und sie für die Welt der Griechen, in der er lebte, zu begeistern. Gleichwohl gelang es keinem dieser beiden verehrten Lehrer, mich zur klassischen Philologie zurückzugewinnen.

Ich ließ mir aber von dem Dunkel, das über meiner Zukunft lag, die Jugendlust nicht trüben, die hier an den lachenden Rheinufern hell aufblühte, sondern verbrachte den Sommer 1849 wie sonst nur ein Fuchs sein erstes Semester, mehr in lustigen Streifzügen durch die herrliche Gegend und in den kleinen Weinkneipchen von Endenich, Kessenich und Rolandseck, als in den Hörsälen, immer in der Gesellschaft sehr guter Freunde, wenn ich auch ein für allemal mich von allem, was Korpskomment hieß, ferne hielt. Denn ich begriff nicht, wie junge Leute, die eben die Fessel des Schulzwangs abgestreift haben, statt ihre Freiheit ungebunden zu genießen sich sofort wieder unter eine kameradschaftliche Zucht schmiegen und auf Kommando trinken, singen, fechten und bummeln mögen, wie es ihnen von ihren Oberen vorgeschrieben wird. Für gewisse unselbständige Charaktere mag es zweckmäßig sein, sich erst einem Korpsgeist unterwerfen zu müssen, der ihnen einen gesellschaftlichen Halt gibt, bis dann vielleicht ihr Selbstgefühl daran erstarkt. Ich fühlte dazu kein Bedürfnis und hielt mich an einzelne Freunde, zu denen auch die Brüder Herman und Rudolf Grimm zählten. Nur dieser, der Jüngere, studierte diesen Sommer in Bonn, sein älterer Bruder kam nur einmal zum Besuch. Dabei fiel eine drollige Szene vor, die sich in der Erinnerung so belustigend ausnimmt, wie sie im Erleben peinlich war.

Ich hatte von Franz Kugler auch einen Gruß an *Simrock* mit auf den Weg bekommen, mit dem er als Student befreundet gewesen war. Noch immer hatte ich keine Gelegenheit gehabt, diesen Gruß zu bestellen, da Simrocks Persönlichkeit mich wenig anzog und die mittelhochdeutsche Dichtung, um die er sich durch seine etwas steifen Übersetzungen immerhin verdient gemacht hatte, mir damals fern lag. Die jungen Grimms, zu denen er in einer Art Onkelverhältnis stand, besuchten ihn sofort und luden auch mich eines Nachmittags zu einem gemeinsamen Spaziergang nach Plittersdorf ein.

Nach der ersten stummen Begrüßung richtete ich Kuglers Auftrag aus, worauf auch nur wieder ein stummes Kopfnicken erfolgte. Als wir uns dann in Bewegung setzten, schritt der Professor mit Herman voran, ich folgte mit Rudolf, nahe genug, das Gespräch vor uns mit anhören zu können, das nicht sonderlich belebt war. Auch der Wein, den wir tranken, als wir unser Ziel erreicht hatten, war nicht imstande, die Stimmung mehr in Schwung zu bringen. Als wir daher den Heimweg antraten und ich wieder die langen schwarzen Rockschöße des Herrn Professors philisterhaft vor mir hin und her schwanken sah, ertrug ich es nicht länger, als stummer Trabant hinterdrein zu wandern, ohne von dem immerhin verehrten Manne eines Wortes gewürdigt zu werden, und brach ein Gespräch vom Zaune, durch das ich ihn ein wenig zu interessieren dachte. Heut morgen, sagt' ich zu Rudolf, habe ich ein sonderbares Gedicht gelesen, in welchem die Vorgeschichte von Schillers »Ritter Toggenburg« in demselben Versmaß erzählt wird. Als ob das nicht gerade so echt dichterisch wäre, wie Schiller, dem die historischen Antezedenzien sehr gleichgültig waren, mitten ins Zeug hineingeht. Der da etwas zu ergänzen für nötig gefunden hat, muß ein rechter Pedant gewesen sein.

Da steht Simrock plötzlich still, wendet sich um und sagt mit dem ruhigsten Tone: Der Pedant bin ich gewesen.

Daß ich gern in den Erdboden versunken wäre, wird man mir glauben. Doch kam von diesem hochdramatischen Augenblick an eine lebhafte Unterhaltung unter uns vieren in Gang, und der alte Herr entließ mich, da wir uns vor seinem Hause verabschiedeten, mit einem freundlichen Händedruck.

Unter allen aber stand mir ein Braunschweiger, *Bernhard Abeken*, den ich in Berlin kennen gelernt, am nächsten. Ich wohnte mit ihm zusammen in zwei Zimmern eines ansehnlichen Hauses, das dem Besitzer eines großen Warengeschäfts, Röttgen, gehörte. Im Winter darauf, als mein Stubengenosse mich verließ, fand ich ein bescheideneres Quartier in der Rheingasse bei einer Witwe Böschemeyer, die einen kleinen Laden mit Eisenkram hielt, und deren schönäugige Tochter Settchen mich darüber hinwegsehen ließ, daß das Stübchen nach dem Hof hinaus nicht viel Sonne und einen rauchenden, eisernen Ofen hatte.

Abeken war schon ein bemoostes Haupt, vier Jahre älter als ich, und machte bald darauf in seiner Heimat das erste juristische Examen. Sein klarer, kritischer Verstand und ein trockner Humor, mit dem er uns Jüngere behandelte, ließen das warme Gemüt nicht auf den ersten Blick erkennen. Doch war sogar ein Stück Poet in ihm. Als ich viele Jahre später an allerlei Büsche klopfte, um für den Novellenschatz verborgene Findlinge zu sammeln, geriet ich auch an eine pseudonyme Erzählung in Westermanns Monatsheften[10] , die ich der Aufnahme in diese Mustersammlung durchaus würdig fand, und erfuhr auf meine Anfrage bei der Redaktion, daß kein anderer der Verfasser sei als Bernhard Abeken.

Er hat später auch eine politische Rolle gespielt und ist in den Reichstag gewählt worden, wie auch der Zweite meiner Bonner Intimen, *Levin Goldschmidt,* der in der Folge als Meister des Handelsrechts eine hervorragende Stelle an den Universitäten Heidelberg und Berlin wie am Reichsgericht in Leipzig eingenommen hat. Damals offenbarte sich unser politisches Interesse ziemlich fragwürdig durch die heftige Parteinahme für die revolutionären Vorgänge am Rhein und im Badischen. Es fehlte nicht viel, so hätten wir uns Kinkel bei seinem abenteuerlichen Freischärlerzuge angeschlossen. Doch versäumten wir den richtigen Zeitpunkt und erkannten dann bald, daß wir bei diesem phantastischen Unternehmen unsere Haut sehr töricht zu Markte getragen hätten.

Dieser Sommer am Rhein steht in vollem Sonnenschein vor meiner Erinnerung; er wurde noch gekrönt durch eine erste Schweizerreise in den Herbstferien. Der gute Onkel Louis, den ich in Mannheim aufsuchte, hatte das Reisegeld dazu hergegeben, allerdings ziemlich schmal bemessen, so daß es nur für eine zehntägige Fußwanderung mit den bescheidensten Ansprüchen ausreichte. Doch die Wonne, in der herrlichen Gotteswelt der Alpen, mein Ränzel auf dem Rücken, tagelang dahinzuträumen, war durch keine Einschränkung zu verkümmern.

In Basel klopfte ich bei meinem teuren Jakob Burckhardt an und verbrachte einen unvergeßlichen Abend mit ihm auf seiner stillen Klause hoch überm Rhein, wo er mir einen edlen Burgunder nebst einer Hasenpastete vorsetzte und seine italienischen Liedchen wieder einmal sang. Dann stieß ein jüngerer, guter Freund aus der Berliner Zeit zu mir, der Wiener *Heinrich Jaques,* später an den politischen Kämpfen in Österreich lebhaft beteiligt, der dritte meiner

---

[10] Eine Nacht. Von Ernst Andolt. Westermanns Monatshefte 1857. »Fünf Jahre später erschien unter seinem wahren Namen ein Roman ›Greifensee‹, der zum größten Teil schon aus der Studentenzeit stammte, doch durch mancherlei lebendige Details nicht für die mangelnde Reife und die zerstreute Gesamtwirkung entschädigen konnte.« (Vorwort im Novellenschatz.)

Jugendfreunde, der in einen Reichstag gewählt wurde. Damals war er ein schmächtiger, zarter Juvenil mit schwarzen Locken um ein schmales, blasses Gesicht von stark orientalischem Typus, dem große schmachtende Augen einen anziehend schwermütigen Ausdruck verliehen. Er begleitete mich aber nur bis Zürich, von wo mir ein anmutiges Erlebnis im Gedächtnis geblieben ist. Abends durch die dunkle Stadt schlendernd, hörten wir aus den erleuchteten Fenstern eines Hauses weiblichen Chorgesang. Mein Freund, ein eifriger Musiker - er war Virtuose auf dem Cello -, blieb lauschend stehn, ich schlug vor, hinaufzugehen und zu fragen, ob man dem Konzert nicht beiwohnen dürfe. Gesagt, getan. Als wir oben in einer Pause anklopften, öffnete uns der Dirigent, ein älterer Herr, der uns auf unsere bescheidene Anfrage, da wir uns als Musikenthusiasten vorstellten, freundlich einzutreten bat. Der Saal war voll junger Mädchen in hellen Sommerkleidern, die uns sehr erstaunt und untereinander flüsternd musterten. Wir wurden aber als reisende Kunstfreunde von Distinktion behandelt und zu ein paar Sesseln in der vordersten Reihe geführt, in denen wir uns niederlassen mußten, während der Musikdirektor uns das Beste, was gerade einstudiert war, zum besten gab.

Nach einer Stunde war der musikalische Abend zu Ende. Nun erschienen die Dienerinnen der jungen Damen, sie nach Hause zu holen, jede mit ihrem Laternchen, so daß sich die nächsten Straßen wie mit einem Schwarm großer Leuchtkäfer belebten, bis die Sternennacht wieder allein herabfunkelte.

So ganz wonnevoll aber wurde dem fahrenden Schüler erst zumut, als er sich einsam dieser gewaltigen Natur gegenüber sah. Die Briefe nach Hause strömen über von der ungebundenen Jugendlust des angehenden Poeten, die selbst durch einen heftigen Katarrh - mein lebenslanger Spielverderber! - kaum gedämpft werden konnte. Auch der verließ mich endlich, und ich fühlte mich lebensfroher und glücklicher als je.

Hier aber muß ich noch eines wundersamen Erlebnisses gedenken, dessen schwermütig süße Erinnerung mich auf dem ganzen Heimwege begleitete und heute noch, wenn ich ein kleines, altes Bildchen betrachte, mich im Innersten bewegt.

*

Ich war am 6. September in Alpnach, noch halb verschlafen, früh um fünf Uhr aufgestanden, hatte dann bald meine Wanderung über Sarnen angetreten und um Mittag die große Scheideck erreicht, darauf den Brünig überschritten, alles in allem für einen richtigen Alpenwandrer keine erhebliche Leistung. Ich aber, da ich meine Kräfte noch nicht geübt hatte, kam gegen Abend sehr erschöpft in Meiringen an und hatte kaum noch Augen dafür, wie hübsch der kleine Ort vor mir lag, rauschende Gießbäche von allen Seiten und die grünsten Wiesengelände um die sauberen Häuser. Ich dachte nur einen Bissen zu essen und dann einen langen Schlaf zu tun.

Wie ich aber die enge Treppe im Hotel du Sauvage hinaufklettre zu meinem Zimmer im obersten Stock, steht da ein Mädchen am Treppengeländer in der Berner Tracht, schwarzes Mieder, breite, schneeweiße, gestärkte Hemdärmel, die bis an die Ellbogen reichten, um den Kopf eine breite Flechte, ein Gesicht, das selbst in dem halbdunkeln Flur mich auf den ersten Blick bezauberte, große, reine, sehr edle Züge und stille, dunkle Augen, ein schlanker Hals auf einer stolzen Gestalt, die sich mit einer ganz eigenen ruhigen Anmut bewegte. Sie erwiderte meinen Gruß nur mit einem stummen Kopfnicken und führte mich in mein schmales, einfenstriges Zimmer, wo ich mein Ränzel ablegte.

Als sie dann das Bett bereitete und mir frisch Wasser brachte, stand ich nur immer und verfolgte jede ihrer Bewegungen. Hunger und Müdigkeit waren vergessen, ich hatte nur einen Wunsch, dies Gesicht in mein Büchlein zu zeichnen. Das sagte ich ihr endlich, und sie nahm es ohne einen Zug von geschmeichelter Eitelkeit hin, ging wieder, um erst noch draußen etwas zu verrichten, und kam dann, immer sehr still und wie abwesenden Geistes, wieder zu mir herein. Der letzte Tagesschein fiel in die Kammer, sie setzte sich auf den Stuhl am Fenster, das schöne, gemmenhafte Profil gegen die Wipfel der Nußbäume draußen gekehrt, und ich sputete mich, die kurze helle Zeit zu nützen. Währenddessen erscholl ein paarmal von unten herauf ein wütendes Klingeln. Gilt das Ihnen? fragt' ich. – Es ist der Engländer im ersten Stock, er hat mir eine Handvoll Gold geboten, wenn ich zu ihm käme, ich tu's aber nicht. O kein Mensch glaubt, was ein armes Meidli in einem Hotel oft auszustehen hat, wenn's nicht wüescht ist und ehrbar bleiben will!

Dann sprachen wir weiter nicht viel miteinander, sie blieb aber nicht ruhig, sondern wandte beständig das Gesicht nach mir um und sah mich an, bis ich endlich lachend aufstand, nachdem ich eine flüchtige Skizze zustande gebracht hatte, und sagte, ich wolle sie nur freigeben, die Nacht breche herein, ob sie das Bildchen anschauen wolle. Sie nickte wieder, warf einen Blick auf das Blatt und schlug dann ihre großen Augen voll zu mir auf. Im nächsten Augenblick hatten wir uns umfaßt, und unsre Lippen ruhten aufeinander.

Es war das so gekommen, als müsse es sein, als hätte ein elementarer Zug uns einander in die Arme geführt und alle Fremdheit abgestreift. Mir war zumut wie im Traum. aber nun war der Bann gebrochen, und sie fing an zu sprechen, in einem mit schweizerischen Lauten und Worten gemischten Hochdeutsch, das mir ungemein lieblich klang. Es war, als fühlte sie das Bedürfnis, mir den Verdacht zu benehmen, sie sei eine der leichtsinnigen Wirtsmägde, die mit jedem Fremden sogleich vertraulich umgehen. Ach Gott, sagte sie, wie ist das nur gekommen! Ich dachte an nichts und sang in meinem Stübli, da werd' ich gerufen; es komme ein Fremder. Wie ich nun an die Stiege trete und seh Sie heraufkommen, wird mir's ganz wirblig im Herzen. Ich verwundre mich über mich selbst, daß ich so rede, aber ich habe Sie lieber, als ich je ein Menschenkind gehabt habe. – Und dann wieder, während wir still am Fenster lehnten und ich ihr reiches Haar streichelte und ihre Wange küßte: Je länger ich dich anschaue, desto holder wirst du. Du mußt ein guter Mensch sein, es steht in deinen Augen. Ich wollte, der liebe Gott bescherte dich mir, da dürft' ich den ganzen Tag by dir sy, nit immer küsse, nur anschaue. Ach geh du weg! Ich bekomm' dich viel zu lieb, und dann ist's ein Herzeleid!

Man rief nach ihr im Hause. Sie machte sich los und sagte: I ha' jetzt z'schaffe. Gang du abe und iß, nachher stiehl' i mi wieder zu dir. – So begleitete sie mich bis an die Treppe, wo wir uns mühsam trennten.

Ich aß dann im Gastzimmer unten zu Nacht, mir war alle Eßlust vergangen. Immer mußt' ich an das eben Erlebte denken und wußte nicht, was ich davon halten sollte. So unerfahren ich war, hatte ich doch genug von den Abenteuern gehört, die Reisenden im Berner Oberland, die darauf ausgehn, nur zu willig entgegenkommen. Dann brauchte ich mir nur Bäbelis Blick und den Ton ihrer Stimme zurückzurufen, um jeden schnöden Verdacht weit abzuweisen.

Einmal sah ich sie hinten durch das Gastzimmer gehen, ein leuchtender Blick traf mich, mir stieg das Blut ins Gesicht, wie wenn alle, die an den Tischen saßen, das Geheimnis erraten müßten, dann eilte ich, in meine Zelle hinaufzukommen.

Gleich darauf trat sie wieder bei mir ein, mit einer brennenden Kerze im zinnernen Leuchter, deren Schein ihr reizendes Gesucht noch ganz anders verklärte als vorher das schwindende Abendrot. Dazu das Lächeln, mit dem sie mich grüßte, gleichsam triumphierend, daß sie mich nun wieder in Besitz nehmen konnte. Sie setzte sich zu mir und küßte mich auf die Augen - das ist mir noch heute lebhaft in der Erinnerung, als etwas besonders Liebliches. Ich zog sie auf meinen Schoß, und sie sagte mir Liebesworte ins Ohr, die mir sehr süß klangen, trotz der rauhen Aussprache des ch. Draußen war's tiefe Nacht geworden, wir hörten die Gießbäche tosen und verworrene Stimmen im Haufe und plauderten ganz leise miteinander. Hör, sagte sie, du mußt mich heiraten, willst du? O du hast Eltern, die du fragen mußt! Ach, wenn du nach niemand zu fragen hättst! Schau, ich hab' ein Haus mit zwei Schwestern zusammen und ein Güetli. Ach, ich tät', was du wolltst, wenn du mein wärst für Zeit und Ewigkeit! Wärst du mein Mann, ich tät dich noch vieltausendmal lieber haben. Aber am End hast du schon eine Frau? - Ich lachte und sagte ihr, wie jung ich sei, ich könne noch lange nicht ans Heiraten denken. - O, sie könne warten, sie sei ein paar Jahr älter als ich, das schade aber nicht. Es eile ihr nicht mit dem Heiraten, wenn's nur dann der wär', den sie gern hätt' - sonst bring' ich dem Herrgott eine Jungfernseele. Ich hab' schon mehr als einen heiraten können, schon als ich erst sechzehn Jahr alt gewesen bin, aber immer nicht gewollt. Es ist auch schon einer um mich im Grab. Ach wärst du mein, zu Nacht wollt' ich dich nur ein einziges Mal küssen, aber der Kuß sollt' dauern bis zum Morgen!

Als ich ihr keine Hoffnung machen konnte, wurde sie traurig. Was ist das doch für ein Schicksal, daß du kommen mußtest! Es war die sechste Stund', da ich dich zuerst sah. Ich werd' die Zit behalten, wo der Herrgott so gnädig war - o so ungnädig! Aber du bleibst doch noch hier - morgen - übermorgen - mir zulieb? - Dann ward sie wieder abgerufen, und ich saß allein in schweren, schwülen Gedanken, dabei von Müdigkeit befangen und der Sorge, was werden sollte. Sie kam endlich wieder, freudestrahlend und in überströmender Zärtlichkeit. Es sind noch so viel Fremde gekommen, sagte sie, und unten isch's wüescht. Ich hab' aber eine Frau gebeten, daß sie meine Arbeit für heut abend tun soll, ich bezahl's ihr frili, aber da kann ich doch zu dir und noch e bitzli von dir profitiere. Ach Schätzeli, ich lieb' dich über die Maßen. Jetzt aber gang schlafen, du bist müed. Nein, ich möcht' dich nit schlafen sehn; wo sollt' ich dann hin mit mein bitzli Bravheit! Oder nein, gang nur zu Bett. Ich komme noch einmal und bring dir e gueti Nacht, ich bleib schon fest und bet zuvor: Führe mich nicht in Versuchung!

Sie kam dann auch und hatte ein Scherchen mitgebracht und fragte mich, ob ich von ihren Haaren wolle, was ich freudig bejahte. Dann schnitt sie mir eine lange Strähne von meinem Kopf ab und verbarg sie an ihrer Brust. Und dann - parting is such sweet sorrow - das Herz schlug mir bis in den Hals hinauf, aber sie wand sich glühend und scheu aus meinem Arm, der sie halten wollte, und schlüpfte hinaus.

Als ich am andern Morgen die Augen aufschlug, sah ich sogleich in die ihren. Sie saß auf dem Rand meines Bettes und lächelte mir guten Morgen zu. Dann aber, da ich zum Bleiben nicht zu bewegen war, stürzten ihr die Tränen aus den Augen. Wenigstens wiederkommen sollt' ich, auf alle Fälle schreiben, sie könne mich nicht verlieren. Ich gab ihr ein seidenes Tuch von mir, das ihr gefiel, zum Andenken und sagte, daß ich ihr was schicken wolle. - Aber keinen Schmuck! bat sie. Wann i di ha', bin i scho' überschmuckt. Ach, du wirst mich vergesse, bald! - Ich ging dann hinab, um zu frühstücken. Als ich wieder hinaufkam, kauerte sie an meinem Bett und sagte: Ich drücke den Kopf dahin, wo deiner lag, das tut so weh! Dann sprang sie auf und fiel mir ans Herz unter strömenden Tränen, endlich so von Sinnen, daß sie neben dem Bett hinfiel und ich, die Verwirrung ihres Schmerzes benutzend, mich hinausschleichen konnte.

Als ich unten im Freien war und zu dem Fenster droben zurücksah, stand sie regungslos an der Brüstung, ihre blassen Wangen schimmerten von Tränen, die sie nicht zu trocknen suchte, so behielt ich ihr trauriges, holdes Bild im Auge, bis ich um die Krümmung des Weges bog.

Wie lang und tief ich es im Herzen behielt, wie auch ihre Briefe den Kummer um dies verlorene Glück nur verstärkten, das am Stirnhaar zu fassen ich nicht mutig oder – gewissenlos genug gewesen war, bis ich sie endlich bat, nicht mehr zu schreiben, das mag jeder sich vorstellen, dem sein Schicksal einen ähnlichen Verzicht jemals auferlegt hat.

*

Nach Bonn zurückgekehrt, wurde ich von den alten Freunden herzlich begrüßt. Unter diesen habe ich vor allen *Jakob Bernays* zu nennen, einen der schärfsten und tiefsten Denker, die jemals sich der Aufgabe der Philologie, Erkanntes zu erkennen (Böckhs Definition), unterzogen haben. Er hatte eine Zuneigung zu mir gefaßt, wie zu einem jüngeren Bruder, und ist späterhin bis an seinen allzu frühen Tod mit warmer Freundschaft mir nahe geblieben. Von seiner jüdischen Tradition, an der er mit starrer Pietät festhielt, war in unserm Verkehr nichts zu bemerken, außer daß er mir zuweilen am Sabbat von der süßen Speise, die ihm ein jüdisches Restaurant zu seinem frugalen Mittagstisch lieferte, in seinem Ofen etwas aufhob, was er sich für den jungen Freund am Munde abgespart hatte. Er war sehr arm, auch noch kein erfolgreicher Dozent, bis er den Ruf nach Breslau erhielt, wo er neben Theodor Mommsen eine hervorragende Stellung einnahm. Auch waren es nicht seine Vorlesungen (über Ciceros Briefe), was mich an ihn fesselte, sondern der persönliche Verkehr, in dem ich die Allgegenwart seines Wissens und die Schärfe seines Urteils nicht nur im Gebiet der klassischen Philosophie und Historie, sondern auch in den modernen Literaturen bewundern lernte. Nur eins fehlte ihm, was überhaupt dem jüdischen Stamm nur selten eigen zu sein pflegt: das Organ für das eigentlich Künstlerische. (Als ich ihn einmal aufforderte, ein Bild anzusehen, das irgendwo ausgestellt war, versetzte er achselzuckend: Wozu soll ich das? Ich war ja im Louvre.) So konnte mir sein Urteil über das Häuflein Dichtungen, das ich nach Bonn mitgebracht hatte, in

Rücksicht auf die - innere und äußere - Form nicht maßgebend sein. Doch hatte ich's ihm zu danken, daß er mich auch im Genuß der »unvergleichlich hohen Werke« in die Tiefe führte und es dahin brachte, daß ich mich von Spinozas stillem, starkem Licht durchleuchten ließ. Jetzt zuerst fing ich an, auch den beiden Größten, die ich freilich stets verehrt hatte, Shakespeare und Goethe, ein eigentliches Studium zu widmen. So vollzog sich in mir eine heilsame Katharsis, nicht ohne Schmerzen. Meine eigenen bisherigen Leistungen erschienen mir höchst unbedeutend, die Dramen meines teuren Kugler konnte ich nicht mehr für voll ansehen, und Geibels Lyrik bestand nur in wenigen Stücken vor meiner schonungslos geschärften Kritik. Damals erschienen die Märchen (Der Jungbrunnen. Neue Märchen eines fahrenden Schülers. Berlin, A. Duncker), die ich für die Kuglerschen Kinder gedichtet hatte, vielfach auf den Spuren Clemens Brentanos wandelnd und mit Berliner Mutterwitz allzu reichlich gewürzt. Ich hatte in die Herausgabe gewilligt, um durch das Honorar meinem Vater die Sorge für meinen Unterhalt auf der Universität in etwas zu erleichtern. Im Herzen schämte ich mich, in der sturmbewegten Zeit, an der ich den lebhaftesten Anteil nahm, mit so unreifer leichter Ware hervorzutreten, und beschwor die Meinigen in jedem Brief, die Maske des »fahrenden Schülers« nicht zu lüften.

Hier aber muß ich einer edlen Frau gedenken, die in jener Zeit, wo ich eine innere Krisis durchzumachen hatte, mir mit heilsamer gütiger Strenge zu Hilfe kam.

Ich war, wie schon oben erwähnt, durch meinen Vater an Ritschl empfohlen worden, in dessen Hause ich die herzlichste Aufnahme fand, obwohl ich schon damals der klassischen Philologie abtrünnig geworden war. Zu seiner jungen Gattin faßte ich sofort ein unbedingtes Vertrauen, so daß ich ihr bald meine lyrischen Versuche beichtete und außer den Märchen die beiden Novellen »Luise« und »Vincenz und Veilchen« zu lesen gab. Sie war ohne Frage die geistvollste Frau, die mir in meinem jungen Leben begegnet war, vom feinsten Verständnis für alles Menschliche und Dichterische und jene »großen Gedanken, die aus dem Herzen kommen«, darin, wie auch ihrem Stamme nach, eine Verwandte der Rahel, doch ohne deren unendliches Bedürfnis, sich in Briefen auszusprechen, nur im Gespräch unwiderstehlich anziehend, wie diese, und ohne eigentlich schön zu sein, durch die Anmut ihres Temperaments in jedem Kreise hervorglänzend.

Gegen Weihnachten (1849) kam ich einmal wieder eines Abends zu ihr und traf sie allein, da sie eben sich mit meiner Poeterei beschäftigt hatte. Die Szene, die nun folgte, darf hier nicht übergangen werden, wie in den früheren Auflagen dieses Buches, da ich selbst erst jetzt den Brief wieder aufgefunden habe, in dem ich sie meinem Vater ausführlich schilderte, so wie seine Antwort darauf. Nur in kurzem Auszug aber soll hier von beidem berichtet werden.

Die teure Frau sprach zunächst von der größeren Novelle. »Sie hatte viel zu tadeln, was ich mir selbst vorgeworfen hatte ... es sei nicht groß, sondern mit dem Geschmack gemacht, nicht mit dem vollen Herzen. In der ›Luise‹ sei mehr Macht, unbefriedigend, jugendlich, aber ergreifend ... Tagelang hatt' ich selbst schon dies Gefühl einer schwächlichen, zerfetzten Existenz mit mir geschleppt .... Nun ward ich mir klar bewußt, daß ich auf *Un*wegen (sic) bin, meine Kraft vergeude im Mittelmäßigen und Kleinen« usf.

»Glauben Sie noch an mich und meine Zukunft? fragt' ich endlich die herrliche Frau. Ja, sagte sie rasch, wenn Sie selbst an sich glauben. Es hat mir Schmerz gemacht, Sie in diesen Berliner Kreisen sich verzetteln zu sehn, wie Sie hier ein gleichgültiges Verhältnis weiterführen, dort einem halben Talent sich anschließen, dort wieder ein zierliches Liedchen machen müssen und über all den tausend kleinen Sorgen die größte, die um Ihre eigene Größe vergessen. Kommen Sie zu sich und setzen Sie alle ungeteilte Kraft daran, ein Dichter zu sein - und in diesem Sinne noch eine gute Weile weiter, was ich mir in mancher guten hellen Stunde halb eingestanden hatte, während ich doch so hinlebte.«

»Ich gab ihr still die Hand, es war wie ein Gelöbnis. Noch ist es nicht zu spät, sich zu ermannen, sagte sie. Sie sind neunzehn Jahre alt. In dem Alter gehen andere zur Universität, und Sie haben Ihre Zeit ja nicht verloren. Aber vor allem - wenn Sie nach Berlin gehen, wird aus Ihren männlichsten Entschlüssen nicht das Geringste. Sagen Sie's Ihren Eltern. Sie werden Sie entbehren, es wird sie hart ankommen. Aber wenn ich einen Sohn hätte, wie Sie, und er käme und sagte: Mutter, ich fühl's, ich darf nicht um dich bleiben, höhere

Güter gingen mir verloren! – so wäre ich standhaft und ließe ihn gehn.«

Die Aufregung, in der wir beide uns befanden, beruhigte sich endlich, nachdem mein Entschluß feststand. Daß ich nicht von Hause so gestellt war, um als freier Poet leben zu können, hatte ich ihr gestanden. Ich mußte daher irgendein Studium ergreifen, ein Brotstudium, das mich auf eigene Füße stellen könnte. Mit der Fortsetzung meiner kunstwissenschaftlichen Arbeiten, insbesondere zur Geschichte der Architektur, sah es übel aus, da die Forschungen zu einer Dissertation über die Bauhütte im Mittelalter ins Stocken geraten waren. Mehr hatte mich die romanische Philologie angezogen, da ich die Vorlesungen des verehrten Friedr. Dicz über Dante mit größtem Eifer und Genuß besucht hatte. Zudem hatte ich hier einen Stoff gefunden, der meine dichterische Phantasie lebhaft beschäftigte und zugleich das zu leisten versprach, was meine teure Gewissensprüferin mir zur Pflicht gemacht hatte: die ernste Versenkung in eine schwere, leidenschaftliche poetische Ausgabe, die dramatische Gestaltung einer Tragödie Francesca von Rimini.

So schied ich von jener Stunde im Innersten beruhigt und getröstet und ging, zu Hause angelangt, sofort daran, meinem lieben Vater von den neuen Entschlüssen zu meiner Zukunft Rechenschaft abzulegen. Nachdem ich ihm jenes entscheidende Gespräch ausführlich mitgeteilt hatte, fragte ich ihn, ob es ihm nicht zu schwer fallen würde, mich ein weiteres Jahr in Bonn zu unterhalten: Von seiner äußeren Lage wußte ich nur, daß seine Einnahmen eben ausreichten, ihm eine sorgenfreie Existenz zu gewähren und den einzigen Luxus, den er sich gönnte, die Vermehrung seines großen »Bücherschatzes«. Doch für den Fall, daß mein längeres Studium in Bonn sein Budget übermäßig belasten würde (obwohl ich, zumal er mir keinen regelmäßigen Wechsel schickte, sondern nur wieder Geld, wenn ich dessen bedurfte, mir jede irgend entbehrliche Ausgabe versagte), machte ich allerlei naive Vorschläge, wie ich mich selber durchbringen könnte, hoffte zunächst auf eine zweite Auflage meines »Jungbrunnens«, die hundertfünfundzwanzig Taler Gold einbringen würde (wozu es nie kam), auf Privatstunden, die ich geben könne, ja ich dachte auch einen Augenblick an Porträtmalerei, wo ich im Notfall nur ein Jahr brauchen würde, meiner Hand und Technik sicher zu werden.

Die Antwort auf diesen Herzenserguß, die ich Mitte Januar 1850 erhielt, habe ich nach zweiundsechzig Jahren mit tiefer Rührung wieder gelesen, da sie Zeugnis gibt von einem Verhältnis zwischen Vater und Sohn, wie es inniger und vertrauensvoller nicht zu denken ist. Von den sechs enggeschriebenen Seiten dieses Briefes soll hier nur der Anfang mitgeteilt werden.

»Mein geliebter Sohn!

Du stehst an einem Scheidewege, zu dem Dein Lebens- und Bildungsgang Dich früher oder später führen mußte. Du wirfst Dich aber weder blindlings auf gut Glück in eine oder die andere Bahn, noch bleibst Du unschlüssig schwankend stehen, die Bestimmung von anderen erwartend, die Du nur in Dir selbst finden kannst. Vielmehr bist Du, wie es einem klaren und starken Geiste gebührt, ernstlich mit Dir selbst zu Rate gegangen, hast den inneren Kampf redlich durchgekämpft und einen Entschluß gefaßt, der Deiner würdig ist und dem ich meine unbedingte Zustimmung nicht versagen kann. – Und wäre Deine Entscheidung anders ausgefallen, hättest Du Deinem Dichterberufe mißtrauend, Dich ganz der kunstgeschichtlichen Forschung zu widmen beschlossen: ich würde, wenn auch mit Schmerz und innerem Widerstreben – denn mein Leben wäre um meine schönsten Hoffnungen betrogen – das Resultat Deiner ernsten Selbstprüfung billigen müssen. Ich hätte von Dir nicht fordern können ›sei ein Dichter!‹ wenn Du selbst an Deiner poetischen Sendung zweifeltest. – Wie freue ich mich nun, daß der Ausspruch Deiner inneren Stimme mit meinen Wünschen und meiner langst gehegten Überzeugung von Deinem wahren Beruf so vollkommen in Einklang ist!« –

Und weiterhin:

»Es wird uns zwar hart ankommen, Dich noch einen Sommer entbehren zu müssen; wenn es aber zu Deinem Besten ist, so fällt jede andere Rücksicht weg. . . . In Hinsicht der Kosten mache Dir vorläufig keine Sorgen. Ist die Sache einmal für gut befunden und beschlossen, so werden sich auch die Mittel dazu finden . . . .

Ich drücke Dich mit innigster Liebe an mein Herz.

Dein treuer Vater und Freund C. H.«

(Daß ich gleichwohl darauf verzichten mußte, meine romanischen Studien unter Diez fortzusetzen und daneben in der Stille mich in meine Francesca von Rimini zu versenken, hatte seinen Grund nicht etwa in einer Sinnesänderung meines teuren Vaters. Ein leidenschaftliches Verhältnis, das nicht ganz geheim geblieben war, mußte für immer abgebrochen werden, was nur geschehen konnte, wenn ich nach Bonn nicht mehr zurückkehrte.)

Den Rest der Zeit, die ich noch in Bonn zubrachte, verwendete ich darauf, mit dem Studium der romanischen Philologie Ernst zu machen. Damals war sie noch eine junge Wissenschaft, gleichsam erst aus dem Haupte eines einzigen Mannes geboren, des hochverdienten Friedrich Diez, der trotz seiner grundlegenden Werke über Leben und Dichten der Troubadours, der romanischen Grammatik und des Wörterbuchs, wodurch er für die romanische Wissenschaft das geworden war, was die Brüder Grimm für die germanische, nur wenig Schüler hatte. Zu diesen gesellte ich mich in seinem Kolleg über Dante. Auf eigene Hand aber hatte ich mich in das uferlose Meer des spanischen Theaters gestürzt, auch angefangen, spanische Lieder und Romanzen zu übersetzen. Wenn ich auch nicht hoffen konnte, es in dieser Wissenschaft jemals zur Meisterschaft zu bringen, so war doch hier auch für eine geringere Kraft noch so viel zu tun, daß ein redlicher Arbeiter sich auch als Handlanger und Geselle verdient machen konnte.

Daneben gedieh in raschem Hinwurf jenes Trauerspiel »Francesca von Rimini«, ganz im Banne der Shakespeareschen Kunst, doch bei aller jugendlichen Unreife wenigstens von einem starken Leidenschaftshauch durchweht und mit so rücksichtslosem Ernst zu Ende geführt, daß es als eine feierliche Absage gegen die Berliner Kleinmeisterei erscheinen konnte.

*

Als ich dann Ostern 1850 nach Berlin zurückkehrte, empfand ich es zunächst schmerzlich, daß ich in die altvertrauten Kreise als halb entfremdet wieder eintrat. Aus meinen verwandelten ästhetischen Gesinnungen, die mit den bisher gläubig anerkannten vielfach im Widerspruch standen, hatte ich den Freunden gegenüber kein Hehl gemacht. Ich konnte nicht vermeiden, denen weh zu tun, die sich meiner dichterischen Bildung so liebevoll angenommen hatten. Aber die anfängliche Verstimmung wurde bald gelöst. Das Stück, das ich drucken ließ, wenn auch manches darin den lieben Frauen unheimlich war, wurde doch auch von ihnen als ein neuer Schritt auf meiner Bahn begrüßt, und Kugler sowohl wie Geibel, den ich wieder in Berlin antraf, wie auch mein lieber, gütiger Vater waren der Meinung, mit dieser Arbeit, wenn sie auch noch nicht für ein Meisterstück gelten konnte, hätte ich meine Lehrjahre ehrenvoll beschlossen. Minder freundlich urteilten die Biedermänner im Tunnel, denen schon früher manches in meinen Versen nicht sittsam genug gewesen war. Und vollends die sogenannte gute Gesellschaft ließ es mich erfahren, daß sie es nicht verzeihen kann, wenn ein junger Poet es vorzieht, statt auf ihre landläufigen moralischen Vorschriften auf sein eigenes Gewissen zu horchen. Die Mütter schüttelten in den Kaffeekränzchen ihre tugendhaften Häupter und beklagten meine Mutter um den verlorenen Sohn, der ohne Zeichen der Reue aus dem rheinischen Venusberge heimgekehrt sei. Auch würdige Männer, die im stillen auf meiner Seite waren, hielten es für Pflicht, ihre sittliche Entrüstung auszusprechen. Der alte Tieck aber schickte dem unvorsichtigen Verleger durch seinen literarischen Famulus Köpke die Warnung, mit einem so zucht- und talentlosen jungen Manne sich fernerhin ja nicht einzulassen.

Ich hatte freilich versäumt, dem alten Herrn, dem ich nur eine historische Bedeutung zuerkannte, unterwürfig, wie er es verlangte, zu huldigen und Heerfolge zu geloben.

Mich kümmerten all diese Dinge nicht, da ich mir in aller Bescheidenheit bewußt war, nur das meinte getan zu haben.

Das alte, trauliche Verhältnis zu den Freunden, auch im Tunnel, war bald wieder hergestellt. Ich war klug genug, meine neuen Anschauungen für mich zu behalten und ruhig auf meinem Wege fortzugehen. Nun galt es auch, die wissenschaftlichen Studien nachdrücklicher zu betreiben. Ich studierte die Provenzalen privatissime bei *Mahn*, dem einzigen, der in Berlin in ihrer Sprache und Literatur zu Hause war, daneben sogar ein wenig Baskisch, von dem auch er nur die Anfangsgründe sich zu eigen gemacht hatte. Auch hörte ich über spanisches Theater bei *V. A. Huber*, dessen geistvolle Vorträge mich mehr anregten als die fleißige, aber ziemlich kritiklose Geschichte des spanischen Theaters von Adolf Friedrich von Schack. Mit Geibel gemeinsam gab ich dann im Jahre 1852 ein »Spanisches Liederbuch« heraus, geschmückt mit einer reizend übermütigen Umschlagvignette von der Hand meines teuren Adolf Menzel, mit dem ich auch außer den Tunnelsitzungen gute Freundschaft hielt. Meine Hauptangelegenheit aber in diesem fünften Universitätsjahr war die Vorbereitung zur Promotion und die Abfassung einer Dissertation über den Refrain in der Poesie der Troubadours.

Es war im Mai 1852, daß ich mich zu dem hochnotpeinlichen Verhör über meine sehr junge und unsichere Gelehrsamkeit in dem Saale der Universität einfand, wo die hohe philosophische Fakultät ihren Spruch tun sollte. Sie war ziemlich zahlreich versammelt. Die Kollegen meines Vaters glaubten es ihm schuldig zu sein, ihr Interesse an seinem Sohn dadurch zu bezeugen, daß sie ihn scharf ins Gebet nahmen. Und so erwies mir der alte Böckh die Ehre, sich über eine Stelle in Aristoteles' Poetik lateinisch mit mir zu unterhalten, Trendelenburg griff eine von mir aufgestellte These über Spinoza auf, Ranke ließ sich unter anderem die Reihe der gotischen Könige, die in Spanien geherrscht, von mir hersagen - zum Glück hatte ich sie mir zufällig eingeprägt bis auf einen einzigen, den Ranke selbst dann hinzufügte - der greise von der Hagen legte mir seine Ausgabe des Nibelungenliedes vor und ließ mich ein paar Strophen übersetzen. Lachmann, den ich am meisten gefürchtet hatte, war nicht erschienen.

Auf all diesen Gebieten, wo ich mich keiner tieferen Studien rühmen konnte, zog ich mich leidlich aus dem Handel. In meinem eigensten Fach ging es mir nicht so gut. Der alte Immanuel Bekker, der neben der klassischen Philologie auch die romanische an der Berliner Universität vertrat, hatte meine Abhandlung sehr günstig beurteilt. Bei dem Besuch, den ich ihm machte, ihn zum Examen einzuladen, hatte ich ihm anvertraut, daß ich in den zwei Studienjahren, nachdem ich umgesattelt, mich außer den Provenzalen hauptsächlich mit Spaniern und Altfranzosen beschäftigt hatte. Hier wußte ich wirklich ein wenig Bescheid und konnte meinen Mann stehen. Gleichwohl beliebte es ihm, mich ausschließlich in romanischer Grammatik zu examinieren, die ich nur so weit studiert hatte, als zum Verständnis der Werke notwendig war.

Noch jetzt, wenn manchmal in Angstträumen jene Stunde in meiner Erinnerung auflebt, wenn ich die scharfen, trockenen Augen des kleinen Mannes auf mich gerichtet sehe und gewisse Fragen wieder höre, auf die ich verstummte oder eine verkehrte Antwort gab, fühle ich beim Erwachen, daß mir Mörikes »examinalischer Schweiß« auf die Stirne getreten ist.

Ich erfuhr nachher, selbst seine Kollegen hätten dem unerbittlichen Peiniger vorgeworfen, daß er mir keine Gelegenheit gegeben, zu zeigen, was ich wirklich gelernt hatte. Da aber seine Stimme den Ausschlag gab, wurde mir mitgeteilt, daß ich nur multa, nicht summa cum laude bestanden hatte.

Ich nahm mir das nicht sonderlich zu Herzen, da ich keinen Gelehrtenehrgeiz hatte und vor allem glücklich war, von dem langen Druck der letzten Monate aufatmen zu können.

Im stillen war ich seit Jahr und Tag mit Kuglers Tochter, der ich das Märchen vom Glückspilzchen und dem langen Poeten erzählt hatte, heimlich verlobt. Dies öffentliche Geheimnis durfte nun ans Tageslicht kommen. Ein schöner Brautsommer folgte, den ich mit der Familie meiner künftigen Schwiegereltern in dem Schönhauser Landhause Bernhard von Lepels verlebte[11] .

---

[11] Damals entstand auch das Gedicht »Michelangelo«. In seinen Sonetten, die ich als eine der Vorstudien zur italienischen Reise in die ländliche Musenstille mit hinausgenommen hatte, fand ich eines, in dem der alte Meister den Zwiespalt seines Gemüts ausspricht, da die von ihm geliebte Frau wohl durch ihre seelischen Reize, nicht aber durch ihr Äußeres seinem Ideal entspreche. Das hatte mich dazu geführt, in dieser Frau die berühmte Dichterin Vittoria Colonna zu vermuten. Leider aber widerlegte deren schönes Porträt späterhin diese Vermutung, und so habe ich das Gedicht, obwohl es vielen Beifall gefunden hatte, von der Aufnahme in die letzte Ausgabe meiner epischen Dichtungen ausgeschlossen.

Dann aber mußte geschieden sein, da ich mich zum Aufbruch nach dem gelobten Lande Italien zu rüsten hatte.

4. Ein Jahr in Italien.

Am 11. Juli 1852 feierten meine Eltern in aller Stille ihre silberne Hochzeit.

Um allen festlichen Veranstaltungen ihrer Berliner Freunde aus dem Wege zu gehen, reisten sie mit mir nach Baden-Baden, wo wir ein paar heitere Wochen in der Gesellschaft meines Onkels Louis Saaling und seiner Frau verlebten.

Ich machte dort unter andern auch die Bekanntschaft des alten Justinus *Kerner*, den ich mit seiner wunderlichen Geistermarotte, die er gelegentlich selbst ironisierte, seiner »Klecksographie«[12] und seinem ganzen naiven, warmblütigen Wesen sehr liebgewann. Auch er fand an mir ein väterliches Wohlgefallen. Er war seit dem Tode seines treuen Rikele sehr weichmütig und tränenselig geworden und lebte in allerlei Mystik, gab mir bei dichtverhangenen Fenstern ein Konzert auf der Maultrommel, die in der Tat wie eine geheimnisvolle Stimme aus einem fernen Jenseits klang, und hatte eine wunderliche, etwas schwachsinnige kleine Gräfin bei sich, die beständig um ihn herumgeistete und seinen Rapport mit dem Zwischenreich vermittelte. Einmal saß er mir auch zu einer Bleistiftskizze, unter die er die Verse schrieb:

Endlich ist mein Bild getroffen,
Wider Hoffen,
Du, nur du hast es vollbracht.
Jeder, jeder
Mit dem Pinsel, mit der Feder
Malte mir, dem armen Tropf,
Sonst nur einen Kürbiskopf.

---

[12] Er ergötzte sich daran, ein Blatt Papier in der Mitte zu brechen, spritzte auf die eine Seite Tintenkleckse und drückte sie dann auf der Gegenseite ab. In die dadurch entstandenen breit ausgelaufenen Flecken zeichnete er mit der Feder Striche und Punkte, die Umrisse ergänzend, in denen er dann allerlei Figuren sah (unter anderen »eine Nonne, auf einem Husaren reitend«), wie Mädchen beim Bleigießen den unförmlichen Klümpchen mit der Phantasie nachhelfen.

Wie er die Ähnlichkeit beurteilen konnte, da er fast erblindet war, blieb mir rätselhaft. Doch stand ihm wohl auch bei anderen Gelegenheiten ein Rest seiner Sehkraft zu Gebote. Wenn sich ihm Frauen und Mädchen näherten, wußte er sehr wohl die Häßlichen von den Hübschen zu unterscheiden, indem er jene stehen ließ und nur diese an sich heranzog, um ihre Gesichter ganz nahe zu betrachten und sie dann auf den Mund zu küssen.

Als ich ihn zum letztenmal besuchte, um mir zu meiner Romfahrt seinen Dichtersegen geben zu lassen, nahm er ein in schwarze Wachsleinwand eingenähtes Schreibheft von seinem Tische und schenkte es mir. Auf die erste Seite hatte er geschrieben:

Deine Saiten sind zersprungen,
Und erblindet bist du schier.
Überlaß dem frischen, jungen,
Alter Schreiber, dein Papier!

Ich habe den lieben alten Mann, der jedenfalls ein geborener Poet war, wenn er sich auch zu höheren Leistungen nie erzogen hat, nicht wiedergesehen. Seine unförmlich dicke Gestalt aber mit dem bleichen, blödsichtigen Kopf in dem abgetragenen, langen, schwarzen Rock an einen katholischen Landpfarrer erinnernd, steht mir noch deutlich vor Augen, und »sein Papier« ist in Italien fleißig beschrieben und des freundlichen Donators oft dabei gedacht worden.

*

Von Baden-Baden aus wendeten wir uns in die Schweiz und hielten uns vier Wochen in Interlaken auf, um dann noch eine längere Herbstfrische am Genfer See zu genießen. Die Fahrt dahin war fröhlich und beglückte mich sehr, da ich meinen teuren Vater selten so frisch an Leib und Seele gesehen hatte. Ein lang gehegter Herzenswunsch ging ihm in Erfüllung: er sollte die Gegenden wiedersehen, in denen er als sechzehnjähriger Lehrer, wie ich oben erzählt habe, zuerst auf eigenen Füßen gestanden und in eine fremde Welt geblickt hatte. Wie oft hatte er mir die Namen der Berge Dent du Midi, Dent de Morcle und der kleinen Städte von Chillon bis Genf genannt. Nun sah ich dies alles zugleich mit meinen und seinen Augen, kein Wunder, daß auch mir seitdem dieses zugleich liebliche und erhabene Seegestade des Pays de Vaud mehr ans Herz gewachsen blieb, als irgend eine andere Gegend der Schweiz.

Montreux war damals noch nicht wie heutzutage eine englische Kolonie. In der Pension Vautier fanden wir nur eine alte schottische Dame mit zwei Töchtern, die sich rasch mit uns befreundeten, wenn auch die Mutter es der meinigen nicht verzeihen konnte, daß sie die Sonntagsruhe verletzte, indem sie sich am Sonntagnachmittag mit ihrem Strickzeug im Salon niederließ. Außerdem war da ein englischer Geistlicher mit seiner Frau, der seiner Gesundheit wegen hier überwinterte. Als ich fünfzehn Jahre später wieder nach Montreux kam und die Wirtin fragte, ob sie inzwischen von Mister N. etwas gehört habe, öffnete sich die Tür, und der feine Kopf des alten Herrn erschien leibhaftig vor meinen Augen, mit dem gleichen sinnigen und heiteren Ausdruck wie damals. Er war längst gesund geworden, hatte sich aber von dem reizenden Fleck Erde nicht mehr trennen können.

Die übrige Gesellschaft bestand zumeist aus Franzosen, aber auch an jungen Deutschen fehlte es nicht, guten Gesellen, mit denen ich auch später in Rom und Neapel wieder zusammentraf, wo wir jedoch bei ihrer sehr unkünstlerischen Bildung nicht viel aneinander hatten. Um ein Haar wäre ihnen und mir die Romfahrt überhaupt vereitelt worden. Ich hatte mich mit ihnen, ohne einen erfahrenen Bootsmann mitzunehmen, in einem leichten Segelboot bis nach Chillon gewagt, als bei der Rückkehr plötzlich ein Sturm losbrach und wir nur mit großer Anstrengung es dahin brachten, bei Montreux wieder zu landen.

In der zweiten Hälfte des September kam nun mein Freund Otto Ribbeck, mit dem zusammen ich die Reise machen sollte. Auf Ritschls, seines Lehrers, Empfehlung war ihm von der Berliner Akademie eine Reiseunterstützung bewilligt worden, um für eine große neue Ausgabe des Vergil auf italienischen Bibliotheken die Handschriften zu vergleichen. Jedenfalls trug er ein ganz anderes gelehrtes Rüstzeug mit sich, als ich für meine Provenzalen, zu deren weiterer Erforschung mir das preußische Ministerium ein Stipendium von fünfhundert Talern gewährt hatte. Er war auch freilich fast drei Jahre älter als ich (geboren am 23. Juli 1827 zu Erfurt) und sollte dermaleinst als der treueste Schüler seines großen Meisters die glänzendste Leuchte der philologischen Wissenschaft werden, eine weit ausgebreitete Lehrtätigkeit ausüben und durch kritische und darstellende Werke ersten Ranges bis in sein einundsiebzigstes Jahr sich hervortun.

Damals hatten seine Freunde wenig Hoffnung, daß er es zu hohen Jahren bringen würde. Man hatte ihn sogar mit Sorgen die Reise nach Italien antreten sehen, da seine Konstitution, insbesondere seine zarte Brust, bisher die größte Schonung erheischt hatte. Aber in dem anscheinend schwächlichen, überschlanken Körper herrschte ein energischer Geist und eine zähe Widerstandskraft, die alle Anfechtungen siegreich überwand.

Ein ähnlicher Gegensatz von Zartheit und Festigkeit erschien auch in seinem geistigen und sittlichen Wesen: eine fast mädchenhafte Reinheit und Jungfräulichkeit der Empfindung ohne eine Spur von moralisierender Prüderie, nur weil das Gemeine weit hinter ihm lag, und dabei eine so mannhafte Rüstigkeit des Willens, oft bis zur Schroffheit gesteigert, daß er sich nicht besann, Menschen, die er geringachtete oder auch nur unsympathisch fand, mit verletzender Schärfe abzustoßen. Wen er aber liebte, den umfaßte und hegte er mit einer Innigkeit des Gemüts, einer Zartsinnigkeit des Ausdrucks, die unwiderstehlich waren. Dazu konnte er an Tagen, wo ein jugendliches Wohlgefühl ihn beseelte, ausgelassen lustig sein, wie ein ganz junger Jüngling, und an tollen Streichen teilnehmen, als ob er noch keine Fragmente der lateinischen Tragiker ediert und Vergil-Codices kollationiert hätte.

Mit diesem brüderlich geliebten Menschen das gelobte Land kennen zu lernen, war zu allem andern eine Gunst des Glücks, die ich mir immer mit stillem Danke gegenwärtig hielt.

So trennten wir uns am Abend des 21. September von Montreux und fuhren die Nacht durch das Rhonetal hinan, das von Bergwassern teilweise unwegsam gemacht war und im hellen Mondschein die schauerlich schönsten Ausblicke gewährte. Um zehn Uhr morgens langten wir am Fuß der Simplonstraße an und brauchten den ganzen Tag, den Paß zu überschreiten und, nachdem wir das letzte Schweizerdorf Gondo und die erste italienische Dogana in Isella passiert hatten, den Abstieg zu vollenden.

Die milde lombardische Herbstsonne vergoldete uns auch den nächsten Tag, der uns über den Lago Maggiore und seine beiden herrlich blühenden Inseln nach Sesto Calende führte. Dann noch eine Mondscheinfahrt von neun Uhr abends bis drei Uhr früh im engen zehnsitzigen Omnibus, und im dunkeln Morgen war Mailand erreicht.

*

Von den vier Tagen, die wir hier rasteten, will ich nicht im einzelnen berichten. Es braucht nicht gesagt zu werden, daß wir allem nachgingen, was von italienischer Art und Kunst in dieser halbfranzösischen Stadt vorhanden ist, Kirchen und Theater besuchten, in der Brera unsere ersten Kunststudien machten und das erhabene Wunderwerk Lionardos im Refektorium von Santa Maria delle Grazie, das trotz der Verwüstung durch den Zahn der Zeit und menschliche Rohheit uns gewaltiger ergriff, als alle ergänzenden Nachbildungen, andächtig bewunderten. Ein Tag wurde zu einem Ausflug nach dem Comer See verwendet, um in der Villa Carlotta (damals noch V. Sommariva) den Alexanderzug und Canovas Amor und Psyche, dann die Kunstwerke in der Villa Melzi zu betrachten und uns die reizenden Seeufer mit den Gestalten der Promessi sposi zu beleben.

Am neunundzwanzigsten mittags brachen wir nach Genua auf, damals noch eine beschwerliche Fahrt, da von der Eisenbahn erst die kurze Strecke zwischen Alessandria und Arquata fertig war und ein mehrmaliges Umsteigen in unbequeme Wagen der Impresa Sarda nötig wurde. So langten wir erst am Abend des 30. September in Genua an und fanden im vierten Stock des Albergo d'Italia ein bescheidenes Zimmer, von dem aus wir aber einen weiten Blick über das Meer und den von Schiffsmasten starrenden Hafen hatten und eine Ahnung, warum man von Genova la superba sprach.

Zwei Tage hatten wir für Genua bestimmt, die wir unermüdlich zur Fortsetzung unserer Kunst-, Natur- und Volksstudien verwendeten. Dann aber war unser Touristengewissen in betreff der genuesischen Kirchen, Paläste und hoch hinaufsteigenden Gassen vollauf befriedigt. Weder damals, noch bei späterer mehrmaliger Wiederkehr habe ich zu der stolzen, einst weithin das Meer beherrschenden Stadt ein rechtes Herz fassen können und mich ohne Bedauern nach kurzem Aufenthalt von ihrer kalten Pracht getrennt, zumal der tief in die Nacht fortdauernde Lärm in den Gassen, das Geschrei des Volks und das Rollen der Wagen stets meinen Schlaf gemordet hat.

Doch einer liebenswürdigen Szene im Teatro della Radegonda muß ich noch gedenken.

Wir hatten einer trefflichen Aufführung des »Don Pasquale« beigewohnt. Nach dem zweiten Akt wurde ein komisches Duett eingeschoben, ein Gutsbesitzer beklagt sich mit seinem Fattore über die schlechte Ernte des Jahres, die ihn in bittere Not bringe. Der Verwalter stimmt schwermütig ein und weiß sich ebenfalls keinen Rat, bis sie endlich beide auf die Knie sinken und die Götter des Olymp um Hilfe bitten. Wenn sie auf das Gebet armer Sterblicher hörten, sollten sie es Zechinen regnen lassen. Wirklich geschieht nach ihrem Flehen, aus den Soffiten kommt ein Regen blanker Zahlpfennige herab, denen die beiden in höchstem Entzücken auf allen vieren nachlaufen, dann sich aufrichten und eine drollige Dankhymne anstimmen.

Das zahlreiche Publikum wurde von dieser taumelnden Lustigkeit dermaßen angesteckt, daß es wütend applaudierte und so lange bis! bis! schrie, bis das Paar wieder erschien und die Szene noch einmal aufführte. Diesmal aber kam es zu einem noch muntreren Schluß. Denn als es wieder Zechinen regnen sollte, brach von allen Seiten, aus den Logen wie aus dem Parkett, ein Regen von wertvollerem Metall über die Duettisten los, daß die armen Teufel anfangs wie versteinert standen, dann aber in hellen Jubel ausbrachen und mit rührend komischen Dankesgebärden den silbernen und kupfernen Segen, - der von oben und unten kam, zusammenrafften.

*

Am regnerischen Morgen des dritten Oktober verließen wir die Stadt, diesmal nicht mit der Diligence. Wir hatten nach der damaligen Sitte mit einem Vetturin einen regelrechten Kontrakt gemacht, der ihn verpflichtete, uns in drei Tagen nach Lucca zu bringen und gegen eine bestimmte, immerhin sehr mäßige Summe unterwegs für unser Nachtlager und volle Beköstigung zu sorgen.

Wie vergnüglich diese Art zu reisen sei, erfuhren wir gleich bei der ersten Probe. Unser Vetturin traf unterwegs einen römischen Kollegen, der augenblicklich ohne Wagen und Pferde ziemlich trübselig auf der Landstraße dahinwanderte, und erlaubte ihm, hinten auf dem Wagentritt mitzufahren. Zum Dank dafür entfaltete der flotte Gesell, Graziano mit Namen, alle Talente eines Grazioso, sang uns die damals im Schwange gehenden Volkslieder vor, das berühmte Te voglio bene assaje und Bell' Angiolina, und regte den andern an, eine Menge Opernarien vorzutragen, leider sehr falsch. Der Compagno dagegen machte sich noch auf andere Weise nützlich, indem er uns von den Feigenbäumen am Wege saftige Früchte stahl und hundert kleine Dienste leistete. Dazu die lustige Fahrt unter dem weiten, tiefblauen Himmel am hohen Meeresufer, während man jetzt von der Schönheit dieser entzückenden Küste immer nur einen flüchtigen Momenteindruck empfängt, so oft der Bahnzug aus einem der siebzig Tunnel auftaucht, um gleich wieder in die Nacht des nächsten zu verschwinden.

Dies war das Italien, wie es uns in unsern Träumen vorgeschwebt hatte, und auch mit dem italienischen Volk kamen wir jetzt zuerst in nähere Berührung.

Die Mittagsrast hielten wir in dem malerisch gelegenen Rapallo, übernachtet wurde in Sestri. Wir hatten noch Zeit zu einem Gang in der Abendkühle, das von Pinien überschattete Felsenvorgebirge der Villa Piuma hinauf und nach der zweiten Bucht, wo das Hospiz der Seeleute so stattlich mit den weiß und schwarz gestreiften Marmorwänden am Ufer steht. Nach der Cena unterhielt uns dann der Wirt unseres »Hotel de l'Europe«, ein angeblicher Veteran der napoleonischen Garde, von seinen Kriegsfahrten, wies zu seiner Beglaubigung seine fünf Blessuren vor und sang spanische Lieder, die er auf seinem Feldzuge dort gelernt hatte.

Die ganze Romantik, die in Eichendorffs »Dichter und ihre Gesellen« die italienischen Abenteuer durchklingt, wurde in dieser »mondbeglänzten Zaubernacht« wieder lebendig und begleitete uns auch im Sonnenschein der folgenden Tage.

Bei jeder Mittagsrast hatten wir Zeit, das kleine Nest, wo unsere Colazione eingenommen wurde, wenigstens im Fluge zu durchstreifen, in die Kirche einen Blick zu tun – in einer wunderten wir uns nicht wenig, ein halb Dutzend verirrter Ferkel anzutreffen –, und ich insbesondere konnte ein paar Striche in mein Skizzenbuch machen, wenn auch die Suppe zuweilen darüber kalt wurde.

Als wir abends in La Spezia anlangten, war es zu einer Fahrt nach dem so malerisch ins Meer hinausgebauten Porto Venere zu spät. Wir mußten uns begnügen, unter den Bäumen am Hafen – damals noch eine sehr junge Anlage – herumzuschlendern und die Spaziergänger und Honoratiorenfrauen in buntem Gemisch mit den Weibern und Kindern aus dem Volk an uns vorüberziehen zu lassen. Sehr kleidsam erschienen uns die kleinen Strohteller mit krausen Strohschleifchen und roten Blumen, die hie und da ein Mädchen geringeren Standes schief auf dem schwarzen Haare trug, und da ich einem sehr schönen, schwarzbraunen Rassegesicht mit schwarzen Augen begegnete, das unter einem solchen cappellino hervorsah, blieb ich stehen und fragte die Alte, die mit dem Mädchen Arm in Arm lustwandelte, ob ich wohl eine Porträtskizze von der ragazza machen dürfe. Die Schöne schwieg, die Alte aber erwiderte, ich müsse ihre Herrin um die Erlaubnis bitten, die unweit von ihnen ihren Spaziergang machte. Als sie mich dann zu der Dame geführt hatten, die ein häßliches kleines Mädchen von etwa sieben Jahren an der Hand hielt, wiederholte ich meine Bitte, indem ich mich als einen deutschen Maler vorstellte, dem diese Strohhütchen sehr malerisch erschienen. – Aber die ragazza wird nicht stillhalten, versetzte die Dame. Ich versicherte, es sei mit einer Sitzung von zwanzig Minuten getan, worauf ich die Erlaubnis erhielt, mich nach dem Abendessen da und da in Casa Bonini einzufinden.

Sehr stolz und glücklich über meinen Erfolg kehrte ich zu meinem Freunde und einem andern Reisegefährten zurück, die mich beneideten und, als es dunkel geworden war, mich bis zu dem bezeichneten Hause begleiteten. Die Schöne wartete schon unten an der Tür und führte mich eine schmale, finstere Steintreppe hinauf in ein großes, kahles Zimmer, wo der Hausherr, ein langer, schwarzbärtiger Mann mit einer argwöhnischen Miene sich aus dem Sofawinkel ein wenig erhob und mir mit einer stummen Verbeugung den Stuhl an dem kleinen Tische anwies. Auf diesem stand eine Lampe, die nur wenig Licht gab. Ich ergab mich aber in alles und wollte eben das Mädchen bitten, auf dem andern Stuhl mir gegenüber Platz zu nehmen, als die Dame des Hauses ihr eigenes Töchterchen dort hinsetzte, dem garstigen, kleinen Geschöpf einen cappellino auf den dünnen blonden Scheitel band und ihm einschärfte, ja recht ruhig zu sitzen.

In meinem ersten Schrecken, und da ich noch nicht genug Italienisch wußte, um das Mißverständnis höflich, ohne die Muttereitelkeit zu verletzen, aufzuklären, fing ich mit verbissenem Ingrimm zu zeichnen an, lehnte aber das Anerbieten des Hausherrn ab, den Bleistift an einem großen Dolchmesser zu spitzen, das er neben sich auf den Tisch gelegt hatte, und sputete mich, so viel ich konnte, da hinter mir mein eigentliches Modell nebst einigen anderen weiblichen Hausgenossinnen mir über die Schulter aufs Blatt schaute. Kein Wort wurde gesprochen, und so kam die Unglücksskizze hurtig zustande, ich bedankte mich »für gnädige Straf'« und mußte es noch leiden, daß mir das schöne Gesicht wie zum Hohn die Treppe wieder hinunterleuchtete.

Daß ich, ins Hotel zurückgekehrt, zum Schaden noch den Spott meiner Gefährten hinnehmen mußte, versteht sich von selbst.

Neben diesem unliebsamen Abenteuer hatte ich aber meinem Künstlerhut und Skizzenbuch andere, anmutigere Erlebnisse zu danken. Denn so argwöhnisch erfahrene Mütter ihre hübschen Töchter vor dem Verkehr mit einem Fremden zu behüten pflegen – die Bitte, ein schönes Gesicht porträtieren zu dürfen, klingt auch ihnen schmeichelhaft, und dem Maler, der in einer Stunde weiterfährt, öffnen sich Türen, die jedem anderen fest verschlossen bleiben.

*

Am nächsten Tage wurde früh aufgebrochen und auf ziemlich schwierigen Wegen, da das Flüßchen Macra ausgetreten war, Sarzana erreicht. Erst nach vielfachen Scherereien bei den verschiedenen Doganen, die damals ebenso wie die obligaten Paßvisa und Aufenthaltskarten an jeder Grenze und jeder größeren Stadt den Reisenden in Italien Zeit und Geld kosteten, langten wir abends in Lucca an. Von hier konnte schon die Eisenbahn benutzt werden, auf der wir am nächsten Tage, Pisa nur im Fluge durcheilend, gegen Abend in Florenz landeten.

Was wir in den drei Tagen unseres damaligen ersten Aufenthalts in der entzückenden Arnostadt an Herrlichkeiten der Kunst und Natur genossen, war nur ein Vorgeschmack der eigentlichen Florentiner Freuden, die hier im nächsten Sommer unser warteten. Da wir hierauf sicher rechnen konnten, setzten wir unsere Reise ohne allzu großen Kummer fort, fuhren auf der Bahn bis Siena, von dort - wo mein Tagebuch allerlei Kunsteindrücke notiert, ohne des großen Sodoma zu gedenken! - am nächsten Tage wieder mit einem Vetturin über Radicofani, Montefiascone, Viterbo, Ronciglione in vier Tagen nach Rom.

Die Fahrt war lustig und interessant genug, auch befand sich unter den Mitreisenden ein Pariser Advokat, Monsieur Landrin, der uns auf öderen Strecken mit seinen Calembourgs und pikanten Histörchen unterhielt, besonders aus dem Leben der Rachel, deren Rechtsgeschäfte er geführt hatte. Wir guten deutschen Jünglinge taten Blicke in eine Welt, die uns mit einem tugendhaften Entsetzen erfüllte. Auch Bernhardin de Saint Pierre erschien uns in einem sonderbaren Lichte, da der Verfasser der zartsinnigen Schilderung des vielbeweinten, jungen Liebespaares seine drei Frauen zu Tode gequält haben sollte, le plus mauvais bougre du monde, un égoiste froid et sec.

Als aber am Morgen des letzten Reisetages Rom endlich sichtbar wurde und die Kuppel des Sankt Peter über die Hügel an der Landstraße aufragte, wurde der geschwätzige Franzose stumm, während ein Engländer, der bisher kein Wort gesprochen hatte, in begeisterter Beredsamkeit sich über die »Ewige Stadt« erging, und wir beide »still und bewegt« über Ponte Molle unseren Einzug in die Porta del Popolo hielten.

*

Wer heutzutage nach einer unaufhaltsamen Tag- und Nachtfahrt mit dem Nord-Süd-Expreßzuge an dem südlich der Stadt gelegenen Bahnhofe anlangt und dann auf der breiten Via Nazionale gleich ins Herz der Stadt hineinrollt, erfährt nichts von der feierlichen Stimmung, in der man vor einem halben Jahrhundert Rom betrat.

Es war noch das alte Rom, fast unverändert, wie es zur Zeit des Rinascimento gewesen war, jedenfalls das Rom der Winckelmann,

Goethe und Wilhelm von Humboldt, das Rom des Papstes und seines geistlichen Hofstaates, der zahllosen Mönchsorden jeder Observanz, das Rom der engen, schmutzigen, winkeligen Gassen und jenes so höchst charakteristischen Volkes, das in G. G. Bellis zweitausend Sonetten mit all seinen Sitten und Unsitten, witzig, pathetisch, zynisch, bigott und pfaffenfeindlich in seiner drolligen Mundart sich sehen und hören läßt. Dann aber auch vor allem das Rom der alten Welt, dessen gigantische Baudenkmäler noch nicht wie heutzutage durch den vandalischen Forschergeist der Archäologen in ihren Grundfesten durchwühlt und aus ihrer jahrhundertelangen Verschüttung bloßgelegt waren, sondern von wilder Vegetation überwuchert in traumhaft malerischer Erhabenheit den Beschauer fesselten. Noch war weder im Forum noch im Coliseo der Boden aufgegraben, noch wandelte man zwischen den geheimnisvollen Palastruinen des Palatin ohne genauen Wegweiser herum, und aus den verwilderten Gärten der Villen schweifte der Blick über die weite Campagna mit ihren trümmerhaften Aquädukten bis an die Albaner- und Sabinerberge, ohne durch die ungefügen Zinskasernen einer neuen, nüchternen Zeit gehemmt und beleidigt zu werden.

Eine gewisse Enttäuschung freilich erfuhr der fromme Rompilger auch damals. Man hatte die berühmten Gebäude antiker und mittelalterlicher Zeit so gründlich in hundert Abbildungen studiert, wenn nicht gar aus den Lindemann-Frommelschen Steindruckblättern kennen gelernt, die durch eine romantische Beleuchtung und theatralische Gruppierung die einfache Größe jener Architekturen zu entstellen pflegen. Man dachte sich nun eine Stadt, die aus lauter Monumentalbauten hohen Stils und riesigen Trümmern von Palästen und Tempeln bestehe, und war erstaunt, im Corso an einer langen Flucht ordinärer, völlig stilloser Häuser entlang zu fahren.

Doch die Ernüchterung hielt nicht lange stand. Man erkannte bald, daß diese Verwahrlosung und Armseligkeit, die sich an die gewaltigen Überreste größerer Epochen anschloß, gegen den Eindruck der erhabenen Bauten verschwand, wie man auch in alten deutschen Städten zu Füßen der hohen Domkirchen einen Kranz von unscheinbaren Häuschen und Hütten gewerbetreibender Kleinbürger angesiedelt findet, aus denen die Bogenfenster und Strebepfeiler der gotischen Architektur mit um so größerer Majestät sich emporheben. Zudem übte sich auch in Rom das Auge des Neulings bald darin, an diesen Zusätzen einer charakterlosen späteren Zeit vorbeizusehen und, wie nach chemischer Wegnahme einer zweiten jüngeren Schrift, den ehrwürdigen Palimpsest der Roma antica mühelos zu entziffern.

*

Es war meinem Vater und wohl auch mir als eine besonders günstige Fügung erschienen, daß ich in meinem Onkel *Theodor Heyse* den erfahrensten Wegweiser in dieser neuen Welt finden sollte, den ich nur wünschen konnte.

Dieser drittjüngere Bruder meines Vaters war nach eben absolvierten Universitätsstudien nach der Schweiz gegangen, um dort an einer Erziehungsanstalt in Lenzburg mehrere Jahre als Lehrer zu wirken. Dann hatte es ihn nach Italien getrieben, das ihn nicht wieder losgelassen, so daß er seinen Geschwistern völlig verstummt und verschollen war. Nur an meinen Vater wendete er sich, in langen Pausen, so oft er etwas von ihm wollte. Denn er wünschte nur sich selbst zu leben, ein Leben geistigen Genusses, von keiner Verpflichtung gegen andere gehemmt, nur soweit mit Arbeit belastet, als nötig war, mit einigem Behagen sich durchzubringen. So hatte er seine reichen philologischen Kenntnisse nie auf eine eigene größere Arbeit angewendet, sondern sie in den Dienst anderer gestellt, die Editionen von Klassikern, Kirchenvätern oder neue Bibeltexte auf Grund der in Italien befindlichen Handschriften veranstalteten.

Bald war sein Ruf als sommo grecista so fest gegründet, daß er, besonders von London aus, die lohnendsten Aufträge erhielt. Nebenher ging als eine früh ergriffene Lieblingsaufgabe die Beschäftigung mit Catull, dessen Text kritisch festzustellen ihm jahrzehntelang am Herzen lag, wie er auch nie müde wurde, seine Übersetzung von Catulls Liederbuch immer von neuem zu feilen und umzudichten.

Mit deutscher Literatur der Zeit nach seiner Ansiedlung in Rom hatte er nicht die geringste Fühlung behalten, sondern war bei Goethe stehen geblieben, den er fast ohne jeden Vorbehalt vergötterte. In dessen Bann stand auch sein eigenes Dichten, das über ein geistreiches Nachklingen weimarischer Tonarten nicht hinauskam. Bei der völlig verwandelten ästhetischen Stimmung der fünfziger Jahre war es unmöglich, für seine Gedichte, die ich später mit nach Deutschland nahm, einen Verleger zu finden, so wenig wie für Lieder eines modernen begeisterten Haydnverehrers nach der Zeit von Beethoven und Schubert ein Publikum vorhanden wäre.

Als ich nach Rom kam, fand ich den »Onkel Catull« in einer unfreundlichen Erdgeschoßwohnung der Straße Sant' Andrea delle Fratte, die aus fünf Zimmern, einer Küche und einer Loggia bestand, diese mit einem lustigen Blick über allerlei Nachbarhöfe und sonnig genug, um hier etliche immergrüne Pflanzen zu ziehen. Auch eine kleine Menagerie hatte hier einmal ihren Platz gefunden, große Vögel in Käfigen, ein Affe und anderes seltsames Getier. Diese Passion war aber vergangen, seit der Züchter, der eigensinnige pädagogische Methoden bei seinen vernunftlosen Zöglingen anwendete, einen ungebärdigen großen Geier im Jähzorn erschlagen und auch den Affen so mißhandelt hatte, daß das alte trauliche Verhältnis in die Brüche ging. Jetzt war nur noch das Hündchen Fido und der Kater Micetto übrig, für deren leibliches Wohl die Köchin Pia sorgte, während der Onkel selbst seine Erziehungsversuche etwas gelinder an ihnen fortsetzte.

Pia war eine richtige Romana di Roma, bis auf die äußere Schönheit und Stattlichkeit, die ihr völlig gebrach, mit allem unergründlichen Aberglauben und unglaublichem Mangel an jeder, auch der geringsten Schulbildung. Ihr Mann hatte sich unfreiwillig von ihr trennen müssen, um auf einer Galeere für gewisse Messerübungen zu büßen, und ein ziemlich verwahrloster sechzehnjähriger Sohn Domenicuccio, der irgendwo irgendwas bei irgendwem zu verrichten hatte, besuchte die Mutter nur von Zeit zu Zeit, meist halb berauscht, wo ihn dann der Padrone unsanft genug behandelte, wie er auch der guten Pia gegenüber oft sein jähes Temperament nicht im Zaum hielt, wenn ihre Dummheit alle Grenzen überstieg.

Sie war aber eine gute Köchin und hielt seine Zimmer und all seinen Besitz in musterhafter Ordnung und Reinlichkeit, so daß er doch besser mit ihr daran war, als wenn er eine Römerin des Mittelstandes zur Frau genommen hätte, eine von denen, die bis zehn Uhr morgens liegen bleiben, sich von ihrem Gatten die Schokolade ans Bett bringen lassen und ihn dann zum Metzger und auf den Markt schicken, um die Spesa zu machen, das heißt die Einkäufe für die Küche zu besorgen.

So sah ich die Romulusenkel täglich in dem Metzgerladen schräg gegenüber sich einstellen und das Stück Fleisch für ihr Mittagsmahl in ein buntgewürfeltes Schnupftuch wickeln, sehr selten unter ihnen die Köchin eines wohlhabenderen Bürgerhauses oder die Hausfrau selbst.

Einmal freilich war der deutsche Gelehrte nahe daran gewesen, ein römisches Mädchen heimzuführen. Nicht gar lange nach seiner Ansiedlung hatte er sich in die Tochter einer Frau, bei der er zur Miete wohnte, sterblich verliebt, ein anziehendes Gesicht von edlen, ruhigen Formen - ich sah ihr kleines Brustbildnis über dem Bücherschrank des Onkels hängen, von einem befreundeten Maler in Öl gemalt -, und als sie einmal gegen die strenge Sitte, die ihr eingeschärft worden, in sein Zimmer getreten war und sogar neben ihm auf dem Sofa Platz genommen hatte, fragte er sie, indem er ihre Hand ergriff: Mi volete un poco bene, Teresa? – Oh! molto più di Voi! hatte sie geantwortet. Als er sie aber an sich ziehen und umarmen wollte, war sie, ihn ruhig abwehrend, rasch aufgestanden und hatte ihm auch während der ganzen nun folgenden Zeit ihrer Verlobung nicht die geringste Liebkosung gestattet.

Die römischen Mädchen wissen, daß sie vor ihrem eigenen heißen Blut auf der Hut sein müssen, und da sie praktische Naturen sind, halten sie sich streng an die Warnung:

Tut keinem Dieb
Nur nichts zulieb,
Als mit dem Ring am Finger.

Daran hielt sich auch die junge Römerin, doch in etwas anderem Sinne.

Die Pfaffen hatten hier eine gute Beute zu machen gehofft, indem sie den fremden Lutheraner durch seine Liebe zu einem ihrer Beichtkinder in den Schoß der Mutterkirche zu locken dachten. Als aber der Deutsche fest blieb, wurde der Mutter seiner Braut dermaßen die Hölle heiß gemacht, daß sie die Verlobung aufhob und ihr

Kind trotz alles Sträubens zwang, einem ungeliebten, halbverwandten Spießbürger sich antrauen zu lassen.

Nach der Hochzeitsnacht aber, die der unglückliche Verstoßene in Qualen schlaflos zugebracht hatte, klang morgens früh die Glocke an seiner Tür. Als er öffnete, stand die junge Frau mit hold erglühenden Wangen an der Schwelle, trat hastig ein und sagte mit ihrem klangvollen Alt freudestrahlend: Eccomi! Sono zitella ancora.

*

Damals muß der Sor Teodoro ein junger Mann gewesen sein, der seiner Macht über die Frauen sicher sein konnte, von all seinen Brüdern der Wohlgebildetste, ein wenig hager, aber mit Gebärden, die ein leidenschaftliches Gemüt verrieten, und schwarzen, durchdringenden Augen. Dazu eine sanfte, wenn er wollte, sehr einschmeichelnde Stimme und eine unwiderstehliche Beredsamkeit.

Als ich ihn kennen lernte, war von all diesen verführerischen Eigenschaften nur die letzte geblieben. Er hatte ein halbes Jahrhundert voll Arbeit und mancher Entbehrung hinter sich und fühlte sich selbst erschöpfter, als seine Jahre es erklären konnten. Aber wenn er an einem leidlich gesunden Tage still vor sich hinträumend aus dem Fenster des gewölbten, weißgetünchten Zimmers auf die enge Straße sah, konnte er in eine dichterische Erregung geraten, in der ihm die tiefsten und seltsamsten Reden über Gott und Welt, Kunst und Natur, Menschenschicksal und Lebensüberfluß von den Lippen strömten. Wie wenn ein Musiker an seinem Flügel sitzend in glücklicher Stimmung die Finger über die Tasten gleiten läßt und in solchem Phantasieren oft Schöneres hervorbringt, als wenn er mit bewußter Künstlerschaft ans Komponieren geht.

Indem er so improvisierend sich auslebte und im Selbstgenuß seiner Persönlichkeit schwelgte, trat ihm auch das Bedürfnis nicht nahe, diese seine innere Welt zu »befestigen mit dauernden Gedanken«. Dazu kam, daß er zu den geistvollen Menschen gehörte, die eine künstlerische Befriedigung darin finden, ausgesucht reizende und gehaltvolle Briefe zu schreiben, und darauf all ihren schriftstellerischen Ehrgeiz beschränken. Er machte von diesen kleinen epistolaren Kunstwerkchen stets einen Entwurf, und die Reinschrift eines solchen war ihm ein hinlängliches Arbeitspensum, worauf der übrige Tag ihm gehörte.

Nach alledem wird es begreiflich sein, daß es mir im höchsten Grade anziehend war, diesem Onkel nahezutreten, und daß der vertraute Umgang mit ihm mir in vielfacher Hinsicht ersprießlich sein mußte. Und doch war ich sehr bestürzt, als er mir nach der ersten herzlichen Begrüßung erklärte, ich müsse durchaus bei ihm wohnen, wenn er mir auch keine volle Gastfreundschaft anbieten könne, da seine Einnahmen eben nur ausreichten, ihn selbst über Wasser zu halten.

Das war eine erste schmerzliche Erfahrung in der ewigen Stadt. Ich hatte es nicht anders gedacht, als daß ich den ganzen Winter hindurch mit meinem liebsten Otto Ribbeck alles und jedes teilen würde, und mußte mich, noch dazu mit einer dankbaren Heuchelmine, darein finden, in der düsterlichen Straße ein langes, schmales, einfenstriges Gemach zu beziehen, während der Freund bei einer guten, dicken »weisen Frau«, Sora Rubicondi, sich eines behaglichen, sonnigen und unabhängigen Daseins erfreute.

Denn dieser letzte Punkt war's nicht zum wenigsten, der mir so manche Annehmlichkeiten des Zusammenwohnens mit dem guten Onkel aufwog. Ich hatte von vornherein das Gefühl, daß er mich als eine Art Zögling betrachtete, an dem er seine pädagogische Kunst und Erfahrung bewähren sollte, in aller Lieb' und Güte freilich. Doch da ich mir bewußt war, als junger Poet, Doktor der romanischen Philologie und hoffnungsvoller Bräutigam mich selbst genügend zügeln zu können, war mir das Aufgeben meiner Ungebundenheit, abgesehen von der Trennung von meinem Freunde, im höchsten Grade verdrießlich, zumal es nicht einmal meinem Beutel zugute kommen sollte.

Doch durfte ich mich nicht gegen etwas auflehnen, was mir wie ein Beweis der gütigsten Gesinnung geboten wurde. Und um es gleich hier vorwegzunehmen: das Verhältnis gestaltete sich leidlicher, als ich anfangs gefürchtet hatte. Ribbeck fand fast täglich den Weg zu mir oder ich zu ihm, und wir absolvierten unser Studium der Stadt und all ihrer alten und neuen Herrlichkeiten gemeinsam. Und der Erziehungsversuche des Onkels wußte ich mich nach und nach immer erfolgreicher zu erwehren. Er ersparte sie mir freilich nicht, zumal wenn er sich unwohl in der eigenen Haut fühlte. Dann mußte ich wohl, wenn etwa eine Arbeit mich zu Hause hielt, von ihm hören: ich sei doch nicht nach Rom gekommen, um hinterm Ofen zu hocken und über den Büchern zu schwitzen, was ich auch in der Behrenstraße hätte tun können. Streifte ich dann aber ein paar Tage hintereinander, wenn die Vaticana geschlossen war, in Villen und Galerien oder den Osterien der Campagna herum und kam spät nach Hause, so empfing mich eine wohlgemeinte Paternale, daß ich von einem solchen vergnüglichen Bummelleben nicht viel geistige und künstlerische Frucht ernten würde, da es vor allem darauf ankomme, sich zu sammeln und das Erlebte und Gesehene zu verdauen.

Ich ließ mir indessen meine Freiheit nicht verkümmern, und da ich denn doch manches zustande brachte, auch im übrigen dem alten Herrn - sein Haar war in der Tat schon angegraut - zu allerlei guten Dingen hold und gewärtig war, so fanden wir uns auf die Dauer ganz wohl ineinander.

Zumal ich mehr und mehr erkannte, daß sein Leben denn doch ziemlich freudlos war und er die Freiheit, der er alles geopfert hatte, teuer genug bezahlen mußte. Freunde, mit denen er früher gesellig verbunden gewesen, waren ihm weggestorben oder nach Deutschland zurückgekehrt. Die neugierigen Durchzügler, die ihn als eine römische Sehenswürdigkeit aufsuchten, konnten ihm nur eine flüchtige Genugtuung seines Selbstgefühls bieten. Die englischen Aufträge wurden spärlicher. Seine Haupteinnahme war das Honorar, das er für den Unterricht der beiden erwachsenen Töchter des Fürsten Orsini erhielt. Auch diese täglichen Lektionen, in denen, wie es mir vorkam, nur eine allgemeine Förderung in höherer Bildung beabsichtigt war, pflegten ihn zu verstimmen, da die jungen Principessen wenig begabt und für geistige Interessen nicht allzu empfänglich waren. Er kam dann schwermütig, obwohl der alte Fürst ihn aufs höchste verehrte und um jeden Preis festzuhalten suchte, in sein helldunkles Zimmer zu seinem einsamen Mahle zurück, melancholisierte mir eine Weile vor und entließ mich mit sichtbarem Neide zu meinem Mittagessen, das ich in einer der Trattorien, wo ich Otto und andere Bekannte traf, einzunehmen pflegte.

*

Gleich am dritten Tage nach meiner Ankunft in Rom hatte ich durch einen Schulfreund, den ich im Café Greco getroffen, den jungen Dr. med. *Klaatsch,* die Bekanntschaft des Kirchenrats *Hase* gemacht, des berühmten Jenenser Professors und Kirchengeschichtschreibers, der mit Frau und Töchtern seit einigen Wochen in Rom sich aufhielt. Wir trafen uns bei meinem ersten Gang durch den Riesendom des Sankt Peter, und der gewaltige Eindruck, der uns wie ein Elementarereignis überstürzte, näherte uns in der ersten Stunde so herzlich, als hätten wir schon den berühmten Scheffel Salz miteinander gegessen. Der sehr lebhafte kleine Herr mit dem übersprudelnden Temperament gewann mich völlig, und ich empfand eine Lücke, als er einige Wochen später Rom verließ.

Auch war er gerade an dieser Stätte der größten päpstlichen Erinnerungen wie kein zweiter zum Cicerone geschaffen. Wir stiegen endlich miteinander die endlosen Treppen und Treppchen bis in die höchste Spitze der Laterne hinauf, wo wir in dem engen runden Raum einige Zeit stumm und beklommen nebeneinander saßen und durch die offenen Fensterlöcher über die ungeheure Stadt hinabschauten. Endlich fing einer von uns »Ein' feste Burg« zu summen an, und sogleich fielen wir anderen mit ein und sangen das ganze herrliche Lutherlied auf dem obersten Gipfel dieses allerpäpstlichsten Gotteshauses fröhlich und andächtig bis zu Ende.

An dieser Stelle will ich ein für allemal erklären, daß ich nichts weniger im Sinn habe, als meine Eindrücke von römischen Bauten, Kirchen und Palästen, antiken und neueren Kunstwerken, die ich diesen Winter hindurch nach und nach kennen lernte, hier auch nur mit flüchtigen Strichen zu schildern. Was ich mit allen künstlerisch angeregten Romfahrern gemein hatte, wäre von geringem Interesse und würde diesen Bericht über meine erste italienische Reise allein schon zu einem Buche anschwellen. Nur was mir von persönlichen Erlebnissen teils in meiner inneren Welt, teils im Verkehr mit guten Leuten und bedeutenderen Persönlichkeiten in heller Erinnerung geblieben ist, soll hier erwähnt werden.

So muß ich vor allem jenes fröhlichen Ausfluges nach dem Tal der Egeria gedenken, den ich in einer Terzinenepistel an Arnold *Böcklin* geschildert habe. Da ich in jener Dichtung streng bei der Wahrheit geblieben bin, kann ich hier einfach darauf hinweisen. An

Böcklin war ich, wenn ich mich recht erinnere, durch seinen Baseler Landsmann Jakob *Burckhardt* gewiesen worden. Ich hatte ihn schon am zweiten Tage nach meiner Ankunft in seiner sehr dürftigen Wohnung in der Via bella Purificazione aufgesucht und mich an seinen wundervollen Landschaften erbaut. Am Abend desselben Tages führte er mich - im Stromregen - nach einer echt römischen Winkelkneipe, wo ein kleines Häuflein von befreundeten Malern und Bildhauern beisammensaß. Sie hatten sich den Namen »Tugendbund« beigelegt - lucus a non lucendo - und empfingen mich, da ich ihnen durch Böcklin angekündigt war, mit der ganzen zutraulichen Herzlichkeit unserer zwanziger Jahre. Der Angesehenste der Bande war *Franz,* genannt *Dreber,* ein sehr begabter Landschaftsmaler aus Sachsen, der leider durch einen grüblerischen Zug seiner Natur sich um das volle, naive Ausleben seines Talents gebracht hat. Neben ihm sein Intimus, der Bildhauer *Gerhardt,* der alle Freunde außer Böcklin überleben sollte, zwei andere Bildhauer, *Kaupert* und der Däne *Holbeck,* ein langer. grotesker Geselle, endlich ein Maler, der mir nur unter seinem Spitznamen »der *Indianer*« im Gedächtnis geblieben ist.

In dieser Gesellschaft nahm ich an der Ottobrata nach dem Tal der Egeria teil. Sie setzte sich von dem Hause an der Ripetta in Bewegung, in dem Gerhardt und Kaupert ihre Bildhauerwerkstätten, Dreber im zweiten Stock sein Studio hatte und ich noch manchen Abend der erquicklichsten Geselligkeit genoß. An jenem ersten des 18. Oktober, nachdem wir alle Wonne des herrlichsten Tages erschöpft hatten und, wie mein Tagebuch sagt, es »immer tiefer ins Leben hineinging« (Heinses Ardinghello), bis zu jenem Tanz ums Feuer nach abgeworfenen Kleidern, traten wir, eh' wir unter der zauberhaften Abendbeleuchtung der stillen Campagna uns zur Heimfahrt nach den »bunten, schimmernden« Straßen der Stadt entschlossen, noch einmal in die Grotte der Egeria zu einer dankbaren Abschiedsfeier ein, bei der unser Däne mit seinem mächtigen Baß der gastfreundlichen Nymphe in der Arie Casta diva unsern letzten Gruß zurief.

*

Von all diesen aufstrebenden jungen Künstlern blieb mir Böcklin damals der nächste und anziehendste. Auch er begegnete mir, soweit es seine verschlossene, schwerflüssige Natur zuließ, mit freundschaftlichem Vertrauen. Gleich bei meinem ersten Besuche erzählte er mir von dem fatalen Abenteuer, in das er sich bei seinem letzten Besuch in seinem heimatlichen Basel verstrickt hatte. Aus dépit amoureux da eine alte Jugendliebe ihm kalt begegnet war, hatte er sich mit dem ersten besten hübschen Kinde, das er auf der Straße getroffen, obwohl er sah, daß sie dem dienenden Stande angehörte, allen Ernstes verlobt und einige Tage in der lieblichen Nähe des guten Kindes sich's auch wohl sein lassen. Nun aber in der Ferne war ihm dieser frevelhafte Leichtsinn schwer aufs Herz gefallen, zumal das Bräutchen im ersten Brief, den sie ihm schickte, aus einem Briefsteller immer noch unorthographisch genug abgeschrieben, von seinen - Böcklins - »Rosenlippen« geschwärmt hatte.

Ich erwarb mir das Verdienst um den sehr niedergeschlagenen Freund, ihm zu einer möglichst raschen Aufhebung der Verlobung zuzureden, zu der er sich freilich erst Ende Februar entschloß[13] .

Er war damals noch völlig unbekannt, eben aus Paris gekommen und in Rom ohne alle Gönner und Fürsorger in tiefster Armut, dabei stets durch seinen Stolz aufrecht gehalten, der ihm jedes noch so läßliche Paktieren mit dem Geschmack eines Publikums, das er verachtete, verwehrte. Von der späteren kühnen Phantastik, die ihm seinen Weltruhm eintrug, und der überströmenden Farbenfreudigkeit war noch nichts in seinen Landschaften zu spüren, auch von einer menschlichen Staffage noch keine Rede, dagegen in minder gewaltigem Stil schon das ganze intime Naturgefühl, das keiner fleißigen und peinlichen Studien mit Stift und Pinsel bedurfte, um dies wundersame Gedächtnis mit allen charakteristischen Formen und Farben, an denen seine Augen sich weideten, zu erfüllen. Ich bewahre noch eine Landschaft von ihm aus den Pontinischen Sümpfen, ein großartig einfaches Waldmotiv immergrüner Eichen, über dem er die Lust verloren hatte. So lag die unvollendete zerknüllte Leinwand im Winkel seines Ateliers, und er ließ es geschehen, daß ich sie glättete und an der nackten Wand meiner Klause in

---

[13] S. die Novelle »Vetter Gabriel«.

S. Andrea delle Fratte annagelte, bis ich ihr später in Berlin einen Rahmen gab.

*

Hier will ich auch einiger anderer Künstler gedenken, mit denen ich in mehr oder minder häufigen Verkehr kam.

Die Zeit war noch nicht fern, wo in Rom eine neue Blüte der deutschen Kunst aufgegangen war. Von den Malern, die in der Casa Bartoldi jenen reizvollen Freskenzyklus geschaffen hatten, traf ich freilich nur *Overbeck* noch an, der an gewissen Tagen in seinem Atelier auch fremden Kunstfreunden Zutritt gewährte. Ich entsinne mich deutlich seiner hohen, etwas vorgebeugten Gestalt und der sinnend gesenkten Augen, wie er neben der Staffelei stand und einer mutwilligen schönen Dame, die ihn mit einer etwas aszetisch aufgefaßten Eva zu necken wagte, da sie nicht wie die allgemeine Menschenmutter, sondern wie eine verschämte entkleidete Heilige aussah, mit leisem Erröten verlegen erwiderte. Mir selbst sind seine zartempfundenen und harmonisch zusammengestimmten biblischen Kompositionen, die freilich ein warmblütiges Naturgefühl vermissen lassen, stets erfreulich gewesen. Sein mächtigerer und tiefgründigerer Gesinnungsgenosse *Cornelius* hatte Rom schon seit Jahren verlassen, auch *Thorwaldsen* war in seine Heimat zurückgekehrt. Aber ihr Andenken war in den Kreisen der Jüngeren noch lebendig, wie auch von den verstorbenen Landschaftern *Reinhardt* und *Koch* manches charakteristische Histörchen immer von neuem erzählt wurde. Am Leben war noch der jüngere der beiden Brüder *Riepenhausen,* die sich durch ihr Nachschaffen der von Pausanias beschriebenen Polygnotischen Fresken in der Lesche Delphis einen Namen gemacht hatten. Mein Onkel veranlaßte mich, diesen seinen alten Freund zu besuchen, ich fand aber mehr an seiner treuherzig-milden Person als an seiner Kunst Gefallen.

Der alte *Willers* war, als ich nach Rom kam, schon mit den Zurüstungen zu seinem Aufbruch beschäftigt, und ich konnte nur noch an seinem Abschiedsfeste teilnehmen. Dagegen war es mir oft vergönnt, dem alten Martin *Wagner* zu begegnen, jenem merkwürdigen Künstler, den das Machtwort König Ludwigs I. aus einem Maler zum Bildhauer umgewandelt hatte, in richtiger Erkenntnis seiner eigentlichsten Kraft. Er ist bekanntlich der Schöpfer der Bavaria und der kriegerischen Reliefs am Münchener Siegestor, in denen sich eine etwas trockene, aber energische plastische Phantasie offenbart. Damals, im Herbst 1852, schien er auf seinen Lorbeeren auszuruhen und keine Hand mehr zu rühren. Er gehörte zu den Stammgästen der Trattoria del Lepre, in der auch wir häufig unser Mahl einnahmen. Da ergötzte er uns durch seine derben Auslassungen über Menschen und Kunstwerke und durch gewisse Sonderlingszüge seiner in allem Äußeren völlig nachlässigen Erscheinung. Unter anderm ließ er sich von allen Tischgenossen die Reste ihrer Mahlzeiten beisteuern zur Fütterung seiner Katzen. Dieses bunte Gemisch von Fleisch und Knochenstückchen, Fischköpfen und Gemüsen packte er dann in zwei große, notdürftig aus Zeitungen hergestellte Tüten, die er in die tiefen Seitentaschen seines Rockes versenkte. Da er dann regelmäßig mit diesen Vorräten beladen einen weiten Nachmittagsspaziergang machte, auch wenn die Herbstsonne noch so scharf herabglühte, kann man denken, daß seine Kleidung nach und nach einen seltsamen Duft verbreitete.

Nicht säuberlicher sah es in seiner Wohnung aus. König Ludwig hatte ihn zum Kustoden der Villa Malta gemacht, die ein königlich bayerischer Besitz war. Hier besuchte ich ihn einmal und fand ihn inmitten einer so greulichen genialen Wüstenei, wie sie mir noch nie vorgekommen war. Auf Tischen und Stühlen lagen große Blätter mit künstlerischen Entwürfen chaotisch übereinandergeschichtet, Teller mit Speiseresten, leere Weinflaschen, Kleidungsstücke und alte Schuhe, dazwischen ein wertvolles Gemälde aus der Kölnischen Schule, das er bei einem Trödler gekauft, alles mit einer dicken Schicht grauen Staubes friedlich eingehüllt. Zwischen diesen Herrlichkeiten führte er mich mürrisch herum und klagte mir seine Not: König Max habe seinen Besuch in Rom angekündigt und werde natürlich bei ihm absteigen. Er werde Mühe haben, hier alles »elegant« zu machen – ja freilich! dacht' ich – und um seine Behaglichkeit sei es geschehen.

Von den älteren Künstlern muß ich noch *Riedels* gedenken, dessen Atelier in Via Margutta lag, nach drei Seiten mit Fenstern versehen, durch deren halb oder ganz geöffnete Läden mehr oder weniger Sonnenstrahlen eingelassen werden konnten, immer genau so viel, wie der Maler jedesmal zur transparenten Beleuchtung einer Wange, eines Nackens oder auch nur eines Ohrläppchens bedurfte. Von dieser Künstelei abgesehen, die Riedel zu einer virtuosen Spezialität ausgebildet hatte, war der völlig zum Römer gewordene prächtige Mann ein ganzer Künstler, an dessen Werken man seine ehrliche Freude haben konnte, und ich habe in seinem Studio, von dem man einen herrlichen Blick auf den Monte Pincio hatte, mich auch an seinem treuherzig-klugen Gespräch manche gute Stunde erfreut, während seine Kanarienvögel zirpend und zwitschernd von Staffelei zu Staffelei flogen.

Ein Freund von ihm, der Wiener Maler *Pollack*, bildete nur seinen Schatten und brachte selbst nicht viel Wertvolles zustande. Dagegen machte damals der junge Bildhauer *Wittig* einiges Aufsehen mit seiner lebensgroßen Gruppe Hagar und Ismael (jetzt in der Berliner Nationalgalerie), die auch mich bewog, die Bekanntschaft des liebenswürdigen Künstlers zu suchen. Er gehörte oft zu dem Trüpplein, in dessen Gesellschaft ich Ausflüge machte oder dieser und jener Sehenswürdigkeit nachging, zu der gerade der Zutritt eröffnet war. Auch ein sehr feiner Landschaftsmaler *Flamm*, ein Rheinländer, ging uns flüchtig vorüber, nicht ohne daß ich von seiner Kunst einen hohen Begriff erhielt. Und ein einziges Mal begegnete ich auch dem Größten unter den zeitgenössischen Historienmalern, dem Schöpfer des genialen Totentanzes und des grandiosen Hannibalzuges über die Alpen, Alfred *Rethel*. Schon damals war sein hoher, phantastischer Geist von der beginnenden Krankheit verschattet, die dann so bald ihn hinraffen sollte. Seine treffliche, charaktervolle Frau hatte ihn nach Rom geführt, in der Hoffnung, sein verstörtes Gemüt werde sich in der Nähe seiner geistesverwandten großen Vorgänger beruhigen. Ich sah an ihrem tieftraurigen Blick, als ich sie in einer Trattorie begrüßte. daß sie an diesem Heilversuch bereits zu verzweifeln begonnen hatte.

Unter all meinen Malerfreunden der Stammfreund aber war der mir von Berlin her bekannte Julius *Muhr*, der mit Echter zusammen die großen Kaulbachschen Wandgemälde im neuen Museum in enkaustischer Technik ausgeführt hatte. Durch diese jahrelange Frone im Dienst eines anderen Meisters von sehr ausgesprochener Eigenart war seine selbständige künstlerische Entwicklung gehemmt worden, was er hier in Rom erst recht mit Schmerz empfand, so daß er es in der ersten Zeit nicht übers Herz brachte, einen

Pinsel anzurühren. Er war in seiner seinen Bescheidenheit und Herzenswärme ein so erfreulicher Kamerad, daß wir ihn bald liebgewinnen mußten. Ein weiteres Band zwischen uns beiden war seine heimliche und im stillen erwiderte Herzensneigung zu einem auch mir bekannten liebenswürdigen Berliner Fräulein, Mathilde v. Colomb, die er erst neun Jahre später heimführen konnte. Leider sollte das Glück dieser Ehe nicht lange dauern, da er schon 1865, nachdem wir in München vier Jahre lang die alte römische Kameradschaft erneuert hatten, uns durch den Tod entrissen wurde. Seine Witwe – ich hatte sie in meinem sechzehnten Jahr kennen gelernt, im Hause ihres Onkels, des Leibarztes der Königin, Dr. v. Stosch, der unser Hausherr in der Behrenstraße war – ist mir bis zum heutigen Tage in ältester herzlicher Freundschaft verbunden geblieben.

Auch Muhr aber hatte endlich wieder zu malen angefangen, sogar ein größeres Bild aus der Sixtinischen Kapelle entworfen, in der während einer feierlichen Funktion Seine Heiligkeit der Papst und sämtliche Kardinale versammelt erschienen. Einflußreiche geistliche Würdenträger hatten ihm ihre Protektion und sogar einige Sitzungen gewährt, in der stillen Hoffnung, den jüdischen Künstler dadurch zur Taufe zu locken, was ihnen freilich mißlang. Daneben aber wurde unser Freund noch immer von dem Romweh geplagt, das alle redlichen Künstler befällt, die vom Norden in diese Welt erhabener Reliquien einer größeren, künstlerisch begabteren Zeit eintreten und zunächst in tiefer Verzweiflung ihres Unvermögens sich bewußt werden, bis sie nach und nach, wenn sie sich zu dem demütigen Verzicht auf die höchsten schöpferischen Großtaten durchgerungen haben, sich auf ihr eigenes Lebensrecht besinnen und von jenem schmerzlichen Aufruhr ihres Innern wenigstens den Gewinn davontragen, daß sie sich geloben, stets ihr Bestes zu tun und, so viel oder wenig es sein möchte, alles an alles zu setzen. So kam denn auch unser guter Freund mit der Zeit wieder ins Gleichgewicht und nahm an allerlei Humoren harmlos teil. Unter anderm half er zu einem scherzhaften Projekte mit, durch das wir unserer satirischen Stimmung gegen den archäologischen Dünkel, der in Rom grassierte, Luft machen wollten. Wir verabredeten, daß ich ein Gedicht in elegischem Versmaß schreiben und Muhr, ohne den Inhalt zu kennen, Zeichnungen nach Art antiker Vasenbilder entwerfen sollte. Ribbeck hatte dann die Aufgabe, eine gelehrte Abhandlung zu schreiben, in der er nachwies, daß jene Vasenbilder sich unzweifelhaft nur auf diese Dichtung beziehen könnten. Letztere kam denn auch zustande (»Die Furie«) und Muhrs Illustrationen ebenfalls. Die Abhandlung aber, zu der es unserm Freunde nicht an satirischem Talent fehlte, blieb in den ersten Anläufen stecken, da seine Arbeit am Vergil ihm hinlänglich zu schaffen machte.

*

Indem ich hieran zurückdenke, ist es mir verwunderlich, was uns zu dieser heimlichen Bosheit gegen die hohe Wissenschaft, die ihren Sitz auf dem Kapitol hatte, aufreizen konnte.

Wohl hatte mich Burckhardt, als ich ihn vor der römischen Reise sprach, gewarnt, den kapitolinischen Großmächten nicht zu nahe zu kommen, da sie harmloser Rompilger sich gern bemächtigten. Wir hatten jedoch allen Grund, dieser Gespensterfurcht zu lachen, da von keiner Seite ein Versuch gemacht wurde, Ribbeck einzufangen, und wir uns nur der größten Bereitwilligkeit zu rühmen hatten, mit welcher der treffliche *Henzen* und der jüngere *Brunn*, die neben dem weniger bedeutenden *Braun* auf dem Kapitol die deutsche Wissenschaft mit allem Glanz vertraten, uns in Rom die Wege ebneten. Dazu kam, was uns als ein besonders günstiges Zusammentreffen erschien, daß auch der ehrwürdige *Welcker*, der Patriarch der damaligen antiken Altertumsforschung, diesen Winter in Rom zubrachte und uns beide mit der ganzen Herzensanmut, die ihm eigen war, als seine Schüler von Bonn her begrüßte. Trotz seiner hohen Jahre und nicht gar festen Gesundheit ließ er es sich nicht nehmen, am 10. November bei kalter Nebelluft uns zu einer Fahrt nach Tivoli abzuholen, wo er uns zu allen malerischen oder sonst denkwürdigen Stätten führte, zehn Tage später mit uns und *Braun* nach dem Tal der Egeria und dem Grabmal der Cecilia Metella zu wallfahrten und an einem strahlend hellen Sonnentage zu Ende des Jahrs unsern Cicerone in der Villa Ludovisi zu machen, deren herrliche Bildwerke durch sein deutendes Wort ein ganz ungewöhnliches Leben gewannen.

Wir hatten noch die Freude, den verehrten Alten an einem gastlichen Abend in Ottos Wohnung zu sehen, bei gutem Orvieto, einem

Gallinaccio und römischem Salat, nur unser sieben, von denen der Alte der geistsprühendste war, der vor Mitternacht nicht an den Aufbruch dachte.

*

An all dieser fröhlichen Geselligkeit nahm Onkel Theodor keinen Teil, eingerostet, wie er war, in seine Junggesellengewohnheiten, aus denen ihn auch die beflissensten Versuche einer Wiener Dame, mit der ich durch ihn bekannt geworden war, nicht herauszulocken vermochten.

Es war dies eine Frau *Obermeier*, die, von ihrem Manne getrennt, mit ihren beiden eben herangeblühten Töchtern ihren bleibenden Wohnsitz in Rom aufgeschlagen hatte. Ein Hausfreund, Bosino, den der Gatte selbst als einen Ersatz für das gestörte Eheglück ihr zugeführt hatte, ein Grieche von ungewöhnlicher Bildung und den besten gesellschaftlichen Formen, leitete die Erziehung der jungen Mädchen und besorgte alle geschäftlichen Angelegenheiten der Mutter. Jedermann fand dieses Verhältnis durchaus in der Ordnung, wenn auch die römisch-deutschen Familien die treffliche Frau mit ihren Töchtern und dem Freunde nicht an sich herankommen ließen. Sie empfand durchaus keinen Kummer darüber und entschädigte sich für das Versagte durch den häuslichen Verkehr mit alleinstehenden Künstlern, unter denen Riedel der verehrteste war, und Fremden, die ihr von irgendeiner Seite wünschenswert erschienen.

Ein Abend in jeder Woche versammelte die Intimen in diesem liebenswürdigen Hause, wo man nach der Cena, bei der es an edlem Wein nicht gebrach, noch eine Stunde beisammen blieb, in angeregtem Gespräch. Zuweilen wurde auch Musik gemacht; eine der sehr anmutigen Töchter, die schwarzäugige Jetti oder die blonde Miezi, setzte sich an den Flügel und begleitete den jungen Bremer Komponisten *Reinthaler*, der damals auch mit unserm Freundeskreise zusammenhing, bei seinem sonoren Gesang. Manchmal wuchs die Stimmung zu solcher Höhe, daß es nicht möglich war, sich nur in Prosa der verehrten Hausfrau dankbar zu bezeigen, und ich wohl oder übel mich zu einer Improvisation verstehen mußte.

*

Über all diesen geselligen Freuden und den Streifzügen durch Kirchen, Paläste und Galerien kam jedoch auch die Arbeit nicht zu kurz.

Von Florenz her war mir der Perseus des Benvenuto Cellini während der ganzen Fahrt beharrlich nachgegangen. Wie ich ihn auf seinem hohen Piedestal in der Loggia de' Lanzi hatte stehen sehn, das Haupt der Medusa, das er abgeschlagen, hoch erhoben, den Blick düster gesenkt, war mir's vorgekommen, als habe ihn eine schaudernde Reue erfaßt, daß er dies zauberhafte Weib entseelt habe und nun verdammt sei, auf ihren kalten, weichen Leib mit seiner geflügelten Sohle zu treten. Ich hatte mir ein tragisches Märchen zusammenphantasiert, das ich, sobald ich zu einem Schreibtisch beim Onkel gelangt war, aufzuschreiben begann, in Knittelversen, die mir zu einem mythischen Puppenspiel, dem auch der Kasperle nicht fehlte, einzig geeignet schienen. Ich brachte das kuriose Ding sehr con amore in wenigen Wochen zustande und las es dem Onkel vor, der, wie mir schien, etwas anderes von mir erwartet hatte. Auch anderen erging es so; ich wüßte nicht, daß einer meiner späteren Kritiker sich im Guten oder Bösen darauf eingelassen hätte, als dieser mein römischer Liebling in den »Hermen« gedruckt erschien. Was ging mich's an? Hatt' ich doch meine Freude dran.

Weit mehr als an zwei anderen poetischen Aufgaben von größerem Gewicht: einem Trauerspiel »Saul«, zu dem mich meine fleißigen Bibelstudien angeregt hatten, und dem epischen Gedicht »Thekla«, dessen Stoff ich meinem Freunde Jakob Bernays verdankte. Er hatte mir die Legende von Paulus und Thekla in einem lateinischen Legendenbuch nach Rom geschickt und mir die Bearbeitung ans Herz gelegt. Zunächst ging ich mit lebhaftem Eifer daran, wagte freilich nicht, die Gestalt des großen und größten Apostels in meiner Dichtung erscheinen zu lassen, und schob ihm einen apokryphen Tryphon unter. Bald aber, aus vermiedenen Ursachen, erkaltete mein Feuer, nur die anerzogene Pflichttreue gegen eine begonnene Arbeit ließ mich den ersten Entwurf vollenden, und erst nach mehreren Jahren, auch dann nur mit halber Neigung, gewann ich es über mich, wieder daranzugehen.

»Saul« war in den ersten Szenen stecken geblieben. Vielleicht weil ich inzwischen, da ich an Alfieris Vita und seine Dramen geraten war, sein gleichnamiges Trauerspiel kennen gelernt hatte, wohl das farbigste und poetisch bedeutendste unter all seinen Stücken.

Auch an anderer Lektüre fehlte es nicht, soweit Onkel Theodors kleine Bibliothek versehen war. Zunächst Dante; es tauchte sogar einmal der Plan auf, gemeinschaftlich die Vita nuova zu übersetzen, aus der ich einige der schönsten Sonette und Kanzonen nachgedichtet hatte. Übrigens eine unmögliche Hoffnung, von dem Reiz einer altertümlichen, mit Edelrost angehauchten und doch seit sechshundert Jahren unverwüstlich jungen Dichtersprache eine Vorstellung zu erwecken.

Manzonis »Adelchi« waren dazwischen an die Reihe gekommen, Apulejus, Lucians Göttergespräche und saturnalische Verhandlungen. Von Deutschen natürlich in der Gesellschaft des Onkels, des andächtigen Goetheverehrers, viel von ihm, seine lyrischen Sachen zumal, die wir beide freilich auswendig wußten. Sie dienten aber als Stimmgabel, um die Catullübersetzung zu prüfen, ob überall der natürlichste Ausdruck gefunden war. So saßen wir, da ich die Morgenstunden stets zu Hause blieb, manchmal jeder in seinem Zimmer mit Versen des anderen beschäftigt, die einer strengen Feile unterworfen wurden, die Tür zwischen uns offen, damit wir uns sofort über unsere Anstöße und Änderungsvorschläge verständigen konnten.

Gegen Zehn, wenn er sich zu seinem Gange in den Palazzo Orsini rüstete, brach ich nach dem Vatikan auf, wo die eigentliche »offizielle« Arbeit meiner wartete. Am 12. November hatte ich den hohen Arbeitssaal der Bibliothek Seiner Heiligkeit zum erstenmal betreten, den ersten provenzalischen Codex in Empfang genommen und mir meine paläographischen Sporen daran verdient. Freund Otto saß nahe bei mir über einer großen Vergilhandschrift, ein paar andere deutsche Gelehrte hatten uns bewillkommnet, es war eine behaglich feierliche Stimmung in dem stillen Gemach, über das der wortkarge, aber höfliche Kustode Monsignor Martinucci die Aufsicht führte. Von den italienischen Kollegen sind wir keinem einzigen nähergekommen.

Mein Reisestipendium war mir bewilligt worden, um auf italienischen Bibliotheken nach ungedruckten romanischen Handschriften zu forschen, und eine Anzahl von Troubadour-Codices, die mir teils durch meinen Lehrer Mahn, teils durch Adalbert v. Kellers »Romvart« bekannt waren, hatte ich nach und nach durchzusehen und auszubeuten im Sinne. Dabei hatte ich aber die Rechnung ohne den Wirt gemacht.

Nach den Verordnungen der päpstlichen Bibliothek war es verboten, irgend etwas ohne vorher erlangte Erlaubnis abzuschreiben. Man hatte nur das Recht, nachdem man überhaupt in dem Arbeitssaal zugelassen war, die Handschrift zu studieren, di studiare sopra i codici, und kleine Notizen zu machen.

Hieran war mir wenig gelegen. An eine kritische Textausgabe, wie Otto Ribbeck sie bei seinem Vergil im Auge hatte, dachte ich nicht. Es wäre mir töricht erschienen, die provenzalische Lyrik mit ihrem konventionellen Redeschmuck so wichtig zu nehmen, wie einen griechischen oder römischen Dichter, bei dem es oft auf ein mehr oder minder charakteristisches Beiwort ankommt. Freilich galt es auch hier, einen richtigen Text zu schaffen. Das aber überließ ich den richtigen Philologen, während ich vor allem an der Erweiterung unserer Kenntnis von dem, was überhaupt vorhanden war, Interesse hatte, besonders daran, ob neben der höfischen Lyrik nicht auch noch epische Dichtungen zu finden seien, von denen bisher so gut wie nichts überliefert war.

Auf Abschlag nahm ich indessen auch mit unedierten Liedern vorlieb, die nun freilich verbotene Ware waren. Ich hatte mir ein Exemplar der Mahnschen Troubadours mit weißem Papier durchschießen lassen und dachte es sehr klug anzustellen, wenn ich zwischen dem Kollationieren schon gedruckter Texte dann und wann ein vollständiges, noch unediertes Lied in mein Buch hinüberschmuggelte. Aber den scharfen Augen des Herrn Kustode entging dies Manöver nicht. Plötzlich schoß er wie ein Sperber auf ein Huhn, das eben ein gutes Korn aufgepickt hat, auf mich zu und untersagte mir im schärfsten Ton, die regolamenti fernerhin zu verletzen.

Damit war der wissenschaftliche Zweck meines römischen Aufenthaltes so gut wie vereitelt. Zwar standen mir noch einige andere

Bibliotheken offen, so die Casanatensis, die aber wenig Ausbeute bot, und die Barberiniana, aus der ich wenigstens ein langes, nicht uninteressantes altfranzösisches Lehrgedicht mir aneignen durfte. Der Hauptschatz aber an handschriftlichen Seltenheiten befand sich in der Vatikana, und wahrlich, es war ein törichtes Vorurteil, als ob der Wert derselben durch die Bekanntmachung verringert würde, da vielmehr Edelsteine, die in einer dunklen Truhe vergraben jedem Auge entrückt bleiben, nicht mehr Wert haben als gemeine Kiesel.

Nun hatte es freilich eine besondere Bewandtnis damit, daß das vatikanische Hausgesetz gerade an mir mit so rigoroser Strenge geübt wurde. Von Berlin her war mir durch die Schuld meiner »Francesca von Rimini« der Ruf eines unsittlichen jungen Menschen voraus- oder nachgegangen und auch zu der geistlichen Behörde gedrungen, die darüber zu wachen hatte, daß keine anrüchigen Fremdlinge in das Heiligtum der päpstlichen Bücherei eindrängen. Zum Überfluß hatte ich in meiner Eingabe erklärt, daß es mir um die provenzalischen Handschriften zu tun sei, und ihre Dichter standen in dem wenig begründeten Verdacht, das Äußerste an Zuchtlosigkeit geleistet zu haben, so daß man besorgen mußte, dieser liederliche junge Berliner, noch dazu ein Protestant, wünsche nur sich einzuschleichen, um noch unbekannte obszöne Dichtungen aus der Bibliothek Seiner Heiligkeit zu veröffentlichen.

Ich wurde daher von verschiedenen Seiten scharf bewacht, und als ich zu schreiben fortfuhr, sogar nur abweichende Lesarten auf einzelne Blätter notierte, erfolgte meine Ausweisung - am 8. Januar - und auf meine Frage nach dem Grunde, da ich mich jetzt in nichts mehr vergangen hätte, der lakonische Bescheid: Questo è il mio ordine.

Nun muß ich freilich bekennen, daß diese Wendung der Dinge mir nicht halb so unerwünscht war, wie ich den maßgebenden Personen gegenüber in sittlicher Entrüstung verlauten ließ. Statt der unersprießlichen Bibliotheksfrone war vieles in Rom, was ich mit mehr Freude und Nutzen an den nun freigewordenen Vormittagen mir zu Gemüte führen konnte. Aber da ich in offizieller Mission auf Staatskosten in die Vatikana abgeordnet war, konnte ich mich bei der Tatsache, daß der Kardinalstaatssekretär Antonelli meine Ausweisung befohlen hatte (Scacciatelo subito!), nicht beruhigen.

Mein Onkel dachte zuerst durch seine alten römischen Verbindungen es dahin zu bringen, daß ich wieder zugelassen würde. Sie versagten alle. Auch diplomatische Vermittlungsversuche, die Verwendung des Königs von Bayern, an den ich auf den Rat des Grafen Spaur eine Eingabe machen mußte, zu meinen Gunsten, nicht minder die Bemühungen des preußischen Gesandten Graf Usedom blieben ohne Erfolg. Bei letzterem wurde ich einmal zu Tisch gebeten, wo ich außer dem alten Kestner (dem »Sohn von Werthers Leiden«) auch einen andern Träger eines berühmten Namens, den Legationsrat Wolfgang v. Goethe traf, einen stillen, ernsten Mann, der über Tisch nicht zehn Worte von sich gab.

Die Sache selbst rückte trotz aller Bitten und Beschwerden nicht vorwärts. Nur zuletzt erlebte ich noch ein Pröbchen römischer Geschäftspraxis. Es wurde mir eröffnet, daß sich ein Grieche gefunden habe, ein gewisser *Matranga,* der sich der Mühe unterziehen wolle, diejenigen Troubadourlieder, die ich bezeichnete, und die vorher geprüft werden sollten, für ein anständiges Honorar zu kopieren. Da dieser dunkle Ehrenmann mir sehr wohl bekannt war, konnte mir dieses Kompromiß nicht einen Augenblick verlockend erscheinen. Ich war nicht nach Rom geschickt worden, um für schweres Geld von einem andern, der kein Wort Provenzalisch verstand, Inedita abschreiben zu lassen.

Ich wies also dies freundliche Ansinnen zurück und nahm, wie gesagt, die Sache auf die leichte Achsel, da ich dem preußischen Ministerium gegenüber meinen Eifer, das Reisestipendium redlich zu verdienen, klar bewiesen hatte.

*

Um so freier und fröhlicher genoß ich nun alles Herrliche, was ein römischer Winter nur bieten konnte. Unter anderen freien Künsten befliß ich mich auch wieder des Zeichnens, nach einem oder dem anderen der Modelle, die an der Spanischen Treppe den Malern sich anzubieten pflegten, darunter eine nicht mehr ganz junge Chiaruccia, die einen prachtvollen Rassekopf hatte, und anderer römischer Typen, wie sie mir in den Ateliers meiner Malerfreunde vor Augen kamen. Eines der schönsten Mädchen Roms wohnte unserm Hause benachbart. Ich hatte oft Gelegenheit, sie von unserer Loggia aus zu beobachten, wenn sie auf ihrem Altan mit einer häuslichen Verrichtung beschäftigt war. Leider war es nicht möglich, sie zu einer Sitzung zu bewegen. Unsere Pia wußte, wie jeder in der ganzen Nachbarschaft, daß die Schöne in festen Händen war, da sie vor dem Herrn Pfarrer von S. Andrea delle Fratte Gnade gefunden hatte. Auch der talentvolle neapolitanische Maler Morani, dessen Studio im dritten Stock unseres Hauses lag, hatte vergebens seine Angel nach ihr ausgeworfen. Für hundert Scudi wollte ihre Mutter ihre Einwilligung geben. Das war ihm denn doch zu teuer erschienen.

So kam langsam und doch zu schnell der Karneval heran; am 7. und 8. Februar verzeichnet mein Tagebuch unsere Teilnahme an dem tollen Maskengewimmel, das sich den Korso hinauf und hinunter trieb. Damals wohl noch ziemlich im Stile jener alten Zeit, wie wir sie aus Goethes gewissenhafter Schilderung kennen. Doch war das Wetter schlecht, die Straße schmutzig, der Konfettiregen, von den Balkonen brutaler Engländer schaufelweise auf die bunte Menge hinabgeschüttet, durchaus kein anmutiger Scherz, so daß es eine Weile dauerte, bis auch wir auftauten, Sträußchen schleuderten und an den schönen Augen an Fenstern und Balkonen Feuer fingen. Bald hatte jeder die seine gefunden, der er vorzugsweise huldigte, und ich besonders als ein leidenschaftlicher Ballspieler betrieb das Werfen und Fangen der kleinen Blumensträuße mit immer lebhafterem Eifer, bis ich zuletzt an einem stillen, blonden Gesicht mit großen, grauen Augen hängen blieb, das zwischen greisen Eltern- und Tantenhäuptern vom Balkon eines Erdgeschosses mir zulächelte und mich durch eine gewisse deutsche Sanftmut und unrömische Lieblichkeit fesselte. Ich ließ nun alle anderen weit schöneren fahren und eröffnete auf dieses zarte Wesen ein hitziges Blumenbombardement, das kräftig erwidert wurde. Die Dunkelheit stellte einen Waffenstillstand her; am andern Nachmittag aber wurde der lustige Krieg von neuem eröffnet, und als wir im Obermeierschen Wagen den Korso hinunterfuhren, ein wahrer Blütenregen auf das blonde Fräulein herabgesendet. Ja, ich stieg dann aus, kaufte einen großen Rosenstrauß und kletterte damit an ihrem Balkon hinauf, ihn feierlichst ihr zu überreichen und mit einem Händedruck dafür belohnt zu werden.

Am andern Tage, dem Aschermittwoch, begegnete ich ihr im Korso und zog mit einem halb vertraulichen Lächeln den Hut. Mein

Gruß wurde nur mit einem unmerklichen Neigen des Kopfes und einem völlig fremden Blick erwidert. Man war in die Fasten getreten, und die ungebundene Maskenfreiheit mußte der strengen römischen Sitte weichen, die einem Mädchen jeden Verkehr mit einem fremden Herrn verbietet.

Auch Freund Muhr hatte für seine Huldigungen einen anmutigen Gegenstand gefunden, eine schöne, schlanke Engländerin, die leider ihren Platz am Fenster eines zweiten Stockwerks hatte, so daß eine Verbindung mit ihr durch Blumensendlinge einige Schwierigkeiten hatte. Damit aber wollte der galante Freund sich überhaupt nicht begnügen. Er entwarf auf einem Quartblatt eine allegorische Zeichnung mit Amoretten, Rosen und Nachtigallen, zu der er sich von mir einen Vers erbat. Um zu zeigen, wie sehr uns die Karnevalslaune zu Kopf gestiegen war, mag diese Probe meiner sehr fragwürdigen englischen Verskunst hier ihren Platz finden:

Such is old Carnival's stern sentence:
After short joy long sorrow and repentance.
Fresh flowers, sweet confetti, sweeter eyes
Are in his lovely malice his allies,
And the poor victim makes – o irony! –
A trophy to his own fair enemy.

Dies sorgsam gemalte und geschriebene Blatt wurde zusammengerollt und mit einem roten Seidenbande umwickelt, das zugleich ein Veilchensträußchen festhielt. Ich wurde dann mit der Aufgabe betraut, die Rolle nach jenem Fenster des zweiten Stocks hinaufzuschleudern. Zweimal fiel sie, da man sie nicht geschickt auffing, zurück auf die schmutzige Straße und mußte erst am nächsten Brunnen wieder gereinigt werden. Beim dritten Male erreichte sie ihr Ziel. Es war aber verlorene Liebesmüh'. Von einem besonders liebenswürdigen Dank oder gar einer Erwiderung war keine Rede.

*

So ging der Winter zu Ende, einer jener gelinden römischen Winter, in denen man schon im Januar Veilchen in der Campagna pflückt, aber während der langen, schwülen Scirokkowochen manchmal ein starkes Heimweh nach nordischem Schnee und klingendem Frost verspürt.

Zumal wenn in den trüben und feuchten Häusern die eisernen Öfen versagen, wie es auch der meine zu tun pflegte, den ich in meiner kahlen Erdgeschoßklause auf eigene Kosten hatte setzen lassen, ohne sonderlichen Nutzen, da er bei dem leisesten Wind dermaßen zu rauchen anfing, daß ich mich vor ihm auf die Straße flüchten mußte.

Zu diesem meteorologischen Heimweh gesellte sich auf die Länge noch ein anderes, das in der Seele seinen Sitz hatte. Die Trennung von meiner Liebsten, über die ich anfangs durch hundert merkwürdige neue Eindrücke mich hatte beschwichtigen lassen, wurde zuweilen, wenn ein Brief ungebührlich lange ausblieb oder gar verloren ging, schier unerträglich, die sehnsüchtige Stimmung machte sich vergeblich in lyrischen Stoßseufzern Luft, und auch die Ungebühr, die mir im Vatikan angetan worden war, und für die ich keine Genugtuung erhalten konnte, nagte an mir, da sie beständig durch den Kampf um mein Recht mir gegenwärtig blieb. Zum Ausbruch kam's am 10. März durch die Eröffnung eines Freundes meines Onkels, Dr. Marstaller, über die Intrige jenes Don Pietro Matranga und meinen üblen Ruf als Verfasser »lasziver Poesien«, in den mich nur ein Landsmann bei der geistlichen Behörde gebracht haben könne. Der Ingrimm darüber verursachte mir ein heftiges Kopfweh, eine Erkältung trat hinzu, und an die erste Fiebernacht reihten sich acht kranke Tage einer schweren Influenza, die damals als ein Nervenfieber angesehen wurde und einmal sich so bedenklich steigerte, daß die Sache eine schlimme Wendung zu nehmen schien. In jener gefährlichen Stunde ereignete sich auch der seltsame Fall einer geistigen Wirkung in die Ferne, den ich in der ersten Geschichte der »Geisterstunde« erzählt habe, meine »Ankündigung« bei meinen beiden teuersten Menschen zu Hause.

Mein Onkel, der mit der treuen Pia mich aufs liebevollste pflegte, hatte gleich bei Beginn der Erkrankung seinen alten Freund, Dr. *Alertz*, zu Hilfe gerufen, der durch eine glückliche Kur an Pio nono, zu der keiner der italienischen Ärzte Mut und Kenntnisse genug besessen, das Vertrauen des Papstes gewonnen hatte und sein Leibarzt geblieben war. Ob ich es mehr diesem trefflichen Manne oder meiner Jugendkraft verdankte, daß ich die böse Anfechtung überwand, will ich nicht untersuchen. Genug, nach einer Woche stand ich von meinem Schmerzenslager auf, genesen, aber mit wankenden Knieen und so taumelndem Gehirn, daß an eine Fortsetzung meiner Romstudien nicht zu denken war und eine gründliche Luftveränderung geboten schien.

Unter den Freunden, die mich während meiner Rekonvaleszenz besuchten, war auch einer, dessen ich bisher nicht erwähnt habe, obgleich ich bald nach meiner Ankunft mit ihm bekannt geworden war, Ferdinand *Gregorovius*, der spätere Geschichtschreiber der Stadt Rom im Mittelalter. Wir hatten wohl bald den Gegensatz unserer Naturen empfunden, da er, ein Anhänger der Schlosserschen Schule, mit einem gewissen sittlichen Rigorismus alle Zustände der bunten römischen Welt betrachtete, während ich zunächst an ihrer naiven, sinnlichen Lebenskraft mich ergötzte und moralische Maßstäbe anzulegen mich nicht berufen fühlte. Dazu kam bei dem um einige Jahre älteren Ostpreußen, der in der Stadt der reinen Vernunft aufgewachsen war, ein feierlich getragenes Benehmen, ein pathetischer Stil, der sich auch in seinem Gespräch nicht verleugnete, und ein völliger Mangel an Humor, so daß ich mich kaum entsinne, ihn je herzlich lachen gehört zu haben. Er blieb sich jeden Augenblick in gehobener Stimmung bewußt, daß, wohin er auch treten mochte, überall geweihter historischer Boden sei, während ich mir durch antike Reminiszenzen die harmlose Freude an der Gegenwart nicht einschüchtern ließ.

Bei alledem schätzte ich seine Kenntnisse und Talente und hatte seine schöne epische Dichtung »Euphorion« im »Literaturblatt zum Deutschen Kunstblatt« aufs günstigste besprochen, während ich mit seinem »Hadrian« mich nicht befreunden konnte. So behandelten wir uns mit kühler Freundlichkeit. die auch lange Jahre nachher, als der römische Ehrenbürger nach München übergesiedelt war, sich nicht zu einem tieferen Einverständnis erwärmen wollte.

Ich finde eine Stelle in meinem Tagebuch vom 21. März, bald nach meiner Auferstehung, die dies Verhältnis anschaulich schildert.

»Gregorovius kam mit einer Beichtvater- und Seelsorgermiene, mir mein Wesen klarzumachen. Meine Gedichte seien nicht warm und so weiter. (Es fehlte ihnen freilich jede Spur von Gesinnungsrhetorik.) Er fragte dann, ob ich mich (über diese freimütige Kritik) ärgere. Allmählich ward mir's dieses naiven Moralisierens zu viel (zumal ich vom Fieber noch geschwächt war). Onkel Theodor wurde dann hereingezogen. Jeder sprach seine Sprache, und der Teufel verstand's.«

Meiner Rekonvaleszentenüberreizung mag es zugute gehalten werden, daß ich einen gewiß gutgemeinten Versuch, sich um mein dichterisches Seelenheil verdient zu machen, so übel aufnahm. Ich war sonst immer dankbar für unumwundene Freundeskritik; aber wessen Natur nicht mit einem vollen Tropfen Humor gewürzt war, auf dessen Verständnis meiner Art und Kunst verzichtete ich von vornherein.

*

Die zweite Hälfte des März hatte greuliche Regen- und Hagelstürme gebracht, so daß wir endlich froh waren, die unwirtlich gewordene Stadt verlassen zu können. Ein Vetturin war gedungen worden, der uns für zehn Scudi die Person und die mancia nach Neapel bringen sollte. Zwölf Paul hatte der Paß gekostet, aber der babbo zu Hause hatte gesorgt, daß wir nicht als Landstreicher, sondern als Signori unsere Reise antreten sollten. Zum Schlusse erlebten wir noch am 29. März das überwältigende Schauspiel der Girandola, des Feuerwerks, das von der Höhe der Engelsburg in märchenhafter Pracht gegen den schwarzen Sternenhimmel emporflammte, während Tausende von Lampen die erhabenen Umrisse der Peterskuppel und alle Säulen und Architrave ihrer Fassade mit Perlenschnüren einsäumten.

Noch eine Menge Abschiedsbesuche, bei den Kapitolinern Welcker, Henzen und Brunn, den lieben Obermeiers, meinem Lebensretter Dr. Alertz, und am Abend des 30. ein Fest im Künstlerverein, wo fünfundneunzig efeubekränzte Kollegen Riedels fünfundzwanzigjähriges Romjubiläum feierten (Anrede der Roma an ihn, Lorbeerkranz mit silbernen Früchten und silbernem Ring, Festgesang und Überreichung eines Diploms mit einer Zeichnung, wie Riedel die Sonne bestiehlt) – und unser letzter Tag in Rom war zu Ende gegangen.

Am andern Morgen holte uns der Vetturin aus unseren Häusern ab, und um acht Uhr fuhren wir in weicher Regenluft dem Lateran vorbei gen Süden.

Vier volle Tage brauchte man damals zu der Fahrt, die heute in einem einzigen zurückgelegt wird. Man gewann dabei aber eine Kenntnis jenes merkwürdigen Gebietes zwischen Rom und Neapel, wie man sie im Vorübersausen auf der Eisenbahn nicht erlangen kann. Über Albano lief die Straße zunächst bis Velletri, von da am zweiten Tage, immer das reizende Kap Circello im blauen Duft vor Augen, bis Terracina. Wie schauerlich »romantisch« war's, langsam durch die Pontinischen Sümpfe zu fahren, immer bedacht, die Augen offen zu halten wegen der Warnung vor der Malaria, die jeden Schläfer befalle, zum Teil auch, um gleich auf dem qui vive zu sein, wenn Fra Diavolos Spießgesellen aus der macchia sprängen und uns ihr faccia in terra! zubrüllten. Fieber und Banditen ließen uns ungeschoren, nur an der Rechnung am andern Morgen erkannten wir, daß die räuberischen Traditionen dieser klassischen Brigantengegend noch im stillen forterbten. Aber was man in dem malerischen Neste zu sehen bekam, war's schon wert, als unsichtbarer Posten auf der Nota mitzufigurieren. »Spaziergang den Felsen hinauf zwischen Fichi d'India, Palmen und schönen Ölbäumen. Der Weg biegt vor der Stadt rechts ab, steil hinauf, an Hütten vorbei, in denen Steinmetzfamilien hausen. Auf der Höhe wächst Stadt und Kloster sehr stattlich empor. Ein Schwarm bildschöner Jungen in Lumpen geleitet uns rechts die steinige Straße hinauf nach Kastell S. Angelo. Stadt und Hafen, das Meer, links das Gebirge, rechts Kap Circello und die schwarzen Wasser der Sümpfe. Meer und Luft von heiterer Bläue. Die Ruinen nicht bedeutend, eine verfallene Kapelle mit verblichenen Fresken. An der Spitze des Knabenschwarms ein stolzer Junge, der die andern anfuhr wie der Wolf eine Schafherde. Dann zurück, dem Kloster vorbei durch engste Straßen, wunderschöne Männer, Frauen mit Locken an den Seiten, die Haare schön geflochten. Alles bettelt. Eine Art Markt im Durchgang neben der Kirche, zu der eine Freitreppe aufsteigt, mit schlankem Campanile. Drinnen nichts von Belang. Hinab an die Küste, wo eine Schöne, namens Silvia, sich nicht dazu versteht, gezeichnet zu werden, während eine Horde Fischerbuben die halben Bajoccos, die ins Meer geworfen werden, um die Wette tauchend herausfischt.

»Dann am Abend die ganze Felswand dem Wirtshaus gegenüber von Millionen Leuchtkäfern überflimmert und der herrlichste Glanz des Firmaments.«

Der geneigte Leser fürchte aber nicht, daß ich ihn mit ähnlichen Auszügen aus meinem Tagebuch bis nach Neapel hinhalten werde. Nur der Versuchung konnte ich nicht widerstehen, in einer Probe zu zeigen, was das heutige atemlose Hindurchjagen durch die merkwürdigsten südlichen Gegenden dem Reisenden an wundersamen Eindrücken vorenthält.

Und so brachte uns der 2. April über Fondi, Itri, Molo di Gaeta nach Sant' Agata. Ein biederer irischer Brauer aus Belfast, der sich zur Ruhe gesetzt hatte - den Namen dieses Ehrenmannes, John Porter, will ich nicht verschweigen, da er eine so erfreuliche Ausnahme von der unholden Manier der meisten seiner reisenden Landsleute machte - dieser Treffliche hatte mich und Ribbeck in Affektion genommen und sorgte bei jeder Gelegenheit wie ein alter Onkel für unser Wohl. So war er, da die Straße bergauf ging, drei Miglien vor Sant' Agata ausgestiegen und hastig vorangestiefelt. Als wir dann unser Nachtquartier erreichten, begrüßte er uns mit stolzem Augenzwinkern vor dem Gasthause und vertraute uns, daß er das beste, einzig gute Zimmer für uns in Beschlag genommen habe.

Am nächsten Tage erreichten wir zu Mittag Capua, fuhren durch Atella durch, wo mein philologischer Freund, der einmal seine berühmte Geschichte der lateinischen Dichtung schreiben sollte, auf den Straßen nach Gesichtern spähte, die an die Masken der alten, Atellanen genannten Possenspiele erinnerten, und langten gegen Ave Maria in Neapel an.

*

Acht Tage hatten wir dazu bestimmt, »das Leben zu schlürfen an Parthenopes üppigem Busen«, nachdem wir »den Tod gelernt über den Trümmern der Welt«, wie A. W. Schlegel sich ausdrückt. Seltsam genug, daß wir lebensfrohen, jungen Leute einige Mühe hatten, nachdem wir den römischen Tod liebgewonnen, uns mit dem parthenopeischen Leben zu befreunden.

Wir waren nicht übel untergebracht im vierten Stock einer Maison garnie, wo wir die herrlichste Aussicht auf das Meer und zum Vesuv hinüber hatten. Auch war, trotz der heftigen Frühlingswinde, das Wetter leidlich genug, um von früh bis spät zu Fuß, zu Wagen und in der Barke alle berühmten Stätten: Posilipp, Grab des Vergil, Kastell S. Elmo, San Martino, Camaldoli zu besuchen, zuletzt auch noch eine schöne Meerfahrt an der Küste von Bajä zu unternehmen. Aller Zauber des Himmels und der Erde konnte uns aber unser Rom nicht vergessen machen, das hinter uns lag wie ein geheimnisvolles, mit wundersamen Bildern geschmücktes Buch, in dem wir nur erst geblättert, nur erst das Inhaltsverzeichnis studiert hatten, so daß uns eine unendliche Sehnsucht nachging, in den unerschöpflichen Text tiefer einzudringen.

Von antiken oder bedeutenden Bauwerken des Cinquecento war hier unten nichts zu finden, die Kirchen innen und außen in schlechtem Geschmack oder wie San Martino mit übermäßigem Prunk ausgestattet. Das Museo Borbonico bewahrte zwar die wundervollsten antiken Bronzen, aber mit dem überwältigenden Eindruck des Braccio Nuovo im Vatikan war nichts zu vergleichen, so wenig die Gemäldesammlung im oberen Stock, der es doch auch an Meisterwerken nicht fehlte, sich neben der Galerie Borghese oder gar den Stanzen Raffaels und der Sixtinischen Kapelle sehen lassen konnte.

Nach und nach fanden wir uns darein, hier auf große Kunstgenüsse zu verzichten und vor allem »das Leben zu schlürfen«. Das wogte, lachte und lärmte nun freilich wilder und farbiger hier unten, als selbst im Korso Roms an den Tagen des Karnevals, und zumal in der breiten Straße, die vom Postgebäude unten am Hafen ins Herz der Stadt hineinläuft, konnte man sich stundenlang am Volksgewühl ergötzen, das sich um die offenen Garküchen und Weinbuden drängte und für wenige Gran seinen Hunger an Meerfrüchten stillte, die eben aus der siedenden Ölpfanne gefischt oder auf runde Maisfladen gelegt und gebacken wurden. Dazwischen flimmerten die ewigen Lämpchen vor den Madonnenbildern in den offenstehenden Häusern, Karren mit Orangen, lustig mit grünen Zweigen herausgeputzt, wanden sich langsam durch das Gewühl, hier und da saß eine Geldwechslerin an einem niederen Tische, auf dem die kupfernen Tornesi in großen Säcken aufgepflanzt standen, oder ein Weib, in Lumpen gekleidet, kauerte auf einem Strohstühlchen und bot mit der mageren, schmutzigen Hand ein kleines Bündel Kerzen oder ein paar Früchte zum Verkauf.

Hatte man sich endlich an diesem ewig gleichen und ewig wechselnden Schauspiel satt gesehen, so ging man in das unfern gelegene Theater San Carlino - das große San Carlo hatte Ferien - um in einer übermütigen Posse im Dialekt seine Studien des neapolitanischen Volkscharakters forzusetzen.

Vom italienischen Theater hatten wir in Rom nur wenig charakteristische Eindrücke empfangen. Mein Tagebuch verzeichnet nur eine Aufführung zweier Komödien im Teatro Valle, La bella e la bestia und L'anello della madre, letztere besonders Kotzebuisch, beide sehr gut gespielt.

Außerdem ist mir noch eine wunderschöne Tänzerin Fuoco lebhaft in der Erinnerung geblieben, deren leidenschaftlicher Tanz ganz ihrem Namen entsprach. Eine Operngesellschaft scheint in jenem Winter in Rom nicht aufgetreten zu sein.

Desto glänzender erschien das mimische Talent, das den Italienern im Gegensatz zu uns Nordländern angeboren ist, in diesen Volkskomödien, die uns manchen Abend nach San Carlino lockten. So wenig wir wegen des Dialekts vom Dialog verstanden, so hoch ergötzten wir uns an der unwiderstehlichen Komik der Gebärden, die uns den Gang der Handlung vollkommen verständlich machten. Die alte Tradition der Commedia dell' arte mit ihrer Improvisation auf Grundlage eines bloßen Szenars war hier noch lebendig, und das sprühende Temperament der Schauspieler hielt das ganze hohe und niedere Publikum unablässig im Bann eines wahrhaft elementaren Entzückens.

Selbst unser treuer irischer Reisegefährte, der sich unzertrennlich an unserer Seite hielt, fand an Pulcinella Vergnügen. Im übrigen hatte er mehr die Gabe, uns zu ergötzen, als sich selbst. Sein sonderbares französisches Radebrechen - er verstand nicht ein Wort Italienisch - brachte ihn oft genug in Verlegenheiten, ohne daß er darüber verlegen wurde. Den Doganieri in Fondi, die ihm andeuteten, er möge sich mit der üblichen Geldspende von der Durchsuchung seines Gepäcks loskaufen, erklärte er trotzig: Pas du tü! Vüs êtes tüs des voleurs, oui! (Er sprach das ou stets wie u.) Doch kam er damit durch. È malsano questo Signore, erklärte der Grenzwächter achselzuckend; non capisce l'italiano. - Auf der Fahrt an der Küste von Bajä geriet er, da die Schiffer sich nicht an das halten wollten, was wir ausbedungen hatten, in Wut und rief: Vüs êtes un farceur, oui! Um ein Haar wäre es zwischen ihm und dem beleidigten Barcarolen, der etwas von falsario gehört zu haben glaubte, zu einem Faustkampf in unserem schwanken Boot gekommen. Es gelang aber, die feindlichen Mächte zu versöhnen, nur verlangte Mister John Porter schleunigst ans Land gesetzt zu werden. Er liebte überhaupt Meerfahrten nicht. C'est trop *monotone*, oui!

Wir nahmen ihn dann auch nicht nach Pompeji mit, da wir fürchteten, er werde auch dort wenig nach seinem Geschmack und alles trop monotone finden. Uns selbst aber, zumal die glorreichste Frühlingssonne in die Gassen der auferstandenen Stadt hereinsah, waren dort einige Stunden so märchenhaften Zurückträumens in eine entschwundene Welt vergönnt, wie wir sie selbst in unserm geliebten Rom, zwischen Kaiserpalästen und Thermen nicht erlebt hatten.

*

Nach acht Tagen nahmen wir Abschied von Neapel und unserm biederen irischen Freunde und fuhren in einem leichten Wägelchen an der lachenden Küste zu Füßen des Vesuvs nach Sorrent.

Was ich hier in der Rosa magra, »jener billigen, bescheidnen Künstlerherberg alten Stiles« durch vier unvergeßlich schöne Frühlingswochen erlebt habe, mag, wer daran Interesse hat, in den »Idyllen von Sorrent« nachlesen, die in ihrem Distichengeplauder ein wahrheitsgetreues Tagebuch jener Zeit enthalten.

Ich zumal genoß alles Schöne, Heitere und Seltsame des Sorrentiner Frühlings um so mehr con amore, da erst hier die letzten Nachwehen der römischen Fieberwoche mich verließen. Auch hatten wir uns bisher noch nie so tief in italienisches Volksleben eingelassen, wie in diesem Hause, wo kein deutscher Laut vier Wochen lang an unser Ohr drang und wir von den elf Geschwistern, die von vierzehn noch am Leben waren, nur allzu bereitwillig in die Lehre genommen wurden, da wir bei jeder Mahlzeit wenigstens drei oder vier Zuschauer hatten[14] .

Daß hinter dieser zudringlichen Neugier doch auch ein herzlicheres Gefühl verborgen war, sollte ich fünfzehn Jahre später erkennen, als ich mit meiner Frau wieder nach Sorrent kam, Luisa, die älteste der Familie, als Mutter einer erwachsenen Tochter und meinen damaligen Aufenthalt so unvergessen fand, wie ich es in einer Epistel an *Scheffel* mit einiger Rührung berichtet habe.

Dieser Altersgenosse war mir zuerst im vorigen November in Rom begegnet, und durch unsere gemeinsame Freundschaft mit Friedrich Eggers, der die Gabe besaß, kunstbeflissene junge Leute (seine »Leibschwaben«) an sich zu fesseln, waren wir bald einander näher gekommen.

Als ich ihm jetzt in Capri wieder begegnete, stand er noch am Scheidewege zwischen der Malerei, die seine erste Liebe gewesen war, und der Poesie. Doch hatte sich während der einsamen Monate, die er auf dem Eiland der Sirene verbracht, die Schale stark auf die Seite der letzteren gesenkt. Der »Trompeter von Säckingen« war entstanden, indem er auf dem flachen Dache der Herberge Paganos

---

[14] In dieser Umgebung empfing ich auch die erste Anregung zu meinen späteren Forschungen im Bereich der italienischen Volkspoesie. Die Töchter der Rosa magra wußten eine Menge von damals beliebten Canzonen, die nicht im eigentlichen Sinne dem Volksmund selbst entsprungen, sondern von bekannten volkstümlichen Dichtern in der neapolitanischen Mundart gedichtet und von »gelernten« Musikern komponiert worden waren. Viele von ihnen fand ich später in Sammlungen wieder, die unter dem Titel Pascariello und L'aura di Mergellina in Neapel erschienen waren. Hier aber, unter lustigem Schwatzen von den hellen Mädchenstimmen gesungen, entzückten sie mich höchlich, ich behielt die munteren Melodien und legte einer oder der anderen von ihnen deutsche Texte unter. So entstand unter anderem das seitdem auch von deutschen Musikern oft komponierte: »Sei gegrüßt, du mein schönes Sorrent!« auf die Melodie von Sto crescenno no bello cardillo, und aus diesen Sorrentiner Anfängen ist später mein »Italienisches Liederbuch« hervorgegangen.

»unbarmherzig dichtend« auf und nieder schritt, mitten unter allem südlichen Zauber von Land und Meer ein Schwarzwaldlied voll von deutscher Minne und Humor »Aus dem Engern«. Wir beschlossen, in Sorrent eine »Akademie« zu gründen, in der aus Leibeskräften gezeichnet, gedichtet, philosophiert werden sollte. Das dritte Mitglied dieses würdigen Instituts ließ uns aber im Stich. Otto Ribbeck mußte nach Rom zurück seiner Arbeiten wegen, dann kam Scheffel in meine Rosa magra zu mir herüber, und wir blieben vierzehn Tage in heiterer Kameradschaft beisammen. Abend für Abend las er mir ein Kapitel seines »Sangs vom Oberrhein« und ich ein Stück meines »Perseus«. Ich ergötzte mich sehr an Fludribus, dem Zwerg Perkeo und dem Kater Hiddigeigei, mehr als an der Liebesgeschichte, die mir etwas düsseldorfisch-romantisch schien, und ahnte nicht von fern den ungeheuren Erfolg, den dieser Erstling des Freundes gewinnen sollte. Ja ich fand es immerhin verwegen, darauf eine Poetenzukunft zu gründen.

Um so freudiger habe ich dann den herrlichen Ekkehard begrüßt und begriffen, daß die deutsche Jugend, zumal die trinkbare, das »Gaudeamus« mit heller Begeisterung aufnahm.

Wir machten noch zusammen einen fröhlichen Ausflug nach Pästum, bei dem uns eine Empfehlung Don Paganos an den Wirt der Cappuccini in Amalfi und die Padrona della Locanda del Sole in Salern sehr zustatten kam. Der Tag aber, der uns nach Pästum brachte, leuchtet noch heute in meiner Erinnerung nach als einer der seltenen, an denen kein Erdenrest den Flug in die Regionen des Erhabenen behindert hat.

Bei der Rückkehr in unsere Rosa magra fand der Freund einen Brief seiner Eltern vor mit der Nachricht, daß die Verlobung seiner schönen, sehr geliebten Schwester gelöst und sie infolge davon in eine schwere Krankheit verfallen sei.

Am nächsten Tage reiste der Bruder ab, um den Seinigen in dieser schweren Zeit nahe zu sein. Ich selbst blieb noch fünf Tage einsam zurück, um einer Arbeit willen, die mir auf der Fahrt über Amalfi nach Salern im Kopfe herangereift war.

Gleich in den ersten Sorrentiner Tagen hatte ich mich an ein wunderliches Lustspiel gemacht, zu dem ich den Plan fertig von Rom mitgebracht hatte, eine Episode aus dem Leben Samuel Footes

(1719 in Cornwallis geboren), des originellen, dicken, witzigen Schauspielers und Theaterdichters, der durch einen Sturz mit dem Pferde ein Bein verloren hatte, aber mit seinem Stelzfuß in burlesken Rollen, zumal in Weiberröcken, große Erfolge hatte. In dem englischen Reisebuch des Peter Helferich Sturz hatte ich die Anekdote gelesen, wie er, um einem Freunde zu einer reichen, abergläubischen Frau zu helfen, den Wahrsager gespielt, so erfolgreich, daß er zur Belohnung von dem glücklichen Ehemann eine Leibrente erhielt, die ihm aus seiner beständigen Geldnot heraushalf. Was mich bewegen konnte, dieses dürftige Schwankmotiv zu bearbeiten, noch dazu in unserm Sorrentiner Paradiese, ist mir heute noch rätselhaft. Auch war das Ergebnis so armselig, daß, als ich das Stück später meinen lieben Kuglers vorlas, niemand sich daran belustigte, ja überhaupt, nachdem ich geendet hatte, kein Wort der Kritik laut wurde, so daß ich die Blätter, gleichfalls ohne ein Wort zu sagen, sofort in den Ofen steckte.

Mit allerlei Lyrik, die in das Schreibheft des alten Justinus eingetragen wurde, war mir's besser geglückt. Nun, in der tiefen Einsamkeit, brachte ich auch die Novelle der Arrabbiata zustande, zu der ich ausgiebige Studien nach dem lebenden Modell gemacht hatte. Es war ein kaum siebzehnjähriges, blutarmes Ding, das mir dazu – *saß*, kann ich nicht sagen, da der Wildfang in beständiger, heftiger Bewegung war und daher von den Geschwistern in der Rosa magra jenen Spitznamen erhalten hatte; von Schönheit war in ihrem leidenschaftlichen, jungen Gesicht nichts anderes zu entdecken als die feurigen Augen, die wundersam blitzten, wenn die Kleine mittags bei mir eintrat, mir ein paar irgendwo gestohlene Blumen auf den Tisch warf und dann im Zimmer herumsauste, daß ich sie endlich auf den Balkon hinausschaffen und die Glastür hinter ihr zuschließen mußte, durch die sie dann wie eine wilde Katze zu uns hereinfeixte. Sie hatte aber auch ihre stillen, melancholischen Tage, und beim Abschied brach sie in Tränen aus. Nach fünfzehn Jahren, als ich sie wieder sah, war sie eine gesetzte, gleichmütige, etwas korpulente Frau geworden und entsann sich nicht des Unfugs, den sie damals getrieben, während Luisa und ihre Schwester alles in gutem Gedächtnis behalten hatten.

Auch in einigen damals entstandenen Liedern spielt Laurella eine Rolle, gleichsam die Inkarnation wilder südlicher Mädchenjugend.

Und so konnte ich, als ich am 15. Mai mein Bündel schnürte, doch auch ein paar dichterische Früchte mit hineintun, die mir in den Sorrentiner Zaubergärten herangereift waren.

*

An eine Besteigung des Vesuvs hatte ich nicht denken können, so lange Freund Ribbeck bei mir war, da wir ihn der Anstrengung nicht gewachsen glaubten. Als nun auch Scheffel mich verlassen hatte, fühlte ich mich nicht mehr dazu aufgelegt, das Abenteuer allein zu bestehen, sondern ließ den alten Wolkenversammler in Hoffnung eines späteren besseren Glücks hinter mir, zu dem es niemals kommen sollte.

In gleicher Hoffnung, die ebensowenig späterhin sich erfüllt hat, hatte ich auch auf Sizilien verzichtet. Je höher die Sonne stieg, je rascher schmolz mir das Gold im Beutel. Auch stand ich im Dienst der Troubadours, denen ich weder in Palermo noch in Messina und Taormina zu begegnen Aussicht hatte. So fuhr ich am Pfingstmontag früh von Neapel fort, in einem überfüllten Postwagen (ein fetter Prete, ein englisches Ehepaar, ein Kapuziner, drei barmherzige Schwestern) den nun schon bekannten Weg über Capua, Sant' Agata und Molo di Gaeta, diesmal aber rascher als auf der Herfahrt, da wir Terracina schon am Abend des ersten Tages bei Mondschein und Illumination durch Lucciole erreichten. Am Nachmittag des 17. traf ich dann den Onkel und Freund Ribbeck, die mir bis Albano entgegengekommen waren. Wir schlenderten erst durch die schöne Villa Torlonia und die sehr verwilderte des Fürsten Barberini (olim ein Palast Domitians) und fuhren dann die vier Stunden lange Straße durch das Heideland nach Porto d'Anzio, wo Seine Heiligkeit der Papst ein paar Sommermonate zuzubringen pflegte. Auch wir begegneten ihm mit der Guardia nobile und sonstigem Gefolge, wie er im roten Hut und langem weißen Gewande vom alten Hafen herüber sehr rüstig nach seiner Villa schritt.

Infolge dieses hohen Gastbesuchs war für uns niedere Sterbliche kein Unterkommen in Porto d'Anzio zu finden. Wir mußten eine Miglie weiter nach Nettuno wandern, wo uns der alte Gemahl einer dicken Kaffeewirtin in seinem Hause Herberge gab und mir und Otto sein eigenes Ehebett abtrat, während der Onkel mit einem

Lager auf einem Sofa vorlieb nahm. Die Nichte der Padrona, ein feines, schnippisches Ding, sorgte für unsere frugale Cena, während die ihre nur aus rohem Salat ohne Öl und die ihrer Magd aus gekochten Seeschnecken bestand. Um sie zu essen, zog sie eine Nadel aus ihrem sehr unfrisierten Haar und holte damit die einzelnen frutti di mare aus ihren Häuschen. Auch im übrigen war dieses malerische Strandnest von aller modernen Kultur noch unangekränkelt. Auf unsere Frage nach einer gewissen Bequemlichkeit wurde uns achselzuckend, aber wie selbstverständlich erwidert: Si fa in strada.

Nach wohldurchfrorener Nacht wendeten wir den hellen Tag dazu an, Porto d'Anzio in seinem päpstlichen Glanze zu betrachten, und landeten abends wieder in Albano. Onkel fühlte sich matt und ging zu Bette, bestand aber darauf, sich die »Arrabbiata« vorlesen zu lassen.

Am andern Morgen war er vor Tau und Tage plötzlich verschwunden und nach Rom zurückgekehrt. Wir beide schickten unser Gepäck nach Frascati voraus und genossen die nächsten Tage auf einer Leib und Seele erquickenden Wanderung durch Ariccia, Genzano, um den Monte Cavo herum nach Rocca di Papa und Grotta Ferrata, bis wir durch die herrliche Ulmenallee, stets von Nachtigallen begleitet, das reizende Frascati erreichten.

Wer das Bild dieser gesegneten Bergnester in eigener Erinnerung bewahrt, dem wird bei der bloßen Nennung ihrer Namen das Herzblut aufwallen. Wem dies Glück noch nicht zuteil geworden, dem würde die liebevollste Schilderung kaum einen schwachen Begriff von ihrem Zauber zu geben vermögen.

Endlich rissen wir uns los und fuhren am Sonntag mit drei Malern, darunter dem virtuosen Architekturmaler *Werner*, nach Rom zurück.

*

Hier wartete meiner eine hocherfreuliche Überraschung. Jakob Burckhardt war angekommen und hatte mich sogleich aufgesucht. Die achtzehn Tage, die mir noch für Rom übrigblieben, wurden mir durch seine Gesellschaft unendlich wertvoll, da er täglich entweder schon früh oder bald nach Tische sich in unserer Wohnung einfand, mich zu einem Rundgang abzuholen. Wer aus seinem »Cicerone« Anregung und Belehrung in Fülle geschöpft hat, wird ermessen, wie unschätzbar es für mich war, an der leibhaftigen Hand eines solchen Führers alles, was ich von Roms Denkmälern und Kunstwerken schon zu kennen glaubte, nun erst noch einmal aus dem Grunde mir anzueignen und auf so vieles hingewiesen zu werden, was meiner Kenntnis entgangen war. Mein Tagebuch verzeichnete ausführlich, wie wenn ich zu einem kunstwissenschaftlichen Werk Notizen hätte machen wollen, den Gewinn eines jeden Tages.

Daß ich über diesen Studien mit dem Freunde die alten römischen Bekannten nicht ganz vernachlässigte, die Archäologen auf dem Kapitol, die Maler, vor allen Böcklin und den »Tugendbund«, Reinthaler, Riepenhausen, Gregorovius - die lieben Obermeiers hatten Rom verlassen - versteht sich von selbst. Auch von Frau *Livia Frege*, deren ich noch nicht erwähnt habe, verabschiedete ich mich. Sie war bekanntlich die Gattin eines Leipziger Bankiers und durch ihren schönen Gesang in ein freundschaftliches Verhältnis mit Felix Mendelssohn gekommen, dem sie seine Lieder frisch vom Blatte weg, auf dem die Tinte kaum trocken geworden war, vorzusingen pflegte. In ihrem Hause war ich im November des vorigen Jahres dem damaligen Erbgroßherzog *Karl Alexander* von Sachsen-Weimar vorgestellt worden, dem ich dann in den langen Jahrzehnten seit jener Zeit für ein stets sich gleichbleibendes, immer neu bewiesenes Wohlwollen mich herzlich verpflichtet fühlen sollte. Nun rüstete sich auch diese liebenswürdige Frau zur Heimkehr, mit allen, die sich nicht malariafest fühlten, oder nicht durch höhere Pflichten gebunden waren, in Rom zu übersommern, was trotz alledem auch uns gereizt haben würde.

Zuletzt verabschiedete ich mich noch von Graf Usedom, der mir mitteilte, er habe die Akten über meine Ausweisung aus dem Vatikan nach Berlin geschickt, es sei a good grievance, mein Fall werde hoffentlich dazu dienen, daß denen, die nach mir kämen, keine ähnliche Unbill zugefügt würde. Ein Trost, mit dem ja auch das gesamte Menschengeschlecht abgefunden wird, dessen üble Erfahrungen den folgenden Generationen zugute kommen sollen.

*

Am regnerischen Morgen des 9. Juni fuhren wir, Ribbeck und ich, in ziemlich trübseliger Abschiedsstimmung aus unserm geliebten Rom gen Norden und erreichten am Abend des ersten Tages Civita Castellana, am Mittag des folgenden Terni, wo uns ein Eselritt zu den berühmten Wasserfällen brachte. Abends blieben wir in Spoleto, dann ging's weiter über Foligno, Assisi, Perugia, Arezzo, bis wir am 16. Florenz erreichten.

Daß der Zögling Burckhardts allem, was auf diesem verschwenderisch von allen Künsten geschmückten Wege sich darbietet, begierig nachging, wird man ihm aufs Wort glauben. Statt kunstgeschichtlicher Exkurse aber, dic nur für Eingeweihtere Interesse hätten, sei hier nur der angenehmen Reisegesellschaft gedacht, die bis Foligno den Wagen mit uns teilte: die Frau eines Letterato aus Perugia mit ihrer Schwester, deren Bekanntschaft uns zuerst einen Begriff von dem sogenannten gebildeten Mittelstande in Italien gab, da wir bisher nur von den niederen Klassen und ich durch Onkels fürstliche Schülerinnen von dem Zuschnitt der höheren Stände eine Ahnung erhalten hatten.

An diesen beiden gutbürgerlichen Damen zog uns die natürliche Lebhaftigkeit und Abwesenheit jeder konventionellen Prüderie aufs angenehmste an. In der ersten Viertelstunde wurden wir ins Verhör genommen, ob wir keine Liebsten in Rom zurückgelassen hätten, und da ich mich als ehrbaren Bräutigam eines deutschen Mädchens vorstellte, wollte man dies als ein vollgültiges Zeugnis für meine Tugend nicht gelten lassen und bezeigte starken Zweifel, daß es zwischen mir und der Mariuccia in Sorrent nur zu einem platonischen Verhältnis gekommen sein sollte. Die Rede kam dann auf Volkslieder, ich gab die neapolitanischen zum besten, die ich der Luisa verdankte, und die Damen allerlei etwas leichtfertige Kanzonetten aus ihrer Gegend, deren versteckte Zweideutigkeiten sie uns zu erklären schuldig zu sein glaubten. Alles aber blieb auf dem Fuß einer mutwilligen Plauderei, und da wir auch sonst schon Proben davon erhalten hatten, wie ländlich sittlich die Begriffe von dem, »was sich ziemt«, bei italienischen »edlen Frauen« von unseren deutschen verschieden sind, verloren unsere Reisegefährtinnen durch ihre Schelmenliedchen nichts an unserer Hochachtung.

*

Die fünf Sommerwochen, die wir dann in Florenz verlebten, waren die gleichmäßig freuden- und arbeitsreichsten des ganzen Reisejahrs.

In keiner der großen italienischen Städte hat sich die neue Zeit mit der mittelalterlichen so glücklich verschmolzen, daß alles wie aus einem Gusse erscheint. Auch heute noch, wo in Rom durch die plumpen hastigen Neubauten zwischen den antiken Trümmern und den Palästen der Renaissance das Stadtbild sich immer unharmonischer darstellt, liegt die reizende Blütenstadt in ihr heiteres Tal eingebettet, wie wenn sie dem schöpferischen Geist eines einzigen Baumeisters entsprungen wäre. Keine Wohnkasernen beleidigen, wie in den Mauern Roms, das Auge, das zu den Hügeln von San Miniato und nach dem luftig thronenden Fiesole emporschweift, und der moderne Viale dei Colli, der vor fünfzig Jahren noch zu keiner Piazza di Michelangelo hinaufführte, hat sich so wenig durch ehrwürdige charakteristische Stätten Bahn machen müssen, daß einem ist, als hätte er nie in dem Gesamtbilde der Stadt und ihrer Umgebungen fehlen können.

Manches kam noch hinzu, unser Florentiner Dasein uns sofort heimisch und behaglich zu machen.

Wir hatten gleich am ersten Tage eine uns völlig zusagende Wohnung in der Via del Cocomero gefunden, bei einer freundlichen Dame, der ich in der Novelle »Erkenne dich selbst« ein pietätvolles Denkmälchen gesetzt habe. Auch später zog ich auf meinen südlichen Fahrten ein Quartier bei guten Privatleuten den Gasthöfen vor, da sich dann bald das Gefühl, zu Hause zu sein, einstellte und Blicke in das Innere des bürgerlichen Wesens sich tun ließen, zu denen der Verkehr mit Kellnern und Portiers keine Gelegenheit gibt.

Bei unserer guten Donna Eugenia, die ein kontemplatives Leben auf ihrer Poltrona führte und Verse machte, hatten wir zu Zimmernachbarn ein junges Freundespaar aus Venedig, Maler, die ihren Studien in den Uffizien und der Akademie nachgingen und uns durch die Anmut ihrer Erscheinung sofort anzogen. Dieser Eindruck verstärkte sich noch, als wir dahinterkamen, daß der jüngere, zartere und kleinere der beiden eine Frau oder ein Mädchen war, das in Männerkleidern ihren Gatten oder Geliebten nach Florenz begleitet hatte. Das durchsichtige Geheimnis wurde jedoch von allen Seiten respektiert und gab unserm Verkehr nur einen romantischen Reiz, dem - wie jene Novelle andeutet - auch die dichtende Hauswirtin nicht widerstehen konnte.

Daß wir im übrigen hier durchaus keine Bekannten hatten, sondern auf uns allein angewiesen waren, empfanden wir nach dem zerstreuenden Verkehr in Rom als eine besondere Wohltat. Nicht minder auch die regelmäßige Arbeit, mit der wir beide durch ein paar fleißige Vormittagsstunden das Glück erkauften, so Herrliches an Kunst und Natur zu genießen. Ein Reiseleben ohne einen solchen Pflichtteil, den man seiner ernsten Lebensaufgabe bezahlt, wird auf die Länge so schwer zu ertragen, wie jede »Reihe von schönen Tagen«, in denen kein Wechsel von Arbeit und Genuß für das Gleichgewicht unseres Geistes und Gemütes sorgt. So war ich stets darauf bedacht, unterwegs eine leichte Arbeit mit mir zu führen, die mich wenigstens eine Morgenstunde lang in Atem hielt, und wäre es nur die halbmechanische Beschäftigung mit einer Übersetzung. (Habe ich doch sogar auf der Hochzeitsreise im Sommer 1867 Shakespeares »Timon« zustande gebracht, immer des fröhlichen Gegensatzes mir bewußt, den die Tragik dieses Lebens- und Menschenverächters zu meinem reinen Glücksgefühl bildete.)

Damals, vierzehn Jahre früher, war mein Tagewerk noch besonders darum ersprießlich, weil ich damit der Verpflichtung gegen diejenigen genügte, die von meiner Wanderung durch die Bibliotheken Italiens die Erweiterung unserer Kenntnis der romanischen Literaturen erwarteten. Ich fand hier im wohltuenden Gegensatz zu der üblen Behandlung im Vatikan überall das freundlichste Entgegenkommen und mancherlei Ausbeute auf nicht weniger als vier an Handschriften reichen Bibliotheken, der Riccardiana, Magliabecchiana, Maruccelliana und Laurenziana. Die Schätze der letzteren, die mich am längsten fesselten, waren offen ausgebreitet in dem weiten, von keinem geringeren als Michelangelo architektonisch ausgestatteten Saal, wo jeder Kodex an seinem bestimmten Platz auf den schöngeschnitzten Pulten angekettet liegt, bis der Kustode ihn von der Kette befreit und im Arbeitssaal dem, der ihn studieren will, einhändigt.

Wir arbeiteten freilich im Schweiß unsres Angesichts, denn die Glut dieses Hochsommers wuchs von Tag zu Tag. Doch war's eine reine, trockene Hitze ohne den lähmenden Sciroccohauch, der über der römischen Campagna zu brüten pflegt. Dazu gab es überall Granita und Sorbetti, in den Kirchen und Galerien erhielt sich eine sanfte Kühle, und auf des Tages Last und Hitze folgte die wundervolle reichgestirnte Nacht.

In den Stunden der Siesta freilich war's wohlgetan, das Haus nicht zu verlassen. Wir lasen dann zusammen Terenz oder die übermütigen Geschichtchen der alten Florentiner Novellisten Boccaccio und Sacchetti, dazwischen die ernsthafteren Istorie fiorentine des Machiavelli, die uns noch bis Venedig begleiteten. Ja so wenig hatte die tropische Temperatur Macht über Leib und Seele des dreiundzwanzigjährigen fahrenden Schülers, daß ich eine freche kleine mythologische Farce in Jamben verfaßte, zu der mich die Freske der Caracci vom Polyphem und der schönen Meernymphe Galatea im Palast Farnese angeregt hatte.

Meine alte Leidenschaft für das Drama erhielt aber noch eine ganz andere, viel bedeutendere Nahrung. Im Teatro Cocomero spielte die Ristori, damals in der herrlichsten Blüte ihrer jungen Schönheit und schon ausgereiften Kunst. Neben geringeren Stücken, in denen ich sie bewunderte, sah ich sie in der »Francesca von Rimini« Silvio Pellicos. Der junge Rossi spielte den Paolo. So wenig das Stück mit seiner konventionellen, weichen Rhetorik mir genügte, zumal die Gestalten mir in meiner eigenen Jugendsünde so ganz anders aufgegangen waren, so hinreißend wußte die große Künstlerin durch ihre leidenschaftliche Rezitation und den Adel ihrer Gebärden die Figur zu beleben, so daß ich dem wunderbaren tragischen Duett bis zum Ende des dritten Akts mit wonnevollem Herzklopfen folgte. Von da an freilich konnte selbst diese Francesca den Eindruck nicht auf der gleichen Höhe halten und die schwachen letzten Akte retten. Alles in allem aber war es eine der höchsten dramatischen Offenbarungen, die mir je zuteil geworden waren.

Auch Donizettis Maria de Rohan im Teatro Nuovo war ein denkwürdiges Erlebnis durch die begeisterte Stimmung des Publikums, das wir in solchem Taumel noch nicht beobachtet hatten, und die vollkommene Gesangskunst, die eine uns wenig sympathische Musik mit so echter, feuriger Empfindung zu beseelen wußte.

Wir hatten den Florentinern so viel Temperament nicht zugetraut, da sie uns bei allen Anlässen als völlig gelassen, feingeartet und wohlerzogen erschienen waren. Auch bei öffentlichen Festen war man vor allen Ausbrüchen zügelloser Lustigkeit oder gar weinseliger Frechheit sicher, wie sie in Neapel uns so oft begegnet waren. So verhielt sich die ungeheure Menschenmenge, die am Vorabend des höchsten florentinischen Festtages, San Giovanni gewidmet, an dem Feuerwerk sich ergötzte, das über dem Arno abgebrannt wurde, so still und gesittet, daß die Freudenlaute eines jungen Mädchens, das jedes Herniederrieseln schöner Feuerkugeln mit dem entzückten Ausruf: Ohi! Ohi! ciliege! ciliege! (Kirschen! Kirschen!) begrüßte, im weiten Kreise von den Umstehenden belacht wurden.

Am andern Tage sahen wir dieselbe Volksmenge lautlos in und vor dem Dom geschart, wo der Großherzog und die Großherzogin von Toscana dem Hochamt beiwohnten, unter einem prunkvollen Baldachin links vom Altar, »die Großherzogin alt, mit schönen neuen Zähnen und einem Brillantdiadem, der Großherzog weißgrau, mürrisch, mit welken, verschwommenen Zügen«. Er hatte seine Toscaner milder und freundlicher regiert als irgendeiner seiner Nachbarfürsten auf italienischen Thronen und Thrönchen, freilich mit Hilfe der verhaßten Tedeschi, die ich an jenem Feiertage in Reih' und Glied, Eichenblätter an den Tschakos, vor dem Portal des Domes aufgepflanzt sah. Selbst der unerbittliche Giusti, der in seinem »Fürstenkongreß« von ihm gesagt hatte:

> Da kommt auch König Morpheus sachte, sachte,
> Den Kranz von Mohn und Lattich um den Scheitel –

hatte nicht umhin gekonnt, ihm in einem späteren Gedicht eine Art Ehrenzeugnis für seinen guten Willen auszustellen. Trotzdem dauerte es nur wenige Jahre, und der Sturmwind der Begeisterung, der das junge Italien durchbrauste und alle Schlagbäume der kleinen Fürstentümer niederriß, hatte auch dem guten Granduca die Krone vom Haupt gerissen.

*

Am stürmischen Abend des 21. Juli verließen wir Florenz und fuhren, während der Mond nach und nach den Himmel klärte, die Nacht durch über den Apennin bis Bologna, wo wir morgens um acht Uhr eintrafen.

Auch hier hielten uns Bibliothekspflichten ein paar Tage fest. Ribbeck lag es neben seinen Vergilkollationen ob, sich um die Inschriftenkunde verdient zu machen, da er die wichtigsten noch unedierten, von denen ihm eine Liste mitgegeben worden war, mit angefeuchteten großen Blättern eines starken Löschpapiers abzuklatschen und, sobald sie getrocknet waren, abzulösen hatte. Von solchen genau abgedrückten authentischen »Klatschen«, wie wir sie nannten, führten wir eine ansehnliche Zahl in einem Blechtubus unter unserm Gepäck mit uns, zum argwöhnischen Erstaunen der Doganieri an jeder Grenze. Eine frühere Kollektion war schon von Rom aus heimgeschickt worden.

Dies alles jedoch ist für jeden nichtphilologischen Leser sehr gleichgültig; ich will denn auch die ferneren Etappen unserer Forschungsreise, Modena, Reggio, Parma, Mantua, nur mit ihren Namen anführen, auch von meinem besonders geliebten Verona, wo wir uns volle acht Tage aufhielten, nur im Fluge erwähnen, daß wir in dem antiken Amphitheater, dem besterhaltenen aus der spätrömischen Zeit, an mehreren Abenden moderne Komödien spielen sahen, einmal sogar eine Tragödie Alfieris, den »Oreste«, in einer Aufführung, die einen parodistischen Anstrich hatte. Klytämnestra war eine weinerliche alte Mama, Aegisth ein grotesker Birbante, Elektra eine verbitterte alte Jungfer, Orest nicht übel, bis auf sein beständiges Schreien, Pylades sich gebärdend wie ein kompletter Narr. Sogar die Schauspieler empfanden das Unzulängliche ihrer Leistungen und spielten, sich selbst ironisierend, das Stück, das jedenfalls besser war als die Aufführung, mit schlechtverhaltenem Lachen zu Ende. Von alledem merkte das Publikum, das unten in der Arena um das rohgezimmerte Bühnenhäuschen geschart saß, nicht das mindeste. Die Gewalt des alten Stoffes bemächtigte sich dieser einfachen Gemüter, und sie strömten nach dem Schluß sichtbar ergriffen zu den steinernen Pforten hinaus.

Am Nachmittag des 6. August fuhren wir dann auf der Eisenbahn den schönen Weg an Padua und Vicenza vorüber, die

Euganeen zu unsrer Linken, in der traumhaft aufgeregten Stimmung, die jeden, auch den stumpfsinnigsten Touristen überkommt, der sich zum erstenmal der Märchenstadt an der Adria nähert.

Für den Eindruck, den auch wir empfingen, da wir in der schweigenden Mondnacht in die schwarzen Kanäle einfuhren und bald darauf auf den schimmernden Platz von S. Marco traten, ein neues Wort zu suchen, nachdem Tausende in allen Zungen davon gesungen und gesagt haben, wäre ein törichtes Unterfangen. Nicht allen aber mag es so wie uns ergehen, daß sie sich schon am zweiten Tage unter so fremdartiger Umgebung, wo statt Wagenrollen und Peitschenknall nur das eintönige Stalì und Premì der Gondoliere erklingt und die Paläste statt aus dem festgegründeten Erdboden aus dem Meeresgrunde aufsteigen, dennoch wie zu Hause fühlen. War es die alte Bekanntschaft mit dieser Wunderwelt, die wir von früh an aus unzähligen Büchern und Bildern gewonnen hatten, und die durch die lebendige Wirklichkeit nicht wie die Erwartung der römischen Herrlichkeiten enttäuscht, sondern noch überboten wurde? War's das Trauliche der engen Gassen und Gäßchen, wo man sich nicht wie auf der Straße fühlt, sondern auf dem blanken Steinparkett unter dem wimmelnden Volke mitwandelt, wie in einer großen Gesellschaft, in die man von einem hohen Herrn geladen wäre? Oder heimelte uns die Anmut der schlanken, jungen Weiber an, die unter den dunkeln Tüchern, mit denen sie Kopf und Schultern verhüllten, die Augen verstohlen blitzen ließen und dem Fremdling allerlei holde Dinge versprachen, die sie durchaus nicht immer zu halten geneigt waren?

Mir wenigstens ist es jedesmal, wenn ich wiederkehrte, so zumut gewesen, als gehörte mir diese wundersame Stadt als Ergänzung meiner nordischen Heimat mit so gutem Recht, wie jeder neben seiner wachen Wirklichkeit ein zweites Leben im Traum führt. Alles ist unwahrscheinlicher, glänzender und schwermütiger zugleich, das Lachen leiser, die Erlebnisse schattenhafter, und doch fühlt sich die Brust von allem irdischen Druck entladen, wie ja auch in diesem zweiten Element der Staub nicht mehr lästig wird, während aus dem dumpfen Anschlagen der Lagunenwelle an die Pfahlroste das alte tröstliche Lied klingt:

Acqua del canal

Guarisce d'ogni mal.

(Wasser vom Kanal
Kuriert radikal.)

Uns wurde es damals auch aus dem Grunde leicht gemacht, uns sofort heimisch zu fühlen, da wir eine Wohnung fanden bei einer guten, freundlichen Frau und ihrer schlanken, blutjungen Tochter, echten Venezianerinnen mit der schmiegsamen Grazie ihres Stammes, dem leichten, zwitschernden Geplauder, den Liedchen und Sprichwörtern, deren unerschöpfliche Fülle ihren ganzen Bildungsvorrat ausmacht. Das Haus in der Calle della Cortesia neben der Calle degli Assassini habe ich in der Novelle »Andrea Delfin« ausführlich beschrieben. Auch die Hauswirtin und ihre Tochter Marietta findet man lebensgetreu dort geschildert. Unser traulicher Verkehr mit ihnen war freilich erquicklicher, als jener düstere Gast ihn genießen konnte. Einer meiner liebsten Bonner Universitätsfreunde, Levin *Goldschmidt,* war uns am dritten Tage auf der Straße begegnet und hatte ein Zimmer neben dem unsern bezogen. Nun wurde alles zu dreien erlebt, Kirchen, Akademie, Dogenpalast und Merceria durchwandert und bis in die Nacht hinein auf der Piazza die auf und ab wogende Menge studiert. Oft konnten wir uns auch dann noch nicht zum Schlafen entschließen. Wir trugen eine Flasche Cipro nach Hause, die wir langsam bei einem Robber Whist ausschlürften, während Marietta mit dem Räucherpfännchen sacht an den Wänden herumging, um die Zanzaren auszuräuchern.

In einem der Fenster gegenüber erschien dann wohl das bedenkliche Lacertchen, das dort hauste und mit allerlei Singsang und in abenteuerlichen Verkleidungen uns herüberzulocken suchte. Wir blieben aber standhaft unserer Marietta treu, in die wir alle drei ein wenig verliebt waren, ohne daß einer von uns sich einer besonderen Gunst zu rühmen gehabt hätte.

Auch gearbeitet wurde, und an einem meiner Troubadourtage auf der Markusbibliothek tat ich einen Fund, der mir seltsamerweise wertvoller schien als irgendein anderer von größerem Umfang. In einem Pergamentdeckel sah ich zwei fast verblichene Strophen geschrieben, in denen ich den bisher unbekannten Anfang einer Kanzone des ältesten Troubadours, des Grafen Wilhelm von

Poitiers, erkannte. Drei Stunden brachte ich damit zu, die kaum noch leserlichen Schriftzüge zu enträtseln. Als es mir endlich gelungen war, empfand ich eine so stolze Freude, wie nie bei einer eigenen Dichtung, und wenn auch bei Entrollung dieses »würdigen Pergamens« nicht »ein ganzer Himmel zu mir niederstieg«, konnte ich mich doch der stillen Ahnung nicht erwehren, daß immerhin vielleicht ein romanischer Philologe in mir steckte, um den es schade war, daß er so früh sich hatte verführen lassen, aus der Schule zu laufen.

*

Auf einmal aber überkam mich das Gefühl wie bei einem schwelgerischen Feste, wo man an Genuß übersättigt ist, aus keinem Becher mehr trinken, keinen Geigenstrich mehr hören und in keine schönen Augen mehr blicken mag. Zu dem Bedürfnis, auszuruhen von allen aufregenden Freuden, das so überreich Aufgenommene zu sammeln und innerlich zu verarbeiten, gesellte sich ein Heimweh nach meinen liebsten Menschen, denen ich nun Jahr und Tag fern geblieben war. Am 26. August verließen wir Venedig. Von der unaufhaltsamen, besinnungslosen Fahrt über Peschiera, Gardasee, Innsbruck, Bodensee usw. bis nach Dürkheim in der Pfalz, wo meine Eltern und die gesamte Kuglersche Familie mich erwarteten, finde ich in meinem sonst so gewissenhaften Tagebuch nichts verzeichnet, so wenig vermochte alles, woran ich vorüberjagte, mein Interesse zu fesseln. Was ich aber mit heimbrachte, als die Frucht dieses Wanderjahrs, die neuen Maßstäbe für das wahrhaft Echte und Mächtige in der Kunst und die unvergängliche Liebe zu dem großen Stil der Natur, wie er mir im landschaftlichen und Volkscharakter Italiens aufgegangen war, davon habe ich mein langes Leben hindurch in so mannigfacher Weise Rechenschaft abgelegt, daß ich an dieser Stelle mir den zweifelhaften Versuch ersparen kann, von so reichen und tiefen Eindrücken die Summe zu ziehen.

5. König Max und das alte München.

(1854–1864)

Während dieses ganzen Jahrs, das ich jenseits der Alpen verlebt hatte, war ein eifriger Briefwechsel mit den Meinigen unterhalten worden. Da aber zwei Väter, zwei Mütter, eine zärtliche Tante und vor allem meine Braut Anspruch auf direkte Mitteilungen hatten, war ich kaum einmal dazu gekommen, meinem lieben Geibel einen schriftlichen Gruß zu senden.

Auch bei meiner Rückkehr im Herbst 1853 traf ich ihn in Berlin nicht an. Er war im Frühjahr des Jahres vorher von König Max II. nach München berufen worden und mit seiner jungen Frau dorthin übergesiedelt. Daß er in den neuen Verhältnissen des alten, jungen Freundes nicht vergessen hatte, davon sollte ich bald den erfreulichsten Beweis erhalten.

Nach der Rückkehr aus meinem gelobten Lande hatte ich wohl oder übel mich dazu bequemen müssen, mit der romanischen Philologie Ernst zu machen. Denn was ich an novellistischen, lyrischen und dramatischen Reisefrüchten neben meinen romanischen Fundstücken nach Hause mitbrachte, war nicht der Art, mich der Sorge um das tägliche Brot zu überheben: kein Roman, der viele Auflagen, kein Drama, das reiche Tantiemen versprach.

Zudem, auch wenn ich für mich allein verwegen genug gewesen wäre, mich auf gut Glück als »Schriftsteller« zu etablieren, ich hatte eine Braut, der ich es so wenig wie ihren Eltern zumuten konnte, sich auf ein so leichtsinniges Abenteuer einzulassen.

Es galt also, der geliebten Muse zunächst wieder zu entsagen und zu dem Brotstudium zurückzukehren, das freilich, auch wenn ich bald zur Habilitation gelangte, erst in vier, fünf Jahren es mir möglich machen konnte, meine Liebste heimzuführen.

So ging ich denn seufzend daran, meine handschriftliche Ausbeute zu verwerten, zunächst anknüpfend an ein längeres unediertes Gedicht Apologia mulierum das ich in Rom in der Barberiniana gefunden hatte, und das mir nun die Anregung zu einer Abhandlung über die moralisierende Poesie der Altfranzosen gab. Mitten in den

Vorarbeiten kam mir im März 1854 ein Brief aus München zu, in dem mich *Dönniges* im Auftrag des Königs *Max* einlud, nach München überzusiedeln und dort mit einem Jahrgehalt von tausend Gulden zu leben. ohne weitere Verpflichtung, als an den geselligen Abenden des Königs, den sogenannten Symposien, teilzunehmen.

Daß ich durch diese märchenhafte Glückswendung, um so wundersamer bei meiner Jugend und den geringen Anfängen meiner dichterischen Laufbahn, auf *einen* Schlag allen Zukunftssorgen und -zweifeln enthoben wurde, hatte ich einzig und allein Geibels unermüdlicher Freundschaft zu danken.

Er hatte in seinem guten Glauben an meinen Stern meine Berufung beim Könige durchgesetzt, obwohl von dem wenigen, was ich bisher veröffentlicht hatte, kaum ein oder das andere Stück dem erlauchten Freunde der Dichtkunst, wie ich ihn später kennen lernte, so recht nach dem Sinne sein konnte. Der König aber, der Geibel als Dichter unbedingt verehrte, hatte auch zu seinem Urteil und der Lauterkeit seines Charakters das festeste Vertrauen, und so wurde auf Geibels ehrliches Gesicht hin das Berufungsdekret unterzeichnet, durch das mir in der bayerischen Hauptstadt eine zweite Heimat bereitet wurde.

*

Ich habe es stets als eine besondere Gunst meines Geschicks betrachtet, daß mein Leben in jungen Jahren aus dem heimatlichen Berlin nach München verpflanzt wurde.

Nicht allein wegen der frühen Sicherung meiner äußeren Lage und der Verpflichtung, die mir damit auferlegt wurde, meine volle Kraft an meine dichterische Lebensaufgabe zu setzen. Wichtiger noch war, daß ich nun auf mich selbst gestellt wurde und an innerer Reife zunahm durch die Trennung von den literarischen Kreisen Berlins, in denen mir bis dahin wohl, nur allzu wohl geworden war. Was sie dem Anfänger gegeben, bewahrte ich in dankbarem Gedächtnis, wie ich auch im Süden nie verleugnete, daß ich ein Berliner Kind war und ein Heimweh in mir fortlebte nach allem, was ich an den Menschen im Norden lieben gelernt: feste Freundestreue, Klarheit und Klugheit und redlicher Wille, dem Strebenden die Wege zu weisen, und bei größter geistiger Regsamkeit der zähe, beharrliche Fleiß, auch in künstlerischen Dingen seinem Gewissen genugzutun.

Ich war aber auf einem Punkt angelangt, wo ich Gefahr lief, über den Horizont der dortigen Gesellschaft nicht hinauszublicken, ihrem Richterspruch mich zwar nicht blindlings zu unterwerfen, ihn aber doch für wichtiger zu halten, als er im Grunde war. Vor allem wäre mir, wie so viel anderen poetischen Talenten, die dünne, austrocknende kritische Luft der großen Stadt auf die Länge verhängnisvoll geworden, das Überwiegen des scharfen, zersetzenden Verstandes über die sinnliche Dumpfheit, aus der jede künstlerische Schöpfung ihre beste Kraft, ihr eigentliches Lebensblut saugt. Wer schaffen will, soll nicht zu klug aus sich selber werden. Er hüte sich, so sehr er der Selbstkritik bedarf, sich dem Naturboden zu entfremden und durch voreiliges Dreinreden der »alten Schwiegermutter Weisheit das zarte Seelchen Phantasie zu beleidigen«.

Nun fand ich in München gerade das, was mir bisher gefehlt hatte: eine sehr unliterarische Gesellschaft, die sich um mein Tun und Treiben wenig oder gar nicht bekümmerte, am wenigsten mich durch urteilen verwirren konnte. Man sprach damals selbst in den gebildeteren Münchener Kreisen niemals von Literatur, höchstens vom Theater. Dafür empfing mich eine unfreundlich, wo nicht feindselig gesinnte Schar einheimischer Kollegen, deren Verhalten gegen den Fremdling seinen Charakter stählte und ihn dazu trieb, stets sein Bestes zu geben. Wichtiger noch war, daß der Großstädter, der bisher nur in den Häusern guter Freunde heimisch gewesen war, sich hier zum erstenmal auf einen breiten, derben Volksboden gestellt sah, auf dem sich ein eigenwüchsiger, nicht immer löblicher, aber kraftvoller und vielfach poetischer Menschenschlag bewegte, nicht von fern mit dem zu vergleichen, den man in Berlin »Pöbel« nannte. Von diesem sich fernzuhalten, war wohlgetan gewesen, zumal man von der Literaturfähigkeit des Berliner Jargons, die heutzutage so eifrig angestrebt wird, damals noch keine Ahnung hatte. Eine Berührung aber mit dem altbayerischen Stamm, der seine eigenen Volkslieder und volkstümlichen Poeten besaß, konnte dem Norddeutschen nur heilsam sein und seine dichterischen Nerven erfrischen. Zudem galt es hier für mich, da gesellschaftliche Lorbeeren nicht zu erringen waren, über die nächsten Grenzen hinaus vor dem deutschen *Volke* zu beweisen, daß ich nicht von Königsgnaden allein zu den »Berufenen« zählte.

München war im Jahr 1854 eine Stadt von wenig über hundertfünfzigtausend Einwohnern. Schon im Sommer 1842 auf einer Reise über Dresden, Prag, Wien, Graz und Ischl, die mein Onkel Ludwig nach jenem Familienkongreß in Magdeburg mit seiner mir sehr teuren Frau zum Teil in Geschäften unternahm, und auf der mein Vater und ich ihn begleiten durften, war ich auch nach München gekommen, wo wir König Ludwigs große künstlerische Unternehmungen zum Teil noch im Werden fanden.

Noch hatten wir nur erst das Modell der Bavaria in der hohen Bretterhütte auf der Theresienwiese bestaunt, waren in der Basilika auf den Gerüsten herumgeklettert, auf denen Heß und Schraudolph ihre Fresken malten, und in der Ludwigskirche legte Meister Cornelius die letzte Hand an sein großes jüngstes Gericht. Jetzt, zwölf Jahre später, fand ich die schöne Kunststadt an der Isar in vollem Glanz, freilich noch räumlich weit beschränkter als heutzutage. Das Siegestor und die noch unvollendeten Propyläen begrenzten damals im Norden und Westen, das Hoftheater im Süden die Stadt, die erst durch König Max bis an den schönen, starken Strom fortgeführt wurde, während nach Osten hin die Straßen sich ohne Abschluß bald ins freie Feld verliefen, und die Vorstädte Au, Giesing, Haidhausen und Schwabing sich's noch nicht träumen ließen, daß sie dermaleinst in den Ring der Stadt einbezogen werden sollten. Es lag damals auch noch eine Menge großer Gärten zwischen den Häusermassen verstreut, wenn auch der jetzt so lustig grünende Dultplatz noch eine dürre Wüste war, da man zu gewissen Zeiten dort die Budenstadt hinpflanzte. Den Berliner aber, der diese in fröhlichem Aufschwung begriffene lachende Stadt betrat, heimelte sie im Vergleich zu den endlosen Straßenzügen und schwerfälligen Palästen seiner Vaterstadt fast mit ländlichem Reize an, während doch wieder die vielen neuen und alten Kirchen und die drei großen Museen dem Ganzen ein vornehmes Gepräge gaben und die malerischen, altertümlichen Stadtteile daran erinnerten, eine wie lange, merkwürdige Geschichte dies Isar-Athen zu erzählen hatte.

Nicht minder fand sich der Norddeutsche, zumal wenn ihm das muntere Blut des »fahrenden Schülers« noch in den Adern floß, durch die ungebundenen Sitten und den farbigen volkstümlichen Zuschnitt des Lebens angezogen, wenn er auch manches Liebgewohnte vermißte.

So gab es zum Beispiel keine eigentliche Geselligkeit, kein uneingeladenes Eintreten bei Freunden, sehr selten eine Hausfreundschaft, wie ich sie von meinem Elternhause, der Kuglerschen und anderen Berliner Familien her gewöhnt war.

Die Männer gingen allabendlich in ihr gewohntes Bierhaus, die Frauen saßen in sehr zwangloser Toilette zu Hause und empfingen höchstens eine Freundin - gelegentlich wohl auch einen »Freund«, den das Négligé nicht abschreckte. Wenn ein Gast von fern zugereist kam, bestellte ihn sein Münchener Gastfreund auf den Abend ins Wirtshaus, oder, wenn er ihn zu seinem Tische einlud, kam die Magd herein, zu fragen, was der Herr zu Nacht zu speisen wünsche. Das wurde dann nebst dem trefflichen Abendtrunk aus dem nächsten Wirtshaus »über die Gasse« geholt. Ich erinnere mich sogar, daß Kobell uns einmal ausnahmsweise zum Abend einlud, ein Drama mit anzuhören, das ein ihm empfohlener junger Poet der Familie vorlesen wolle. Als wir alle versammelt waren, trat der Hausherr herein, begrüßte uns freundlich und sagte: »Nun, unterhalten Sie sich gut! Ich muß in meine Gesellschaft.«

Wir konnten, als die Lektüre begann, freilich begreifen, daß er es vorgezogen hatte, in sein »Altengland« zu gehen. Aber von den ortsüblichen Bräuchen der Gastlichkeit hatten wir doch einen seltsamen Begriff bekommen.

Desto liebenswürdiger erschien uns hier im Süden gegenüber der strengen Sonderung der Stände, die in der Heimat herrschte, der freiere Verkehr der verschiedenen Gesellschaftsklassen untereinander an öffentlichen Orten, der schon an Italien erinnerte. Zwar konnte es in München nicht vorkommen, wie ich es in Rom erlebt hatte, daß ein Bettler im Café von Tisch zu Tische ging und, nachdem er so viel gesammelt, um seinen Kaffee zu bezahlen, sich ohne Verlegenheit unter die Gäste setzte, um vom Kellner wie jeder andere bedient zu werden. Aber die demokratisierende Macht des Bieres hatte doch eine Annäherung bewirkt. Der geringste Arbeiter war sich bewußt, daß der hochgeborene Fürst und Graf keinen besseren Trunk sich verschaffen konnte als er; die Gleichheit vor dem

Nationalgetränk milderte den Druck der sozialen Gegensätze. Und wenn im Frühling noch der Bock dazu kam, konnte man in manchem Wirtsgarten eine so gemischte Gesellschaft zwanglos beisammen finden, wie sie in Berlin nirgends anzutreffen war.

Sei mir gegrüßt, du Held im Schaumgelock,
Streitbarer Männer Sieger, edler Bock!

Nicht graues Zwielicht dampfdurchwölkter Schenken,
Den Mittag liebst du und der Gärten Frische.
Hier finden sich auf brüderlichen Bänken
Hoch und Gering in traulichem Gemische:
Den Knechten nah, die seine Pferde lenken,
Der Staatenlenker vom Ministertische;
Pedell, Professor, Famulus, Student! –
Du spülst hinweg die Schranke, die sie trennt.

Es wird von jenem Treviquell berichtet,
Daraus man ew'ges Heimweh trinkt nach Rom,
Sehnsucht, die unermüdlich denkt und dichtet,
Nur einmal noch zu schau'n Sankt Peters Dom.
So hat auf München nie ein Herz verzichtet,
Das je hinabgetaucht in *deinen* Strom.
So rasche Wurzeln hier geschlagen hätt' ich
Nie ohne dich und deinen Freund, den Rettig.

Ein wenig Übertreibung muß man diesem dithyrambischen Erguß zugute halten. Pflegen sich doch alle »Neubekehrten« eines gewissen Fanatismus schuldig zu machen. Zwar war ich nie ein sonderlicher Trinker gewesen und wurde es auch nicht in meiner neuen Heimat, wie denn auch wohl an meiner Begeisterung für den Rettig der Reim den größeren Anteil hatte. Das aber gewann mich sofort für meine neuen Landsleute, daß sie, so sehr sie Rang und Stand zu schätzen wußten, sich durch die Nähe eines Höherstehenden nicht einschüchtern oder im behaglichen Lebensgenuß stören ließen. Freilich hatte das alte München auch noch keine breite Arbeiterbevölkerung. Noch herrschte unter einem strengen Zunftzwang die Handwerksarbeit im kleinen vor; es fehlte fast gänzlich an Fabriken und jeder Art von Großindustrie, wie denn auch hier vor fünfzig Jahren diejenigen gezählt werden konnten, die nach heutigen Begriffen für reich gegolten hätten. Dafür gab es auch durchaus keine Massenarmut, die in großen Städten dem Menschenfreunde das Herz beklemmt. Bettler waren genug vorhanden, an den Kirchenpforten wie in den Häusern. Aber sie waren sämtlich mit ihrem Lose zufrieden, da in wohltätigen Vereinen und durch das obligate Almosenspenden frommer Seelen dafür gesorgt wurde, daß sie sich in ihrem Stande wie in einer auskömmlichen Sinekure wohlfühlen konnten. Der gewerbetreibende Bürgerstand vollends genoß eines so reichlichen Lebens- und Nahrungszuschnitts, wie in dem sparsamen und nüchternen Norden unerhört war. Zweimal, auch wohl dreimal am Tage Fleisch zu essen, erschien nur als etwas, das der gute Bürger als sein Recht in Anspruch nehmen konnte. Dafür arbeitete er nicht mehr, als nötig war, um das nahrhafte, vergnügliche Leben fortzusetzen, und wurde durch strenge Zunftgesetze gegen betriebsamere Konkurrenten geschützt. Aufs genaueste - für den Uneingeweihten oft unverständlich - war vorgeschrieben, was jeder Handwerker oder Händler anfertigen oder verkaufen durfte. War dann ein ehrsamer Meister, der selbst nicht höher hinausgewollt hatte, zu einigem Wohlstande gediehen, so ließ er den Sohn, wenn er ihn nicht der Kirche widmete, wohl auch studieren, obwohl er, wie ein bekannter Großbrauer, der Meinung war: »Studieren hält auf.« Es war eben noch die gute alte patriarchalische Zeit, deren Sitten und Unsitten im Gegensatz gegen die stark sich aufschwingende norddeutsche Industrie einen »gemütlich« anheimelnden Charakter trug, ohne daß darum das eigentliche Gemütsleben wärmer und nachhaltiger gewesen wäre, als in dem für kaltherzig verschrieenen Berlin.

Als wir einmal die Sommermonate in Starnberg zugebracht hatten, wo unsere vier Kinder auf weiten Spaziergängen viel Schuhwerk verschlissen, schickte ich am Vorabend der Abreise unsre älteste Tochter zum Schuhmacher, unsre Rechnung zu bezahlen. Morgen würden wir in die Stadt zurückkehren, erzählte sie dem Meister. »Da bin ich aber froh, Fräulein, daß Sie endlich fortgehen,« versetzte der Biedermann ganz ernsthaft. »Denn so viel wie für Ihnen hab' ich noch für keine Herrschaft zu arbeiten gehabt.«

Man mag vom volkswirtschaftlichen Standpunkt aus von dieser Antwort weniger günstig denken. Doch wird man nicht bestreiten können, daß in dem Grundsatz, sich ja nicht zu überarbeiten, bloß um Geld zu erwerben, um dann im späteren Alter die Früchte seines Fleißes vielleicht nicht mehr genießen zu können, ein freierer und vornehmerer Sinn sich offenbart, als in dem atemlosen Jagen nach Erwerb, wobei über der Hast, immer reichere Mittel zum Lebensgenuß zu gewinnen, der Zweck oft nicht mehr erreicht wird.

Bestärkt wurde das Volk in dieser leichtherzigen Lebenskunst überdies durch die vielen Feiertage, zu denen im Karneval noch andere Gelegenheiten, sich gute Tage und Nächte zu machen, hinzukamen. Das alles aber sah sich bunt und lustig an und hing mit so manchen phantasievollen Überlieferungen zusammen, daß es auch auf den protestantisch gewöhnten Sohn der Mark einen anziehenden Eindruck machen mußte.

Freilich konnte er sich nicht verhehlen, daß die warmblütigere, sinnlichere Natur dieser Bevölkerung in sittlicher Hinsicht manches Bedenkliche hatte. Nicht nur im Gebirge galt das Sprüchlein: »Auf der Alm da gibt's ka Sünd.« Auch in Stadt und Land herrschte eine Sittenfreiheit, die uns anfangs höchlich befremdete. Als wir für unsern Erstgeborenen ein Kindsmädchen mieteten, das noch sehr jugendlich erschien, fragte sie meine Frau, ob sie auch mit einem so kleinen Kinde umzugehen wisse. »No natürlich,« sagte das Mädchen, »ich hab' ja selbst schon ein Kind gehabt.« Und durch die etwas betroffene Miene ihrer Herrin sichtbar gekränkt, fügte sie rasch hinzu: »Was meinen S' denn, gnä' Frau? So wüst bin i doch net, daß mi keiner möcht'!«

Diese naive Offenheit entwaffnete uns. Wir sagten uns, daß die sittlichen Zustände in unserer Heimat schwerlich löblicher seien als hier und nur weniger unbefangen zutage träten. Und wenn auch Heuchelei ein Kompliment ist, das das Laster der Tugend macht, im Grunde war die Sache damit nicht gebessert und das freimütige Bekenntnis, der Erbsünde verfallen zu sein, immer noch einem engherzigen Tugenddünkel vorzuziehen, der oft nur die Maske feiger Sündhaftigkeit ist.

Dazu kam als ein weiterer mildernder Umstand die Erleichterung, die hier im katholischen Lande durch die Absolution der Kirche gewährt wird, während ein protestantisches Gewissen in schweren Kämpfen mit sich selbst zu ringen hat. Nicht minder auch mußte man die erhöhte Versuchung durch das gesamte sinnenfrohe

Leben in Betracht ziehen und die stärkere Anlage des oberbayrischen Stammes zu allem Künstlerischen, in der sich auch der Sinn für leibliche Schönheit lebhafter entwickelt.

Die großen Schöpfungen König Ludwigs hatten alte und junge Künstler jeder Art nach München gezogen. Hier fanden sie außer großen, weitreichenden Aufgaben auch alle Mittel zu ihrer Durchführung, vor allem unter den Mädchen aus den niederen Klassen, die sich durch eine kräftige, rassemäßige Schönheit und frische Anmut auszeichneten, Modelle genug, während es in Berlin einem ehrbaren Dienstmädchen als eine Beleidigung erschienen wäre, einem Maler diesen Dienst erweisen zu sollen. Daß dies Vorwiegen der Künstlerschaft dazu beitrug, die Unbefangenheit im Verkehr der Geschlechter überhaupt zu steigern, liegt auf der Hand. König Ludwig selbst hatte sich ein »gemaltes Serail« angelegt, nicht bloß als ein platonischer Verehrer der Schönheit. Und so ging ein Hauch von fröhlicher, warmer Sinnlichkeit durch alle Schichten der Gesellschaft, ein wenig phäakenhaft, doch nicht in unfruchtbares »süßes Nichtstun« ausartend, da eben auf dem Boden, wo Leben und Lebenlassen der Wahlspruch der gesamten Bevölkerung war, jene großen künstlerischen Taten geschahen, denen das heutige München seinen Rang als erste deutsche Kunststadt verdanken sollte.

Damals freilich ging noch ein ganz anderer Geist durch die Münchener Künstlerschaft. Wie alle sich hatten bescheiden müssen, bei den Aufträgen des Königs mehr auf die Ehre als auf reichen Lohn zu sehen, so war auch von einem Kunstmarkt, wie heutzutage, noch keine Rede. Freilich auch nicht von einer so übermäßigen Konkurrenz, an der seit einigen Jahrzehnten auch noch die immer wachsende Zahl der »Malweibchen« in beängstigender Weise teilnimmt. Die Künstler waren keiner fieberhaften Bilderproduktion beflissen, sondern manche, die mehr Verstand als Glück hatten, ergaben sich sogar zeitweise einem behaglichen Müßiggang, weil es ihnen »so billiger kam«. Wo es aber galt, öffentliche Feste zu verherrlichen, war jeder bereit, seine Dienste anzubieten, ohne sich für den Zeitverlust entschädigen zu lassen. Die Frühlingsfeste an den reizenden waldigen Isarufern bei Pullach, Grünwald, Schwaneck, die alles, was an Schönheit, Jugend und Humor in den gebildeteren Kreisen der Stadt vorhanden war, in buntem Gemisch hinauslockten, erschienen von dem fröhlichen Treiben so vieler malerischer Gestalten belebt dem norddeutschen Gast wie ein lebendig gewordenes Bild aus einem Märchen, und die Raketen, die den spät in der Nacht Heimkehrenden einen Gruß auf den Weg mitgaben, wie das letzte Aufleuchten der romantischen »mondbeglänzten Zaubernacht«.

Diese Jugendzeit der Münchener Kunst ist längst dahin. Eine Periode ernster, ruhiger Arbeit ist ihr gefolgt, deren Führer und Meister nur noch bei seltenen Gelegenheiten sich um eine öffentliche Lustbarkeit der Stadt mithelfend verdient machen. Zeit ist Geld geworden, und auch die bildenden Künste haben sich dem Industrialismus anbequemen müssen, der seit dem französischen Kriege alle Lebensgebiete beherrscht. Viel Schönes ist trotzdem zur Erscheinung gekommen. Wem aber die damaligen Anfänge in der Erinnerung fortleben, dem klingen wohl die Verse im Ohr:

Schöner war die trübe Schwüle
Als die helle Kühle jetzt;
Jene frühen Vollgefühle,
Kennst du was, das sie ersetzt?

(*Lingg.*)

König Max und die Wissenschaft

Auf einem anderen Gebiete freilich, dem der Wissenschaften, war von einem ähnlichen jugendlichen Auf- und Vorwärtsstreben desto weniger zu spüren.

»Wenn wir einen Blick auf jenen Kulturboden werfen, den München in der ersten Hälfte unseres Jahrhunderts darbot, finden wir, daß es ein ziemlich rauher Boden war, rauh wie die ganze Hochebene, über welche die Frauentürme hinschauen. Kein Goethe und kein Schiller, kein Lessing und kein Wieland hatten diesen Boden mit geistiger Saat befruchtet. München war eine Stadt von Kleinbürgern, von Staatsbeamten und Hofbediensteten, in welcher als lebhafteste Gäste die Schrannenbauern mit ihrer schallenden Geißel und die Tölzer Flößer mit ihren blanken Äxten und ihren qualmenden Pfeifen einkehrten. Und dennoch war dieser Kulturboden kein hoffnungsloser. Denn in die alte Hochburg der Jesuiten war die Akademie der Wissenschaften eingezogen; aus der Staatsverwaltung hatte ein scharfer, aufklärender Wind den ärgsten Dunst und Staub vergangener Jahrhunderte herausgefegt; in der Prannerstraße tagte schon um dreißig Jahre früher als in dem klugen Berlin eine Volksvertretung unter dem Schirm einer volksfreundlichen Verfassung, und in der Residenz thronte ein Fürst von lebhaftem Geist, von feurigen Idealen und beseelt von dem unermüdlichen Willen, aus seiner Stadt München etwas zu machen, das in ganz Deutschland nicht war.« (Max Haushofer.)

Die Männer aber, zum Teil bedeutende Gelehrte, die der Akademie angehörten oder Lehrstühle an der Universität inne hatten, waren im Lauf der Zeit von dem allgemeinen Geiste behaglichen Genügend angesteckt worden, der den Ehrgeiz, sich durch wissenschaftliche Taten hervorzutun, als eine sehr »ungemütliche« Störung empfand. Sie glaubten, vollauf ihre Schuldigkeit zu tun, wenn sie ihre Vorlesungen und Examina abhielten, ohne durch neue Forschungen und deren literarische Verwertung sich an den Fortschritten ihrer Kollegen im übrigen Deutschland zu beteiligen.

In den höheren Schulen, die größtenteils noch den alten geistlichen Zuschnitt bewahrten, hatte der treffliche *Thiersch*, der schon als »Präzeptor Griechenlands« sich bewährt hatte, einen frischeren

Geist anzuschüren gesucht, mit zweifelhaftem Erfolge. Alle freie, liberale Wissenschaft, die vor traditionellen Vorurteilen nicht haltmachte, war der damals in Kirche und Staat herrschenden Partei ein Dorn im Auge, und König Ludwigs Interesse richtete sich so ausschließlich auf seine künstlerischen Unternehmungen, daß ihn das Zurückbleiben der großen gelehrten Institute hinter der Zeit wenig bekümmert haben würde, auch wenn man ihn über die Gefahren, die der geistigen Kultur dadurch erwuchsen, aufgeklärt hätte.

In seinem Sohne, zu dessen Gunsten er, durch die bekannten Ereignisse dazu gedrängt, auf den Thron verzichtete, erstand ihm ein Nachfolger, dessen höchste und ernsteste Sorge eben das wurde, was der Vater vernachlässigt hatte.

König Ludwig war eine geniale Erscheinung gewesen, eine Künstlernatur mit dem Sinn für Glanz, Größe, freie und schöne Entfaltung des äußeren Lebens. Sein Sohn, der siebenunddreißigjährig zur Regierung kam, war in allem das Widerspiel des Vaters, der die Erziehung seines Thronfolgers sich nicht sonderlich hatte angelegen sein lassen.

König Max selbst hat es oft genug gegen die, die sein Vertrauen genossen, ausgesprochen, daß er die großen Lücken seiner Bildung schwer empfinde und alles daran setzen wolle, die Unterlassungssünden seiner Jugend so viel als möglich wieder gut zu machen. Wie gewissenhaft er dabei zu Werke ging, dessen sind alle diejenigen Zeuge, die ihm jemals näher gestanden.

Er war wie in all seinen äußeren Regierungsakten so auch in dem Bestreben, seine innere Welt zu ordnen und zu bereichern, das inkarnierte Pflichtgefühl, unfähig, mit einer Sache abzuschließen, ehe er sie völlig durchdrungen, unermüdlich im Fragen und wieder Fragen und daher oft lange unschlüssig, wenn es galt, in einer Sache, die ihm noch Zweifel erweckte, eine Entscheidung zu treffen. Hatte er aber das ergriffen, was ihn das Rechte dünkte, so hielt er mit zäher Beharrlichkeit daran fest und war bei der Durchführung selbst unter schwierigen Kämpfen in seinem Mut nicht zu erschüttern.

Dabei war ihm alles Scheinwesen verhaßt, und es wird wenig Fürsten gegeben haben, die ihm an Selbstverleugnung, an Unzugänglichkeit für höfische Schmeichelei, an Bescheidenheit überragendem Verdienste gegenüber gleichkamen. Vor dem Bestreben, es in äußeren Erfolgen seinem genialen Vater gleichzutun, auf Gebieten, in denen er sich nicht heimisch fühlte, bewahrte ihn »die schlichte Gediegenheit seines Wahrheit suchenden Geistes«, wie Alfred Dove es treffend bezeichnet hat. Überall war es ihm um die Sache zu tun, nicht um die Person, am wenigsten um seine eigene. Das schloß nicht aus, daß er von seiner königlichen Würde eine hohe Meinung hatte und jede Schmälerung derselben als eine persönliche Unbill empfand. Auch das aber nur, da er es für seine Königspflicht hielt, das ihm anvertraute Herrscheramt mit vollem Nachdruck zum Segen seines Staates und Volkes auszuüben.

Nun suchte er, sobald er ans Regiment gekommen war, das Gebiet, auf dem er sich um das Wohl seines Bayernlandes vor allem verdient machen könnte. Die Künste hatten unter seinem Vater eine so hohe Blüte erreicht, daß er ihre weitere Förderung ruhig der Zeit überlassen zu dürfen glaubte. Dagegen konnte viel, in mancher Hinsicht noch alles geschehen, um auch die Wissenschaften auf die gleiche Höhe zu bringen, und da diese Aufgabe zugleich seiner persönlichen Begierde nach weiterer Erkenntnis entgegenkam, zögerte der junge Fürst nicht, das schwierige Werk sofort offen in Angriff zu nehmen.

Schwierig insbesondere, da nicht nur das Widerstreben gewisser klerikaler Kreise, sondern auch der Unmut der heimischen Gelehrten zu überwinden war, die durch das Eindringen berühmter Kollegen von auswärts in dem bequemen Besitz ihrer bisherigen Stellung gefährdet wurden.

Wie unbekümmert um alles Geschrei in den Blättern, alles Gerede und Gemurre in der Gesellschaft König Max seinen Weg fortsetzte, ist bekannt. Über sein Verhältnis zur Geschichte, die natürlich ihm innerlich näher stand als die Naturwissenschaften, haben die Meister der Historie Ranke, Döllinger und Sybel sich so ausführlich in den ergreifenden Denkreden auf ihren erlauchten Gönner ausgesprochen, daß ich mich jeder eigenen Äußerung enthalten darf[15].

[15] Siehe den vortrefflichen Aufsatz »Ranke und Sybel in ihrem Verhältnis zu König Max« in Alfred Doves »Ausgewählten Schriftchen, vornehmlich historischen Inhalts«. Leipzig 1898.

Doch wenn König Max keine Künstlernatur war, so war doch auch kein Gelehrter an ihm verdorben; schwerlich würde er sich, auch wenn er nicht zufällig für den Thron geboren worden wäre, zu einem Professor der Geschichte ausgebildet haben. Denn so sehr er stets die Forderung betonte, Geschichte müsse in objektivem Geiste betrieben und geschrieben werden, so war sein Interesse doch wesentlich bestimmt durch das Bedürfnis, von der Darstellung vergangener Zeiten und Menschen für die Gegenwart zu lernen, für sein staatsmännisches Geschäft Aufklärung und Lehren aus der Betrachtung abgeschlossener politischer Entwicklungen zu schöpfen. Dazu lag in seiner zarten und weiblich feinen Natur neben dem ernsten Wahrheitstrieb der Hang zu schwärmender Kontemplation, zu träumerischem Versenken in eine Welt der Ideale, wie sie durch Dichtermund offenbart worden sind. Von allen geistigen Gaben seines Vaters war nur das dichterische Talent auf ihn übergegangen, freilich auch das in minder eigenartiger Form und seinem bescheidenen Charakter gemäß so zurückhaltend, daß die Welt nichts davon erfahren konnte.

Das alte und das neue literarische München

Bei der ganzen Anlage seines geistigen und sittlichen Naturells war nun nichts natürlicher, als daß der König gerade für Geibel vor allen anderen zeitgenössischen Dichtern die wärmste Sympathie fühlte. Der melodische Fluß und die glänzende Vollendung seiner Verse bezauberten ihn, der tiefe Brustton idealer Gefühle und Gesinnungen kam einer verwandten Stimmung in der Seele des Königs entgegen.

Schon im Frühjahr 1852 berief er den ihm so teuren Dichter in seine Nähe und war glücklich, daß er im persönlichen Verkehr Geibels Charakter ebenso schätzen lernte, wie er seine Dichtungen bewundert hatte. Geibel war nach München übergesiedelt und hatte dort seinen jungen Hausstand gegründet. Eine Professur der Literaturgeschichte und Poetik war ihm übertragen worden, die er in den ersten Jahren ziemlich ernst nahm; eine Schar angehender junger Poeten sammelte sich um ihn und suchte in den Vorlesungen, die er in seinem Hause hielt, Belehrung über poetische Technik. Ob es dabei zu eigentlich wissenschaftlicher Arbeit, zumal im Gebiete der Literaturgeschichte, gekommen, weiß ich nicht zu sagen. Jedenfalls war das Verhältnis zum Könige der Hauptzweck seiner Gegenwart in München.

Er war freilich bei aller angeborenen Loyalität nicht fähig, die Rolle eines geschmeidigen Höflings zu spielen. Gleich zu Anfang, als der König ihm durch seinen bisherigen Amanuensis, den Ministerialrat Daxenberger, eine Auswahl seiner eigenen Gedichte zur Prüfung geschickt hatte mit der Frage, ob er sie zur Veröffentlichung geeignet halte, hatte Geibel unumwunden vom Druckenlassen abgeraten. Der König, weit entfernt, darüber empfindlich zu werden, hatte ihm diese Warnung als einen Freundschaftsdienst hoch angerechnet und ist auf den Lieblingswunsch eines jeden, der sich dilettantisch mit Versemachen beschäftigt, nie wieder zurückgekommen.

Der Verkehr mit Geibel aber regte in ihm die Neigung zur Poesie so lebhaft an, daß er neben den Männern der Wissenschaft, die er an seine Universität berief, um auch privatim ihres belehrenden Umgangs zu genießen, auch einige Poeten zu den Abendgesellschaften zuzuziehen beschloß, in denen er geistige Nahrung und Erfrischung der verschiedensten Art zu gewinnen wünschte.

Es konnte nicht fehlen, daß diese Gründung einer »geistigen Tafelrunde« in den Kreisen der einheimischen Gelehrten und Dichter eine sehr unfreundliche Stimmung erzeugte.

Schon die Berufung hervorragender Gelehrter an die Universität hatte, wie oben bemerkt, aus den verschiedensten Ursachen lebhaften Unmut erregt. Die besondere Gunst, die einigen dieser Fremden, vor allem *Liebig*, durch die Teilnahme an den Symposien des Königs zuteil wurde, mußte die feindselige Gesinnung der zunächst betroffenen altbayerischen Kreise nur noch erheblich steigern, da die bevorzugten »Berufenen« allgemein im Verdacht standen, weil sie das Ohr des Königs hätten und häufiger und zwangloser als selbst die Minister mit ihm verkehrten, diesen Vorzug, wenn auch nicht immer in persönlichem Interesse, doch zu immer stärkerer Zurückdrängung der verdienten einheimischen Männer zu mißbrauchen. Es half nichts, daß auch bayerische Gelehrte zu den Symposien geladen wurden. Die Liebig, Bischof, Jolly, Riehl, Bluntschli, Carriere, späterhin Sybel und Windscheid waren doch in der Mehrzahl und gehörten zu den Stammgästen an diesem königlichen Tische.

Nun vollends die Bevorzugung fremder Poeten, da es in dem bayerischen Dichterwald doch wahrlich »von allen Zweigen schallte«! Schon mit *Dingelstedts* Berufung war man unzufrieden gewesen. Man hielt ihn nach seinen »Nachtwächterliedern« nur für einen der politischen Dichter und Tendenzpoeten, die nachgerade abgetan waren – zudem hatte er sich durch seine »Verhofräterei« den Liberalen verdächtig gemacht, während er den Altgesinnten durch allerlei Frivolitäten Anstoß zu geben fortfuhr. Immerhin war er nicht als Dichter, sondern als Theaterintendant nach München gekommen und hatte ein Amt, mit dem ohnehin ein Gehalt verbunden war. Auch wurde er nicht zu dem engeren Kreise des Königs hinzugezogen. Daß aber zwei andere fremde Dichter durch die Gnade des Königs eine Jahrespension genossen, ohne weitere Verpflichtung, als an den Symposien teilzunehmen und in München ihr Dichten und Trachten weiter zu treiben, entflammte die Gemüter, zumal der einheimischen Kollegen, zu heftiger Empörung.

Die Schuld an dieser unerhörten Vernachlässigung der talentvollen Landeskinder schob man nächst *Dönniges* natürlich Geibel in die Schuhe. Zwar hatte er von vornherein ein freundliches Verhältnis zu dem angesehensten der bayerischen Dialektdichter, *Franz von Kobell*, gefunden, der zu den Intimen des Hofes gehörte. Wo aber blieben die anderen, die zwar über die Grenzen Bayerns hinaus sich nicht bekannt gemacht hatten, aber innerhalb derselben eines gewissen Ansehens genossen? Wo blieb sogar der berühmte Oskar von Redwitz, dann Andreas May, Ludwig Steub, Franz Trautmann, Hermann Schmid, Franz Bonn, Heinrich Reder, Teichlein, Ille und so viele andere unter den jüngeren Talenten, denen ein königliches Jahrgehalt und die Soupers in der »Grünen Galerie« des Königsschlosses von ihren Freunden und Lesern lieber gegönnt worden wären, als dem in Peine an der Fuse geborenen Bodenstedt und gar dem Schreiber dieser Zeilen, dem es als ein unvertilgbarer Makel anhaftete, mit Spreewasser getauft worden zu sein?

Gewiß wäre niemand froher gewesen als Geibel, wenn er unter den genannten einheimischen Poeten den oder jenen dem Könige zur Aufnahme in seinen engeren Kreis hätte empfehlen können. Wie weit entfernt er von jeder prinzipiellen Geringschätzung der süddeutschen Talente war, hatte er zunächst durch die liebevolle Sorgfalt bewiesen, mit der er *Hermann Linggs* Gedichte herausgab, in der Vorrede auf ihn als einen »Ebenbürtigen« hinweisend, und späterhin durch das freundschaftliche Verhältnis mit dem Münchener *Hans Hopfen*, dem Schweizer *Leuthold* und dem Schwaben *Wilhelm Hertz*. Er war es auch, der Lingg und später *Melchior Meyr* eine Jahrespension beim König erwirkte, wie er denn überhaupt auch in materieller Fürsorge für Dichter, die er anerkannte, unermüdlich war, nicht nur durch sein Fürwort beim Könige (das auch *Otto Ludwig* zugute kam), sondern in großherzigster Weise aus seiner eigenen Tasche.

Wenn er sich gleichwohl den damaligen Poeten Münchens gegenüber zurückhaltend bewies, so geschah es ohne alle persönlichen Motive, aus dem Grunde, weil er keinen darunter für voll nahm.

Daß er ein gutes Recht dazu hatte, hat einer der talentvollsten jüngeren Münchener Dichter offen ausgesprochen, *Max Haushofer* in dem trefflichen, durch feines Urteil und gerechte Verteilung von Licht und Schatten ausgezeichneten Essay »Die literarische Blüte Münchens unter König Max II.«, aus dem oben schon eine bezeichnende Stelle angeführt worden ist[16] .

»Den vormärzlichen Dichtern Münchens gebrach es nicht an Talent, aber an der Energie des Strebens. Süddeutsche Gemütlichkeit ging ihnen über jeden Erfolg. Vormittags beim Bockfrühschoppen im ›Achazgarten‹ zu sitzen, den Nachmittag in einem der Kaffeehäuser des Hofgartens zu verplaudern und den Abend, wenn er schön war, auf einem der damals noch so prächtigen aussichtsreichen Keller zuzubringen: das war in jener Zeit ein viel schöneres und poetischeres Tun als das Sitzen am Schreibtisch.«

Es war aber doch wohl nicht vorzugsweise diese Neigung zu vergnüglichem Lebensgenuß, was die talentvollen Altbayern nicht zu strenger Arbeit im Dienst der Muse kommen ließ. Gerade weil hier im Süden der poetische Trieb den Begabteren mehr im Blute lag, ihre Natur von Hause aus künstlerischer gestimmt war als dem nüchternen Menschenschlag im Norden, fühlten sie weniger die Pflicht innerer Vertiefung und glaubten den Kranz »schon im Spazierengehen« zu erringen. Daß auch der Dichter nicht nur im Technischen viel zu lernen habe – hatte doch auch der berühmteste bayerische Poet, Graf Platen, sich nachgerühmt: »Die Kunst zu lernen, war ich nie zu träge« – sondern daß es etwas wie ein künstlerisches Gewissen gebe, dessen Mahnungen nicht als Schulweisheit eines pedantischen Präzeptors verspottet und vernachlässigt werden dürften, ahnten die wenigsten. Sie begnügten sich nach Art aller Dilettanten mit dem, was ihnen in angeregter Stunde von ihrem Genius beschert worden war, und antworteten, wenn sie auf Mängel dieses ersten Hinwurfs hingewiesen wurden, wie jener Poet in Shakespeares »Timon«: »'s ist eben nur ein Ding, mir leicht entschlüpft.«

Dazu kam, daß es vor fünfzig Jahren in München völlig an einer einsichtsvollen literarischen Kritik gebrach. Der Journalismus stand selbst in Bayerns Hauptstadt auf keiner höheren Stufe als heutzutage in den Lokalblättern kleinerer Provinzstädte, und auch das »Blatt

---

[16] Beilage zur »Allgemeinen Zeitung«, 15. und 16. Februar 1898.

für Diplomaten und Staatsmänner«, die »Augsburger Allgemeine Zeitung«, befaßte sich nur gelegentlich in der Beilage mit neueren belletristischen Erscheinungen. Was in norddeutschen kritischen Journalen hin und wieder geurteilt wurde über ein Buch, das aus dem Süden kam, machte, wenn es noch so sachlich und maßvoll klang, keine tiefere Wirkung, da man überzeugt war, die norddeutsche Kritik stehe der süddeutschen Produktion von vornherein mit einem geringschätzigen Vorurteil gegenüber. Auch fehlte es in München an einem Verleger für andere als wissenschaftliche, geistliche und pädagogische Literatur, und bei Cotta anzukommen, war ein seltener Glücksfall.

Noch verhängnisvoller aber als der Mangel einer öffentlichen Kritik war hier die Scheu vor jenen »goldnen Rücksichtslosigkeiten« im persönlichen Verkehr der Schriftsteller, die den Berliner Tunnel trotz manches pedantischen Zuges für die Bildung junger Talente so ersprießlich gemacht hatten[17] . Junge Künstler haben in der Regel mehr Vorteil von kameradschaftlicher wetteifernder Anregung untereinander, als von der eindringlichsten Unterweisung älterer Meister. Nun galt es aber für sehr unschicklich, offen ins Gesicht seine Meinung zu sagen, da man ja hinter dem Rücken der guten Freunde seiner scharfen Zunge keinen Zwang anzutun brauchte. Ich selbst, als ich einigen Kollegen keinen besseren Beweis meines freundschaftlichen guten Willens geben zu können meinte, als wenn ich ihnen in der schonendsten Form aussprach, was mir neben dem Gelungenen noch einer Besserung fähig schien, mußte zu meinem Schaden erfahren, daß dies des Landes nicht der Brauch sei. Man wollte en bloc gelobt werden und beschuldigte den unberufenen Tadler eines Mangels an guter Erziehung oder einer hochmütigen, wenn nicht gar feindseligen Gesinnung. Ich sah denn auch bald ein, daß mein redliches Bemühen hier an die Unrechten kam. Den wenigsten war es so ernstlich um die Sache zu tun, daß sie die Mühe daran gewendet hätten, auch wenn sie einen Einwand zugeben mußten, noch einmal Hand an ihr Werk zu legen. Sie fühlten

---

[17] Wie ernst es Freunde mit gegenseitiger Kritik ihrer dichterischen Arbeiten nahmen, wie unumwunden sie sich aussprachen und selbst die völlige Verwerfung nicht als Kränkung empfanden, sieht man in einem höchst interessanten Beispiel aus den Briefen Bernh. v. Lepels an Theodor Fontane (Vierzig Jahre B. v. Lepel von Th. Fontane, Berlin, F. Fontane & Co. 1901).

sich persönlich beleidigt und trotzten nun erst recht auf die Unantastbarkeit ihres ersten Hinwurfs.

Einem so viel älteren Poeten wie Franz von Kobell gegenüber hätte ich mich wohl gehütet, meinem kritischen Vorwitz Luft zu machen. Auch waren seine frischen Lieder und kleinen anekdotischen Gedichte in bayerischer und pfälzischer Mundart voll Mutterwitz und volkstümlichem Reiz schon durch den Zügel des Dialekts in ihrem munteren Gange gesichert, wie ja auch im Dialekt keine Sprachfehler gemacht werden. Was er hochdeutsch dichtete oder gelegentlich für die Bühne schrieb, hatte freilich auch einen dilettantischen Anstrich, fand aber ebenfalls so allgemeinen Beifall, daß sich niemand versucht fühlen konnte, die höchsten ästhetischen Maßstäbe daran zu legen. So wenig wie an die Verse seines Freundes, des Grafen *Franz von Pocci*, der so recht der Typus des vielseitig begabten altbayerischen Dilettantismus war. Als Knabe hatte ich den »Festkalender«, den er in Gemeinschaft mit Guido Görres herausgab, mit Entzücken studiert, die schnurrigen oder romantischen Balladen auswendig gelernt, die hübschen Bilder eifrig nachgezeichnet. Nun begnügte sich der liebenswürdige Mann freilich nicht mit seinen Erfolgen in geselligen Kreisen, wo er seine witzigen, oft sehr anzüglichen Karikaturen durch lustige Verse erklärte, noch mit dem Beifall der Kinderwelt, für die er seine vielen drolligen Puppenspiele dichtete, sondern er verfaßte auch anspruchsvollere Dramen, die allerdings von neuem bewiesen, daß es in dieser dichterischen Gattung mit einer leichtherzigen Improvisation nicht getan, sondern ernste Arbeit unerläßlich ist.

*

Ich gedenke aber nicht, hier die Geschichte des literarischen Münchens um die Zeit, ehe ich mich dazu gesellte, zu schreiben. Einen hinlänglichen Überblick über die Bestrebungen der einheimischen Poeten hat Max Haushofer in dem erwähnten Aufsatz gegeben, aus dem ich selbst erst manches erfahren habe, was mir damals entgangen war. Unter anderm, daß schon im Jahre 1848 in München – überhaupt die Stadt der Vereine – ein »Verein für deutsche Dichtkunst« gegründet wurde, der im Jahre 1851 ein Jahrbuch erscheinen ließ, darin unter mir bekannten Namen viele völlig verschollene. Sieben Jahre später gab Graf Pocci – »auf eine Anregung, die vom

Königshause ausgegangen war« - ein Münchener Album heraus, in dem sich eine noch viel größere Anzahl von einheimischen Namen findet. Dann entstand im Jahre 1852 »der Poetenverein an der Isar« unter dem Vorsitz des eifrig dichtenden Papierfabrikanten Medicus, der besonders einen jüngeren Freund, August Becker, zu fördern bemüht war und viel dazu beitrug, diesen hoffnungsvollen Anfänger in dem Wahn einer früh erreichten Meisterschaft zu bestärken.

All dieser Vorgänge auf dem bayerischen Parnaß habe ich nur erwähnt, um den Boden zu schildern, der dem Neuling heiß genug werden sollte, und die Stimmung der kollegialen Gesellschaft, die alle drei Berufenen empfing[18] .

Bodenstedts Berufung war durch Dönniges veranlaßt worden, der an dem ziemlich äußerlichen Witz des Mirza-Schaffy Gefallen gefunden hatte und von dem Verfasser der »Völker des Kaukasus« und »Tausendundein Tag im Orient« sich für die Unterhaltung der königlichen Tafelrunde viel versprach. - Geibel hatte sich fügen müssen, obwohl er von Bodenstedts Talent nicht so gut dachte. Im Vergleich zu den anderen westöstlichen Poeten - außer Goethe vor allem Rückert, Daumer und Platen - schien ihm Mirza-Schaffy des tieferen poetischen Gehalts, der echten, leidenschaftlichen Empfindung zu entbehren und der vielgerühmte Witz oft nur in billigen Reimspielen zu liegen, die höchstens einem Laienpublikum imponieren konnten. Was Bodenstedt nicht in der orientalischen Maske, sondern als guter Deutscher geschaffen hatte, seine eigenen Gedichte, Dramen, Novellen, stand so tief unter jenen poetischen Reisefrüchten, daß man sich des Verdachts nicht erwehren konnte, es handle sich bei diesen mehr oder weniger nur um Nachdichtungen geistvollerer Originale, - worüber Bodenstedts Erklärungen nie ein volles Licht verbreiteten.

Auf seine eigene Verantwortung hatte Geibel dagegen, wie gesagt, *meine* Berufung befürwortet und durchgesetzt, in jeder Weise ein Wagnis. Es war nichts Unerhörtes, daß ein Fürst einen aner-

---

[18] Bekannt ist das satirische Gedicht, mit dem der witzige Redakteur der Augsburger Allgemeinen Zeitung, Altenhöfer, die fremden Poeten begrüßte. Es war den autochthonen Gegnern aus der Seele gesprochen. Merkt es euch, ihr Geibel, Heyse, die ein Wind beliebig dreht, Hofgunst ist ein Dingel, das auf keinem festen Boden steht.

kannten Dichter in seine Nähe rief und ihn aller Lebensformen überhob. So hatte Friedrich Wilhelm IV. Kopisch nach Potsdam berufen, Rückert als Professor an die Berliner Universität, und Tiecks müder Pegasus genoß den königlichen Gnadenhafer. Was aber bisher von meinen Sachen gedruckt worden war, hatte schwerlich den Weg nach Bayern gefunden und konnte höchstens als Talentproben gelten, die mir keinen Anspruch darauf gaben, so vielen älteren einheimischen Dichtern vorgezogen zu werden. Dazu war mein Äußeres noch jugendlicher, als meine jungen vierundzwanzig Jahre. Ich sehe noch Liebigs verwunderte Miene bei meinem ersten Besuch, da er glaubte, ich sei gekommen, für meinen Vater, der berufen worden, Quartier zu machen, und höre das Lachen der Frau von Dönniges, als ich ihr erzählte, ich würde in sechs Wochen Hochzeit machen.

Der König indes hatte durch die »Urica«, die »Brüder« und das »Spanische Liederbuch«, die Geibel ihm vorgelegt, eine günstige Meinung von meinem Talent gewonnen, auch darein gewilligt, daß mir die erbetene Honorarprofessur an der Universität übertragen wurde. Nicht daß ich denn doch Zweifel gehegt hätte, ob ich es wagen dürfe, mich als Poet zu etablieren und in dichterischen Aufgaben ein ganzes Leben lang Genüge zu finden, sondern weil ich nicht wußte, wie mir in der Stellung eines königlichen »Günstlings« und Pensionärs zumute sein würde. Da ich mir wenig Talent zum Hofmann zutraute, wollte ich mir den Rückzug an die Universität offen halten.

Meine erste Audienz bei dem Könige, die am 28. März 1854 stattfand, überzeugte mich, daß es mir nicht schwer fallen würde, nach dem Wunsch dieses gütigen Fürsten in seiner Nähe ausschließlich meinem Talent zu leben.

Ich habe daher von dem Recht, an der Universität Vorlesungen zu halten, nie Gebrauch gemacht, zumal nachdem ich in *Konrad Hofmann* einen der gelehrtesten und geistvollsten Meister der romanischen Philologie kennen gelernt hatte, demgegenüber vollends ich mir der Unzulänglichkeit meines fragmentarischen Wissens beschämend bewußt wurde.

Die einfache Güte aber, mit der mein hoher Gönner mich empfing, das freundliche Interesse, das er an meinen Erstlingen zeigte, verscheuchten sofort jedes Gefühl von Befangenheit, mit dem ich ihm gegenübergetreten war. Ich fand ihn stattlicher, als er mir von Italien her im Gedächtnis geblieben war, das Gesicht jugendlicher und frischer, sein Anstand voll einfacher, natürlicher Würde.

Nun konnte ich ihm endlich persönlich für das mir in Rom bewiesene Wohlwollen danken, da er sich in meinen Bibliotheksnoten für mich verwendet hatte. Er erinnerte sich der Sache, fragte, ob ich auch in Spanien gewesen, was ich verneinen mußte, und ob in den dortigen Bibliotheken nicht noch unbekannte Schätze vergraben seien. Er knüpfte dabei an das Spanische Liederbuch an und fragte nach meinen gegenwärtigen Arbeiten, wobei er seine Neigung zur Poesie lebhaft äußerte. - »Majestät sind selbst Dichter« - - »Meine Zeit ist leider nicht mein. Aber ich kenne nichts, was eine bessere Erholung wäre, mehr das Gemüt und den Geist erhöbe, gerade in einer Zeit, die poetischen Bestrebungen so ungünstig ist. Was halten Sie davon, ob ein modernes geschichtliches Epos möglich wäre? Ich habe schon öfters mit Professor Geibel davon gesprochen, der aber nichts davon wissen will.« -

Meine Antwort darauf, und was ich über den weiteren Gang des Gesprächs an meine Eltern berichtete, will ich hier übergehen. Man wird begreifen, daß ich sehr glücklich war, in dem Fürsten, dessen Gnade mir zuteil geworden, einen Mann zu finden, den ich mit aufrichtigem Herzen verehren durfte. »Ich verspare mir,« hieß es in einem nach der Audienz geschriebenen Brief an die Eltern, »alles Nähere auf mündlich, wo auch allerlei Züge von hoher Menschlichkeit und Noblesse verraten werden dürfen, die der histoire secrète des Hofes angehören.« (Was hier gemeint war, ist mir nicht mehr erinnerlich.) Im ganzen hatte die Unterredung eine halbe Stunde gedauert, und ich war von ihrem Verlauf höchst befriedigt. »Abends sah ich mit Geibel die Terenzischen ›Brüder‹ im Theater, mit jener Frische und gutem Willen aufgeführt, wie man sie sonst bei Liebhabertheatern trifft. Nur einer war eigentlich ein voller Künstler (Christen?). König Ludwig und Königin Therese saßen links in der Proszeniumsloge, so daß ich sie genau und lange betrachten konnte. Der alte Herr ist sehr verwittert. Gegen die Mitte des Stücks kam das regierende Paar in die Loge gegenüber, die junge Königin sehr hübsch und beide stattlich zusammen. Geibel sah, wie der König mich von fern der Königin vorstellte. Eine nähere Bekanntschaft wartet meiner im Sommer. Darauf sind wir wieder bis gegen Mitternacht bei sehr gutem Wein und noch besserer Freundschaft beisammen geblieben.«

Meine Münchener Anfänge

So kehrte ich denn erleichterten Herzens nach Berlin zurück, wo am 15. Mai die Hochzeit stattfand. Ein lustiger Polterabend im Kuglerschen Hause ging vorher, an dem allerlei sinnige und unsinnige Scherze getrieben wurden. Nach verschiedenen Einzelanreden an das Brautpaar teilte sich vor einer der Mansardennischen ein Vorhang, und ein würdiges Ehepaar erschien, Fritz Eggers als Gatte und eine Tante der Braut (Lorchen Ritschl) als seine Frau. Sie führten einen kleinen, trockenen Dialog über die Unsicherheit, die in der Stadt herrsche. Unter anderm sei ein Preis auf die Ergreifung eines berüchtigten Räubers, Borscht, gesetzt worden. Alsbald wurde die Frau unruhig. Es sei ihr, als habe sie im Zimmer ein verdächtiges Geräusch gehört. Der Mann war der Meinung, dasselbe rühre von ihrem Söhnchen her - keinem Geringeren als Adolf Menzel, der in einem Kinderkleidchen am Boden kauerte und sehr ernsthaft mit einem hölzernen Pferde spielte. Doch gleich darauf kam unter dem Sofa ein haarbuschiger Gesell hervorgekrochen, Wilhelm Lübke in einer schäbigen Räubertracht, der sich als den steckbrieflich Gesuchten zu erkennen gab und das erschrockene Ehepaar auf den Knien anflehte, ihn laufen zu lassen. Dies geschah denn auch mit einigen großmütigen Worten, und der erste Akt war kurz und gut zu Ende.

Ich hatte dem Spiel in höchster Verwunderung zugeschaut und mir den Kopf zerbrochen, aus welchem Grunde diese kindische, völlig witzlose Komödie in unsern Polterabend hineingeschneit sei. Die übrigen Zuschauer schienen sich desto köstlicher zu amüsieren, nicht zum wenigsten über unsere verdutzten Mienen, so daß ich endlich mit verlegenem Lachen in den Applaus mit einstimmte. Gleich aber ging es an den zweiten und letzten Akt, der im Manuskript nicht über zwei Seiten füllen konnte. Das nämliche Ehepaar mit seinem schon damals kahlköpfigen Söhnchen erschien auf einer Reise, in einem Walde, wo ihre unsichtbare Kutsche sich verirrt hatte. Sie waren wieder vor Räubern in Furcht, und wirklich erschienen auch einige verdächtige Kerle mit geschwärzten Gesichtern, die sie aufforderten, ihre Barschaft herzugeben. Sie flehen auf den Knien um Gnade - vergebens. Da, wie der Mann schon seine Börse herauszieht, erscheint aus dem Dickicht, einem mit einer Decke verhängten Kleiderschrank, der vorhin begnadigte Räuber Wilhelm Lübke, schreckt das Gesindel, dessen Anführer er ist, mit einem wütenden Blick zurück und ruft feierlich, indem er die Knieenden aufhebt: Beruhigen Sie sich: ich bin Borscht! Vorhang fällt.

Schon bei Beginn des zweiten Akts waren mir die Schuppen von den Augen gefallen: das Stück, das den Titel »Der dankbare Räuber« führte, war mein eigenes dramatisches »Erstlingswerk«, in meinem zwölften Jahre in ein kleines Oktavschulheft geschrieben, in welchem es ganze fünf oder sechs Seiten füllte. Meine gute Mutter hatte es aufbewahrt und der mutwilligen Bande zur Aufführung ausgeliefert.

Ein unstillbarer Lachkrampf schüttelte mich, als mir die Sache klar wurde, und die Vorstellung endete unter so stürmischem Beifall, wie ihn keines meiner späteren, ein wenig reiferen Bühnenwerke davongetragen hat.

Die Trauung fand in derselben Kirche statt, wo ich auch eingesegnet worden war. Der Prediger hatte das Lied, das gesungen werden sollte, drucken und an die Hochzeitsgesellschaft verteilen lassen. Ich konnte mich eines Lächelns nicht enthalten, als ich die anzüglichen ersten zwei Zeilen las:

O Mensch, mit deinem Tichten
Ist wenig auszurichten –

was freilich nur sehr geistlich gemeint war, da der Prediger in der Traurede eine höchst wohlwollende Anspielung auf meine poetische Zukunft machte.

Die Freunde vom Tunnel hatten mir ein schönes Album mit Versen und Handzeichnungen verehrt, das mich darüber beruhigte, meine allzu hitzigen kritischen Unmanieren sollten mir nicht nachgetragen werden. Nach einer fröhlichen Hochzeitsreise durch Thüringen über Koburg, Bamberg, Nürnberg trafen wir am 25. Mai in der neuen Heimat ein. Am 1. Juni wurde ich zu meiner zweiten Audienz ins königliche Schloß beschieden, wo ich dem Könige die eben erschienenen »Hermen« und ein Exemplar der »Arrabbiata« überreichen konnte. Ich fand ihn noch huldvoller und mitteilsamer als das erstemal. Er versprach sogar, mir von seinen eigenen Poesien einiges mitzuteilen (»im Vertrauen; Sie dürfen nicht allzu scharf kritisieren.« – Es ist nie dazu gekommen). Ich erwähnte, da er äußerte, wie selten ein echter Poet sei, *Hermann Lingg*, dessen Gedichte Geibel eben herausgegeben hatte, und den ich nicht genug zu rühmen wußte. Auch ließ ich die Gelegenheit nicht unbenutzt, von meinem hochverehrten *Mörike* zu sprechen. Linggs Gedichte hatten dem Könige »nur teilweise gefallen«; *Mörike* hatte er nie nennen hören. »Es ist eine Schande!« sagte er. Dann kam er wieder darauf zurück, daß er ein modernes Epos entstehen zu sehen wünsche und sich meiner Vorliebe für Erzählungen in Versen freue. (Durch Geibel wußte ich, daß sein höchster Wunsch eine Epopöe aus der bayerischen Geschichte war.)

So bestärkte mich auch dies zweite Gespräch in der Überzeugung, daß auch ohne ein sonderliches Talent, Fürstendiener zu sein, meine Stellung zu diesem leutseligen, warmherzigen und wahrheitsuchenden Könige mir nichts auferlegen werde, was irgend ein Opfer der innersten Überzeugung von mir verlangte.

Zunächst aber sollte fast dieses ganze Jahr in völliger Freiheit von allen höfischen Pflichten vergehen, da der König viel abwesend war und erst Anfang Dezember das erste Symposion stattfand.

Ich war dessen froh, denn wir hatten genug zu tun, unsern jungen Hausstand einzurichten. Man konnte damals nicht wie heutzutage mit einem einzigen Gang in ein großes Möbel- und Hausgerätlager seine ganze häusliche Ausstattung besorgen. Nur zwei größere Möbelmagazine fanden wir, die überdies durch die Vorbereitungen zu der ersten Industrieausstellung im Glaspalast bedeutend gelichtet waren. So erlangten wir, was wir brauchten, nur stückweise; manches mußte eigens bestellt werden. Heute kamen die Stühle, morgen ein Schrank, nach Wochen erst mein Stehpult; die Büchergestelle ließen sich noch länger erwarten. Doch konnten alle diese Geduldsproben uns in unserem jungen Eheglück nicht anfechten, ja die Freude, daß jeder Tag etwas Neues brachte, wog die jetzige Bequemlichkeit, mühelos eine fertige Renaissance- oder Biedermeiereinrichtung zu erwerben, reichlich auf.

*

Dazwischen hatten wir Besuche zu machen und zu empfangen.

Die Gesellschaft, auf die wir angewiesen waren, bestand fast ausschließlich aus der Kolonie der Berufenen, unter denen einige waren, die ein geselliges Haus machten. An ihrer Spitze *Dönniges*, der damals bestgehaßte Mann in München, da die klerikale Partei und die zurückgesetzten Einheimischen in ihm den bösen Genius des Königs sahen. Es ist bekannt, daß Ranke, bei dem Kronprinz Max 1831 in Berlin gehört hatte, als es sich darum handelte, einen jüngeren Mann von historisch-politischer Bildung zur Leitung der Studien desselben zu bestellen, hierzu Dönniges als einen seiner begabtesten Schüler empfahl. Vom Jahre 1842 bis 1845 hatte denn auch Dönniges dem Kronprinzen Vorlesungen über Staatswirtschaft und Politik gehalten. Nach kurzer Entfernung kehrte er 1847 als Bibliothekar des Kronprinzen nach München zurück und blieb nach dem Thronwechsel als Berater ohne eigentliches Amt ihm zur Seite. Was gründliches Wissen und vielseitige literarische Bildung betraf, war die Wahl gewiß glücklich, und die energische Natur des jungen Gelehrten kam dem Könige bei dessen oft unschlüssigem, allzulange abwägendem Charakter gewiß zustatten. Aber Dönniges war alles andere eher als ein Diplomat, hatte wohl Klugheit genug, den Protestanten nicht hervorzukehren, im übrigen aber nicht das geschmeidige Talent, in seinem verantwortlichen Stellung als nächster Beirat des Königs den maßgebenden Behörden gegenüber stets zu lavieren und unnötiges Ärgernis zu vermeiden.

Ein etwas burschikoser, franker und gutmütiger Zug in seinem Wesen machte mir den Verkehr mit ihm sofort bequem und angenehm, zumal ich mich nächst Geibel ihm vor allen zu Dank verpflichtet fühlte. In seinem Hause aber, wo ein Ton herrschte, der mir nicht ganz zusagte, fühlten wir uns nicht heimisch, so viel interessante Menschen dort aus und ein gingen. Weit anziehender war uns das gastliche Haus des alten *Thiersch,* der schon vor der durch König Max eröffneten neuen Ära in München eine einflußreiche Stellung gewonnen hatte, freilich ebenfalls stark angefeindet durch die kirchlichen Superioren, die sich in ihrer Alleinherrschaft über die Schule durch sein freieres pädagogisches Regiment bedroht fühlten. Es war sogar zu einem Attentat auf das Leben des Verhaßten gekommen, ein Dolchstoß hatte ihn im Rücken verwundet; in seinem furchtlosen Fortschreiten aber auf dem Wege, den er für den richtigen hielt, hatte dies Abenteuer den ehrwürdigen Mann nicht aufhalten können.

Es war in der Tat eine Freude, diesen nestorischen Greis, aus dessen rötlich gefärbtem, von silberweißem Haar umrahmtem Gesicht zwei milde und doch geistig belebte blaue Augen strahlten, an der Seite seiner edlen Frau, umgeben von den hochbegabten Söhnen und liebenswürdigen Töchtern zu sehen, in den künstlerisch ausgestatteten weiten Räumen seines Hauses, wo er oft zahlreiche Gäste versammelte, zwischen ihnen mit gewinnender Freundlichkeit umhergehend und jedem ein gutes Wort gönnend. Aus dem unteren Saal gelangte man in den Garten, wo es oft von fröhlichem jungem Volke schwärmte. Natürlich war dies Haus nun auch der Sammelpunkt für die Berufenen.

In gleicher Weise machte sich auch *Justus von Liebig* um die Münchener Geselligkeit verdient. In meinem langen Leben sind mir wenig Menschen begegnet, die so wie er in ihrer Erscheinung »Anmut und Würde« vereinigt hätten. In der Schönheit seiner Züge konnte er den Vergleich mit Rauch aushalten; doch war sein Blick feuriger, sein Habitus der eines herrschenden Geistes, dessen Übergewicht über seine Helfer und Genossen sich gelegentlich mit gebieterischer Lebhaftigkeit fühlbar machte. Die durchdringende Klarheit seines Blickes, der doch zuzeiten wieder einen träumerisch sinnenden Ausdruck hatte, verriet den genialen Forscher und Finder. Dazu kam, während er im Schreiben die Sprache meisterlich beherrschte, eine gewisse tastende Unsicherheit im mündlichen Vortrag, die aber ihren Reiz hatte, da man das Werden des Gedankens im Geist des Sprechenden zu belauschen glaubte. Auch im geselligen Geplauder schien er oft durch ein Problem, das in ihm fortarbeitete, zerstreut, und nur am Abend, wo er regelmäßig mit vertrauten Freunden, Jolly, Bischof, Pettenkofer, später v. Sybel, im Whist Erholung suchte, war er ganz bei der Sache, die von seiner Tagesarbeit weit ablag.

Zur Poesie hatte er kein intimes Verhältnis. Die Freundschaft mit Platen hatte er wohl nur dem Zauber seiner Persönlichkeit zu verdanken gehabt, dem jeder schönheitsfrohe Mensch verfallen mußte. In seinen späteren Jahren, wo ich ihn kennen lernte, fesselte überdies die vornehme Gelassenheit, mit der er seinen Weltruhm ertrug, während er leidenschaftlich fortarbeitete, als ob es gelte, jetzt erst sich einen Namen zu machen.

Der Aufschwung, den die Naturwissenschaften an Universität und Polytechnikum nahmen, war ausschließlich sein Werk. Wie Dönniges die historischen Interessen des Königs, Geibel die poetischen vertrat, so war als dritter im Bunde Liebig der verantwortliche Minister im Gebiet der exakten Wissenschaften.

Auch *Dingelstedts* Haus stand uns offen. Es kam aber zu keinem freundschaftlichen Verhältnis zwischen uns. Obwohl er es an äußerlicher Höflichkeit auch mir, dem jüngsten »Günstling«, gegenüber nicht fehlen ließ, wußte ich doch, daß er es schwer ertrug, zu den Symposien nie hinzugezogen zu werden. Für den König war er nur der Intendant, nicht der Dichter, und seine Person so wenig wie seine Poesie hatte den kosmopolitischen Nachtwächter bei König Max in Gunst bringen können. Kein Wunder, daß der Monarch, in dessen Wesen nicht ein Hauch von Frivolität war, durch Dingelstedts zur Schau getragenes Witzeln und Höhnen über mancherlei, was ihm in dem alten München krähwinkelhaft erschien, wie auch durch die vormärzlichen Tendenzen seiner Lyrik abgestoßen wurde. Wer den »langen Franz« näher kannte, wußte, daß zwei Seelen in seiner Brust wohnten. Die demagogische aber wurde mehr und mehr durch die aristokratische unterjocht. Es wurde der höchste Ehrgeiz dieses anfänglichen Freiheitskämpfers, in seinem Auftreten es jedem hochgeborenen Dandy gleichzutun und den Adel zu erlangen, um in den Kreisen der höheren Gesellschaft zu glänzen, wozu er alle Anlagen hatte. Der gleiche Zwiespalt der Gesinnungen fand sich auch in dem Poeten. Von Hause aus war er ein so guter, sentimentaler deutscher Gemütsmensch wie irgendeiner seiner hessischen Landsleute. Aber sein Aufenthalt in Paris und London hatte ihn dazu verführt, nicht sich dieser heimischen Mitgift zu schämen – er wurde ein zärtlicher Gatte und Vater und schrieb die gefühlvollsten Verse über sein häusliches Glück –, daneben aber den Ton eines zynischen Weltmanns anzustimmen und mit zweideutigen Abenteuern zu kokettieren.

Ich besprach damals seine Gedichte im Literaturblatt des deutschen Kunstblatts, natürlich voll Anerkennung ihres poetischen Werts, doch schließlich mit dem Rat an den Verleger, einen family-

Dingelstedt herauszugeben. Er hat mir diesen Scherz nicht übelgenommen, auch seinen glänzenden, stets schlagfertigen Witz nie an mir ausgelassen. Seine persönliche Liebenswürdigkeit versöhnte mich auch immer wieder mit ihm, wenn ich ihm etwas, das er mir oder anderen angetan, übelgenommen hatte, und da ich wohl begriff, daß es ihn kränken mußte, mich trotz meiner Jugend in dem literarischen Kreise des Königs zu sehen, der ihm verschlossen blieb, so suchte ich jede Gelegenheit, einen freundlicheren Ton in unser Verhältnis zu bringen. Nach seinem Weggang von München gelang dies auch. Er beglückwünschte mich, wenn eines meiner Dramen unter seiner Leitung in Weimar oder Wien Beifall erhalten hatte, und soll sogar, als er sein Ende nahen fühlte, mich zu seinem Nachfolger am Burgtheater vorgeschlagen haben.

Zudem mußte ich sein Talent als Bühnenleiter aufrichtig bewundern. Seine Neigung zum Herrschen und Repräsentieren kam ihm dabei zustatten, da alle Mitglieder des Theaters in der Kunst, Komödie zu spielen - gelegentlich auch zu intrigieren -, ihn als den überlegenen Meister bewunderten und die Weiber vollends unter seinem Zauber standen. Noch später, da er schon München verlassen hatte, sagte mir die Frau eines Schauspielers in Weimar: »Er ist unwiderstehlich. Wenn er mir beföhle, von einem Turm herunterzuspringen, ich müßt' es tun.«

Mit all diesen glänzenden Gaben brachte er es aber nur zu äußeren Ehren und einflußreicher Stellung, während der Poet in ihm verkümmerte. Sein einziges Drama »Das Haus des Barneveldt« wurde bei der Münchener Aufführung schon wegen der Ungunst, in der der Dichter beim Publikum stand, äußerst kühl aufgenommen. Rings um sich her sah er jüngere Talente aufkommen, die ihn in Schatten stellten, und in den lichten Intervallen zwischen Erfolgen, die nur seine gesellschaftliche Eitelkeit befriedigten, wandelte ihn gewiß zuweilen ein bitteres Gefühl des Heimwehs an nach den Idealen seiner Jugendjahre, wo er seine Locken unfrisiert im hessischen Winde flattern lassen und sich gesagt hatte: Anch' io sono poeta!

Gegen *Kaulbach*, der damals auf der Höhe seines Ruhmes stand und mit allen Berufenen befreundet war, hatte ich mich von vornherein entschieden ablehnend verhalten. Seine Kunst, die ich in ihren Anfängen sehr bewundert hatte – die Hunnenschlacht gilt mir noch heute für ein geniales Werk – war mir von Jahr zu Jahr, je mehr die großen historisch-symbolischen Wandbilder im Berliner Neuen Museum vorschritten, immer ungenießbarer geworden, so sehr ich die geistige Kraft anerkennen mußte, mit der einige Höhenpunkte der Weltentwicklung hier in theatralischen Tableaus dargestellt erschienen. Aber die immer zunehmende Naturlosigkeit und schematische Behandlung der menschlichen Gestalt, das konventionelle Pathos, das sogar die Porträts zu rhetorischen Masken entseelte, wirkte so abstoßend auf mich, daß ich mich in eine leidenschaftliche Gegnerschaft zu dem immerhin bedeutenden Künstler verrannte und ihm, wo es irgend anging, auszuweichen suchte. Ich trieb meine schroffe Haltung so weit, daß ich sogar auf eine Einladung Kaulbachs durch Geibel, ihm zu einer seiner lebensgroßen Porträtzeichnungen zu sitzen, zurücksagen ließ, ich bedauerte, nicht kommen zu können, ich hätte keine Zeit. Freilich waren mir die großen unmalerisch stilisierten Köpfe meiner Freunde mit gespannt geöffnetem Blick und hölzernen Stirnen und Wangen höchst widerwärtig. Die Unart aber eines so jungen Menschen gegen einen gefeierten älteren Künstler, der ihm auch sonst ein entschiedenes Wohlwollen zu erkennen gab, ging doch über das Maß des erlaubten hinaus.

Damals verstand in allen Klassen der Gesellschaft niemand eine solche Antipathie, die heutzutage zu bekennen der jüngste Akademiker für seine Pflicht hält, wie denn sogar der gewaltige Cornelius von der übermütigen und gedankenlosen sezessionistischen Jugend über die Achsel angesehen wird. Ich selbst habe später die Übertreibung meiner damaligen Abneigung einsehen gelernt und sie um so mehr als eine zwar im Kern berechtigte, in ihrer Äußerung aber ungehörige Grille erkennen müssen, da der Fehler der Naturlosigkeit, den ich Kaulbach nicht verzieh, in ähnlichem Maße auch meinem sehr geliebten *Genelli* anhing. Was mich aber in dessen Zeichnungen die offenbare Manier in der Formgebung, den konventionellen Familienzug in den Köpfen leichter nehmen ließ, als die gleichen Mängel der Kaulbachschen Kunst, war teils jene träumerisch-poetische Phantaste, der Genellis schönste Kompositionen entsprangen, teils die groß angelegte Persönlichkeit, die antike Naivität des vom Glück gemiedenen Künstlers, der zu gründlichen Modellstudien selten die Mittel gehabt hatte, da er oft nicht einmal so viel besaß, um das Kartonpapier und die Bleistifte zu seinen Entwürfen zu bezahlen. Damals lebte er in tiefster Dürftigkeit sehr zurückgezogen, und wir gaben die Schuld seiner Not zum guten Teil dem glücklicheren Nebenbuhler, der, wie wir meinten, zwischen ihm und den königlichen Aufträgen stand[19] . Gewiß mit Unrecht. Wie beide Künstler und zumal der Geschmack der großen Menge und die Kunstbegriffe der Besteller beschaffen waren, hatte Kaulbach die Rivalität Genellis nicht zu fürchten. Aber wir waren nun einmal im Zuge mit der Ungerechtigkeit, und so ging es in einem hin. Wir, worunter vor allen der edle Holsteiner *Charles Roß* gemeint ist, außer ihm der Bildhauer *Brugger,* der Kupferstecher *Merz,* der geniale *Rahl,* der sich zuweilen bei uns blicken ließ, und einige andere dunkle Ehrenmänner klassischer Observanz, die mit Genelli zusammen den bedenklichen Ungarwein der Schimonschen Weinstube tranken (siehe die Novelle »Der letzte Centaur«). Roß aber, ein Landschafter von großem Talent, doch so wenig voll ausgereift wie Genelli selbst, war der Hauptvermittler bei den Unterhandlungen mit Schack, der eine farbige Zeichnung Genellis - die Vision des Ezechiel - ankaufte und damit den ersten Schritt tat, der Not des Meisters ein Ende zu machen.

So habe ich denn Kaulbachs gastliches Haus nie betreten.

Habe ich nun aber noch des *Bluntschli*schen Hauses gedacht, das durch die Person des Hausherrn in seiner warmblütigen schweizerischen Eigenart und geistigen Tatkraft eine große Anziehung ausübte, so ist der Kreis der eingewanderten Familien, die eine Geselligkeit in größerem Stil unterhielten, so ziemlich geschlossen. Der Umgang mit diesem trefflichen Gelehrten (seit 1848 Professor des deutschen Privatrechts und des allgemeinen Staatsrechts an der Münchener Universität), dessen Wesen von jedem noch so leichten Schulstaub frei geblieben war, erhielt noch einen besonderen Reiz

---

[19] Man erzählte, Genelli habe einmal mit mehreren anderen Künstlern eine Audienz bei König Ludwig gehabt. Als die Reihe an ihn kam, habe der König gefragt: Was machen sie jetzt, lieber Genelli? - Ich führe das Leben eines Wüstlings aus, Majestät - Der König, der nicht wußte, daß Genelli einen Zyklus von Zeichnungen unter diesem Titel in Arbeit hatte, und das »aus« nicht gehört, sondern nur »ich führe« verstanden hatte, wandte ihm den Rücken und hat ihn nie wieder empfangen wollen.

durch das psychologische Rätsel, wie es möglich war, daß ein Mann, der sich vielfach als praktischer Politiker bewährt hatte, sich den Phantastereien eines so problematischen falschen Propheten wie Friedrich Rohmer wehrlos gefangen geben und um seinetwillen sogar seiner Heimat hatte entsagen können.

In den altmünchener Häusern dagegen, auch wenn sie sich nicht spröde gegen die »Fremden« verhielten, herrschte noch die oben erwähnte landesübliche Ungastlichkeit. Der einzige Kobell lud alljährlich im Mai zu einem vergnüglichen Bockfrühstück seine Freunde aus beiden Lagern ein. Die adeligen Familien, deren Standesgenossen es sich in Berlin hatten angelegen sein lassen, Geibel in ihre Kreise zu ziehen, verhielten sich ihm wie allen Berufenen gegenüber ablehnend, aus den verschiedensten Motiven, zumeist wohl aus Groll darüber, daß diese nicht hoffähigen Gelehrten und Schriftsteller eines vertraulichen Verkehrs mit der Majestät gewürdigt wurden, der ihnen versagt blieb.

Die Ecke

Wir jungen Eheleute aber, da wir nicht imstande waren, mit einem festen Einkommen von tausend Gulden ebenfalls ein Haus zu machen - Novellenhonorare, wie sie heute gezahlt werden, kannte man in jenen bescheidenen Tagen noch nicht, und wenn ich auch später zuweilen mich genötigt sah, etwas »für die Küche« zu schreiben[20] , so war ich doch damals noch fast ausschließlich mit brotlosen dramatischen und epischen Arbeiten beschäftigt -, wir genossen unser Gastrecht in jenen größeren Häusern nur sehr zurückhaltend und hätten die Trennung von unseren Eltern und den Berliner Freunden schwerer ertragen ohne die Bekanntschaft mit einer hochgebildeten alten Dame, die im Nachbarhause wohnte und uns bald eine wahrhaft mütterliche Freundin werden sollte.

Wodurch Geibel in einen näheren Verkehr mit ihr gekommen war, ist mir nicht erinnerlich. Sie war eine Russin von Geburt, die Witwe eines Staatsrats *von Ledebour,* der als Botaniker an der Dorpater Universität eine hervorragende Stellung eingenommen und nach seiner Pensionierung in München sich niedergelassen hatte. Eine nicht mehr ganz junge, heitere und liebenswürdige Pflegetochter, die das kinderlose Ehepaar unter vierzehn oder fünfzehn Sprößlingen eines Heidelberger Pfarrhauses adoptiert hatte, Fräulein *Julie Dreuttel,* umgab die Greisin mit der treuesten Sorge und trug viel dazu bei, den Hausfreunden die Abende bei der feinen alten Dame anziehend zu machen. Auch Münchener Künstler und andere einheimische notable Leute gingen bei ihr ein und aus, am häufigsten aber das Geibelsche Ehepaar und wir nächsten Nachbarn. Dazu gesellte sich dann auch *Riehl* mit seiner Frau und im nächsten Jahre *Adolf Friedrich von Schack,* der durch Geibel, seinen alten Freund, nach München gelockt worden war, um ebenfalls ein Stammgast der königlichen Tafelrunde zu werden.

Es war ein ungemein anregender, geistig belebter, gemütlich erquickender Verkehr, der mit einigen Unterbrechungen bis an den Tod der verehrten Frau (November 1863) fortdauerte. Wir nannten

---

[20] So übernahm ich unter anderem im Jahre 1857 die Übersetzung eines Buches von Caveda über Spanische Baukunst, die mich in allen Nebenstunden eines langen Winters ermüdend beschäftigte und nur ein geringes Honorar eintrug.

uns »*die Ecke*«, da sowohl Geibels als wir zu der guten Staatsrätin in der Luisenstraße nur um die Ecke zu gehen hatten. Hier lasen wir unsere neuesten Gedichte, Dramen, Novellen; Riehl brachte seine Hausmusik mit, und die alte Freundin, die wir als den Eckstein der Ecke feierten, hatte für solche Humore ebensoviel Sinn, wie sie dann wieder mit dem milden Blick ihrer blauen Augen in dem welken, bleichen Gesicht, das dünnes silbernes Haar umrahmte, selbst Geibels Ungestüm zu zähmen wußte, wenn er mit Fräulein Julie, die sich nicht von ihm einschüchtern ließ, wie einst in Berlin mit Luise Kugler in einer seiner herrischen Launen aneinandergeriet.

Ich kann mir nicht versagen, eines heiteren Wettbewerbes zu gedenken, zu dem unsere Gönnerin den Anstoß gab.

Ich hatte an einem unserer Abende ein kurioses Büchlein mitgebracht, das in Bremen gedruckt war und einen dortigen Apotheker *Renner* zum Verfasser hatte. Dieser wackere Mann hatte den Trieb gefühlt, alle kleinen Erlebnisse in seinem eigenen Inneren und die Schicksale guter Bekannter in Reime zu bringen, und die anspruchslosen Eingebungen seiner Muse, die zwischen Arzneiflaschen und Pillenschachteln entstanden waren, zur Ergötzung seiner Nachbarn und der ganzen Stadt im Jahre 1818 drucken lassen. Die Gedichte hatten das Eigentümliche, daß ihnen fast immer eine sogenannte Pointe fehlte, daß man, wenn sie vorgelesen wurden, fragte, ob es nun aus sei, was, wenn es bejaht wurde, stets einen Heiterkeitsausbruch entfesselte.

Als Beispiel will ich nur die folgenden Gedichte anführen:

Der traurige oder übelgelaunte Knabe.

Die Welt ist mir itzt nichts mehr nütz!
So sagte einst der kleine Fritz
Und sprang im (!) Graben und ersoff.
Da gab es auf der Eltern Hof
Ein Schreck, wie sich leicht denken läßt,
Doch er saß ganz im Schlamme fest.
Man brachte ihn sogleich nach Haus.
Geschmückt mit einem Blumenstrauß
Begrub man ihn, auszeichnend schön.

Die Eltern weinten über den,
Allein kein Weinen fruchtete,
Und ob sein Tod tat diesen weh,
So gaben sie in Fritz sich bald,
Der noch nicht mal neun Jahre alt,
Denn Kinder hatten sie genug.
Groß war im Haus davon der Zug.

Lisette und Herr Wölber.

Gestern abend stand Lisette
Spät bei ihrer Toilette,
Setzte auf sich die Dormeuse,
Und weil sie ihr ließ affreuse,
Schalt sie drüber bei sich selber.
Dieses Schelten hört Herr Wölber,
Und der sagt: ich mag dich leiden,
Will dir gleich die Haub nicht kleide,
So läßt dir die goldne Kette
Schön doch um den Hals, Lisette.

Daß ernste Männer und Poeten wie Geibel, Schack und Riehl sich an diesen kindlichen Verskünsten ergötzten, wird man kaum glaublich finden. Doch regten sie zu ganz ernsthaften Betrachtungen darüber an, daß hier eine Art poetischer Naturselbstdruck vorliege, eine naive Abspiegelung der Wirklichkeit in einem halbgebildeten Kopf, und einer von uns erklärte sogar, es sei keine Kunst, ernsthafte und sinnvolle Verse zu machen, weit schwieriger, ein Gedicht ganz ohne Pointe zu verfassen, da der gewöhnliche Kopf immer bei allem einen Sinn verlange.

Dies Paradoxon regte die alte Staatsrätin dazu an, einen Wettbewerb auszuschreiben auf das beste Gedicht ohne Pointe, und wirklich ergab sich, als die eingelaufenen Konkurrenzarbeiten unter großer Heiterkeit vorgelesen wurden, daß es nur mir gelungen war, dem Rennerschen Vorbild nahe zu kommen. Geibel sowohl wie der Übersetzer Firdusis und der Verfasser der »Familie« hatten sich nicht ganz enthalten können, in den Unsinn wenigstens einen Hauch von Sinn zu legen, einen witzigen Zug, der auf das Alberne des Inhalts oder dessen Inhaltslosigkeit hindeutete, während mein Konkurrenzpoem auch des leisesen Gedankengehalts entbehrte.

Da ich noch heute mir etwas darauf zugute tue, daß ich im Sinnlosen den berühmten Freunden es zuvorgetan hatte, will ich der Nachwelt dies seltene Werk nicht vorenthalten.

Herr Zeising saß beim Glase Wein,
Da trat ein kleines Mädchen ein,
Sechs Jahre alt, sie hieß Mariechen.
Dies Kind sah einen Käfer kriechen.
Der Käfer kroch entlang der Wand,
Mariechen fing ihn mit der Hand
Und wollte ihn am Licht verbrennen.
Herr Zeising tät gleich zu ihr rennen
Und sprach: mein Kind, was machst du da?
Doch als er erst den Käfer sah,
Der eigentlich ein Kelleresel,
Sprach er: ich war einmal in Wesel.
Da haben meinen Bruder Jochen
Des Nachts die Wanzen arg zerstochen.

Der Preis war der dichterischen Leistung würdig. Er bestand in einem gefüllten Halbekrügel und einem kindskopfgroßen Knödel.

*

Damals hatte *Riehl* eben erst seine reiche Arbeitskraft entfaltet und große Erfolge gehabt Seine Bücher über »Die Familie«, »Die Arbeit«, »Land und Leute«, »Die Pfälzer« waren so voll geistreicher Paradoxen, so reich an charakteristischen Zügen und so farbig im Stil, daß auch wir sie aufrichtig bewunderten und gern über gewisse »reaktionäre« Tendenzen darin hinwegsahen.

Wohl wurden auch wir bald inne, wie wenig diese Bücher des Volkswirtschaftslehrers zur Lösung der schweren sozialen Probleme beitrugen, die damals die Zeit zu bewegen anfingen. Sein Ideal einer »Familie« paßte nicht mehr in die von so ganz anderen, freieren Bedürfnissen erfüllte, an Verkehrsmitteln reichere Gegenwart hinein. Und wer von der »Arbeit« im Grunde nicht viel mehr zu sagen wußte, als daß sie einen sittlichen Wert habe, war nicht dazu geeignet, in die moderne Bewegung der breiten Volksschichten einzugreifen.

Aber Riehl war überhaupt eine vorwiegend künstlerische, keine wissenschaftliche Natur. Seinem Wahlspruch »Selbst ist der Mann« gemäß verschmähte er es, sich als ein bescheidenes Glied der Kette ernster Arbeiter einzureihen, die von Hand zu Hand zum Löschen brennender Zeitfragen einander den Eimer reichen. Er betrachtete mit einem Künstler- und Dichterauge die Kulturwelt um sich her und die wechselnden Formen, in denen sich das Leben der Vorzeit bewegt hat. Darüber machte er sich seine Gedanken und schrieb sie nieder, wie wenn niemand vor ihm sich dieser Aufgabe unterzogen hätte, was seinen Büchern freilich einen frischen, persönlichen Charakter ohne jeden mühsamen, gelehrten Anstrich gab, ihnen aber den Vorwurf einer bloß feuilletonistischen, dilettantischen Behandlung eintrug.

Dilettantisch blieben leider auch die Bestrebungen des vielbegabten Mannes auf dem Gebiet der eigentlichen Künste, die er mit Leidenschaft betrieb. Er hatte fünfzig Lieder in Musik gesetzt und unter dem Titel »Hausmusik« bei Cotta erscheinen lassen. Die Musiker nahmen diesen Kollegen nicht für voll, und auch ins »Haus« ist wohl kaum einer dieser einfachen Gesänge gedrungen, wie denn auch die Trios und Quartette, die Riehl komponierte, über seinen eigenen Familienkreis nicht hinausdrangen.

Besser glückte es ihm mit der Novelle. Er hatte sich in der richtigen Erkenntnis, daß er ein Leidenschaftsproblem nicht zu bezwingen vermöchte und der Darstellung tieferer seelischer Konflikte überhaupt nicht gewachsen war, seine eigene Gattung gegründet, die durch den Titel »Kulturnovellen« den Vorwurf entkräften wollte, daß es sich darin oft nur um eine interessante historische Anekdote handelte. Immerhin wußte der vielbewanderte Professor der Kulturgeschichte so viel Merkwürdiges mitzuteilen und tat es zwar in etwas lehrhaftem, doch oft humoristisch gefärbtem Stil, daß diese seine Bücher wohl von allem, was er der Welt gegeben, die längste Lebensdauer behaupten werden.

Er selbst hat in der Vorrede zu einem seiner Novellenbücher, vom Jahre 1874, das er »Aus der Ecke« nannte, mit lebhafter Wärme jener Sonntage bei der verehrten alten Freundin gedacht und ausführlich geschildert, wie es damals unter uns zuging[21] . Nur von *Schack* ist in jener Vorrede nicht mehr als der Name genannt; als gewissenhafter Chronist der Ecke fühle ich die Verpflichtung, diese Lücke auszufüllen.

Mein erstes Begegnen mit ihm datiert vom Jahre 1848/49. Geibel hatte die Bekanntschaft vermittelt und Schack mir das Vertrauen bewiesen, mir zwei politische Komödien mitzuteilen, die er gerne gedruckt gesehen hätte, ohne daß sein Name genannt würde. Er war damals schon im diplomatischen Dienst seines Landesherrn, des Großherzogs von Mecklenburg, und wünschte mit seiner demokratischen Gesinnung nicht hervorzutreten.

Meine eigenen diplomatischen Bemühungen bei verschiedenen Berliner Verlegern waren erfolglos. Beide Stücke, »Der Kaiserbote« und »Cancan«, sind erst später bei Cotta erschienen. Dann wurde der Faden nicht weiter fortgesponnen, bis wir ihn im Jahre 1855 am Tisch der Staatsrätin wieder anknüpften.

Er kam mir damals sehr freundlich entgegen. Besonders die so höchst jugendliche »Francesca von Rimini« hatte er in Affektion genommen, und auch »Die Sabinerinnen« erfreuten sich seines Beifalls. Je weiter ich aber fortschritt, je kühler wurde seine Teilnahme; denn er verdachte es mir, daß ich zwar seine großen Verdienste als Gelehrter, seine Übersetzung des Firdusi und spanischer Romanzen, die dreibändige Geschichte des spanischen Theaters, das Buch über »Die Poesie und Kunst der Araber in Spanien« und anderes gern anerkannte, seine eigenen Dichtungen aber nicht so begeistert, wie er es wünschte, aufzunehmen vermochte. Auch rechnete er als ein richtiger Platenide Novellen und Romane nicht zur Poesie und sprach sehr geringschätzig von allem, was sich in prosaischer Form hervortat[22] . Er selbst war nur ein Bildungspoet,

---

[21] Bezeichnend für die Art seiner dichterischen Produktion ist das freilich halb scherzhaft gemeinte naive Geständnis in dieser Vorrede: er habe sich vorgesetzt, fünfzig Novellen zu schreiben, damit er doch auch Anspruch darauf hätte, als Novellist mitgezählt zu werden. Heinrich von Kleist hat es bekanntlich schon mit drei oder vier Novellen dazu gebracht.

[22] Wie Wilhelm Jensen, einer der treuesten Jünger und Anhänger Geibels, dazu kommen konnte, auch ihm nachzusagen, daß »Prosaschriften für ihn mit der

mit größtem formalem Talent begabt, doch ohne ein starkes, echtes Verhältnis zur Natur und zum »vollen Menschenleben«, dem er als ein aristokratisch verwöhnter Junggeselle zeitlebens fern blieb, in seinem einsamen Hause studierend, Klavier spielend und lange Dichtungen verfassend, in einem glänzenden rhetorischen Stil, dem jeder Naturlaut fehlte.

Auch die Stellung, die er in München als Kunstmäcen einnahm, konnte ihm für den ausbleibenden Dichterruhm keinen vollen Ersatz bieten. Denn eben die beglückende verständnisvolle Liebe des Sammlers und Kenners fehlte ihm. Er sah in der Kunst nur auf den poetischen Stoff und eine gewisse Größe der Behandlung, hatte aber für die intimen malerischen Reize kein Auge. Da er aber einsichtige Berater zur Seite hatte, die sein Interesse auf Genelli, Böcklin, Feuerbach und andere bedeutende Künstler hinlenkten, gelang es ihm dennoch, eine Galerie zusammenzubringen, die zu den künstlerischen Zierden Münchens gehört. In seinen letzten Lebensjahren wurde der Genuß, den er selbst daran hatte, immer schattenhafter. Er verlor fast ganz sein Augenlicht, und nun war die Seelenstärke höchst bewunderungswürdig, mit der er klaglos sein Unglück ertrug, beständig wissenschaftlich und dichterisch mit seinem Sekretär und dank seinem nie versagenden Gedächtnis fortarbeitend, bis er in Rom im Jahre 1894 seine verdunkelten Augen für immer schloß.

*

Doch die Erinnerung an die »Ecke« hat mich weit über das Jahr hinausgeführt, in dem sie gegründet wurde. Und dieses erste Jahr meines neuen Münchener Lebens, zu dem ich nun zurückkehre, war doch so vielfach ereignisreich, daß ich noch etwas länger bei ihm verweilen muß.

Dichtung nichts gemein« gehabt hätten (in dem Aufsatz »Heimaterinnerungen« in Velhagen und Klasings Monatsheften, Juni 1900), ist mir unerklärlich. Der Bewunderer des Werther und der Wahlverwandtschaften, des Don Quichote und der Leute von Seldwyla, soll Dichtungen dieses höchsten Wertes darum, weil sie nicht in gebundener Rede verfaßt waren, für »Bastarde der Kunst« erklärt haben? Eine gelegentliche Äußerung des Unmuts über die gewerbsmäßige Roman- und Novellenfabrikation mag zu diesem gründlichen Mißverständnis geführt haben.

Die erste große Industrieausstellung, die in dem neu errichteten Glaspalast stattfand und im Sommer 1854 einen breiten Fremdenstrom nach München lockte, hatte Dingelstedt auf den Gedanken gebracht, auch sein Theater der Welt in einem ungewohnten Glanz zu zeigen durch Mustervorstellungen, zu denen er die ersten Kräfte aller deutschen Bühnen zusammenrief. Er inszenierte dies merkwürdige Schauspiel mit seiner gewohnten Geschicklichkeit, und soviel sich auch im einzelnen gegen die Stillosigkeit eines solchen extemporierten Zusammenspiels sagen ließ, der Gesamteindruck war gleichwohl in höchsten Grade anziehend und unvergeßlich[23] .

Bekanntlich unterbrach das Eindringen der Cholera diese heiteren olympischen Spiele und entvölkerte bald das Theater wie auch die Stadt selbst. Geibel zog sich mit seiner Ada nach Lindau zurück, von wo sie den Keim ihres tödlichen Leidens nach München zurückbringen sollte. Sie starb schon im November 1855, nach einem Leidensjahr, das sie mit wahrhaft heroischer Seelenstärke ertragen hatte. Ja, in den Schmerzen dieser langen Monate, wo eine rätselhafte Lähmung sie fast immer ans Bett fesselte, reifte ihr Charakter von der schüchternen Mädchenhaftigkeit, die sie in ihre junge Ehe hinübergebracht hatte, zur edlen Klarheit und Hoheit einer starken Frauenseele heran. Ganz jung, noch ein halbes Kind, hatte sie ihr Herz dem viel älteren Hausfreunde ihrer Eltern hingegeben, dessen Lieder sie bezauberten. Daß er sie vor allen zu seiner Gattin wählen konnte, war ihr als ein unfaßbares Glück erschienen, und mit rührender Demut ertrug sie die gewaltsamen Ausbrüche seines heftigen Temperaments, die auch sie nicht verschonten. Erst auf ihrem Siechbette, da sie hilfloser als je sich ihm gegenüber sah, lernte sie ihn zügeln und das Eigenrecht ihrer Persönlichkeit mit sanfter Festigkeit behaupten. Wir betrauerten ihr Scheiden innig, und an manchem Eckenabend lebte die Erinnerung an die verlorene Freundin beweglich unter uns auf.

Damals aber, als sie, noch in voller Blüte ihrer Anmut und Gesundheit, an den Bodensee flüchtete, suchten wir eine Zuflucht vor der Seuche in Possenhofen am Starnbergersee, wohin auch bald meine Schwiegereltern nachkamen.

---

[23] Im Literaturblatt zum Deutschen Kunstblatt habe ich damals ausführlich über diese Mustervorstellungen berichtet.

Diese Sommerwochen unter den herrlichen Buchenschatten des Sees mit unseren teuren Nächsten - auch mein junger Schwager, *Hans Kugler,* war bei uns - stehen mir in leuchtendster Erinnerung. Von der Einfachheit unseres damaligen häuslichen Zustandes haben die heutigen städtischen Sommerfrischler wohl kaum eine Vorstellung. Wir bewohnten drei kahle, weißgetünchte Zimmer in einem kleinen Fischerhause, dessen Besitzer das Erdgeschoß innehatte. Hans hatte sein Bett in einem Dachzimmer mit schiefen Wänden, und da es das geräumigste war, versammelte es abends die ganze Familie, von der ein jedes nur einen einzigen, schweren Holzstuhl besaß. Der mußte dann die steile hölzerne Bodentreppe hinaufgeschleppt werden. Die Frau Fischmeisterin in Possenhofen, die ein Wirtshaus hielt, war sehr unzufrieden damit, daß wir den Anspruch machten, für unser gutes Geld täglich von ihr gespeist zu werden, da sie es »gottlob nicht nötig hatte«, von den Fremden zu leben. Sie hoffte uns daher durch möglichst ungenießbare Kost wegzuhungern, was ihr aber erst nach beharrlicher ausgesuchter Bosheit gelang. In Starnberg, wohin wir flüchteten, wurden wir besser gefüttert; es war aber nicht mehr unser stilles, lauschiges Nest unmittelbar am Seeufer mit dem Blick auf die herüberschimmernde Alpenkette, wo wir nur zehn Schritt zu gehen hatten, um unsere Glieder in der kristallhellen Flut zu kühlen.

Der Sommer verging; im Frühherbst reisten wir mit den Eltern nach Berlin, um die Hochzeit meines Freundes Otto Ribbeck mit Emma Baeyer feiern zu helfen. Es war mir ein eigenes Gefühl, in den beiden nach dem Hof gehenden Zimmerchen der elterlichen Wohnung in der Behrenstraße, wo ich als Schüler und Student gehaust hatte, nun mit meiner jungen Frau mich einzuquartieren.

Das Krokodil.

Am 24. Oktober trafen wir in München wieder ein.

Hier ging ich nun sogleich daran, einen Plan zur Ausführung zu bringen, der mir sehr am Herzen lag.

Die Spannung zwischen uns Berufenen und den einheimischen Poeten durfte auf die Länge nicht bestehen bleiben. Wenn auch eine Vereinigung alter und junger Dichter und Dilettanten nach Art des Tunnels nicht zu erreichen war, so wollte ich doch wenigstens den Versuch machen, die jüngeren Kollegen zu uns heranzuziehen.

Geibel, den ich in München vorfand, war heftig dagegen. Es kam zu einem stürmischen Auftritt zwischen uns, in dem ich Willen gegen Willen setzte und mich absichtlich nicht mäßigte, um ihm zum Bewußtsein zu bringen, daß ich nicht gesonnen sei, mich seiner Herrschgewalt auch da zu fügen, wo ich es als Pflicht erkannte, nach meiner besten Überzeugung einen anderen Weg zu gehen als er. Der Sturm verbrauste aber, ohne die alte Liebe und Freundschaft zu erschüttern. Die Entschiedenheit, mit der ich dem »Donnerer«, wie wir ihn nannten, gegenübergetreten war, hatte nur die erwünschte Wirkung, daß von da an der Freund mich in meiner Weise gewähren ließ und mir nachsagte, ich sei »sehr jähzornig und nicht leicht zu behandeln«, wozu die Freunde, die mich kannten, lächelten.

Ein sehr willkommener und treuer Mithelfer bei dem schwierigen Unternehmen, Einheimische und Fremde zusammenzuführen, war *Julius Grosse*. Er lebte damals schon einige Jahre in München, wohin es ihn als der Malerei Beflissenen aus seiner Thüringer Heimat gezogen hatte, war aber, da ich nach Bayern kam, schon endgültig zur Poesie übergegangen, in der er seiner unerschöpflich gestaltenden Phantasie freier die Zügel schießen lassen konnte. Wir nannten ihn »den letzten Romantiker«, der Achim von Arnims Erbschaft angetreten habe, da es auch ihm damals schwer wurde, die zuströmende Überfülle der Motive, Gestalten, lyrischen Stimmungen und geistigen Probleme zu ordnen, den reichen Quell seiner Dichtung zu »fassen« und »zu befestigen mit dauernden Gedanken«.

Seit jenen Tagen, wo er Geibel und mir mit herzlicher Wärme und einer Lauterkeit der Gesinnung, die jede Probe bestand, entgegenkam, bin ich ihm durch alle Wechselfälle unseres Lebens zugetan geblieben. Damals aber war sein Eintreten für uns um so unschätzbarer infolge seiner freien Stellung zwischen den Parteien - kein Berufener, doch auch kein Süddeutscher, und schon vor uns mit einigen der hervorragenderen Münchener, wie Franz Trautmann, Franz Bonn, Hermann Schmid, befreundet und somit zum natürlichen Vermittler geeignet. Hauptsächlich durch ihn kam am 5. November eine erste Zusammenkunft in dem Kaffeehause »Zur Stadt München« zustande. Die oben geschilderte Abneigung der hiesigen Poeten, sich eine offene Meinung ins Gesicht sagen zu lassen, verhinderte aber noch eine gute Weile jene kollegiale Vertraulichkeit, die ich vom Tunnel her gewohnt war. Statt dessen fehlte es nicht an verstärkter Feindseligkeit. So trug unter anderem Bonn bei einer unserer nächsten Zusammenkünfte eine Parodie auf meinen kürzlich erschienenen »Meleager« vor, unter dem Titel »Der brennende Stiefelzieher«. Unter dem Schein harmlosen Scherzes war hier ein reichliches Maß von Bosheit aufgewendet. Ich war überhaupt nicht empfindlich, ließ mich gern zum besten halten und machte natürlich auch diesmal gute Miene zum bösen Spiel. Der Vorfall hatte mich aber belehrt, daß es nicht so leicht sein würde, wie ich gehofft hatte, die tiefgewurzelte autochthone Gegnerschaft zu versöhnen.

Es gelang dies erst, als aus diesen tastenden Anfängen, an denen außer den schon genannten der Maler *Teichlein*, der Leutnant *Neumann*, *Leonhard Hamm* (ein konfuser, grüblerischer Kölner), *Karl Heigel*, *Felix Dahn*, *Beilhack*, *Heinrich Reder*, *Oskar Horn* und andere teilnahmen, sich eine Vereinigung wirklich begabter, ernsthafter Talente herausbildete, unter denen hier nur *Hermann Lingg*, *Wilhelm Hertz*, *Hans Hopfen*, *Heinrich Leuthold* und *Max Haushofer* genannt sein mögen. Wir kamen einmal wöchentlich für ein paar Nachmittagstunden in einem Café zusammen, und endlich widerstand auch Geibel der Lockung nicht, an den höchst anregenden Sitzungen dieser Poetenschaft teilzunehmen, die sich den Namen der »Münchener Idealisten«, den norddeutsche Kritiker ihr aufbrachten, gern gefallen ließ.

Geibels Gegenwart aber wirkte, obwohl er gern eben Entstandenes von seinem eigenen zum besten gab, nicht immer günstig auf die kameradschaftliche Stimmung. Der Respekt vor ihm und die

Wucht seiner Persönlichkeit lähmten das freie Urteil, das ohnehin noch immer befangen genug war. Niemand wagte, wenn er gesprochen hatte, Einwendungen zu machen, und ich war dann der einzige, der sich seiner Autorität nicht schweigend unterwarf, gestützt auf mein altes Freundesrecht und Geibels Besorgnis, meinen »Jähzorn« zu reizen.

Die anderen sahen in mir einen willkommenen Anwalt und Volkstribun gegenüber seiner autokratischen Gewalt, und so kam es, daß mir bald auch formell der Vorsitz übertragen wurde. Geibel fühlte sich nicht dadurch gekränkt und erschien nach wie vor regelmäßig, soviel es seine Gesundheit erlaubte, im »*Krokodil*«.

Dies war der Name, den wir unserer Gesellschaft gegeben hatten. Er rührte nicht von Geibels berühmter Krokodilromanze her (»Ein lust'ger Musikante spazierte einst am Nil« usw.), sondern von Hermann Linggs Gedicht:

Das Krokodil zu Singapur.

Im heil'gen Teich zu Singapur
Da liegt ein altes Krokodil
Von äußerst grämlicher Natur
Und kaut an einem Lotosstiel.

Es ist ganz alt und völlig blind,
Und wenn es einmal friert des Nachts,
So weint es wie ein kleines Kind,
Doch wenn ein schöner Tag ist, lacht's.

Der erhabene Charakter dieses Amphibiums schien uns trefflich zum Vorbild idealistischer Poeten zu taugen, und wir hofften, in unserem Münchener »heiligen Teich« dermaleinst ebenso gegen die schnöde prosaische Welt gepanzert zu sein, wie jener uralte Weise, der nur noch für den Wechsel der Temperatur empfindlich war.

Von einem befreundeten Bildhauer wurde ein Krokodil in Ton modelliert, an dessen Sockel die verschiedenen Reptile, nach denen wir uns genannt hatten, in hieroglyphischen Zügen eingegraben wurden. Ich – infolge meiner Lazertenlieder der Eidechs zubenamst – bewahre diese Reliquie noch heute. Die aus Pappendeckel gefertigte Pyramide, die unser Protokollbuch enthielt, von einem der

Mitglieder, dem sonst ganz unproduktiven *Lichtenstein,* in Sonetten abgefaßt, ist leider verloren gegangen. Geibel selbst, das »Urkrokodil« (wegen jener Romanze vom lustigen Musikanten), ging mit liebenswürdigem Humor auf den Maskenscherz ein und dichtete zwei weitere Krokodillieder. Eines derselben hat er in seine »Spätherbstblätter« aufgenommen (»Ich bin ein altes Krokodil, ich sah schon die Osirisfeier«). Ein zweites, noch ungedrucktes, möge hier seine Stelle finden:

In ruentis alvo Nili
Quo vescuntur crocodili?
Aethiopum carne vili.

Praeter hoc in omni mundo
Haustu clari sunt profundo
Cerevisiam bibundo.

At post Monacense vinum
Malum venit matutinum,
Luctum quod vocant felinum.

Tunc in ripam conscendentes,
Caudas rhythmice moventes
Versus vomunt excellentes.

Archicrocodilus
de Nilo.

So war's im heiligen Teich, nachdem die ersten frostigen Zeiten überwunden waren, warm und behaglich geworden, wärmer als in dem vielgerühmten »Tunnel über der Spree«. Wer von den Einheimischen sich in den Geist harmloser Krokodilität nicht zu finden wußte, zog sich nach und nach in seinen Schmollwinkel zurück. Gerade die Begabteren aber schlossen sich dauernd an uns an, und mehr und mehr verbreitete sich unabhängig von allem ästhetischen Interesse ein kameradschaftliches Gefühl in dem kleinen Kreise, ähnlich wie sich's in noch jugendlicheren Studentenverbindungen einzubürgern pflegt[24] . Denn auch die paar bemoosten Häupter in unserer Mitte – *Melchior Meyr*, der erst später hinzutrat, das Ehrenkrokodil *Schack*, das sich selten blicken ließ, *Carriere*, der den Professorentalar ablegte, sobald er sich als Dichter gab –, sie alle plätscherten in der kristallinischen Flut des Musenteichs wie in einem Jungbrunnen herum. Es fehlten eben hier die würdigen alten Herren, die hohen Staatsbeamten, Schulräte, pensionierten Majore, die im »Tunnel« die Mehrzahl gebildet hatten, und weder ein pedantisches Zensurenerteilen fand statt, noch konnte es vorkommen, daß ein geschätztes älteres Mitglied ein endloses Heldengedicht zum besten gab, wie in der Gesellschaft der »Zwanglosen« der alte Hofrat Martins seine botanische Forschungsreise in das brasilianische Palmenland in den sanft einlullenden Oktaven seiner »Suitramsfahrten« vorgetragen hatte. Das Langweilige, wenn es selten einmal auftauchen wollte, wurde sofort mit einem Witz unschädlich gemacht, während irgendein wahrhaft poetisches Produkt zuweilen die gründlichsten Debatten anregte. Das alles nicht in dem Ton von Leuten, die ihre Weisheit an den Mann bringen wollen, sondern wie sich Freunde rückhaltlos gegeneinander aufknöpfen, wobei zuweilen ihre innersten Gegensätze zutage treten. Aus der langen Reihe der Jahre aber, in denen die Krokodile wöchentlich einmal sich zusammenfanden, ist mir nicht ein einziger Fall erinnerlich, wo infolge eines Streits eine Verstimmung entstanden, das trauliche Einverständnis gestört worden wäre. Auch nicht, nachdem wir vom Bier zum Wein übergegangen waren, der hitziger ins Blut ging.

Wilhelm Hertz hatte, da der Teich einmal wieder heimatlos geworden war, uns beredet, bei einem schwäbischen Landsmann uns niederzulassen, einem Weinwirt am Dultplatz, namens Murschel, der außer seinem recht trinkbaren Schillerwein uns durch das offene Feuer in der Trinkstube imponierte, über dem er auf einem Rost vor unseren Augen die saftig zischenden Fleischstücke briet. Hier verbrachte das Krokodil vier sehr nahrhafte, vergnügliche Winter, deren erster dadurch denkwürdig war, daß Geibels sechzigste Auflage durch ein Souper gefeiert wurde, zu welchem ein anderer

---

[24] Wilhelm Jensens sehr anders lautende Darstellung in den oben erwähnten »Heimaterinnerungen« ist nur durch persönliche Verstimmung zu erklären. Auch war er während seines kurzen Aufenthalts in München nur ein seltener Gast in unserm Kreise.

frisch Belorbeerter, Andreas May, der eben im Volkstheater einen Preis davongetragen, den Champagner lieferte. Der letzte Winter bei dem schwäbischen Küchenmeister (1869) wurde durch eine solenne Strohlotterie verherrlicht. Jeder war verpflichtet, seiner mit Stroh umwickelten anonymen Liebesgabe ein Gedicht hinzuzufügen, und ich hatte mir den Spaß gemacht, einer Flasche Punschextrakt ein Blatt beizugeben, auf welchem ich die sämtlichen Mitglieder in etwas stacheligen Versen aufmarschieren ließ, doch nur wie Harlekin im Fasching mit der Pritsche schlägt. Zum Schluß kam ich selbst an die Reihe, indem ich alles Unfreundliche anführte, was die Münchener Übelwollenden gegen mich vorzubringen pflegten. Es sah so aus, als habe sich einer unserer Unfreunde die Tarnkappe zunutz gemacht, um unsere Festfreude zu stören, oder gar einer der Unseren sich vielleicht für eine etwas scharfe Kritik an mir rächen wollen. Die betreffenden Strophen lauteten:

Doch es fehlt im schönen Kreise mir noch ein geliebtes Haupt.
Dein gedenk' ich, o Paul Heyse. Hast du wirklich schon geglaubt,
Heute frei hier auszugehen, wo der Spötter Pfeile schießt?
Nein, dich hab' ich ausersehen als das Hauptstück – last not least.

Denn es waschen dir, der Heimat echtem Sprößling, bis ans Grab
Weder Bock noch Isarwasser jemals den Berliner ab.
Deine Muse, ob sie stets auch für des Südens Töchter brennt,
Gleicht aufs Haar der Holden, die man eine »kühle Blonde« nennt.

Nie wirst du vergessen machen, trotz dem echt blauweißen Ehstand,
Daß dem Sande du entsprossen, der umufert deinen Spreestrand,
Und so wird, was du beginnen magst, zu ernten Lob und Ruhm,
Alles doch im Sand verrinnen als ein Stück Berlinertum.

Aber nicht zu Gram und Trauer stimme dich dies herbe Wort:
Auf dem Felde der Kalauer lebt dein Name ewig fort.
Werde endlich klug, Verehrter, und ergreife nur dein Glück:
Zieh als Kladderadatschgelehrter in die Heimat dich zurück.

Laß dein episches Geflöte, laß die tragische Poesie!
Der berufne »junge Goethe« wird ein *alter* Goethe *nie*.
Höchstens als Novellendichter kann man dich noch gelten lassen,
Doch im Kreis der wahren Lichter muß dein künstlich Gas erblas-

sen.

Diesen Spruch in aller Freundschaft bitt' ich mir nicht nachzutragen.
»Darum, Jutster, keene Feindschaft!« pflegt man in Berlin zu sagen.
Wer so gerne spaßt, muß billig Spaß verstehn. Und nun zum Schluß
Allen mich empfehlen will ich.

Dixi Der Anonymus.

Hierüber entstand erst eine dumpfe Bestürzung, dann ein brausender Unwille, da die guten Gesellen ihren Vorsitzenden nicht ungestraft verspotten lassen wollten, bis *Robert von Hornstein*[25] , den ich allein eingeweiht hatte, lachend mit der Wahrheit herausplatzte und die verlegene Spannung sich in eine allgemeine Heiterkeit auflöste.

Der einzige, dem ein hämischer Streich dieser Art zuzutrauen gewesen wäre, war schon seit Jahren aus unserem Kreise geschieden. Ich muß hier den Namen *Heinrich Leutholds* nennen, weil nach dem beklagenswerten Ausgang des Unglücklichen mehrfach die Meinung laut geworden ist, die geringe Förderung und Anerkennung seines Talents, die er in München gefunden, habe seinen Geist zerrüttet. Er sei eben eines der verkannten Genies gewesen, die der Widerstand der stumpfen Welt in Wahnsinn und Tod getrieben. Diese Legende zu zerstören, liegt mir zur Steuer der Wahrheit und Gerechtigkeit am Herzen. Denn weder »verkannt« noch ein »Genie« war der merkwürdige Mensch, der aus der Schweiz zu uns herüberkam und jeden von uns, dem er begegnete, schon durch seine äußere Erscheinung, mehr noch durch sein Talent interessieren mußte.

Eine hohe, kraftvolle Figur, auf der ein bleicher Kopf mit scharfen, regelmäßigen Zügen saß, das Haar kurz geschoren, um den stets etwas bitter gerümpften Mund ein graublonder Schnurrbart, an dem kräftigen Kinn ein Knebelbärtchen. Er sprach mit einer rauhen Stimme und stark schweizerischen Kehllauten, stoßweise, seine Worte mit großzügigen Gebärden begleitend.

---

[25] Der uns allen befreundete Liederkomponist. Außer ihm genossen noch zwei andere Nicht-Dichter ein Gastrecht im heiligen Teich. der Maler Theodor Pixis und der Bildhauer des Fischbrunnens Konrad Knoll.

Wer ihn ins Krokodil einführte, weiß ich nicht. Doch machte er sofort Aufsehn durch einige seiner Gedichte von jener hohen Formvollendung, die ihn als einen leidenschaftlichen Platenverehrer ankündigte. Nicht minder erregte er unsere Aufmerksamkeit durch die schneidende Kritik, die pessimistische Grundstimmung seines Geistes, so daß wir der Meinung waren, eine höchst wertvolle Akquisition an ihm gemacht zu haben.

Die Jüngeren wurden seine treuen Anhänger, Geibel verband sich mit ihm zur Herausgabe von Übersetzungen französischer Lyrik, ich zog ihn in mein Haus, wo er besonders zu Wilbrandt bewundernd aufsah, und so ging man längere Zeit in einem losen freundschaftlichen Verkehr mit ihm um, der sich nicht fester und wärmer gestalten konnte, da eine unbezwingliche innere Unzufriedenheit ihm und uns zuweilen die besten Stunden verdarb.

Er machte mit zynischer Naivität kein Hehl daraus, daß er vom Neidteufel besessen war. »Wenn ich etwas Schönes lese, so ärgere ich mich; wenn ich aber etwas recht Schofles in die Hände bekomme, freue ich mich!« - bekannte er ohne jedes Bedenken. Denn da er im Grunde für seine Poesie keinen tieferen seelischen Gehalt in sich hatte, nichts wahrhaft Eigenes und Bedeutendes auszusprechen sich gedrungen fühlte, sondern bei seinem Dichten nur einen virtuosen Formtrieb betätigte, wurde ihm nie so herzlich wohl in seinem Innern, daß er auch anderen ihre stille Befriedigung gegönnt hätte. Mehr als einmal geschah es, daß er bei einer munteren Bowle, die eine behagliche Stimmung erzeugte, irgendeinen, dessen Augen besonders vergnüglich glänzten, zur Zielscheibe der empfindlichsten Bosheiten ersah, nur damit noch einem anderen so innerlich unwohl werden sollte wie ihm selbst.

Diese kleinen gelegentlichen Schadenfreuden ließen wir ihm hingehen, obwohl wir ihm nicht zugestehen konnten, daß er Ursache habe, mit seinem Schicksal zu grollen, wenn wir auch manche seiner grimmigen Launen dem Druck der Armut, der auf ihm lag, zugute hielten. Doch daß er noch keinen Weltruhm erlangt, durfte er Gott und Welt nicht zum Vorwurf machen. Sein unfertiges Epos »Penthesilea« in wunderlich galoppierenden, prunkvollen Anapästen ohne eigentliche Gestaltungskraft, seine Platen nachempfundenen melancholischen Verse und die wenigen trefflichen Übersetzungen Berangers, Brizeux' und Lamartines wurden ihm noch über Verdienst gedankt, und das warme Interesse so vieler guter junger Freunde war doch wahrlich auch kein geringer Lebensgewinn.

Gleichwohl trieb ihn sein Dämon, auf einen aus unserm Kreise ganz aus hellem Himmel einen giftigen Pfeil abzuschießen. In einem der Münchener Winkelblättchen erschien ein Spottgedicht gegen Julius Grosse, als dessen Verfasser man allgemein Leuthold bezeichnete. Als ich ihm beim nächsten Krokodil das Blatt vorhielt, überflog seine fahle Wange eine dunkle Röte; er sprach kein Wort, stand auf und verließ uns, um nie wieder den Fuß über unsere Schwelle zu setzen.

Der Witz jener Strophen war so gering, der Anlaß dazu so unerfindlich gewesen - nur der Wahnsinn, der ihn schon damals umlauerte, konnte erklären, wie der Unbegreifliche sich zu diesem schnöden Verrat an alter, guter Freundschaft hatte fortreißen lassen. Er war im Jahre 1864 nach Stuttgart gegangen, wo er in der Redaktion einer Zeitung sein seltsames Wesen forttrieb, wovon manches Wunderliche verlautete, dann auf kürzere Zeit zu uns zurückgekehrt, wo er sich aber durch allerlei Brutalitäten, deren jener Angriff auf Grosse der letzte war, unmöglich machte, bis er in seine Heimat zurückkehrte, um dort ein Ende zu finden, dessen Tragik alles, was er früher gesündigt haben mochte, in milderem Licht erscheinen ließ, als Symptome der geistigen Erkrankung, die seine reich angelegte Natur unterwühlen und ihn früh in die Nacht hinunterreißen sollte.

Ein desto erfreulicherer Gast war *Joseph Viktor Scheffel*, der im Winter 1857 sich bei uns einfand.

Von meinem früheren Begegnen mit ihm in Rom und Sorrent habe ich in der Italienischen Reise berichtet. Nun, da er vier Jahre später in mein Münchener Haus trat, wurde er mit offenen Armen aufgenommen. Auch die Krokodile waren hocherfreut, den damals schon gefeierten jungen Poeten in ihrer Mitte zu sehen, wo er sich freilich nach seiner Art etwas steif und wortkarg verhielt, selten zu bewegen war, etwas vorzulesen, und hinter halbgeschlossenen Lidern vor sich hinzuträumen schien, bis der Humor in ihm aufwachte und ein im trockensten Ton hingeworfenes Scherzwort Zeugnis von seiner frischen Geistesgegenwart gab.

Dieser Münchener Aufenthalt sollte leider ein jähes, trauervolles Ende finden. Im Februar wurde seine schöne, liebenswürdige Schwester, die ihm nachgereist war, vom Typhus hingerafft. Er hat seitdem den Boden Münchens nie wieder betreten, und ich selbst sollte ihn nur ein einziges Mal, in seinem väterlichen Hause zu Karlsruhe, wiedersehen. Unser Freundschaftsverhältnis aber blieb bis an seinen Tod in alter Herzlichkeit bestehen, wofür noch zuletzt die Beiträge zeugten, die er mir zu dem »Neuen Münchener Dichterbuch« sandte, und ein warmherziger, kalligraphisch ausgestatteter dichterischer Gruß zu meinem fünfzigsten Geburtstage.

Julius Grosse, der im Jahre 1905 als Generalsekretär der Weimarer Schillerstiftung starb, hat in seinen »Lebenserinnerungen« (»Ursachen und Wirkungen«. Braunschweig, Georg Westermann. 1896) die Lebensgeschichte des Krokodils, sein Wachsen, Blühen und endliches Absterben ausführlicher behandelt. Auch solche Gesellschaften unterliegen ja wie alles Lebendige dem Gesetz des Werdens und Wandelns und können von Glück sagen, wenn sie sich nicht selbst überleben, sondern sich auflösen, sobald sie fühlen, daß der innere Trieb, dem sie entsprungen waren, erstorben ist. Als die Bedeutenderen unter uns herangereift waren und ihren Weg gefunden hatten, empfanden sie nicht mehr das Bedürfnis gegenseitiger Kritik. Die freundschaftliche Gesinnung blieb bestehen, aber jeder wußte auch ohne ausdrückliche Bestätigung, was er dem anderen wert war, und an ein Schutz- und Trutzbündnis in literarischen Blättern war von Anfang an nicht gedacht worden. Der einzige unter den Münchener Idealisten, der jonrnalistisch tätig war, Julius Grosse[26] , ließ sich so wenig zu irgendwelchen kameradschaftlichen Liebesdiensten herbei, daß er meinem Ludwig dem Bayern sogar unfreundlicher, als mir nötig schien, mitspielte. Ich selbst hatte mich nur ein Jahr lang (1858) als Redakteur versucht, da ich das bisher von Berlin ausgegangene Literaturblatt zum Deutschen Kunstblatt zu leiten übernahm. Ich ging mit hohen Absichten und Hoffnungen daran. Aller kritische Kleinkram sollte ausgeschlossen bleiben, kein Werk besprochen werden, dem nicht vorwiegend Gutes nachzusagen sei, und wo wir tadeln mußten, eine eindringliche Begründung

[26] Er redigierte seit 1855 das Feuilleton der Neuen Münchener Zeitung, dann das Morgenblatt der bayerischen Zeitung bis Ende 66, 1869 mit Grandaur zusammen die Münchener Propyläen.

des Urteils nicht fehlen. Ich hatte die Freude, Friedrich Vischer zum Mitarbeiter zu gewinnen, anderer trefflicher Gelehrter zu geschweigen. Aber ich wußte noch nicht, daß man einen weiteren Leserkreis nicht heranzieht und festhält, wenn man ihm langatmige kritische Erörterungen zu lesen zumutet. Das gewöhnliche Publikum will feuilletonistisch unterhalten sein und zieht witzige Bosheit einem wohlabgewogenen ästhetischen Urteil vor. So erlahmte die Teilnahme, auch des Verlegers, und am Ende des Jahres wurde mit einem Defizit das Blatt zu Grabe getragen. Daß ich für keinen der Krokodile in seinen Spalten eine Lanze eingelegt, wurde mir nicht besonders zum Verdienst gerechnet. Dagegen zog ich mir durch einen Artikel in der letzten Nummer über die »Poetik« eines sehr einflußreichen Leipziger Schriftstellers, der allerdings schonungslos die Schwächen des Buches aufdeckte, den lang nachwirkenden Haß des Verfassers zu, während Wilbrandt, der den bösen Pfeil abgeschossen hatte, durch die Anonymität aller Mitarbeiter gedeckt, sich der fortdauernden Hochschätzung des Erzürnten zu erfreuen hatte.

Unser ästhetisches Kredo hatten wir in den zwei Münchener Dichterbüchern, 1862 von Geibel, 1882 von mir herausgegeben, durch die Auswahl der darin veröffentlichten Dichtungen bekannt. Freilich, eine »Richtung« zu vertreten oder gar eine Kampfstellung einzunehmen, war uns nie eingefallen. Auch hatten wir den Idealismus, zu dem wir uns freudig bekannten, niemals so verstanden, als ob seine Aufgabe eine Entwirklichung der Natur und des Lebens zugunsten eines konventionellen Schönheitsideals sein könne. Goethe hatte schon gesagt, was auch uns als das Entscheidende einleuchtete: »Die höchste Aufgabe einer jeden Kunst ist, durch den Schein die Täuschung einer höheren Wirklichkeit zu geben. Ein falsches Bestreben aber ist, den Schein so lange zu verwirklichen, bis endlich nur ein gemeines Wirkliche übrig bleibt.« Und so konnten wir einen Gegensatz von Realismus und Idealismus nicht anerkennen, da wir uns eines hinlänglichen Wirklichkeitssinnes bewußt waren und den Wert einer dichterischen Produktion zunächst nach der Fülle und Wahrheit des realen Lebensgehaltes maßen, der sich darin offenbarte. Wo wir den vermißten, konnte uns kein Reiz und Adel der äußeren Form für die mangelnde tiefere Wirkung entschädigen. Doch begriffen wir auch nicht, daß irgendeine Form, wie sie von großen Vorgängern überliefert war, dem Geist ein Hindernis sein könne, seine Lebenskraft zu erweisen. Daß Formen und Gesetze auch in der Kunst dem Wandel unterworfen sind, wie hätten wir das leugnen können! Aber die absolute Formlosigkeit, die einige Jahrzehnte später der Naturalismus predigte, der schrankenlose Individualismus, der in der Poesie wie in den Sitten der Gesellschaft einzureißen anfing, erschien uns nur als ein Krankheitssymptom, das schon zu anderen Zeiten aufgetaucht und von der unverwüstlichen Regenerationskraft unseres Volkes überwunden worden war. Daß diesen anarchischen Tendenzen unter anderem auch der Vers im Drama zum Opfer fallen sollte, weil »wirkliche Menschen« nicht in Versen sprächen, konnten wir nur belächeln, da uns Hamlet, Lear und Shylock denn doch sehr reale Personen dünkten, und im »Zerbrochenen Krug« selbst moderne Lustspielfiguren ihr Lebensrecht behaupteten, obwohl ihnen ihr Verfasser durch den Vers eine »höhere Wirklichkeit« verliehen hatte.

Darin aber zeigten wir uns nicht nur als Idealisten, sondern als »Ideologen« im Sinne Napoleons, daß es uns völlig an Geschick und Neigung fehlte, in die Zeit hineinzuhorchen und uns zu fragen, welchen ihrer mannigfachen Bedürfnisse, sozialen Nöte, geistigen Beklemmungen wir mit unserer Poesie abhelfen könnten. Da auch wir mitten in der Zeit lebten, konnten wir uns denselben Influenzen, die den Zeitgenossen zu schaffen machten, nicht entziehen, und auch unsere künstlerische Arbeit trug gelegentlich die Spuren ihres Einflusses. Doch war es dann keine bewußte Spekulation, als soziale Nothelfer uns Dank zu verdienen, sondern das eigenste Bedürfnis, uns mit schwebenden Problemen abzufinden, und vor allem blieben wir der alten Maxime treu, daß die Kunst auch das Zeitliche im Licht des Ewigen (sub specie aeternitatis) darzustellen habe.

Und so erschien uns für unser Interesse keine Zeitschranke zu bestehen, da das Menschenwesen seit Anbeginn einer höheren Kultur in seinen Grundtrieben sich gleich geblieben ist. Im Gegensatz gegen die Forderung einer sogenannten Aktualität betonten wir den Anspruch alles »allgemein Menschlichen«, dichterisch gestaltet zu werden, vorausgesetzt, daß es ein »*ungemein* Menschliches« sei. Es komme nur darauf an, das zeitlich Entlegene uns durch höchste Lebendigkeit und naive Naturgewalt so nahe zu rücken, daß wir es trotz der veränderten Lebensformen als etwas Blutsverwandtes empfänden.

Dieser an sich gewiß richtigen Überzeugung entsproß der verhängnisvolle Irrtum, den auch Friedrich Vischer begünstigte: die höchste Form der Dichtung sei das historische Drama, um soweit allen sittlichen Konflikten einzelner Menschen an Bedeutung und Interesse überlegen, als Völkerschicksale die tragischen Nöte des Individuums an Macht und Würde überragten. Ich gehe hier nicht weiter darauf ein, zu erklären, warum der Idealismus hier scheitern mußte, wie denn selbst die Historien Shakespeares trotz aller Wiederbelebungsversuche ihrer glorreichen Familiengruft nur hin und wieder als Gespenster entsteigen, um eine kurze Weile auf einer unserer anspruchsvolleren Bühnen herumzuspuken und, wenn der ehrgeizige Direktor sich damit als klassisch gebildeter Mann ausgewiesen hat, wieder zu den Schatten hinabzusteigen. Nur eines melancholischen Rückblicks auf meine eigenen Otto III., Ludolf, Ludwig den Bayer kann ich mich nicht enthalten, der großen Namen zu geschweigen, die Freund Geibel in seinem Buchdeckel als zu bearbeitende Bühnenhelden so liebevoll und eifersüchtig aufgezeichnet hatte.

Immerhin, als er im Herbst 1868 für immer aus München schied, durfte er sich sagen, daß sein Wirken dort im Sinne seines königlichen Gönners nicht fruchtlos gewesen sei und eine Spur hinterlassen habe, die eine Weile nachleuchten würde.

Die Symposien

Am 4. Dezember des Jahres 1854 fand nun auch das erste *Symposion* statt, an dem ich teilnahm.

Man wurde regelmäßig erst am Morgen oder Mittag zu diesen Abenden eingeladen und hatte in Frack und schwarzer Krawatte zu erscheinen. Oben in dem Vorzimmer der sogenannten Grünen Galerie nahmen einem die Lakaien den Mantel ab, man trat in den Billardsaal, der nur schwach erleuchtet war, dann empfing uns in dem nächsten, hohen, weiten Gemach der diensttuende Adjutant oder der Hofmarschall Baron *von Zoller,* ein liebenswürdiger Herr von der schlichtesten Höflichkeit, der uns allen sehr wert wurde. In meinem sonst lakonischen Tagebuch finde ich über das erste Symposion ausführlich berichtet. Neben Baron von Roller machten *von der Tann* als Generaladjutant und Baron *Leonrod* die Honneurs; bei den ferneren Abenden erschienen abwechselnd auch die Adjutanten Graf *Pappenheim,* Baron *Struntz,* General *von Spruner* und Graf *Ricciardelli,* letzterer ein mir besonders sympathischer Italiener, großer Jäger vor dem Herrn, dessen braunes Gesicht und schwarze Augen unter dem grauen Haarschopf auf den ersten Blick seine südliche Herkunft verrieten. Er kam mir sogleich aufs wohlwollendste entgegen. Aber auch die anderen Herren aus der nächsten Umgebung des Königs beflissen sich der größten gentilezza uns Nichtbayern gegenüber, und wir lernten in ihnen Männer kennen, deren Bildung, Talente und geistige Interessen es begreiflich machten, daß der König gerade sie zu seinen Adjutanten gewählt hatte.

An diesem ersten Abende waren außer den erwähnten nur noch Graf *Rechberg, Dönniges, Liebig* und wir drei Poeten geladen. Als wir alle versammelt waren, erschien der König und begrüßte jeden einzelnen mit seiner gewinnenden Freundlichkeit. Er fragte mich, was ich eben arbeitete, ich erzählte von dem Trauerspiel »Die Pfälzer in Irland«, das ich nach V. A. Hubers »Skizzen aus Irland« schon in Berlin entworfen hatte und soeben zu einem richtigen Theaterstück auszuarbeiten im Begriff war. Darauf setzte man sich an den langen ovalen Tisch, über den eine einfache grüne Decke gebreitet war, Bier in kleinen Gläsern und Sandwiches wurden herumgereicht, und der König, der kein Raucher war und fast immer an Kopfschmerzen litt, zündete eine von den Zigarren an, die mitten auf dem Tische standen, und tat ein paar Züge daraus, nur um seine Gäste einzuladen, seinem Beispiel zu folgen.

Damals war gerade der »Fechter von Ravenna« das Tagesgespräch

[27] , und Bodenstedt fing an, davon zu reden, ich weiß nicht mehr, in welchem Sinne. Nur finde ich aufgezeichnet, daß Geibel ihm heftig

---

[27] Ich kann der Versuchung nicht widerstehen, hier einer lustigen Mystifikation zu gedenken, mit der wir uns an dem Streit über die Urheberschaft jenes Trauerspiels beteiligten. Für jeden Urteilsfähigen stand es fest, daß Halm das volle Autorrecht zukam, selbst wenn es wahr sein sollte, wie sein Rival behauptete, daß er durch ein am Wiener Burgtheater eingereichtes handschriftliches Drama auf den Stoff aufmerksam gemacht worden wäre. Das Bacherlsche Stück war ein lächerliches Dilettantenexerzitium und von der kindischen, durchaus unzulänglichen Behandlung abgesehen auch im Aufbau etwas ganz anderes, als das Werk des theaterkundigsten aller damals lebenden Wiener Dichter. Aber es fehlte nicht an menschenfreundlichen Seelen, die sich verpflichtet fühlten, sich des kleinen bayerischen Schulmeisters gegen den großen, berühmten österreichischen Baron anzunehmen, und besonders Otto von Schorn, ein Neffe des Malers, der in München damals Kunststudien oblag, hatte sich mit sittlicher Entrüstung zum Verteidiger des Unterdrückten aufgeworfen.
Wir hatten gerade wieder an einer dieser Streitschriften uns ergötzt, als einem von uns - Geibel, Carriere, Grosse und einige andere saßen bei einem Glase voll in der Maizeit beisammen - der Einfall kam, den hitzig Zankenden eine Falle zu stellen, indem wir eine Ballade fabrizierten, die den »Fechterstoff« in nuce enthielte und somit Anwartschaft darauf hätte, den Streit zu entscheiden, da sie für die beiden Dramatikern gemeinsame Quelle gelten könnte. Der Vorschlag fand allgemeinen Anklang, und die Anfertigung des falschen Aktenstücks wurde mir übertragen. Am folgenden Tage las ich mein Opus den Mitverschworenen vor, die es durchaus zweckentsprechend fanden. Das Gedicht war im Stil der Zeit Seumes und Pfeffels gehalten, von biedermeierischem Pathos durchweht, wofür hier nur die erste Strophe zeugen mag:
Im edlen Auge Wonnetränen,
Den Blick gerichtet himmelan,
Schmiegt sich nach langem, bitterm Sehnen
Die Mutter an den Jüngling an.
Hell schauen Romas goldne Zinnen
Auf der Vereinten Glück herab,
Und die Erynnis schleicht von hinnen
Und senket ihren Schlangenstab.
•
• Durch einen Freund in Kaiserslautern, der sich Joh. Jakob Oppermann unterzeichnete, wurde das Gedicht mit dem Autornamen Lothar an die Redaktion des

widersprach - ein Vorfall, der sich bei Geibels Geringschätzung Bodenstedts und dessen oberflächlichen Urteilen nur allzuoft wiederholen sollte. Liebig erwähnte dann Geibels Komödie »Meister Andrea«, die der König kennen zu lernen wünschte, und deren Vorlesung für den nächsten Abend bestimmt wurde. Von mir war soeben der »Meleager« erschienen, dessen Expositionsszene und Schluß ich nun vorlesen mußte, nachdem ich den Mythus erzählt hatte. Ein ästhetisches Gespräch schloß sich an, das wieder durch Bodenstedts redselige Gemeinplätze unerquicklich wurde und zuletzt sich nach dem Kaukasus verlor. Um zehn brach der König auf, nachdem er mir noch freundliche Worte gesagt hatten wir aber blieben noch bei einem einfachen Souper eine Stunde lang beisammen.

Die nächsten Symposien folgten einander in kurzen Zwischenräumen weniger Tage. Der König schien großes Gefallen daran zu finden und brachte immer neue Fragen aufs Tapet, über die er zunächst den gerade Sachverständigsten unter uns zu hören wünschte. Doch verliefen die späteren Abende nicht ganz wie die ersten. Mehr und mehr wurde es Brauch, daß in der ersten Stunde ein wissenschaftliches Thema aus den verschiedensten Gebieten durchgesprochen wurde, ein naturwissenschaftliches, wie über Parthenogenesis (Siebold), Ebbe und Flut, Elektrizität oder die Entstehung des Sonnensystems (von Jolly, zuweilen mit Experimenten illustriert),

---

Frankfurter Konversationsblatts gesendet, als von einem seiner alten Leser, der vor langen Jahren die Ballade in einer Nummer der Dresdener Abendzeitung gefunden und sich abgeschrieben habe. Vielleicht werde dadurch der entbrannte Streit um das eigentliche Urheberrecht entschieden, da sowohl Halm wie Bacherl sehr wohl diese Urform des Stoßes gekannt haben könnten.
Der Scherz glühte über Erwarten. Noch erinnere ich mich lebhaft, mit welcher Entdeckerfreude Ernst Förster bei den Zwanglosen eintrat und die große Neuigkeit verkündete. Niemand bezweifelte die Echtheit des Fundes. Otto von Schorn allein scheint Unrat gewittert zu haben. Wenigstens reiste er sofort nach Dresden und unterzog sich der Mühe, sämtliche ältere Jahrgänge der Abendzeitung nach der famosen Ballade durchzugehen. Als dann doch endlich das Geheimnis unseres Schwanks an den Tag kam, hatten wir die Lacher auf unserer Seite. Nur an mir sein Mütchen zu kühlen, konnte einer der Getäuschten sich nicht versagen. In einer der nächsten Nummern derselben Zeitung, die mein Falsifikat gebracht hatte, erschien ein sehr schwächliches Gedicht »Die deutsche Lerche« betitelt, mit meinem Namen unterzeichnet. Niemand aber nahm Notiz davon.

Chemie (Liebig), Mineralogie (Kobell), ästhetische und literarhistorische, dann vorwiegend soziale und völkerpsychologische Probleme. Hierauf erhob sich der König und ging in das Billardzimmer voran, wo eine Partie Boule gespielt wurde, während deren er einen oder den andern in eine Fensternische zog und mit ihm besprach, was im Augenblick ihn beschäftigte, etwa über schwebende Besetzungsfragen von Lehrstühlen an Universität und Polytechnikum Liebigs Meinung zu hören wünschte oder über das Ausschreiben eines Wettbewerbs um das beste Drama mit Geibel sich beriet. War dies beendet, so verfügte man sich wieder an den langen Tisch, und nun hatten die Dichter das Wort, die sorgen mußten, daß immer etwas zum Vorlesen bereit war.

So verklang der Abend nach manchen oft stürmischen Debatten tönereich und harmonisch, und man blieb, wenn die Majestät sich zurückgezogen hatte, in heiterer Stimmung beisammen. Einmal war Liebig, der eine feine Weinzunge hatte, darauf gekommen, daß man uns Elfer zu trinken gab, und Baron Roller erklärte, es sei noch ein großer Vorrat dieses berühmten Jahrgangs im Keller, der allen anderen zu herb erschien und von jetzt an nur den Symposiasten gewidmet sein sollte.

Was diesen Abenden aber einen besonderen Reiz und Wert verlieh, war die unbedingte Redefreiheit, die zuweilen sogar in sehr unhöfischem Maße an die Grenze des Zanks sich verirrte. Hatte man in der Hitze des Gefechts dann vergessen, daß die Gegenwart des Königs doch einige Rücksicht erheischte, und hielt plötzlich inne mit einer Entschuldigung, daß man sich zu weit habe fortreißen lassen, so bemerkte der König mit freundlichem Lächeln: »Ich bitte, sich ja keinen Zwang anzutun. Ich habe nichts lieber, als wenn die Geister aufeinanderplatzen.«

Von dem leidenschaftlichen Wahrheitstrieb des edlen Fürsten, dessen ich schon oben erwähnte, kann ich kein schlagenderes Beispiel anführen, als jenes Symposion vom 21. April 1855, zu welchem alle bedeutenderen Architekten Münchens geladen waren, um sich über den Lieblingsgedanken des Königs, ob ein neuer Baustil zu schaffen sei, freimütig zu äußern. Der Gedanke entsprach dem Wunsch, nicht ferner, wie König Ludwig getan, Bauwerke der verschiedensten Zeiten und Stile zu kopieren und sich eigener Erfindung zu enthalten, sondern es womöglich mit völlig neuen Formen zu versuchen. Daß kein Fürst der Welt eigenmächtig in die Entwicklung dieser so eminent volkstümlichen, aus notwendigen Kulturbedingungen hervorsprießenden Kunst eingreifen könne, war dem Könige nicht aufgegangen. Er hoffte, durch seinen guten Willen und eine reiche Belohnung einem schöpferischen Genius auf einen neuen Weg verhelfen zu können.

Nun gereichte es ebensowohl ihm selbst wie den Männern, die er befragte, zur Ehre, daß nicht ein einziger darunter war, der dem königlichen Wahn zu schmeicheln suchte, vielmehr einer nach dem andern die Unmöglichkeit eines aus dem Boden gestampften neuen Baustils nachwies. Der König hörte jeden mit gespannter Aufmerksamkeit an, ohne eine Äußerung der Ungeduld oder des Unmuts, und dankte schließlich dem ganzen Kreise für die Offenheit, mit der man sich ausgesprochen.

In der Sache freilich wurde dadurch nichts geändert. Der Bau der Maximilianstraße und des Maximilianeums wurde fortgesetzt. Denn allerdings war König Max kein Mann der Tat, sondern beschaulicher Betrachtung, und manchmal kam die theoretische Erkenntnis zu spät, wenn ein praktischer Schritt nicht mehr zurückgetan werden konnte.

Wie ernst er es aber damit nahm, durch diese Symposien die Lücken seiner Jugendbildung auszufüllen, bewies er auch dadurch, daß er die Gespräche protokollieren ließ, um sie am nächsten Tage noch einmal durchzugehen, nicht anders, als wie ein fleißiger Student sein nachgeschriebenes Heft studiert.

Das Geschäft des Protokollierens war *Franz Löher* übertragen, der im Oktober 1855 als königlicher Privatbibliothekar angestellt worden war, mit dem weiteren Auftrag, über alle neueren literarischen Erscheinungen von Bedeutung dem Könige zu referieren.

Ein anziehend geschriebenes Buch über Amerika, vielleicht auch das talentvolle epische Gedicht »General Spork«, hatte Dönniges auf den westfälischen Gelehrten aufmerksam gemacht, der überdies, obwohl gleichfalls ein »Fremder«, als Katholik weniger Anfeindung zu befürchten hatte als wir anderen.

Er wußte auch diesen Vorzug aufs geschickteste sich zunutze zu machen und mit großer Schmiegsamkeit sich Personen und Verhältnissen anzupassen. Vor allem unterwarf er sich blindlings den Neigungen und Meinungen des Königs, indem er selbst bei seinen Literaturberichten alles herabsetzte, was gewissen Ideen Sr. Majestät widersprach, dagegen z. B. alle Bücher und Broschüren, die der großdeutschen und Triaspolitik das Wort redeten, rühmend hervorhob. (Ich hatte später in Berchtesgaden, da mir der König Lohers Referate zur Durchsicht geben ließ, Gelegenheit, mich von seinen Höflingskünsten zu überzeugen.) Wie klug der talentvolle Mann seine Schritte zu lenken wußte, hat der Erfolg gezeigt, da er nach dem Tode des Königs zum Archivdirektor ernannt wurde, eine Stelle, die sonst nur einem geborenen Bayern anvertraut zu werden pflegte. Welche Rolle er dann noch bei dem unglücklichen König Ludwig zu spielen sich nicht scheute, mag hier nicht weiter ausgeführt werden.

Aber seine feuilletonistische Gewandtheit und die Unbedenklichkeit, mit der er jeden Auftrag des Königs - der, wie alle Fürsten, von der Zeit, die zu gründlicher Arbeit nötig ist, keine Vorstellung hatte, - schlecht und recht erledigte, machten ihn bald unentbehrlich. Er war auch vorsichtig genug, an den Gesprächen der Symposien sich wenig zu beteiligen, außer wenn sie sein Spezialfach, die Geschichte und Kultur Amerikas, berührten. Im April 1856 erhielt er Urlaub zu seiner Hochzeitsreise, und die Führung des Protokolls ging auf mich über.

Es war kein ganz leichtes Amt, obwohl ich mit meiner raschen Hand nicht nur, wie mein Vorgänger, einzelne Stichworte notierte, die am anderen Tage zu einem zusammenhängenden Dialog verarbeitet werden mußten, sondern sofort in der Hauptsache den ganzen Vortrag und die Diskussion darüber nachschrieb und anderen Morgens fast nur noch eine Reinschrift zu besorgen hatte. In der ersten Hälfte dieses Jahres aber war das Interesse des Königs so sehr von verschiedenen Fragen in Anspruch genommen, daß vom 7. Januar bis zum 20. Juni nicht weniger als dreiundvierzig Symposien stattfanden. Die Themata waren mannigfaltig; hauptsächlich kamen die politischen Zeitströmungen, die Volksstimmungen in Spanien, Italien, England und Amerika, die kirchlichen Zustände in Frankreich und Amerika zur Sprache, dazwischen eine Übersicht über die moderne Geschichtschreibung, dann wieder Chemie und Physiologie. Als es tiefer in den Sommer hineinging, wurden die Symposiasten nach Nymphenburg geladen, in die reizenden Rokokosäle der Amalienburg und Badenburg, wo man, wenn man nicht gerade das Protokoll zu führen hatte, die Augen zu der offenen Flügeltür hinaus über den kleinen See schweifen lassen und sich an der glänzenden Sternennacht erquicken konnte.

So sehr war der König von der Wichtigkeit dieser Abendunterhaltungen durchdrungen, daß er, so gütig er sich sonst mir bewies, meine Bitte, einige Tage vor dem Schluß der damaligen Symposien entlassen zu werden, nicht gewährte. Am 26. November des vorigen Jahres hatte ich meinen teuern Vater verloren. Im Sommer darauf sollte eine Familienzusammenkunft in Freienwalde stattfinden, zu der ich ungeduldig erwartet wurde. Ich erhielt aber nicht eher Urlaub, als bis ich die Reinschrift des letzten Protokolls in der Kabinettskanzlei abgeliefert hatte.

In ähnlich raschem Tempo wurden die Symposien nie wieder abgehalten. Doch dauerten sie, gewöhnlich einmal wöchentlich, bis an den Tod des Königs fort, nur während des italienischen Krieges von 1859 einen Monat lang unterbrochen, da der Bürgermeister dem König vorgestellt hatte, dieser fortgesetzte Verkehr mit den Fremden und Protestanten mache ihn unpopulär. Der sonst so mutige Fürst, der aber »Frieden haben wollte mit seinem Volk«, gehorchte einer Anwandlung von Schwäche, da er die Gefahren der Weltlage überschätzte, und ließ auch andere Pläne und Bewilligungen an Gelehrte und Schriftsteller fallen, um sie dann nach dem Friedensschluß doch wieder aufzunehmen.

Er hatte auch sonst sich bemüht, die Bevorzugung der Berufenen sich von seinem Volke verzeihen zu lassen, indem er einheimische Gelehrte hin und wieder zu den Symposien hinzuzog: den alten Ringseis, Lasaulx, Döllinger, Pettenkofer, Dollmann, Lamont, Voigt, Seidl, Schafhäutl; von Künstlern gelegentlich Ziebland, Piloty, Kaulbach, Ph. Foltz und andere. Zuweilen erschien auch ein notabler durchreisender Gast, so an einem der Nymphenburger Abende der Großherzog von Mecklenburg, früher schon Fürst Pückler und Andersen; am 31. März 1859 ein ganzer Kreis illustrer Gäste zu Ehren der Säkularfeier der Akademie, darunter *Helmholtz, Wöhler,*

Lepsius, Rudolf Wagner, Ehrenberg, Eisenlohr, wo es mehrere Stunden lang hochgelehrt zuging, da Helmholtz über Klangfarbe, Wöhler über organische Elemente in Meteorsteinen, Lepsius über Pyramiden sprach. Gegen seine Gewohnheit blieb dann der König auch bei dem Souper, dem, statt unseres herben Elfers, der Champagner einen festlichen Charakter gab.

In ähnlicher Weise wurden bei Gelegenheit der Gründung der historischen Kommission die Historiker gefeiert. Sybel hatte schon seit seiner Berufung regelmäßig an den Symposien teilgenommen. Nun erschienen am 6. Oktober 1860 auch die fremden Größen im königlichen Schloß, voran des Königs hochverehrter Lehrer *Leopold von Ranke,* mit ihm *Waitz, Pertz, Lappenberg, Hegel, Wegele,* und von den in München ansässigen *Cornelius* und *Föhringer.* Außerdem waren Dönniges, Liebig, Dollmann, Löher und die Poeten geladen, und der Abend gestaltete sich zu einem heiteren Fest, bei dem zuletzt Ranke einen Trinkspruch ausbrachte. Zum Schluß rief er das echt bayerische Pfüet (Behüt') Gott! das er als »Führ' Gott!« verstanden hatte, der neuen Gründung des Königs zu und mußte sich von Dönniges seines Irrtums belehren lassen.

Noch eines Gastes will ich hier gedenken, ehe ich den Bericht über diese denkwürdige Tafelrunde beschließe.

Gegen Ende Februar des Jahres 1859 war *Fontane* nach München gekommen. Geibel hatte auch ihn für uns zu gewinnen gesucht, und auch Dönniges war lebhaft dafür gewesen. Ich hatte bei einem der Symposien (am 14. März) von seinen Balladen und »Männern und Helden« vorgelesen und großen Beifall auch beim Könige damit geerntet. Er gewährte dann unserem Freunde am 19. März eine Audienz und ließ ihn zu dem Symposion am 24. März laden. Hier las Fontane unter anderem dem anwesenden von der Tann das Gedicht vor, das er in der Zeit, da dieser in Schleswig-Holstein sich die ersten Lorbeern geholt, auf ihn gedichtet hatte (»Hurra, Hurra! von der Tann ist da«). Seine Poesie und seine Person erweckten die wärmste Sympathie von allen Seiten. Weshalb es trotzdem zu einer Berufung nicht gekommen ist – die übrigens dem eingefleischten Märker auf die Länge schwerlich behagt haben würde – vermag ich nicht zu sagen.

*

Neben den Symposien wurden Geibel und ich zuweilen zu den Teeabenden der Königin geladen, wo auch der König erschien, da er gern häufiger etwas Poetisches von uns vorlesen zu hören wünschte.

Es war immer nur ein kleiner Kreis: außer der Obersthofmeisterin Frau von Pillemand – einer ganz verwitterten, kleinen alten Dame, die Platens erste und einzige Liebe gewesen sein soll – die schöne Gräfin Charlotte Fugger und Fräulein von Redwitz, die zweite, ebenfalls sehr anmutige Hofdame, gewöhnlich von der Tann mit seiner Gemahlin, der Hofmarschall Baron Roller und eine sehr gescheite unverheiratete Dame, Fräulein von Küster, Tochter eines früheren preußischen Gesandten in München, die der jungen Kronprinzessin nach ihrer Ankunft in München attachiert worden war, um die noch sehr kindliche Bildung der reizenden jungen Frau ein wenig zu vervollkommnen. (Sie hatte dabei gewisse sittliche Rücksichten zu nehmen, deren man sonst gegenüber jungen Frauen überhoben zu sein pflegt. So erzählte man, es sei ihr zur Pflicht gemacht worden, beim Vorlesen von Romanen und Novellen das Wort »Liebe« stets durch »Freundschaft« zu ersetzen.)

Trotz alles Bemühens aber war es nicht gelungen, der Königin Interesse an Literatur und Poesie einzuflößen. Ihr war nur wohl im leichtesten Geplauder und besonders in der freien Luft des Gebirges, das sie unermüdlich nach allen Richtungen zu durchstreifen liebte. Auch am Theater fand sie keinen Geschmack und sah, wenn sie doch einmal mit dem Könige in ihrer Proszeniumsloge erschien, lieber ins Publikum als auf die Bühne.

Jene Teeabende, an denen gelesen wurde, erfreuten sich daher nicht ihrer Gunst; sie fügte sich eben nur dem Wunsch des Königs und pflegte während der Vorlesung in Photographiealbums zu blättern. Zuweilen flüsterte sie dabei der neben ihr sitzenden Dame ein Wort zu, einmal so laut, daß Geibel das Buch, aus dem er gelesen, auf den Tisch legte und mit finsterem Stirnrunzeln verstummte.

Der König, auf das peinlichste berührt, warf seiner Gemahlin einen unwilligen Blick zu und lud dann Geibel mit einer huldvollen Handbewegung ein, fortzufahren.

Ich selbst durfte mir einen ähnlichen Protest gegen einen Mangel an Respekt vor der Würde der Poesie nicht erlauben, sondern erhob nur die Stimme ein wenig stärker, wenn ich das Flüstern vom Sofa her vernahm. Übrigens waren diese kleinen Gesellschaften sehr behaglich, der König gewöhnlich besonders gütig, die Damen dankbar dafür, die allabendliche, ziemlich einförmige Konversation einmal durch etwas Poetisches unterbrochen zu sehen.

Ich hatte mit dem Vorlesen der »Brüder« angefangen, die die Königin »sehr schön, aber sehr ernst« gefunden hatte. Besonderen Beifall, auch bei ihr, fand ich dann mit der »Braut von Cypern«, weit mehr, zu meiner Verwunderung, als mit der »Hochzeitsreise an den Walchensee«, von der ich mir versprochen hatte, daß sie meine Qualifikation zum Hofpoeten besonders schlagend beweisen würde. Aber die realistischen Züge darin, wenn sie auch bayerische Szenerien und Volkssitten schilderten, fanden weniger Anklang bei dem Herrscherpaar, als die romantische Welt Cimones, und der düstere Walchensee konnte trotz aller Humore, die ihn umspielten, den Vergleich nicht aushalten mit der Purpurbläue des Mittelländischen Meeres.

Dramaturgische Anfänge

Am 13. Februar 1855 war Geibels »Meister Andrea« aufgeführt und sehr freundlich aufgenommen worden. Die geniale Leistung des alten *Jost,* der den zerstreuten dicken Bildschnitzer mit so viel seinen Zügen ausstattete, daß man das psychologische Wagnis durchaus glaubhaft fand, steht mir noch heute in lebendigster Erinnerung.

Nun kamen von Stücken der Berufenen meine »Pfälzer« an die Reihe.

Ich finde über die erste Aufführung in einem Brief an meine Eltern einen ausführlichen Bericht. Da er bezeichnend ist für die damaligen Zustände des Münchener Theaters und den Eindruck, den diese erste Lampenprobe auf den dramatischen Anfänger machte, will ich einiges daraus mitteilen:

»Den Schauspielern verdarb es etwas den Humor, daß das halbe Parkett leer war. Am ersten Mai, wenn nur ein Strahl von Sonne die Bierkrüge streift, bleibt kein echter Münchener in der Stadt. Alle nahen und fernen Gärten sind belebt von Musik und Bockfröhlichkeit, das wurde mir von allen Seiten vorausgesagt, und *Friedrich Haase* (der die Hauptrolle spielte) drang in mich, die Aufführung zu verschieben. Ich konnte es leider nicht, wenn ich das hier schon viel zu viel angekündigte und besprochene Stück nicht bis zum Winter ruhen lassen wollte. Heute, am 2ten, reis't Haase auf vier Wochen zu einem Gastspiel nach Prag. Wenn er wiederkommt, gehen andere, zumal der König, dem ich es doch auch schuldig war, ihm endlich das Stück vorzuführen. Warum freilich mein sehr verehrter Freund Dingelstedt die Sache von Weihnachten bis zum Mai hat hinschleppen lassen, weiß Gott und munkelt dieser und jener.« (Er verreiste auch einige Tage vor der Aufführung, beteiligte sich nicht an den Proben und kam erst nach der Premiere zurück.) »Der alte *Hölken,* mein Regisseur, und die Schauspieler schüttelten die Köpfe, schnitten diplomatische Gesichter, taten aber trotzdem ihr Bestes, was freilich nicht immer gut war. Haase (der sich gegen die Übernahme der Rolle gesträubt hatte, da er schon damals alte Charakterrollen spielte und behauptete, dieser junge Weißbursche »liege« ihm durchaus nicht) war im allgemeinen vortrefflich. Die fliegende Hitze, die Herbigkeit, im ersten Akt der Übermut der Freude, die Resignation zuletzt – das alles stand ihm natürlich, lebhaft und anziehend. Schade, daß er, wo die irische Poesie durchbrechen sollte, weich werden zu müssen glaubte. Der alte Bodenmesser, Herr *Büttgen,* soll gut gewesen sein. Mir fehlte an ihm die Größe und puritanische Macht, das Zähgläubige, die bornierte Würde. Anna, seine Tochter, Frau *Dahn-Hausmann,* gefiel mir wieder besser als den anderen. Im letzten Akt war sie erschütternd. Eine große Wirkung machte der rote John, der in seiner Rolle stak wie in einer abgetragenen, zerschlissenen, bequemen Jacke. *Christen* heißt der Schauspieler. Er und *Lang,* der Emissär, sind Lieblinge des hiesigen Publikums und machten die Szene auf Carrick-o-Gunnel zu einer der klagendsten des ganzen Stückes. Frau *Büttgen,* die alte Bodenmesser, sehr gut. *Straßmann* (Adam) – – hat den »Stock von einem Pfälzer« so hölzern gemacht, daß Anna und der Autor in ihrem Recht waren (ihn fallen zu lassen). Alle Nebenrollen sehr schicklich, die Ensembles vortrefflich eingeübt, nur der Sturm im letzten Akt hinter der Szene etwas zu prahlerisch. Lieber Gott, die Maschinisten wollen sich auch bemerklich machen.

»Ich stand in einem dunklen Winkel des ersten Ranges. – Als es aus war und ich sehr verstimmt (trotz des Hervorrufs), daß so viel bloße Natur und Unglück im Stück ist und so wenig *poetische* Rührung, so viel Tränen um mich herum flossen und ich stumpf und dumm dastand, nachdem ich in den Proben mich satt gerührt hatte, – ging ich noch und sagte den Schauspielern Dank, küßte die kleinen Hände der Frau Dahn und vertiefte mich dann in die Nacht. – – Geibel begegnet mir und will mir meinen Unmut ausreden. Es glückte ihm so wenig wie den anderen, die wir unterwegs trafen. Einen reinen Eindruck von dem Stück konnte ich freilich nicht haben nach den abmattenden Proben. Aber so viel weiß ich doch, daß eine nur pathologische Wirkung sich abnützt, eine künstlerische nicht. Es kann mich nicht trösten, daß das Publikum nichts Ähnliches empfand, – doch bereue ich auch keinen Augenblick, daß ich die ›Pfälzer‹ auf der Bühne gesehen habe. Ich habe so unabsehlich viel dabei gelernt, daß ich mir selbst einen *schlechten* Erfolg gern darum gefallen ließe.

»Der König hat sich wieder sehr liebenswürdig bewiesen. Die bei Hof uralt übliche Landpartie des ersten Mai hat er abgekürzt, um zur Theaterzeit zurück zu sein, und mir nach dem dritten Akt seinen Adjutanten geschickt, mir seinen Beifall zu melden.«

Die erste Wiederholung fand am 22. Juni statt, *sieben Wochen* nach der Premiere. Bei der Probe an dem nämlichen Tage zeigte Dingelstedt von neuem, daß er dem Stück oder seinem Verfasser nicht wohlwollte, da er alles gehen ließ, wie's Gott gefiel. Auch hatte er das Parkett so groß machen lassen wie zu der gestrigen Ballettvorstellung, worüber selbst die Schauspieler räsonnierten, und den freien Eintritt aufgehoben. Es war also wieder ein halb leeres Haus, zumal nach sechs Regentagen dieser siebente im schönsten Sonnenglanz strahlte. Das »gewählte« Publikum aber zeigte sich sehr dankbar, alle Szenen, die am ersten Abend gewirkt hatten, schlugen wieder ein, und am Schluß wurden »alle« zweimal gerufen, damals durchaus nicht so selbstverständlich wie heutzutage.

Also durchaus kein »Miß-« oder »Achtungserfolg«. Der populäre Stoff hatte seine Schuldigkeit getan trotz des in München bedenklichen Themas (Gegensatz von pfälzischen Protestanten und irischen Katholiken). Die Lokalblätter freilich läuteten das Stück zu Grabe. (Warum gehen die »Pfälzer« nicht in *ihr Land?* fragte der witzige Redakteur des »Punsch«, unser unversöhnlichster Gegner.)

In meinen Briefen nach Hause finde ich, obwohl ich nach und nach besser von diesem Erstling denken lernte, gleichwohl eine tiefe Verstimmung. Kurz vor der Wiederholung waren Otto Ludwigs »Makkabäer« in Szene gegangen, hauptsächlich auf das Betreiben Geibels, der dem Könige das große Werk gerühmt und für seinen Dichter ein Jahrgehalt erwirkt hatte. Auch ich war enthusiastisch dafür eingenommen. »Das Münchener Publikum aber verhielt sich völlig kalt und schimpfte im Hinausgehen über das langweilige Stück. Wie mußt' ich mich schämen, daß sie sich in meinen ›Pfälzern‹ nicht gelangweilt haben!«

Freilich wurden diese besser gespielt, während in den »Makkabäern« eigentlich nur die Damböck (Lea) der großen Aufgabe gerecht geworden war. In der Presse aber hütete man sich, dies einzugestehen. Man frohlockte: nach den Erfahrungen mit den »Pfälzern« und den »Makkabäern« sei der Bankerott der »norddeutschen Dramatik« unbestreitbar an den Tag gekommen.

Ich schwieg ganz still und ließ es von Laubes Urteil abhängen, ob ich mein Stück drucken lassen und an andere Bühnen versenden solle. Erst im September kam der Bescheid aus Wien. Laube riet ab. Das Stück sei im Bau und den Motivierungen zu jäh, um das Publikum zu interessieren. Er bezeichnete damit in seiner Sprache, was ich in meiner den Mangel an dichterischer Verklärung des Stoffes nannte. Unrecht hatte er gewiß in bezug auf den äußeren Bühnenerfolg. Für diesen ist immer der Stoff entscheidend, der sich ja selbst in meiner rohen Zubereitung als wirksam bewährt hatte. Doch gab ich sofort jeden Gedanken daran auf, das Stück noch weiter sein Glück versuchen zu lassen. Ich steckte damals tief in einer neuen Arbeit, einem Trauerspiel »Otto III.«, das mich Jahr und Tag in Atem hielt und dann doch trotz Geibels lebhaftem Beifall mir so wenig genügte, daß ich jede Spur davon vernichtete.

Mein Verhältnis zu Dingelstedt war durch diese Episode begreiflicherweise nicht wärmer geworden. Doch war ich aufrichtig froh, als ein Besuch Auerbachs die unliebsame Spannung zwischen uns löste. An zwei Abenden waren wir drei beisammen, und es kam zu einer völligen Aussprache, bei der Dingelstedt gestand, er habe Geibel und mich für seine Feinde gehalten, weil wir ihn zu unseren Donnerstagen - im »Krokodil« - nicht hinzugezogen hatten. Wir hatten keine Ahnung gehabt, daß ihm daran gelegen sein möchte. Nun stießen wir auf einen »unbewaffneten Frieden« mit Champagner an, und bis zu Dingelstedts Entlassung im Jahre 1857 ist auch eine Störung dieses Friedens von keiner Seite vorgekommen.

*

Meine Stellung dem Münchener Publikum gegenüber war durch mein theatralisches Debüt jedenfalls gebessert worden. Das Vorurteil gegen den norddeutschen Poeten, der zu hoch hinaus wolle und die »ungebildeten Bayern« geringschätze, hatte ich durch das einfache Volksstück entkräftet. Wie wunderlich aber, nicht bloß »von Gunst und Haß verzerrt«, mein Charakterbild noch schwankte, ersah ich aus einer vertraulichen Mitteilung Baron Leonrods, der mir immer eine freundschaftliche Gesinnung bewiesen hatte und mir bei einem der Symposien nach wiederholter Bitte, es ja nicht übel zu nehmen, eröffnete, »man habe die beste Meinung von meinem Talent, glaube aber, daß ich mir nicht immer so viel Mühe gebe, wie ich könnte, da ich die Form so oft vernachlässigte. Mit etwas mehr Feile würde manches gewiß vollendeter werden.« Ich versicherte diesem aufrichtigen Freunde, daß ich die »Urica«, die er ausdrücklich ausnahm, für das mangelhafteste Stück in den »Hermen« hielt, und nahm übrigens den Wink mit einer gewissen Genugtuung hin, da ich in meiner Heimat von Prutz, Kossak, Gutzkow und anderen Kritikern über meinen »akademischen Kultus der schönen Form« mir die härtesten Dinge sagen lassen mußte. Wer aber war »man«? Ich konnte auf keinen geringeren als den König raten, dem der»Perseus« in den »Hermen« gewiß als ein ungeheuerliches Produkt - eine antike Mythe in Knittelversen! - sehr seltsam vorgekommen war. Eine solche »Unform« verstieß gegen alle landläufigen ästhetischen Begriffe, in denen ihn Geibels volltönende Lyrik bestärkt haben mochte.

Ob ich es mit meiner nächsten größeren Arbeit bei König Max besser traf, ist mir immer zweifelhaft geblieben. Ich durfte mir freilich sagen, daß ich mir viel »Mühe« damit gegeben und es auch an der »Feile« nicht hatte fehlen lassen. Denn dies epische Gedicht »*Thekla*« hatte, seit ich es im ersten Entwurf aus Rom mitgebracht, neben all meinen anderen Arbeiten mich unausgesetzt beschäftigt und war mir ein wahres Schmerzenskind geworden, da ich inzwischen wohl auch über seine Form hinausgewachsen war. Ich hatte den Hexameter gewählt als das für eine Erzählung aus der ersten christlichen Zeit passendste neutrale Metrum. Doch mußte ich mir sagen, daß es selbst in der freieren, unpedantischen, unplatenschen Behandlung des Verses wenig Aussicht habe, dem deutschen Ohr vertraut zu klingen. Hatten doch selbst das herrlichste Gedicht in dieser Form, »Hermann und Dorothea«, und der geniale »Reineke Fuchs« eine wirkliche Popularität nie erlangt.

Nun aber war es so weit gediehen, daß ich es nicht aufgeben, noch weniger umschmelzen konnte, und so erfüllte ich während des Sommers 1857, den ich nach meines Vaters Tode mit meiner Mutter und der ganzen Kuglerschen Familie in Freienwalde zubrachte, so gut ich konnte eine immer schwerer gewordene Pflicht, indem ich das Gedicht in dem Kapellchen von Ägidis vinea domini beendete.

Als ich dann einen Abschnitt daraus im Symposion, einen anderen bei der Königin vorlas, hatte ich trotz des höflichen Beifalls die Empfindung, daß die Majestäten nach einer Fortsetzung nicht begierig waren. Besseres Glück fanden »*Die Sabinerinnen*«, die im Jahre darauf bei dem dramatischen Wettbewerb den Preis gewannen. Der Premiere am 20. Mai mußte ich fern bleiben, da ich krank war, auch die Maske meiner anonymen Autorschaft nicht lüften wollte. Bei der Wiederholung hatte ich freilich an dem Spiel der Meisten wenig Freude. Die Straßmann-Damböck (Hersilia) blieb weit hinter ihrer Aufgabe zurück, nur das Dahnsche Ehepaar war vortrefflich, Frau Dahn-Hausmann (Tullia) hinreißend, ganz ohne theatralische Manieren, die rührendste Tragik, zu der eine einfache Mädchenseele heranreift.

Im Publikum war die Stimmung entschieden günstig, sogar Schleich im »Punsch« äußerte sich anerkennend. Besonders warm beglückwünschte mich der König, als bei einem der Symposien die verschlossenen Zettel geöffnet wurden und das öffentliche Geheimnis meiner Autorschaft an den Tag kam.

Das Stück wurde dann im Sommer noch in Wien, Berlin und auf einigen anderen großen Bühnen aufgeführt, überall mit lebhaftem Beifall, doch ohne dauernden Erfolg. Zum Teil war die Abneigung des Publikums gegen alle »Stücke mit nackte Füß'« – wie man in Wien sagt – daran schuld, zum größeren Teil die Schwierigkeit, an derselben Bühne *zwei* junge tragische Liebhaberinnen zu finden, die das sabinische Schwesternpaar gleich sympathisch darzustellen vermochten. Auch ist es die Frage, ob der Stoff überhaupt vorzugsweise dazu angetan sei, tragisch behandelt zu werden, ob die Konflikte sich nicht weit natürlicher und wirksamer humoristisch lösen ließen.

Es kam noch anderes hinzu, mir den Eindruck dieses erfreulichen Ergebnisses bald zu verwischen.

Am 18. März 1857 war mein teurer Schwiegervater Kugler gestorben. Er hatte die »Sabinerinnen« noch eben im Manuskript kennen gelernt. Frau Klara übersiedelte mit den beiden Söhnen zu uns nach München; bald gesellte sich *Adolf Wilbrandt* hinzu, *Bernhard Windscheid* war als Lehrer der Pandekten an die Universität berufen worden und unserm engeren Kreise, dem das Sybelsche Ehepaar schon längst angehörte, nahe getreten - unser Leben hatte ein völlig anderes Gesicht bekommen. Ich selbst war während des nächsten Jahrs mit der Redaktion des »Literaturblatts zum deutschen Kunstblatt« über und über beschäftigt, nebenbei mit jener Übersetzung von Cavedas Geschichte der spanischen Baukunst, deren Manuskript Kugler noch durchgesehen hatte.

So konnte ich unserer Sommerfrische in Ebenhausen kaum froh werden, zumal alle poetische Produktion hinter der kritischen und geschäftlichen Arbeit zurückstehen mußte. Doch fühlte ich den Boden unter meinen Füßen nun erst wahrhaftig befestigt und die Liebe zu der neuen Heimat mir so ins Blut gedrungen, daß es mir nicht schwer fiel, den wiederholten dringenden Bemühungen des Großherzogs von Sachsen, mich nach Weimar zu ziehen, zu widerstehen. Ich dachte nicht daran, die Erfüllung dieser einfachen Pflicht der Dankbarkeit gegen meinen königlichen Gönner bei ihm selbst geltend zu machen. Er erfuhr davon aber durch andere und erhöhte meine Jahrespension auf fünfzehnhundert Gulden, indem er in der huldvollsten Weise aussprach, daß er auf mein Bleiben in seiner Nähe Wert lege.

Es sollte mir bald so gut werden, das Wohlwollen des gütigen Königs und die Hoffnungen, die er auf mich gesetzt, auch in den Augen seiner nächsten Umgebung und der weiteren Kreise Münchens zu rechtfertigen.

Am 2. Januar 1860 fand die erste Aufführung meiner »*Elisabeth Charlotte*« statt. Es war mein erster durchschlagender, unbestrittener Erfolg, den auch die Aufnahme auf fast allen deutschen Bühnen bestätigte. In München kam mir eine treffliche Besetzung zustatten: wieder das Dahnsche Ehepaar - Frau Dahn-Hausmann unübertrefflich! - Konstanze Dahn als Maintenon, Christen als Chevalier de Lorraine, Richter als Graf Wied, nicht zuletzt die prächtige Jungfer Kolbin der Seebach - ein Zusammenspiel, das selbst durch einige schwächere Mitwirkende nicht erheblich gestört werden konnte.

Zu dem günstigen Eindruck in München half nicht wenig, daß die Heldin des Stückes die pfälzische Prinzessin war, die am französischen Hofe ihr deutsches Herz bewahrt und deutscher Tugend sogar bei dem »Sonnenkönig« Achtung verschafft hatte. Dazu der warme patriotische Pulsschlag, der die Handlung beseelt, der derbe

Humor der alten Kammerfrau und die spannend verschlungene und erfreulich sich lösende Handlung. Selbst das Mißwollen des damaligen Intendanten von Frays konnte den Erfolg nicht mehr verkümmern. Der alte General, Dingelstedts Nachfolger, der das Stück erst vierzehn Tage später wiederholen wollte, mußte sich darein fügen, die zweite Aufführung wenigstens auf den neunten anzusetzen.

Sogar der alte König Ludwig hatte sich durch die Verherrlichung seiner pfälzischen Urahnin für mein Stück gewinnen lassen. Am Tage nach der Premiere war er einem meiner Bekannten auf der Straße begegnet und hatte ihm zugerufen: »Habe gestern das Stück von dem Heyse gesehen. Ein schönes Stück, ein sehr schönes Stück! Mag sie aber alle nicht!« (Niemals hat er sich einen der Berufenen vorstellen lassen.) König Max aber sagte mir bei einem der späteren Symposien: »Mein Vater ist ganz begeistert von Ihrer Elisabeth Charlotte. Sie können denken, wie mich das freut.«

Ich selbst hatte schon damals kein reines Gefühl gegenüber dem Stück. Zwar, als ich es nach langen Jahren einmal wieder las, mußte ich mir sagen, daß ich es wohl nicht hätte anders machen können, als ich getan, wenn ich die Absicht hatte, die Liselotte zum Mittelpunkt eines wirksamen Schauspiels zu machen. Dazu mußte sie noch jugendlich genug sein, um eine Herzensgefahr tapfer, doch nicht ganz leicht zu überwinden. Der Vorstellung aber, die wir uns nach ihren berühmten Briefen von ihr gemacht, durfte sie bei mir nur durch die Geradheit und Tüchtigkeit ihres Charakters entsprechen. Ja, selbst wenn es möglich gewesen wäre, sie als korpulente alternde Frau mit allen Zynismen ihrer brieflichen Expektorationen auf die Bühne zu bringen, wäre damit der wahren historischen Figur doch Unrecht getan worden. Was uns in ihren Äußerungen als deutsche Derbheit gegenüber französischer Sitte und Sprache anmutet und zuweilen auch das Maß des Schicklichen zu überschreiten scheint, war in jener Zeit der zügellosen Sitten nichts weniger als unfürstlicher Ton. Sie selbst, so wenig man sie am Hofe Ludwigs XIV. liebte und verstand, erscheint in den zeitgenössischen Berichten stets als die fière Palatine, der niemand eine Unkenntnis höfischer Sitte nachsagte.

So hatte ich mich entschließen müssen, was an Derbheiten gesagt werden mußte, der Jungfer Kolbin zuzuweisen. Immerhin aber erinnerten die leichtflüssigen Jamben allzu wenig an den gutbürgerlichen, unverfrorenen Stil der Briefe. Die dankbare Aufgabe, Liselotte etwa wie den alten Götz unserem Volk in einem getreuen Bilde, holzschnittartig und doch vornehm gehalten, vorzustellen, hatte ich nicht gelöst.

Berchtesgaden

Der Erfolg des Stückes hatte einen Lieblingswunsch des Königs von neuem angeregt: den Mächtigsten seiner Vorfahren, Ludwig den Bayern, in einem Schauspiel verherrlicht zu sehen.

Uhlands Drama, das, im Jahre 1818 gedichtet, bei der Preisbewerbung um das beste dramatische Gedicht aus der bayerischen Geschichte keinen der beiden Preise gewonnen hatte, konnte bei allem edlen dichterischen Reiz des Stils als Bühnenstück nicht in Betracht kommen, da ihm jede dramatische, geschweige denn theatralische Wirkung versagt war. Was dem Altmeister nicht gelungen war, wünschte der König von mir erreicht zu sehen, und mein Bedenken, daß ich, ein so guter Münchener ich geworden, doch vielleicht den Ton nicht zu treffen vermöchte, der in bayerischen Herzen vollen Widerhall weckte, wurde nicht angenommen. Mein tieferes, daß mir einem historischen Stoff gegenüber, der in allen Einzelheiten jedem Schulknaben bekannt ist, keine Freiheit bliebe, an Charakteren und Begebenheiten auch nur die geringste Änderung vorzunehmen, die für die dramatische Wirkung günstig sein würde, hielt ich weislich zurück. Der König würde schwerlich ein Verständnis dafür gehabt haben, daß ein historisches Drama etwas anderes als eine wahrhaftige dramatisierte Gerichte sein müsse.

So versprach ich, der Aufgabe nachzudenken, sobald ich mit einem frei erfundenen Schauspiel fertig geworden wäre, den »Grafen von der Esche«, das ich gleich nach der »Pfalzgräfin« entworfen hatte, um meine Hand in einem kräftigeren Stil zu üben, als jenem höfischen parlando in fünffüßigen Jamben.

Ich nahm die Arbeit in meine Sommerfrische mit, zu der ich mir das kleine, anmutig gelegene Adelholzen unweit Traunstein ausersehen hatte. Hier gesellten sich auch Sybels, Windscheids und Schack zu uns, und wir genossen ein vergnügliches Stilleben im bösesten Wetter, über das mich der Fortgang der »Eschen«, das Billardspiel mit Sybel und die Lektüre der »Bakchen« des Euripides mit Schack hinlänglich trösteten.

In der Mitte des August aber erhielt ich die Einladung des Königs nach Berchtesgaden.

Schon früher hatte Ranke mehrere Wochen bei König Max in der schönen Berchtesgadener Villa zugebracht. Bodenstedt und Riehl hatten dann vor etlichen Jahren den hohen Herrn auf einer Reise durch das bayerische Gebirge begleiten dürfen. Geibel, der den Sommer regelmäßig in seiner Heimat und einem der Ostseebäder zubrachte, hatte seinen Urlaub. So war die Reihe, an der Sommerfrische der Majestäten teilzunehmen, an mich gekommen.

Ich gestehe, daß ich im ersten Augenblick über die mir zugedachte Ehre nicht sonderlich erfreut war, da sie meine Badekur und die Arbeit, die mir sehr am Herzen lag, unterbrach und mich von meiner Familie und den Freunden trennte. Ich wurde aber bald anderen Sinnes, und wenn ich jetzt zurückdenke, stehen mir jene sechs Wochen, die ich in der herrlichen Gebirgswelt am Königshof verleben durfte, in märchenhaftem Glanz vor der Erinnerung.

Ich kannte Berchtesgaden noch nicht, hatte nur gehört, daß es für die Perle in dem reichen Kranz der bayerischen Berge galt. Doch alle meine Erwartungen sollten übertroffen werden.

Am schwülen 16. August waren wir in einem Extrazug nach Salzburg gefahren, wo König und Königin die alte Kaiserin von Österreich noch begrüßen wollten. Ich selbst fuhr mit Kobell und Ricciardelli ohne Aufenthalt weiter, nach der dumpfen Eisenbahnfahrt doppelt erquickt im offenen Wagen die reine Abendluft einatmend, die sich mehr und mehr verkühlte, je näher wir dem Ziele kamen. Im Orte selbst empfingen uns Bergfeuer, die tausend Flammen und Lichter der Illumination, Glockenläuten und Böllerschüsse und der fröhliche Juhschrei von den Halden, da man uns Vorläufer für die Majestäten hielte und über all dem festlichen Glanz und Lärm der feierliche Gruß des Watzmann und Göll, die ihre hohen Häupter gegen das reine Blau des Nachthimmels hoben, von einer zauberhaften Sternenpracht umfunkelt.

Die königliche Villa liegt auf halber Höhe über dem Ort, in glücklichster Freiheit dem Gebirge gegenüber. Sie ist im Gegensatz zu dem mächtigen alten Schloß in einem leichten und doch vornehmen Stil gebaut, mit vorspringendem Dach und schlanken Balkonen, und ein langgestrecktes Corps du logis schließt sich an das Hauptgebäude an. Die Gesellschaft bestand aus von der Tann und seiner Gemahlin, dem alten General Laroche, Graf Pappenheim, Graf

Seinsheim, Ricciardelli, Kobell, dem Leibarzt von Gietl und den Hofdamen Gräfin Fugger und Freiin von Redwitz.

Ich hatte mein Zimmer neben dem des Grafen Pappenheim, der sehr musikalisch war. Gleich am ersten Morgen hörte ich ihn auf der Geige einen Czardas spielen, der mir aus einem Münchener Konzert ungarischer Zigeuner kurz vor der Abreise im Ohr hängen geblieben war, so daß ich ihn beständig vor mich hinsingen mußte. Der Verkehr mit den Zimmernachbarn war auch sonst der gemütlichste, den man wünschen konnte. Am nächsten Vormittag führte mich Kobell nach der Schießstatt hinunter und stellte mich dem Forstmeister Herrn Sutor vor, der mir, da ich mich einschießen sollte, einen jungen Forstgehilfen namens Phrygius zum Lehrmeister gab. Ich hatte Zeit, mich im Orte umzusehen bis zum Diner. Nach der Tafel, da die Königin zum Passionsspiel nach Oberammergau gereist war, fuhren wir mit dem Könige allein nach Maria Plein und kehrten erst spät nach der Villa zurück.

Auch an den folgenden Tagen war die Tagesordnung die gleiche. Den Vormittag hatte ich für mich, konnte meine Briefe schreiben, den Druck der »Grafen von der Esche« (als Bühnenmanuskript) korrigieren, spanische Romanzen übersetzen und »Ludwig den Bayern« bebrüten. Dabei blieb noch Zeit zu einem Spaziergang und den Schießübungen, die mir viel Freude machten. (Schon am ersten Tage verzeichnet mein Tagebuch mit Genugtuung »zwei Dreier hintereinander«.) Gewöhnlich um vier Uhr das Diner, unmittelbar darauf eine längere Spazierfahrt, wobei ich oft die Ehre hatte, mit dem Könige allein zu fahren, manchmal zwei oder dritthalb Stunden lang, in denen ich über die verschiedensten Themata, ästhetische, literarische, oft sogar politische, mich aussprechen mußte.

Ich hatte es mir zum Gesetz gemacht, immer, natürlich in der bescheidensten Form, meine ehrliche Meinung zu sagen, auch wenn sie den Ansichten des Königs, die mir bekannt waren, widersprach. So hielt ich es auch, wenn der König das Gespräch auf gewisse politische Lieblingspläne lenkte, wie etwa die Triasidee. Ich bekannte ohne Umschweife meine kleindeutsche Gesinnung, wegen deren ich ja auch schon von der Augsburger »Allgemeinen Zeitung« bei Gelegenheit meines Aufsatzes über Giusti angegriffen worden war. (Übrigens hatte der fanatisch großdeutsch gesinnte Dr. Orges das

Giustische Gedicht Sant' Ambrogio, das ich übersetzt, mißverstanden, da es nichts weniger als feindselig gegen Österreich gemeint war.)

Statt mir meine offenen Bekenntnisse übel zu nehmen, ging der König seinerseits mit allerlei sehr persönlichen Mitteilungen heraus. So zum Beispiel in betreff des Verhältnisses zu seinem Vater. Er gestand, daß es sein Ehrgeiz sei, wie König Ludwig I. sich durch die Kunst Ruhm und ein Verdienst um sein Volk erworben habe, nun seinerseits durch die Förderung der Wissenschaften sich in gleicher Weise einen Namen zu machen, und fragte mich geradezu, ob auch ein Fürst, der sich jeder »gewaltsamen Handlungsweise« enthalte, hoffen dürfe, einen hohen Rang in der Geschichte einzunehmen. Ich konnte die Frage mit gutem Gewissen bejahen und an einigen Beispielen der Geschichte erläutern.

An diese Spazierfahrten schlossen sich dann zuweilen kleine Wanderungen auf steileren Bergpfaden, auf denen die Königin allen voran war. Nach der Rückkehr hatte man beim Tee wieder zu erscheinen, worauf, wenn der König sich zurückzog, noch ein Souper, eine Partie Billard, zuweilen eine Mondscheinpromenade folgte. Vorgelesen wurde an diesen Teeabenden nicht mehr, auch der schöne Flügel niemals geöffnet. Oft aber brach man zu größeren Ausflügen schon früh am Tage auf, fuhr etwa in einer schöngeschmückten großen Barke über den Königssee nach Bartholomä, wo die Kirchweih das Gebirgsvolk von weither zusammengeführt hatte, oder sah dem - nassen und trockenen - Holzsturz zu, bei dem riesige Stöße geschlagener Fichtenscheite, die auf der Höhe eines jäh abfallenden Felsens aufgeschichtet waren, durch einen gestauten Wildbach, dem plötzlich das Wehr weggezogen wurde, oder durch das Abschlagen der Stützen die ungeheure Wand hinab in den See geschleudert wurden. Oder man fuhr nach einem der weiter entlegenen Jagdhäuser, wo im Freien getafelt wurde. Bei solchen Gelegenheiten war die Königin besonders liebenswürdig und heiter, pflückte große Sträuße Wiesenblumen und unterhielt sich ausführlich mit dem Volk, das sich ihr zutraulicher näherte als dem »Herrn Kini«. Ich erinnere mich, daß einmal eine Bäuerin aus ihrer Hütte trat und Ihrer Majestät einen ansehnlichen Ballen Butter, lose in Kastanienblätter gewickelt, als Verehrung überreichte. Die Königin nahm ihn ohne Schonung ihrer Handschuhe dankend selbst in

Empfang, versprach, von der Butter zu essen, und befahl dann auch, daß sie abends beim Tee aufgetragen werden sollte, wo sie sich's nicht nehmen ließ, selbst davon zu kosten, trotz des ranzigen Geschmacks, denn diese Liebesgabe hatte vielleicht schon eine Woche lang darauf warten müssen, der Frau Königin gelegentlich dargebracht zu werden.

Der König, bei aller Huld und Güte, die ihm aus den Augen sahen, hatte nicht die Gabe, sich mit den Leuten so »gemein zu machen«, wie es seinem Vater leicht gewesen war. Seiner feineren, zartfühlenden Natur widerstrebte es freilich auch, ein verletzendes Scherzwort hinzuwerfen, wie man König Ludwig I. so manches nacherzählte. Dagegen wußte er königliche Würde und menschliche Liebenswürdigkeit aufs gewinnendste zu verbinden, wenn er in der Villa Gäste bei sich sah, sowohl die höheren Beamten seines eigenen Landes, als fremde fürstliche und hochadelige Herrschaften.

Im Laufe dieser Sommerwochen erschienen am Hoflager der Großherzog von Mecklenburg mit seiner Gemahlin und der alten Großherzogin, der Schwester König Friedrich Wilhelms IV., dem die alte Dame auffallend ähnlich sah, die Herzogin von Modena, Fürst und Fürstin Lobkowitz, Erzherzogin Sophie mit ihrem Gemahl, Fürst und Fürstin Solms; von geistlichen Würdenträgern der Kardinal Reisach, der Fürstbischof von Salzburg, Bischof Ketteler von Mainz und der Bischof von Regensburg; von Staatsmännern unter anderen Herr v. Beust (»feiner, geistreicher, nervöser Diplomatenkopf, ohne Größe, aber nicht ohne Festigkeit«. Tagebuchnotiz vom 25. August). Unter all dieser wechselnden Gesellschaft bewegte sich der König mit der freiesten Haltung, sichtlich bemüht, sich jedem freundlich zu erzeigen und wie ein anderer gastfreier Hausherr es seinen Gästen wohl zu machen. Dabei, so empfänglich er für Scherz und Witz war, hielt er stets eine gewisse Grenze inne, und wenn im Geplauder beim abendlichen Punsch nach einer erfolgreichen Jagd Histörchen vorgebracht wurden, wie sie in Männergesellschaften unbedenklich im Schwange zu gehen pflegen, stimmte er nur aus Höflichkeit in das Lachen der übrigen ein und wurde gleich wieder ernst. Auch auf ihn konnte man das Wort anwenden, daß das Gemeine in wesenlosem Schein hinter ihm lag.

Obwohl nun er selbst nicht so recht eigentlich ein Jäger, nur ein guter Schütze war - er nahm gewöhnlich ein Buch auf seinen Stand mit, in dem er las, bis sein Jäger ihm beim Herannahen eines Wildes die Büchse überreichte -, versäumte er doch nicht, zur Herbstzeit in den verschiedenen weitgedehnten Hochlandsrevieren zu jagen, was ihn oft tagelang von der Villa fernhielt. Überall hatte er eigene Jagdhütten, die manchmal nur für ihn allein Raum hatten, während seine Herren in Blockhäuschen oder Heustadeln übernachten mußten. In aller Frühe wurde dann aufgebrochen, man bestieg die kleinen gelben, norwegischen Pferde, die auf den schmalen Reitwegen, selbst wenn es steiler hinanging, ihren Reiter so sicher trugen wie in der Ebene, und nahm, wenn man den Platz erreicht hatte, der für die Jagd ausersehen war, den Stand im Bogen ein, den der Forstmeister bestimmte. War dann die Treibjagd vorüber, so wurde nach der Jagdhütte zurückgeritten, im Freien unter hohen Ahorn- oder Fichtenwipfeln diniert, und wenn am andern Tage das Jagen fortgesetzt werden sollte, der Abend bei Punsch, Zitherspiel und Gesang von Sennerinnen, Jägern und Holzknechten verbracht.

Wie mich dies bunte, fröhliche Leben in der mächtigen Hochlandsnatur entzückte, wie dankbar ich war, wochenlang auf die bequemste Art Berg und Tal durchstreifen und die Wunder der Alpenwelt in Regen und Sonnenschein, im ersten Frührot und unter dem leuchtenden Sternenhimmel betrachten zu können, wird jeder Leser mir nachfühlen, der sich an meine städtische Jugend in dem Hinterzimmer der Berliner Behrenstraße erinnert. Es war mir sehr ernst darum, mit einzustimmen, wenn Kobell sein Jägerlied sang:

Wos war's denn ums Leb'n ohne Jag'n?
Koan Kreuzer net gebet i drum.
Wo aber a Hirsch zum dafrag'n,
Wo's Gamsein geit, da reißt's mi 'rum.
Und ist auch an Ehr dabei z' g'winna,
Und muaßt was versteh' und was kinna,

Denn der si net recht z'samma nimmt,
A net leicht zun an Gamsbartl kimmt[28] .

Daß ich freilich weit davon entfernt war, »was zu verstehn und zu können«, mußte ich bald erfahren. So gute Fortschritte, dank meinem scharfen Auge und meiner ruhigen Hand, ich beim Schießen nach der Scheibe gemacht hatte, es war etwas ganz anderes, wenn der Hirsch durch das niedere Gezweig brach und mit seinen flüchtigen Füßen die Steine den Abhang hinunter ins Rollen brachte, um plötzlich sausend aus dem Dickicht vorzubrechen und in wilder Flucht vorbeizustreichen, - auch dann kaltblütig die Büchse zu heben, auf das Blatt zu zielen und mit dem Finger nicht voreilig oder zu spät den Drücker zu berühren!

Ich gestehe, daß ich von der noblen Passion hoher Herren, von einem sicheren Stand aus auf vorbeigetriebenes Wild zu schießen, bis dahin nicht allzu gut gedacht hatte. Vollends ein Kesseltreiben, wo die Schützen in das dichte Gewühl armer Hasen hineinfeuern, schien - und scheint mir noch heute - ein wenig ritterliches Geschäft, während der Jäger, der sich einsam an das Wild heranpirscht oder gefährliche Bergpfade erklettert, »um ein armselig Grattier zu erjagen«, Mut und Geschicklichkeit aufwenden und oft sogar sein Leben einsetzen muß. Und wenn es nötig ist, um den Wildstand nicht übermäßig sich mehren zu lassen, in bestimmten Fristen die überzähligen abzuschießen, sollte man, meint' ich, dies berufsmäßigen Jägern überlassen und nur auf einem Pirschgang sich daran beteiligen.

Bald aber erfuhr ich an mir selbst, daß es auch bei einer Treibjagd auf allerlei Mannestugend ankommt, Ausdauer in Wind und Wetter, Herzhaftigkeit, wenn ein zur Wut gehetztes Tier in blinder Angst auf den Schützen geradeswegs losstürmt, endlich ein sicheres Auge und eine feste Hand. Eine Jagd, wie die vor der Watzmannscharte, von sechs Uhr morgens bis drei Uhr mittags, erst eisiger Frühnebel, dann Regengüsse, dann wieder stechende Sonne und Gewitterschwüle, während die Gemsen, hinten an der steilen Wand

---

[28] Oberbayerische Lieder mit ihren Singweisen. Im Auftrag und mit Unterstützung Sr. Majestät des Königs für das bayerische Gebirgsvolk gesammelt und herausgegeben von Fr. v. Kobell. Mit Bildern von A. v. Ramberg. 1860.

über Bartholomä hinaufgetrieben, oben auf der Schneide des Berges langsam auftauchten und, mit zuckenden Sprüngen herabkommend, der Kugel nur ein unsicheres Ziel boten - dazu diese sieben Stunden lang regungslos, die Büchse auf den Knien, auf einem Felsblock ausharren und rechts und links Schüsse knallen hören, während einem selbst kein Stück Wild schußgerecht kommen will - wer da nicht am Ende in ein mordlustiges Fieber gerät, als ob die edlen Tiere, die in der Ferne vorübersausen, es schadenfroh darauf abgesehen hätten, einen zu narren, der hat nicht nur keinen Tropfen Jägerblut, sondern überhaupt kein rotes Blut im Leibe, dem nichts Menschliches fremd ist.

In einer poetischen Epistel an meinen Freund Hermann Lingg, als man uns beide in das Komitee eines Münchener Schützenfestes gewählt hatte, habe ich erzählt, wie es damit zuging, daß ich zum erstenmal, nachdem ich häufig leer ausgegangen war, ein Stück Wild zur Strecke liefern konnte. Bei dem dunklen Gefühl, daß mein kleiner Phrygius sich als stiller Mithelfer daran beteiligt habe, war ich auf das erste Jagdglück nicht sonderlich stolz. Ich erwähne es hier nur, um der Güte des Königs zu gedenken, den mein bisheriges Mißlingen mehr als mich selbst verdrossen hatte, da er auf diesen Jagdausflügen nur frohe Gesichter unter seinen Gästen zu sehen wünschte. Wahrhaft gerührt aber war ich durch einen anderen Beweis seines Wohlwollens gegen mich.

Als wir oben auf dem Plateau unter dem Watzmann angelangt waren, wo wir übernachten sollten, - die Pferdchen wurden abgezäumt und zum Grasen sich selbst überlassen, die Köche errichteten im Freien ihre improvisierten Herde und zündeten große Feuer aus Latschen und Knieholz an - sagte mir der König: Kommen Sie mit! Ich will Ihnen das Haus zeigen, in dem ich übernachten werde!

Er führte mich nach einer unscheinbaren Holzhütte, wohl erst für die Gelegenheit aufgeschlagen, innen aber sogar tapeziert und ganz behaglich eingerichtet, mit einem Komfort, den ein echter Jäger verschmäht haben würde.

Sehen Sie, sagte der König, indem er ein Buch von einem niederen Tische nahm, da hab' ich mir auch was zum Lesen mitgebracht. Kennen Sie das Buch? - Ich sah, daß es meine »Thekla« war. Die heilige Thekla auf der Gemsjagd, Hexameter statt der Schnadahüpfel! Gewiß hat der König keine drei Verse darin gelesen oder höchstens, um sich in Schlaf zu bringen. Ich wußte ja, daß ihm das Gedicht nicht gefiel. Er hatte es nur mitgenommen, um seinem Gast etwas Freundliches zu erweisen.

An den Abenden nach der Jagd, sobald das Souper vorüber war und man beim Punsch saß, wurde vorgelesen, wenn man nicht in einer Sennhütte Zither spielen und Schnadahüpfel singen hörte, wie an jenem Tage, wo der Großherzog von Mecklenburg mitgejagt hatte. Kobell las, was er kürzlich gedichtet hatte, ich gab meine Novelle »Andrea Delfin« zum besten, in kleinen Abschnitten, da alle müde waren und man früh sein Lager aufsuchte. General Laroche schnarchte gewöhnlich schon während der Vorlesung so laut, daß es schwer hielt, ihn mit der Stimme zu überbieten. Fataler war's, daß diese Nachtmusik, wenn wir mit dem alten Herrn eine Blockhütte teilten, keinen von uns auf seiner Heumatratze zum Schlafen kommen ließ.

In wie hellen Farben stehen all diese bunten Abenteuer vor meiner Erinnerung! Wie unvergeßlich ist mir der heitere Blick des gütigen Fürsten, mit dem er in das fröhliche Treiben hineinsah, während er über den Freuden, die er anderen bereitete, das Leiden, das ihn auch in die reine Höhenluft begleitete, sein fast ununterbrochenes Kopfweh zu vergessen schien.

Doch mußte die lange Reihe auch dieser »schönen Tage«, die fürwahr nicht »schwer zu ertragen« war, einmal ein Ende finden.

Am Tage nach jener Jagd in der Watzmannscharte beurlaubte ich mich von den Majestäten, deren Rückkehr nach München bevorstand. Ehe ich am 27. September abreiste, hatte ich unter anderen Besuchen mich auch von den jungen Prinzen zu verabschieden. Sie waren während der ganzen Zeit, wo sie ebenfalls in der Villa wohnten, selten zum Vorschein gekommen. Ein einziges Mal hatten sie an einer Ausfahrt teilgenommen, doch auch da nicht in unmittelbarer Nähe der Eltern. In einem kleinen Boot fuhren sie mit ihrem Gouverneur der großen geschmückten Barke nach, die König und Königin mit dem gesamten Hofstaat über den Königsee nach Bartholomä brachte. Es war gewiß eine weise pädagogische Maßregel, daß die Knaben dem zerstreuenden Hofleben ferngehalten wurden, um den Fortgang ihrer Studien nicht zu stören. Doch ein wenig mehr Freiheit in einer sommerlichen Ferienzeit hätte man ihnen wohl gegönnt. Und seltsam war es, daß der König, so oft eine Anfrage an ihn kam, wie dies und das im Unterricht der Prinzen eingerichtet werden sollte, stets antwortete, man solle sich erkundigen, wie es damit in seiner eigenen Schülerzeit gehalten worden sei, und es genau so wieder machen. Und er klagte doch darüber, daß seine Jugendbildung vernachlässigt worden sei! Es schien, als ob er über der Sorge für die Erziehung seines Volkes das Interesse an der seiner eigenen Kinder verloren habe.

In der Pfalz

Das erste, was mir nach der Rückkehr in die Stadt zu tun oblag, war, meine Ansichten über den neuen Baustil, die ich dem König mündlich vorgetragen hatte, im Zusammenhang aufzuschreiben und den Aufsatz ins Kabinet zu senden.

Während der langen Spazierfahrten nach dem Diner hatte der König auch dies Thema wiederholt aufs Tapet gebracht. Ich war ein wenig gerüstet, mich sachverständig zu äußern. Hatte ich doch in der Berliner Akademie Böttigers Vorträge über die Tektonik der Griechen und Kuglers Vorlesungen gehört und dann in Bonn unter den verschiedenen Anläufen zu einem wissenschaftlichen Studium auch die Geschichte der Baukunst ein halbes Jahr lang ernstlich in Angriff genommen.

So konnte ich dem Könige manches sagen, was ihm neu war, vor allem ihn über den Begriff des Stiles selbst aufklären, über den er nie tiefer nachgedacht hatte. Daß es stilwidrig sei, eine Fassade äußerlich vor ein Gebäude zu legen, dessen innere Einteilung den äußeren Formen nicht entsprach, daß der Stil sich von innen heraus entwickeln und der Ausdruck der organischen Gliederung sein müsse, hörte er zum erstenmal. Er hatte kein Arg dabei gehabt, zu sehen, daß hohe, breite Kirchenfenster vertikal aufstrebend die Geschosse des Regierungsgebäudes in der Maximiliansstraße durchschnitten, eine dekorative Täuschung, die durch armselige kleine Mittel maskiert werden mußte. Nun sträubte sich sein Wahrheitssinn auch gegen diese Erschleichung eines bloß äußerlichen Effekts, der allerdings »neu« war, aber für einen neuen »Stil« nicht gelten konnte.

Nach seiner bedächtigen Art hatte der König diesen Fragen weiter nachgesonnen und wünschte sich noch gründlicher darüber aufzuklären. Als er daher zu einer Traubenkur in die Pfalz aufbrach – vorher hatte noch am 8. Oktober das oben erwähnte festliche Symposion der Historiker stattgefunden –, mußte ich ihn wiederum begleiten.

Die Königin blieb in München zurück. Das Gefolge des Königs bestand nur in von der Tann, General von Spruner, Baron Leonrod und Baron Wendland, den der König auf der Universität kennen gelernt und seitdem zu allerlei hohen Stellungen befördert hatte, zuletzt zum Gesandten in Paris. Außerdem waren im Gefolge die beiden Kabinettssekretäre Staatsrat Pfistermeister und Herr von Leinfelder, sehr gebildete, liebenswürdige Herren, die vom Könige mit Arbeit überlastet wurden, ohne sonderlichen Dank dafür zu ernten. (Selbst Pfistermeister wurde nur als Beamter behandelt und auch in ländlichen Umgebungen, wo die höfische Etikette nicht streng regierte, nie zur Tafel gezogen, eine Ehre, die manchem Bezirkshauptmann und Forstmeister von weit geringerer Bildung zuteil wurde.)

In Dürkheim war ein Haus gemietet worden, wo die königliche Hofhaltung ein ziemlich beschränktes Unterkommen fand. Es war ein herrlicher Herbst, die schöne Pfalz zeigte sich im besten Licht, ihre Bewohner legten ihre Freude, den Monarchen in ihrer Mitte zu haben, in der verschiedensten Weise an den Tag, und wenn die Traubenkur in den Vormittagsstunden absolviert war, wurde täglich eine andere Spazierfahrt gemacht, die Huldigung eines anderen Städtchens entgegengenommen und ein anderer von den edlen Weinen dieser glücklichen Provinz als Ehrentrunk genossen.

Nur selten kam es vor, daß man die Pferde bestieg, zu meiner stillen Beruhigung. Ein Abenteuer bei einer Landpartie in Berchtesgaden hatte mich über den Unterschied zwischen einem Norweger und einem der anderen Reitpferde aus dem königlichen Marstall gründlich belehrt. Man wollte sich durch die Ramsau nach dem Hintersee begeben, die Damen im Wagen, die Herren zu Pferde. Auch ich hatte ein schönes junges Tier bestiegen, obwohl ich nie reiten gelernt hatte. Aber das vertrauliche Verhältnis, in dem ich so lange mit meinem sanften »Odin« gestanden, hatte mich sicher gemacht. Bald freilich merkte mein Gaul, daß er einen blutjungen Anfänger auf dem Rücken trug, der keine Ahnung hatte, wie man schulgerecht in den Bügeln sitzen und die Zügel führen muß. Ein mitleidiger Stallmeister, der sah, welch einen Reiter von der traurigen Gestalt er vor sich hatte, gab mir ein paar sachkundige Winke, die aber nur halfen, so lange die Gesellschaft im Schritt blieb. Sobald der König einen leichten Trab anschlug, wurde meine Lage bedenklich. Der Stallmeister riet mir, zurückzubleiben und langsam im Schritt weiter zu reiten, was meinem feurigen Tier wenig behagte. Es spitzte die Ohren, kurbettierte nervös, und da es die Kameraden weit voraus sah, wurde es immer ungeduldiger. Ich lenkte es eben an den Rand der breiten, schattigen Chaussee, da ich sah, daß daneben das Gras höher und weicher war als an der anderen, steinigeren Seite, auf die sich unsanfter fallen ließ. Nun aber hörte ich den Wagen mit der Königin und den Hofdamen hinter mir heranrollen, und in dem Augenblick, wo er mich erreichte, stieg mein Gaul kerzengerade in die Höhe, wie um der Majestät die Honneurs zu machen. Ich hielt mich kaltblütig genug in den Bügeln und zog ehrerbietig den Hut. Als aber der Wagen vorüber war und andere mit der Dienerschaft folgten, hielt ich es denn doch für weiser, abzusteigen und mein Pferd einem der Lakaien zu überlassen.

Am Abend erzählte mir die Gräfin Fugger, auf ihre Bemerkung, ich scheine ein ganz flotter Reiter zu sein, habe die Königin, die ein scharfes Auge hatte, lächelnd erwidert: Mein elegantes Salutieren sei ihr sehr unfreiwillig vorgekommen.

In der Erinnerung an diesen Vorfall hatte man mir in der Pfalz einen hochbetagten Schimmel ausgesucht, der an Sanftmut und Rücksicht auf einen Dichter, dessen ritterliche Erziehung vernachlässigt worden war, Gellerts berühmtem Pferde nichts nachgab. Nur einmal wurde auch dieser zuverlässige Freund aus seinem Gleichmut aufgeschreckt, als wir in Edenkoben einzogen und Böller, Musik und Glockenläuten uns tumultuarisch empfingen. Es glückte mir jedoch, der ich zufällig ganz vorn zur Linken des Königs ritt, vor der tausendäugigen Menge zu verbergen, daß ich die Bewahrung meines Gleichgewichts einem verstohlenen Festhalten am Sattelknopf verdankte.

Lange Spaziergänge mit von der Tann, der damals am Halse litt und seine Sorge äußerte, durch dieses Übel vielleicht in Zukunft am Kommandieren im Felde verhindert zu werden, weitere Ausflüge nach Speier, Worms und sogar bis Heidelberg ließen mich in diesen vier Wochen die schöne Pfalz nach allen Richtungen kennen lernen. Die architektonischen Gespräche gingen nebenher, abends nach dem Souper hatte ich vorzulesen und war oft in Verlegenheit, etwas Passendes zu finden. Ich entsinne mich nur des »Letzten Savelli« von Rumohr, Hoffmanns »Fräulein von Scudery«, Goethes »Neuer Melusine« und dieser und jener eigenen Novelle. Am Tage hatte ich allerlei Arbeit für den König, der mich beauftragte, ein Rundschreiben an die bedeutendsten deutschen Architekten zu verfassen, um sie zu einer Äußerung über die Möglichkeit eines neuen Baustils aufzufordern. Noch immer war er über diesen Punkt nicht völlig ins reine gekommen.

Umsonst hatte ich eingewendet, daß ein Künstler, je talentvoller er sei, desto ausschließlicher zu *schaffen*, nicht theoretisch über die *Möglichkeit, zu schaffen*, nachzudenken pflege, am seltensten aber der Mann dazu sei, was er etwa an ästhetischen Überzeugungen in sich trage, klar und bündig auszusprechen. Die wenigen Großen, die auch das gekonnt, bestätigten eben nur als Ausnahmen die Regel.

Der König aber ließ sich nicht irre machen in seiner Meinung, hier erst aus der rechten Quelle zu schöpfen. Das Rundschreiben wurde vervielfältigt und verschickt. Was es für einen Erfolg hatte, ist mir nicht erinnerlich, nur daß eine Menge Gutachten einliefen, die mir nicht mehr mitgeteilt wurden. Dagegen mußte ich noch die Konkurrenzentwürfe zum Bau des Maximilianeums, die in großen Mappen eigens zu diesem Zweck aus München verschrieben worden waren, sorgfältig studieren. Ich lernte daraus nichts Neues, nur daß die Aussicht auf die königliche Gunst und einen großen Auftrag selbst gewissenhafte Künstler zu abenteuerlichen Phantastereien zu verführen vermocht hatte. Als ich dem Könige einen mündlichen Vortrag darüber hielt, konnte ich den unliebsamen Zweifel, den ich ihm erregt, ob wirklich der Plan des Vicomte de Vaublanc – eines Herrn an seinem Hofe, der in Architektur dilettierte und alle Mitbewerber besiegt hatte – den Vorzug verdient hätte, nur damit beschwichtigen, daß der auserlesen günstige Platz, auf dem das wunderliche Gebäude errichtet war, selbst einem noch geringeren Werk einen gewissen Effekt gesichert haben würde.

Dies sollte das letztemal bleiben, daß ich über die bis zur Erschöpfung diskutierte Frage dem Könige Rede stand. Ich war trotz des behaglichsten, abwechslungsreichsten Lebens mit der Zeit in eine Melancholie verfallen, die durch influenzaartige körperliche Zustände gesteigert wurde. Ich hörte auf zu essen und zu schlafen; ich wußte, daß meine Frau, die ein Kind erwartete, mich schwer entbehrte, während ich hier, nachdem die baulichen Interessen bei dem Könige in den Hintergrund getreten waren, mir sehr überflüssig vorkam. Der zweite Leibarzt, Dr. v. Schleiß, stellte die Diagnose meines Leidens auf Nostalgie und befürwortete meine Entlassung in die Heimat, die der König denn auch in Gnaden gewährte. Und wirklich war es vor allem der psychische Druck, der auf mir gelastet hatte. Kaum hatte ich die Eisenbahn bestiegen, so fühlte ich auf einmal das Leiden von mir weichen und konnte in Mannheim, wo ich eine Stunde Aufenthalt hatte, eine Mahlzeit zu mir nehmen, wie es mir an der königlichen Tafel seit vierzehn Tagen nicht mehr möglich gewesen war.

Wien

Kaum zu Hause wieder angelangt, verließ mich der letzte Rest jenes Fiebers, das mir die vergangenen Wochen im Blut gesteckt hatte.

So dankbar ich das viele Gute und Schöne dieser Sommer- und Herbstzeit genossen hatte, so wertvoll es mir war, einmal eine Zeitlang ein Stück Welt von »der Menschheit Höhen« herab, aus der Königsperspektive betrachtet zu haben, so war dies Leben doch nicht das mir gemäße gewesen, das mich befähigte, etwas zu schaffen, woran ich Freude hatte. Das begann nun wieder, sobald ich mich in der alten Freiheit sah.

Denn durch die völlige Unabhängigkeit, die ich stets genossen hatte, war ich dermaßen verwöhnt, daß ich es auch in den Morgenstunden zu keiner dichterischen Stimmung bringen konnte, wenn ich nicht durchaus Herr meines Tages war und durch einen fremden Willen mir nur der geringste Zwang auferlegt wurde. Nun kam sofort allerlei zustande, was in der höfischen Zeit mich nur »im Traum der Gedanken« beschäftigt hatte. Zunächst ging ich wieder an »Ludwig den Bayern«, den ich am 5. Januar in zweiter Schrift zu Ende brachte. Die »Hochzeit am Walchensee« reifte heran, und als Frucht meiner Jagd- und Hochgebirgsstudien entstand die kleine Novelle »Auf der Alm«. Daneben las ich mit Schack die »Phönissen« des Euripides (den griechischen Text, der ihm allerdings geläufiger geblieben war als mir), gab meinem ältesten Buben Schreibunterricht, erfreute mich an dem Aufblühen seiner beiden Geschwister und verkehrte in der alten traulich geselligen Weise mit den Freunden, vor allem mit Geibel, Sybel, Windscheid, Grosse, Adolf Wilbrandt und dem trefflichen Melchior Meyr. Die Krokodile standen im Flor. Auch die Symposien begannen wieder, da der König noch vor Ende November nach München zurückgekehrt war, und am 3. Januar wurde Geibels »Brunhild« zum erstenmal aufgeführt und mit großem Beifall aufgenommen.

Zwischen all diesem Treiben beschäftigte mich die Sorge für meine »Grafen von der Esche«, die Laube schon anfangs November angenommen hatte, und die allerlei Nacharbeit nötig machten. Am 11. Januar kam es zur Erstaufführung im Burgtheater. Die ersten vier Akte fanden »lebhaften Beifall«, der letzte »eine geteilte Aufnahme«. Ich entschloß mich aber erst am 20. Februar, nach Wien zu reisen und mit eigenen Augen mich zu überzeugen, was ich von dem Stück und seiner Bühnenwirkung zu halten hätte.

Das Wiener Burgtheater stand damals auf der Höhe seines Ruhms und galt unbestritten für die vornehmste unter allen deutschen Bühnen. Der alte königliche Heldenspieler *Anschütz* stand noch in voller Kraft, neben ihm der geniale, unvergleichlich feine *Fichtner* und der reichbegabte *Laroche, Sonnenthal* im vollen Glanz seines jugendlichen Talents, *Joseph Wagner,* der wenigstens in Wien in hohem Ansehen stand, daneben die noch jüngeren großen Talente *Baumeister* und *Lewinsky,* die Komiker *Beckmann* und *Meixner,* das *Gabillon*sche Ehepaar und von Künstlerinnen, außer meiner hochverehrten und sehr geliebten *Julie Rettich,* Frau *Hebbel,* Frau *Haizinger* mit ihrer reizenden Tochter *Luise Neumann* und die damals vor allen gefeierte *Friederike Goßmann,* geringerer Kräfte zu geschweigen, die an anderen Bühnen ebenfalls an erster Stelle geglänzt haben würden. In der Tat eine Künstlergesellschaft, wie sie auch in Wien weder vor- noch nachher sich zusammengefunden hat.

Und neben den glänzenden Darstellern die Dichter, die ihnen dankbare Aufgaben boten. Es war die literarische Blütezeit Wiens. Zwar hatte sich der Altmeister *Grillparzer* seit Jahren grollend zurückgezogen, aber Laube bemühte sich, ihn mit dem Publikum wieder auszusöhnen, das ihn durch die kalte Aufnahme seines Lustspiels »Weh dem, der lügt« unheilbar verwundet hatte. Desto mehr im Sonnenschein der Gunst stand *Halm,* den Grillparzer nicht als Ebenbürtigen schätzte. Wie er von *Hebbel* dachte, der seit Jahren in Wien seinen Wohnsitz aufgeschlagen, ist mir nicht bekannt. *Bauernfeld* jedoch ließ er gelten, und *Joseph Weilen* hatte sich eine Art Schülerstellung bei ihm erobert. *Laube* selbst versah die Bühne mit Stücken, die trotz einer gewissen Trockenheit eine starke Lebenskraft bewiesen. Auch *Mosenthal* sei hier erwähnt, wenn er auch nicht hielt, was seine »Deborah« versprochen hatte. In der Posse war *Nestroy* noch immer tätig. Daneben lebte noch von bedeutenderen Lyrikern *Zedlitz,* und die talentvolle *Betty Paoli* genoß in der Wiener Gesellschaft einer großen Beliebtheit. Man wird begreifen, daß ich dem, was in Wien meiner wartete, mit großer Spannung entgegensah.

Seit Anbeginn meiner dramaturgischen Laufbahn hat Laube mir das redlichste Wohlwollen bewiesen und bis an sein Ende, auch nachdem er die Burg verlassen und das Stadttheater übernommen hatte, alles, was ich ihm brachte, mit warmem Anteil aufgenommen. Nach seinem Tode, sowohl unter Dingelstedt wie dessen sämtlichen Nachfolgern, habe ich mich eines gleichen Entgegenkommens nicht mehr zu erfreuen gehabt. Um so pietätvoller bewahre ich das Andenken an den klugen, energischen, bis zur Schroffheit aufrichtigen Mann, der mich bei meinen ersten, noch vielfach tastenden Schritten mit seinem erfahrenen Rate förderte und durch seinen knappen sachlichen Beifall ermutigte.

Ich konnte nicht immer seiner Meinung sein, sofern es das höhere dichterische Interesse betraf. Aber ich mußte ihm zugestehen, daß er stets Recht hatte in bezug auf sein Publikum, das er aus dem Grunde kannte. Und wie sicher er es verstand, auf den Proben die möglichst scharfe theatralische Wirkung herauszuarbeiten, mußte jeder bezeugen, der ihn einmal am Werk gesehen.

Meine Eschengrafen hielt er gewiß so wenig wie ich selbst für ein Meisterwerk. Es waren neben den einfachen, kräftigen Szenen von volkstümlicher Frische außer einer mühsam aufgebauten Vorgeschichte intrigenhafte Partien darin, die auf der Bühne erkältend wirken mußten. So ging in einem einzigen Akt ein vermeintlicher Liebestrank, der ein Gift war, allerdings in geschickter Motivierung durch nicht weniger als vier Hände, bis er seine Schuldigkeit tat und den jungen Helden in den Verdacht des beabsichtigten Vatermordes brachte. Aber eine warme poetische Blutwelle strömte durch das Stück, und das Thema: die Versöhnung eines alten Ehepaares, das eine bösliche Verleumdung jahrelang geschieden hatte, durch den eigenen Sohn, konnte einer tiefen Teilnahme des Publikums sicher sein[29] .

Sie blieb auch nicht aus, wovon ich mich am 22. Februar bei der vierten Wiederholung überzeugen konnte. »Die Eschen hielten sich ganz wacker,« verzeichnet mein Tagebuch. Daß sie es dennoch nicht zu einem dauernden Erfolg brachten, lag außer der schon

---

[29] Zugrunde lag die alte Sage von Dietleib und ein französischer Reisebericht über den Sohn des Markgrafen Gaston Phébus von Béarn in der Beilage zur Augsburger »Allgemeinen Zeitung« vom 28. Juni 1857.

erwähnten Verzwicktheit und Künstlichkeit mancher Motive nicht zum wenigsten an der nur teilweise glücklichen Besetzung.

Wahrhaft enttäuscht war ich vor allem durch Joseph Wagner, der die innerliche Wucht meines älteren Eschengrafen nicht von fern zur Anschauung brachte, während doch die Hälfte der Aufgabe auf seinen Schultern ruhte. Ein weichlicher Deklamator, wo ich einen tiefverdüsterten, schwerblütigen, jäh aufwallenden Starrkopf gezeichnet hatte. Nicht minder ungenügend war die Goßmann, die aus dem einfachen, rührend hingebungsvollen Bürgerkind eine sentimentale Naive machte, und der junge Lewinsky, um nicht in die Manier des Theaterbösewichts zu verfallen, hielt sich so trocken zurück, daß seine scharf charakteristische Rolle keinen Eindruck zu machen vermochte.

Daß das Stück dennoch sich »ganz wacker hielt«, verdankte ich vor allem dem glänzenden, tief ergreifenden Spiel meiner Freundin Julie Rettich, die mir, solange ich den Stoff in mir getragen, stets als die einzige kongeniale Darstellerin der alten Gräfin vor Augen gestanden hatte. (Laube, der bekanntlich auch sonst mit seinen Besetzungen gern experimentierte, hatte nur wiederstrebend eingewilligt, die Rolle ihr und nicht der Hebbel zu geben.)

An dieser Stelle drängt es mich, auszusprechen, daß ich die höchsten dramatischen Eindrücke, neben und über der Rachel, der Ristori und der Janauschek, dieser einzigen Künstlerin verdankt habe. Sie war auch als Frau die bedeutendste weibliche Erscheinung, die mir je begegnet ist, von einem angeborenen Adel des Geistes und Herzens, einer leidenschaftlichen Güte und schlichten Helle des Gemüts, einem aufopferungsfreudigen Freundschaftssinn und einer verständnisvollen Duldung für alles Menschliche, selbst wenn es ihrer eigenen Natur fremd war, wie es auf dieser unvollkommenen Erde selten zu finden ist. Dazu kam, daß sie eine der sehr wenigen ihres Berufes war, die das Theater nicht in ihr bürgerliches Leben mit hinübernehmen. So sehr sie für ihre Kunst begeistert war, so vollständig fiel aller Theaterflitter von ihr, sobald sie sich abgeschminkt hatte, und die echten Züge der Gattin, Mutter, Großmutter und Freundin traten auf ihrem großgebildeten, geistvollen Gesicht zutage.

Sie war mit einem vortrefflichen Manne verheiratet, der als Schauspieler weit unter ihr stand und lebenslang unter dem Wahne litt, daß sein Talent verkannt werde. Eine einzige Tochter hatte diesen unglücklichen Mangel an Selbsterkenntnis vom Vater geerbt und bei ihrer Verheiratung mit dem Impresario Merelli es sich ausbedungen, als Sängerin auf italienischen Bühnen auftreten zu dürfen, wo sie nirgend Erfolg hatte. Den geheimen Kummer über diese kaltherzige Tochter, die der Mutter so wenig ähnlich sah, vergüteten meiner Freundin zwei liebliche Enkelkinder, deren Erziehung die herumreisende Mutter nur allzu willig der Großmama überlassen hatte. So fand ich sie, als ich nach Wien kam, außerdem umgaben sie noch einige Hausfreunde, die sie gleich dem Gatten auf Händen trugen; ein alter, bescheidener Hausonkel, *Pabsch*, die leidenschaftlich getreue Freundin *Julie Schlesinger* und der »Adoptivsohn« *Faust Pachler*; vor allen aber der Freiherr *Eligius von Münch-Bellinghausen*, der Dichter des »Sohns der Wildnis« und des »Fechters von Ravenna«, *Friedrich Halm*.

Schon im Juli des Jahres 1854 hatte ich die große Künstlerin in München bei Gelegenheit des Gesamtgastspiels bewundern können. Ihre Gräfin Orsina, Königin Elisabeth, Sittah, Dame in Trauer in »Minna von Barnhelm«, Isabella in der »Braut von Messina« hatten mich entzückt. Nie zuvor war mir auf der Bühne eine solche Durchdringung des hohen Stils mit vollem Lebensgefühl und reicher Charakterisierung begegnet, und daß die geniale Frau es nicht bedurfte, vom Kothurn getragen zu werden, um alle Mitspieler zu überragen, sah ich zehn Jahre später bei ihrem Gastspiel in Berlin, wo sie in Octave Feuillets kleinem Stück »Le village« die schlichte gute Frau so ergreifend spielte, daß ich mich der Tränen nicht erwehren konnte.

Damals, in meinem ersten Münchener Jahr, hatte ich sie auch persönlich kennen und lieben gelernt und ihr meinen »Meleager« gewidmet. Sie besuchte uns mit ihrem Gatten und Baron Münch einige Jahre darauf wieder, wo dann unsere Freundschaft sich vollends befestigte. Auch mit Halm kam ich in ein freundliches Verhältnis und fand ihn »edel, hilfreich und gut«, stets bemüht, jüngeren Talenten mit seinem erfahrenen Rat unter die Arme zu greifen. Sein klares Urteil kam auch mir bei meinen dramatischen Entwürfen vielfach zustatten. Denn er war ein Meister in der Kompositionstechnik, im dramaturgischen Kontrapunkt, und verstand es mit virtuoser Sicherheit, jeden Stoff sofort auf seine entscheidenden Grundmotive anzusehen und ihn danach organisch zu gliedern. Hätte er das Knochengerüst ebenso glücklich mit Fleisch und Blut zu bekleiden vermocht, so wäre er der Größten einer geworden.

Hier aber versagte ihm die Natur. Statt des unmittelbaren Ausdrucks der Leidenschaft stand ihm nur eine konventionelle glatte Rhetorik zu Gebote, und wo man den naiven Naturlaut erwartete, brachte er es nicht über eine süßliche Lyrik und jenes theatralische Getändel, das wir mit dem Namen »Wienereien« bezeichneten. (»Zwei Seelen und ein Gedanke« - im »Sohn der Wildnis«!)

Er hatte aber, da die spätere Julie Rettich als Julie Gley von Hamburg nach Wien gekommen war, ihr aufs wärmste gehuldigt und Rollen geschrieben, in denen sie das Wiener Publikum begeistern konnte. Die persönliche Freundschaft, die unerschütterlich durch die langen Jahre fortbestand, kam hinzu, um das Urteil der Schauspielerin über ihren Dichter befangen zu machen. So feinsinnig und hellsichtig in allem Dichterischen, nicht bloß in bezug auf den Theatereffekt, die seltene Frau war, hier bornierte ihr Herz ihren Verstand. Die einzigen Stunden, in denen ich ihren Unwillen erregte, waren die zum Glück nicht häufigen, in denen sie mich aufforderte, über ein neues Drama Halms mich auszusprechen, wo ich dann trotz der behutsamsten Form an die Schranke stieß, die durch das weibliche Gefühl gezogen und durch kein ästhetisches Räsonnement einzureihen war.

Wie sehr es mich beglückte, meine so schwärmerisch verehrte Freundin in einem meiner Stücke auftreten zu sehen, brauche ich nicht zu schildern. Auch sonst aber waren diese acht Tage in Wien eine wahre Festzeit für mich.

Zu den Vorteilen meiner Münchener Existenz hatte ich es auch gezählt, daß sich dort außer ein paar Freunden niemand um mich bekümmerte. Es gab keine »Salons«, keine »Gesellschaft«, die einen Ehrgeiz darein setzte, bedeutende Persönlichkeiten, sogar so erlauchte wie einen Justus Liebig, zu sich heranzuziehen, bloß um mit ihnen als Dekorationen zu prunken. Ein inneres Interesse schien noch weniger zu bestehen. Es kam nie vor, daß mir am dritten Ort über irgendeine meiner Arbeiten ein Wort gesagt wurde, und eine öffentliche literarische Kritik gab es, wie schon erwähnt, in der Münchener Frühzeit noch kaum. Man konnte im übrigen Deutschland berühmt werden, ohne daß die Stadtgenossen etwas davon erfuhren.

Dieser Mangel an aller persönlichen Verhätschelung war aber eine heilsame Disziplin für den Charakter eines jungen Poeten, dem es um Eitelkeitserfolge nicht zu tun war. An ehrlicher Kritik ließen es die Freunde nicht fehlen, so wenig wie in Stunden des Zweifels und der Selbstunterschätzung an Aufmunterung und frischem Wind unter die Flügel. Gedruckte Rezensionen hatte ich mir von Anfang an so viel als möglich fernzuhalten gesucht, da ich selbst die Schwächen einer jeden fertigen Arbeit nur allzu genau erkannte und übrigens wußte, daß es vergebene Mühe sein würde, meiner Länge eine Elle zusetzen zu wollen.

Nun überraschte es mich wahrhaft, von der liebenswürdigen Wiener Gesellschaft als ein junger Poet begrüßt zu werden, mit dem man sich schon viel beschäftigt und dem man für manche gute Gabe zu danken habe. Dabei hatte man den Takt, mich nicht durch banale Lobsprüche verlegen zu machen, sondern dieses und jenes vorzubringen, womit man nicht einverstanden war, so daß ich mich sogleich zu meiner Rechtfertigung in ein angeregtes Gespräch hineingelockt sah. Dazu die schönen Frauen, die herrliche Umgebung der Stadt, die Kunstschätze des Belvedere und der reichen Privatgalerien und die Abende im Theater, die mir außer den Stunden im Rettichschen Kreise die größte Freude machten. Nicht vorzugsweise die klassischen Dramen, deren Ausstattung hinter der weit künstlerischeren des Münchener Hoftheaters zurückblieb, während ich auch im Spiel bei allem großen Talent der einzelnen eine gewisse Einheit und Größe des Stils vermißte. Darauf einzuwirken, war eben Laubes Sache nicht. Desto vollkommener erschien mir das Lustspiel und Konversationsstück, von einer Feinheit, Anmut und Wahrheit, wie ich nichts Ähnliches bisher gesehen hatte. Auf gleicher Höhe in anderem Genre das komische Quartett im Treumanntheater: Nestroy, Grois, Treumann, Knaak. Unsere Lang und Sigl waren gewiß Humoristen ersten Ranges. Aber zu einer so aristophanischen Höhe grotesker Komik, einem solchen Übermut und Überschwang ausbündiger Lustigkeit, wie dort in Wien, konnten sie es nicht bringen, schon weil die Mitspieler ihnen nicht ebenbürtig waren.

Es würde viele Bogen füllen, wollte ich von jenen acht Tagen ausführlich berichten. Unter den vielen neuen Bekanntschaften, die mein Tagebuch verzeichnet, sei nur zweier erwähnt: *Grillparzers* und *Hebbels*.

Über beide hatte ich im »Literaturblatt zum deutschen Kunstblatt« mich ausgesprochen, über den Altmeister der österreichischen Dramatiker, der damals in Norddeutschland so gut wie verschollen war, mit andächtiger Bewunderung. Ich hatte ihn gleichsam neu entdeckt und zum erstenmal, da die Rettich mir seine sämtlichen, noch zerstreut erschienenen Dramen geschenkt hatte, mit tiefstem Interesse studiert. Er hatte wohl von meinem Aufsatz Kenntnis genommen und ihn mir gedankt. Nun empfing er mich, da Lewinsky mich zu ihm führte, mit einer Freundlichkeit, die mir das Herz aufgehen ließ. Ich genoß bei dem ehrwürdigen Greise eine unvergeßliche Stunde, und als ich bei meinem zweiten Besuch mich von ihm verabschiedete und er mich mit väterlicher Güte umarmte, war ich nahe daran, wie er selbst in jungen Jahren einem Größeren gegenüber, von meiner inneren Bewegung mich zu Tränen fortreißen zu lassen.

Anders verlief mein Besuch bei Hebbel. Dessen Gedichte hatte ich respektvoll, aber ohne Verhüllung dessen, was ich für die Grenzen seiner Begabung hielt, besprochen, das Gewaltsame und Grüblerische seines Wesens auch in der Lyrik, die dialektische Marotte hervorgehoben, mit der er allem Einfachen aus dem Wege ging, und die Unfähigkeit, »Geist und Natur auf ungetrennter Spur« sich verbinden zu lassen. Ich war also nicht auf den freundlichsten Empfang gefaßt, zumal ich darauf bestanden hatte, daß die Rolle meiner Gräfin von der Esche der Rettich zuerteilt werden sollte.

Ich fand aber den merkwürdigen langen blonden Mann zwar etwas einsilbig, doch ohne jede Spur einer Empfindlichkeit gegen den dreisten jungen Kollegen. Eine gewisse befangene Höflichkeit auf seiner Seite verschwand bald, und ein interessantes Gespräch kam in Gang, an dem dann auch die Frau teilnahm. Da ich sein großes Talent anerkannte, so problematisch mir auch das meiste, was er hervorgebracht, erschien – die grandiosen »Nibelungen« waren noch nicht gedichtet –, konnte ich ihm einen aufrichtigen guten Willen zeigen, der ihm nach der Vorstellung, die er sich von mir gemacht, sichtlich wohltat.

Wiener Nachklänge. Meran

Am 1. März traf ich in München wieder ein, voll von den reichen und glänzenden Eindrücken der eben durchlebten Woche. Ich mußte beim nächsten Symposion auch dem Könige darüber berichten, und auf seine Frage, warum von allen Wiener Dichtern sich keiner an den Münchener dramatischen Wettbewerben beteiligt habe, konnte ich ihm nicht verschweigen, was ich mehrfach gehört hatte, daß das Münchener Theater in Wien nicht im besten Rufe stand und man gefürchtet hatte, durch unsere Darstellung ein neues Stück nicht vorteilhaft eingeführt zu sehen.

Der König war sehr betroffen und trug mir auf, ihm Vorschläge zur Hebung unserer Bühne und Ausfüllung der Lücken im Personal, die allerdings vorhanden waren, schriftlich vorzulegen. Ich versäumte nicht, dies alsbald zu tun. Meine unmaßgeblichen Winke hatten jedoch keinen praktischen Erfolg; es blieb alles beim alten.

Vieles von diesem Alten war sehr gut, und die vorhandenen trefflichen Kräfte hätten nur einer fachkundigeren, energischeren Leitung bedurft, um noch Erfreulicheres zu leisten. Auf den ganz unfähigen alten General war aber nur ein geschickter Verwaltungsbeamter »interimistisch« gefolgt, der Intendanzrat Schmitt, der alles Künstlerische, dem er sich nicht gewachsen fühlte, den Regisseuren überließ. Mir war er feindlich gesinnt, da er mich im Verdacht hatte, an seine Stelle treten zu wollen.

Auch er also hatte keinen frischeren Zug in unsere Theaterzustände gebracht. So war unter anderem seit den Mustervorstellungen im Sommer 1854 kein Gast auf der Münchener Bühne erschienen, und es wurde als ein Ereignis betrachtet, daß die Intendanz im März 1861 Frau Lila Bulyowsky ein Gastspiel gewährte. Da sie in manchen Rollen auftrat, für die wir nur eine fragwürdige Vertreterin hatten, und der Reiz der Neuheit mitwirkte, war es natürlich, daß sie sehr bewundert wurde und sogar ein leiser slawischer Anklang in ihrer Sprache sich den Ohren einschmeichelte. Ich fand bei meiner Rückkehr aus Wien sogar die nächsten Freunde unter ihrem Zauber, alte Professoren huldigten der klugen Menschenfischerin mit jugendlichem Feuer, und Geibel besang sie in zärtlichen Versen. Daß ich unter diesen Berauschten der einzig Nüchterne blieb, verdankte ich meinen frischen Eindrücken vom Burgtheater. Ich hatte wieder einmal echte große Schauspielkunst erlebt und war durch kleine Künste nicht zu verführen.

Meine »Grafen von der Esche« legte ich zurück, ohne sie weiter zu versenden, obwohl einige Bühnen danach verlangten. Ich tat vielleicht nicht klug daran. Trotz seiner Mängel, über die ich mir klar geworden war, hätte nach dem Vorgang Wiens das Stück dank seinem packenden volkstümlichen Stoff doch wohl seinen Weg gemacht, auch wenn sich, was mich vor allem zurückhielt, für die Rolle der Mutter nirgend eine Darstellerin fand, die nur von fern an die Rettich heranreichte.

Ich habe aber von jeher vorgezogen, ein Stück lieber gar nicht als unzulänglich aufführen zu sehen, für einen Dramatiker, der die Bühne erobern will, ein bedenklicher Fehler. Da es ihm unter zwanzig oder dreißig deutschen Theatern kaum einmal so gut wird, eine Besetzung zu finden, die ihm ganz genügte, muß er sich bescheiden, eins ins andere zu rechnen. Ich habe das nie über mich gewonnen; und diese Empfindlichkeit gegen eine mangelhafte Verkörperung der Gestalten, die ich in mir getragen, hat mit den Jahren mehr und mehr zugenommen, so daß ich immer häufiger selbst großen Theatern die Erlaubnis zur Ausführung eines Stückes verweigerte, für die sie nicht die geeigneten Darsteller hatten. Ich wußte wohl, daß jedes Publikum an seine Schauspieler glaubt und an ihre Schwächen gewöhnt ist. Es widerstrebte mir aber, was ich mit eigensinniger Liebe so und nicht anders gemacht hatte, in entstellender Form ans Licht treten zu lassen, wie ich auch ein Buch mit vielen sinnstörenden Druckfehlern lieber hätte einstampfen lassen, als es zu veröffentlichen.

Dazu kam, daß, sobald ich an einer Arbeit meine Lust gebüßt hatte, eine neue mein leidenschaftliches Interesse in Anspruch nahm und das Schicksal der früheren mich wenig bekümmerte. Von früh an war mein Respekt vor der sogenannten »Gottesstimme« des Publikums nur gering gewesen, mein Ehrgeiz vollauf befriedigt, wenn mein eigenes Gewissen und die Freunde, auf deren unbestechliches Urteil ich vertrauen durfte, mich darüber beruhigt hatten, daß ich das Meinige getan. Wo dies, wie bei den Eschengrafen, ausblieb, lag mir nichts an dem äußeren Erfolg bei der Menge.

Zunächst wandte ich mich wieder meinem »Ludwig dem Bayern« zu, den mir selbst und zugleich dem Könige und dem Münchener Publikum zu Dank zu machen keine leichte Sache war. Auch fehlte dazu in jenem Frühjahr die reine, glückliche Stimmung. Wir wurden aufgeregt durch Sybels Berufung nach Bonn. In dem Umstand, daß der König ihn nicht halten wollte, sahen wir mit übermäßiger Sorge den Anfang des Endes. (Das Nähere über diese Wendung von Sybels Geschick, an der er selbst nicht von jeder Mitschuld frei war, ist in A. Doves oben erwähntem Aufsatz »Ausgewählte Schriftchen« S. 125 mitgeteilt.) Uns allen schien durch die Entlassung dieses Freundes der Boden unter unseren Füßen unsicher geworden, weit mehr als durch die frühere Entfernung von Dönniges, der aus der unmittelbaren Nähe des Königs in den diplomatischen Dienst verbannt worden war. Am schwersten aber drückte auf mein Gemüt häusliches Unglück, das mir das ganze folgende Jahr verdüstern sollte.

Am 10. April 1861 hatte meine teure Frau ihrem vierten Kinde das Leben gegeben. Zum erstenmal konnte sie sich von der Erschöpfung des Wochenbetts nicht erholen, und bald stellten sich Symptome eines tieferen Leidens ein, die uns Mitte Juli nötigten, auf den Rat der Ärzte die frischere Luft von Tegernsee aufzusuchen. Die erhoffte Besserung blieb aus. Wir mußten uns entschließen, Mitte September nach Meran überzusiedeln, und es begann für meine arme Geliebte, die ihre drei jüngeren Kinder unter der Obhut der Großmutter in München hatte zurücklassen müssen, eine Leidenszeit, der selbst die Kraft ihrer tapferen Seele nicht immer gewachsen war. So lange Furcht und Hoffnung wechselten, fast den ganzen Winter hindurch, konnte ich auf einige Stunden des Tages mich zu einer Arbeit sammeln. An »Ludwig den Bayern« wurde die letzte Hand gelegt, die Novelle in Versen »Rafael« für das Münchener Dichterbuch ins reine gebracht – es gab gute sonnige Stunden, wo man nach einem vom Arzt bestätigten Trugschein der Besserung aufatmete und sich der Freude an dem schönen Fleck Erde und heiteren Zukunftsgedanken hingab. Damals schrieb ich die Novelle »Unheilbar«, die Hoffnung meiner Dulderin auf einen glücklichen Ausgang zu stärken. Im März brachte uns die Großmutter die drei Kinder zu dem Ältesten, der unsere Verbannung bisher allein geteilt hatte, und mein jüngerer Schwager Hans, den auch ein tief tragisches Schicksal elf Jahre später in der Blüte seiner hoffnungsvollen Jugend hinraffen sollte, begleitete die kleine Karawane.

Doch nach den ersten frohen Tagen des Wiedersehens wurde die Stimmung rasch wieder tief verschattet, da kein Zweifel mehr blieb, daß an Rettung dieses teuern Lebens nicht zu denken war. Um mich aufrecht zu erhalten, hatte ich eine dritte Meraner Novelle begonnen, »Der Kinder Sünde der Väter Fluch«. Ich dachte, durch das erschütternde Sujet die Schrecken meiner eigenen Tage und Nächte überbieten zu können. Mittendrin aber versagte mir die bildende Kraft. Ich konnte mir nur noch hin und wieder durch die halb mechanische Übersetzermühe am »Giusti« über die Qual der schleichenden Tage hinweghelfen.

In der Nacht des 30. September entschlief meine geliebte Frau. Am 2. Oktober betteten wir sie auf dem protestantischen Friedhof zu ihrer letzten Ruhe. Mit dem Weibe meiner Jugend hatte ich meine eigene Jugend zu Grabe getragen.

Ludwig der Bayer

Nach der Rückkehr in das verödete Haus währte es längere Monate, bis ich die Verstörung meines Innern so weit überwand, daß ich mich zu einer dichterischen Tätigkeit aufraffen konnte.

Allerlei Versuche dazu mißglückten; darunter ein historisches Trauerspiel »Ludolf von Schwaben«, das nicht über die drei ersten Akte hinausgedieh. Auch konnte ich durch die jüngste Erfahrung mit meinem »Ludwig dem Bayern« über das Schicksal, das geschichtliche Stoffe aus unserer Vorzeit auf den deutschen Bühnen zu finden pflegen, hinlänglich aufgeklärt sein.

Am 29. April 1862 war das Stück über die Münchener Bühne gegangen. Ein Telegramm hatte mir in Meran gemeldet, daß der erste Akt warm, der zweite, vierte und fünfte lebhaft aufgenommen worden waren, »der dritte durch Zufälle verstimmt« hatte. Die Aufklärung über diese »Zufälle« ließ nicht lange auf sich warten. Geibel hatte sich erboten, statt meiner die Proben zu überwachen. Zum Unglück hatte er den dritten Akt, statt die rasche Verwandlung in seiner Mitte beizubehalten, in zwei Akte geteilt und am Schluß des ersten Teils über dem Schlachtfeld von Ampfing die Sonne aus Meyerbeers Propheten aufgehen lassen. Das hatte selbst das unbefangen gesinnte Publikum als ein brutaler Theatereffekt verstimmt, und es war immerhin ein Zeugnis für die Lebenskraft des Stückes, daß es diesen tödlichen Schlag überwunden hatte.

Die Aufführung hatte auch sonst viel zu wünschen übrig gelassen. Leopold von Österreich, an den ich viel gewendet hatte, um ihn zu einer mächtigen Charakterfigur zu machen, war in den schwachen Händen eines Schauspielers zweiten Ranges. Auch Friedrich der Schöne besaß nicht einen Ton von der ganzen Skala, die ich ihm auf die Zunge gelegt hatte. Doch war wiederum das Dahnsche Ehepaar trefflich, und die Wiederholungen hätten auch wohl die geringeren Darsteller sicherer in ihren Rollen gemacht, wenn die eingeborene Feindseligkeit es dazu hätte kommen lassen. Doch zu allem, was an Mißwollen, Neid und Fremdenhaß sonst noch in der Bevölkerung gärte, gesellte sich diesmal noch der Groll der klerikalen Partei, die ich durch das – streng geschichtliche – Verhalten Kaiser Ludwigs gegenüber dem päpstlichen Legaten schwer gereizt hatte.

Am nächsten Morgen erschienen Abgesandte dieser ultramontanen Kreise an der Theaterkasse und erklärten, das Stück werde ausgepfiffen werden und einen großen Skandal veranlassen, wenn man es noch einmal zu wiederholen wage.

Daß der Intendanzrat Schmitt diese Drohung gern zum Vorwand nahm, das Stück sofort abzusetzen und es für ewige Zeiten in der Theaterbibliothek zu begraben, konnte mich nicht wundern. Der König, dem ich darüber schrieb, antwortete mir huldvoll in alter Weise, doch ohne zu befehlen, daß das Stück fortgespielt werden sollte.

Seine Stimmung dieser von ihm so lebhaft gewünschten Dichtung gegenüber wurde mir erst klar, als ich im Februar des nächsten Jahres im Symposion den ersten Akt vorlas.

Ich hatte mich bemüht, das Charakterbild meines Helden nicht in höfischer Verschönerung zu zeichnen, es jedoch, wie sich's mir aus dem Studium der Quellen ergeben hatte, immer noch mit so viel gewinnenden Zügen ausgestattet, in seiner einfachen Würde so ehrfurchtgebietend, daß selbst das eingeborene patriotische Gefühl eines echten Bayern damit zufrieden sein konnte. Nun aber hatte der König wohl eine Verherrlichung seines Ahnherrn erwartet, die von Anfang an die stärksten Töne anstimmte. Wie mußte er sich enttäuscht fühlen, als Leopold von Österreich, allerdings der erbittertste Feind seines Wittelsbacher Vetters, in die heftigen Worte gegen seinen Bruder ausbrach:

Es steht der Schimpf[30]
Auf ewig zwischen euch. Jetzt kennst du ihn,
Wie alle Welt ihn kennt, verschlagen, sacht
Zugreifend, wo ein Bettlerbrocken abfällt
Vom Tisch des Reichs, mit jedem Winde segelnd,
Ein Herzog nach des Pöbels Herzen, selbst
Dem Bäckerknecht das Mehl vom Wamse klopfend,
Um einen mehr zu haben, der die Mütze
Hoch wirft und schreit: »Lang lebe Wittelsbach!«
Und dieser brach die Flügel Habsburgs Aar,

---

[30] Der verlorenen Schlacht bei Gammelsdorf.

Und diesem setzt der kaiserliche Vogel
Sich auf die Faust, dem zahmen Falken gleich,
Und schnäbelt ihm den Bart?

Daß Friedrich der Schöne darauf erwidert:

Der Haß verzerrt dir
Das Maß der Dinge –

konnte den Eindruck dieser Hohnrede bei dem Fürsten, dem der Ruhm seines kaiserlichen Vorfahren vor allem am Herzen lag, nicht verwischen, und die von Akt zu Akt wachsende Größe und Machtfülle der Gestalt kam bei der Vorlesung des ersten Akts nicht zur Anschauung. Ich sah, daß der König eine peinliche Empfindung nur mühsam verbarg, er dankte mir, als ich geendet hatte, mit wenigen kühlen Worten, und von einer Fortsetzung war nicht die Rede.

Ich hatte wieder einmal gesehen, daß mir zum Hofmann gewisse unentbehrliche Eigenschaften fehlten. Aber so gern ich dem gütigen Könige, dem ich so viel verdankte, seinen Lieblingswunsch erfüllt hätte – daß es mir nicht gelungen, erregte mir keinen tieferen Kummer. Durch die Trauer um die geliebte Frau war ich gegen alle geringeren Kümmernisse abgestumpft und nahm das unverdiente Mißgeschick und die Verkennung, die mein Stück erfahren, mit großem Gleichmut hin.

Freilich vermochten in jener Zeit auch frohe Erlebnisse mir nicht bis ans Herz zu dringen.

Eduard Devrient in Karlsruhe hatte »Ludwig den Bayern« am 10. November zur Aufführung gebracht, mit lebhaftem Erfolg. Ich folgte seiner Einladung zur zweiten Vorstellung, die am 13. stattfand und mein Gewissen darüber, daß ich dem Stoff sein Recht angetan, beruhigte. Auch in Stuttgart (3. Dezember) wurde mir für die Unbill, die ich in München erfahren, eine erfreuliche Genugtuung zuteil. Weiter hatte ich meiner Gewohnheit nach das Stück nicht versendet. Es war und blieb bei allem Aufwand charakterisierender Kunst und dichterischer Wärme eine »Historie«, der im übrigen Deutschland, wo der Stoff keine heimatlichen Gefühle erweckte, ein tieferes Interesse nicht entgegenkommen konnte. Und mehr als je war mir in meiner damaligen Stimmung ein Theatererfolg gleichgültig.

Der schwere Trübsinn, der über mir lag, wurde erst Ende April ein wenig gelichtet, als *Hermann Kurz,* mit dem ich bisher brieflich in freundschaftlichem Verkehr gestanden hatte, auf mehrere Wochen nach München kam. Damals befestigte sich das brüderliche Verhältnis, das bis an den Tod des herrlichen Mannes in ungetrübter Frische und Innigkeit fortbestand und ein eigenes Kapitel verdiente. Wie wir von da an alles Literarische miteinander teilten, ließ ich ihn auch in jenen Tagen die während meines Passionsjahres entstandenen Entwürfe und halbfertigen Arbeiten sehen, unter anderem eine Komödie »Rolands Schildknappen«, die freilich erst dreißig Jahre später ihre letzte Form erhalten sollte. Dies lustige Schmerzenskind war auch die Veranlassung, daß ich bei der Reise nach Berlin zu meiner Mutter Ende Mai den Weg über Meiningen nahm. Es lag mir daran, mit dem damaligen Direktor des dortigen Theaters, meinem Freunde *Karl Locher,* der eine gründliche dramaturgische Bildung und praktische Erfahrung besaß, über diese und andere Arbeiten mich zu beraten. Denn so verschlossen ich alle anderen dichterischen Aufgaben in der Stille des »Heiligtums bildender Kraft« heranreifen ließ, ein dramatisches Projekt konnte ich nicht früh genug mit einsichtigen Freunden durchsprechen und von den verschiedensten Seiten beleuchten lassen, um beizeiten darüber klar zu werden, welchen Eindruck es schon durch die Umrisse der Handlung dermaleinst auf die vielköpfige Menge im Theater machen würde.

Nach zwei erquicklichen Tagen in dem gastlichen Meininger Hause brachte ich meiner Mutter ihren ältesten Enkel und sah mich einmal wieder sechs Wochen lang in meinem alten Berlin um, wo ich mit den alten Freunden, meinem teuren *Adolf Menzel, Theodor Fontane, Fritz Eggers, Steinthal* und so vielen anderen die Erinnerungen an die gute, alte Tunnelzeit auffrischte und in dem großstädtischen Getümmel wie in der Brandung eines Seebades meine verstörten Nerven sich wieder stärken ließ. Eine besondere Freude war mir noch beschieden durch ein Gastspiel der Rettich, das gerade in diese Zeit fiel und zu dem sich auch *Gustav zu Putlitz* eingefunden hatte. Sie trat im Viktoriatheater in kleinen Stücken auf, die nur den Wert hatten, die Größe ihres Talents und ihres Seelenadels auch im kleinen zu offenbaren. Damals sah ich auch das obenerwähnte Feuilletsche kleine Stück (deutsch unter dem Titel »Im Alter«) und hatte über Halms »Wildfeuer«, das sie mir im Manuskript zu lesen gab, eine unserer gelegentlichen hitzigen Debatten mit der Freundin, die aber nur das Blut erfrischten und in keinem von uns einen Stachel zurückließen[31] .

Ich brachte von dieser Berliner Reise Anregungen aller Art in mein Münchener Leben mit heim, vor allem, nachdem ich zu Anfang des Jahres lange gekränkelt hatte, eine leibliche Kräftigung, die mir zu neuen Arbeiten sehr zustatten kam. Die noch übrigen Sommerwochen bis zum Beginn des Herbstes verbrachte ich mit den Meinigen in dem ehemaligen Kloster Seeon, eine Stunde nördlich vom Chiemsee an seinem eigenen kleinen See gelegen. Dort in der früheren Sakristei neben der Hauptkapelle, die jetzt zur Obstkammer diente und deren einziges Fenster auf ein stilles, mit hohem Gras bewachsenes Klosterhöfchen steht, habe ich zwei Sommer nacheinander in tiefster Weltentrücktheit über dramatischen Ausgaben gebrütet, im ersten Jahre eben jenen »Hadrian« und »Maria Moroni« zustande gebracht, im folgenden meinen »Hans Lange«. Doch soll von diesen Arbeiten hier nicht weiter die Rede sein. Weit

---

[31] Einen tieferen Stachel hinterließ in meinem Gemüt und wohl auch in dem der Freundin die Erfahrung, die ich ihr gegenüber mit meinem»Hadrian« machen sollte. Ich tat mir auf diese Arbeit etwas zugute, da sie auch den Beifall meiner Freunde gefunden hatte. Desto schmerzlicher wurde ich durch das Urteil der geliebten Wiener Freundin überrascht, die mir auch in Halms Namen gestand, daß dies Drama, das sie unklar und technisch mangelhaft fänden, ihre Erwartung getäuscht habe. Auf den Vorwurf der Unklarheit, der mir im Sinne Halms wohl begreiflich war, da seine Stücke in der Tat keinerlei problematische Züge, weder in den Charakteren noch in der Handlung, jemals zeigten, erwiderte ich unvorsichtig genug, in den größten Dramen aller Zeiten fänden sich Motive, über die sich streiten lasse, und darin beruhe zum Teil der Reiz der Lebensschilderung, die nie ganz in eine klare Formel aufginge. (Ich zitiere aus dem Gedächtnis.) Es sei damit wie mit der Büste des Antinous selbst, über die der Kaiser gegen den Bildhauer in meinem Drama sich äußert: »Dies Bild ist, wie das Leben, rätselhaft.« Diese meine Verteidigung wurde mir als Hochmut ausgelegt, der bei einem so jungen Autor sehr unberechtigt sei. Eine kleine Verstimmung trat ein. Sie stand gegen den jüngeren Freund auf der Seite des älteren. Doch diese Wolke verschwand bald am Himmel unseres reinen, hinfort immer gleich innigen Verhältnisses.

wichtigere Ereignisse als die Entstehung eines Trauerspiels künden sich an, denen der Schluß dieser Memorabilien gewidmet sei.

Des Königs Tod

Am 19. November war die Nachricht nach München gedrungen von der Proklamation des Herzogs von Augustenburg, dem Einmarsch Preußens und Österreichs in die Herzogtümer und Preußens Protest gegen den neuen Dänenkönig.

Schon aus süddeutscher Abneigung gegen die norddeutsche Großmacht hatte man in München leidenschaftlich Partei ergriffen für den »angestammten« Fürsten gegen die beiden Vormächte, die trotz des Bundesbeschlusses den Krieg gegen Dänemark auf ihre Rechnung zu führen gedachten und es den Schleswig-Holsteinern wehren wollten, über ihr Schicksal selbst zu bestimmen. So überwiegend großdeutsch man sonst in München gesinnt war, - bei diesem Anlaß richtete sich der Groll der Bevölkerung nicht minder gegen Graf Rechberg als gegen Herrn von Bismarck. Volksversammlungen fanden statt, ein Hilfskomitee wurde gebildet, in welches neben den Einheimischen Julius Knorr, Steub, v. Schauß, gleich zu Anfang Bodenstedt, von Schack und ich selbst eintraten und späterhin neben einer Reihe der angesehensten liberalen Bürger auch so konservative Altmünchener wie der ehrwürdige Ringseis nicht fehlten.

Zu dieser sehr heftigen und zähen Agitation trug ich das Meinige redlich bei durch meine Tätigkeit in der literarischen Sektion des Hilfsvereins, wo ich nicht nur die Aufrufe an die Mitbürger und aufklärende Artikel für die »Neuesten Nachrichten« verfaßte, sondern auch die Adresse an den König, die in einer von über viertausend Menschen besuchten Volksversammlung vorgelesen und einmütig ohne jede Debatte beschlossen wurde. König Max hatte, sobald die ersten Wetterzeichen am politischen Horizont aufstiegen, seinen römischen Winteraufenthalt abgebrochen und war am 15. Dezember nach München zurückgekehrt. Er war gleich seinem Volk gut augustenburgisch gesinnt und hatte bekanntlich Herrn von der Pfordten, seinen Gesandten beim Bundestag, in diesem Sinne instruiert. Doch ob auch die Bewegung, die durch alle Kreise seiner Hauptstadt ging, seiner eigenen Stimmung entsprach, - daß sich die guten Bürger herausnahmen, sich in seine Regierungsgeschäfte zu mischen, ihn zu Entschlüssen drängen zu wollen, die er sich selbst vorbehielt, vermerkte er sehr ungnädig. Vollends begriff er nicht, daß einer aus seinem Poetenkreise sich dazu hergeben konnte, den Wünschen des Volks als Dolmetscher an seinem Thron zu dienen. Schack und Bodenstedt traten bei der Agitation wenigstens nicht selbsttätig hervor. Daß ich aber die Adresse entworfen hatte, die er selbst anzunehmen sich nicht herabließ, sondern nur durch den Minister zur Kenntnis nahm, verdachte er mir schwer, was ich deutlich empfand, als ich bei dem Symposion am 3. März meinem sonst so gütigen erlauchten Gönner gegenübertrat.

Es war das erste nach der Rückkehr aus Rom, das letzte, an dem wir das Antlitz des verehrten Fürsten erblicken sollten. Ein gespannter, trübsinniger Zug lag darauf. Die Augen waren müder und verschleierter als sonst an diesen Abenden, mit sichtlicher Anstrengung folgte der König *Wilhelm Jordans* Vorlesung aus seiner »Nibelunge«, die wir alle zu lang fanden, während der gütige Herr in seiner schonenden Art es nicht über sich gewinnen konnte, die Rezitation zu unterbrechen. Als endlich ein Abschnitt erreicht worden war, zog er sich früher als sonst zurück, indem er wie entschuldigend sagte, daß er leider die Herren verlassen müsse, da er sich unwohl fühle.

Wir ahnten nicht, daß wir seine Stimme zum letztenmal gehört haben sollten. Sechs Tage später, als ich am Abend des 9. März in eine Sitzung des Schleswig-Holstein-Komitees kam, wurde ich mit der Nachricht empfangen, der König liege auf den Tod. Ich eilte nach dem Schlosse, eine unabsehliche Menschenmenge drängte sich in lautloser Erschütterung nach dem Schloßhof, Schneeregen rieselte auf die Häupter herab, alle waren fühllos gegen den rauhen Nachtsturm, immer nur den einen Gedanken wälzend, der unfaßbar war, da man noch vor kurzem an keinerlei Gefahr gedacht hatte. Von einem Freunde, der aus dem Schlosse kam, erfuhr ich, daß gleichwohl keine Hoffnung sei. Am andern Tage gegen Mittag hatte der edle Fürst ausgeatmet.

Münchener Nachklänge

Mitten aus seinem Lebenswerk war König Max abberufen worden. Doch was er zur Hebung der Wissenschaften in seinem Lande getan, hatte schon so tiefe Wurzeln geschlagen, daß es allen feindseligen Bestrebungen der Dunkelmächte widerstand. Seit jenen Tagen sind Universität und Akademie Münchens auf der Höhe ihres Ansehens geblieben, und die Arbeiten der historischen Kommission haben ihren ungestörten Fortgang genommen.

Die »Münchener Idealisten« freilich blieben nicht beisammen. Wohl hatte der junge König, dessen Neigungen bekanntlich nach anderen künstlerischen Zielen gingen, den drei Poeten, die sein Vater berufen, ihre Jahrespensionen bestätigt, aus freiem Entschluß, doch erst da Geibel und ich uns nicht dazu bewegen ließen, wie es Ludwig II. anfänglich uns zugemutet hatte, um den Fortgenuß einer königlichen Gunst, die uns ohne unser Zutun gewährt worden war, bittend einzukommen.

Um für die Weitergewährung der Pension meinen Dank abzustatten, hatte ich um eine Audienz nachgesucht. Es war das einzige Mal, daß ich dem jungen Könige gegenüberstand. Er empfing mich freundlich, doch mit einer gewissen gesucht hoheitsvollen Haltung, die erkennen ließ, daß ihm seine königliche Würde noch eine Rolle war, in die er erst hineinwachsen sollte. Wie ganz anders hatte sein unvergeßlicher Vater den so viel jüngeren Poeten gleich bei der ersten Begegnung aufgenommen! Doch war der Blick der schönen großen Augen, in denen ein träumerischer Glanz leuchtete, gewinnend und seine Rede frei von jeder Befangenheit. Von Dönniges wußte ich auch, daß der junge Herrscher ein ungewöhnlich sicheres Urteil über jeden besaß, der in seine Nähe kam, eine Menschenkenntnis, deren Reife bei der weltfremden Erziehung, die er genossen hatte, geradezu wunderbar erschien. Das Gespräch mit mir bewegte sich um gleichgültige Dinge. Nur als das Theater berührt wurde und ich bemerkte, wie selten die verschiedenen Eigenschaften, die zur Leitung einer großen Bühne erforderlich seien, in einer Person sich vereinigt fänden, sah ich einen argwöhnischen Zug über das edle junge Antlitz gleiten. Ob er mich im Verdacht hatte, mich selbst zu dieser damals noch immer unzulänglich ausgefüllten Stelle empfehlen zu wollen? Es wäre das nicht eben ein Beweis für die ihm nachgerühmte Menschenbeurteilung gewesen, da mir mein Leben lang nichts ferner gelegen, als der Wunsch, Dingelstedts Erbschaft anzutreten.

Als dann vier Jahre später das bekannte Ereignis eintrat, das Kabinetsschreiben König Ludwigs II., durch das er Geibel seine Pension entzog, weil der alte Kaiserherold König Wilhelm bei dessen Besuch in Lübeck mit dem Wunsch begrüßt hatte,

Daß noch dereinst dein Auge sieht,
Wie übers Reich ununterbrochen
Vom Fels zum Meer dein Adler zieht –

war es auch mir unmöglich, fernerhin ein königliches Gnadengehalt anzunehmen, an das die Bedingung geknüpft gewesen wäre, meine politische Überzeugung, wenn sie mit der des Königs nicht im Einklang war, zurückzuhalten, nachdem ich sie in all den Jahren, da ich seinem heimgegangenen Vater nahegestanden, nie zu verleugnen gehabt hatte.

Auf die Eingabe, in der ich mit ehrerbietigem Dank für das bisher Gewährte meinen Verzicht ausgesprochen hatte, erhielt ich erst spät eine gewundene Antwort in einem Kabinetsschreiben, das deutlich erkennen ließ, der König hatte die Motive, die meine Handlungsweise bedingt, kaum begriffen und war aufs schwerste gegen mich erzürnt. Doch schien sein Unwille bald zu schwinden. Für einige meiner Bücher, die ich später, da ihr Gegenstand seine Interessen berührte, ihm überreichen zu lassen schicklich fand, ließ er mich seines freundlichsten Dankes versichern. Einmal kam sogar die Anfrage Seiner Majestät an mich, warum ich meinen Roman in Versen »Schlechte Gesellschaft« nicht fortgesetzt hätte, und mein Schauspiel »Ehre um Ehre« wollte er bei einer der Aufführungen im Residenztheater, denen er allein beiwohnte, sich ansehen. Er saß in der Proszeniumsloge des ersten Rangs, ich mit meiner Frau in der ganz dunklen Parterreloge Nummer eins der Bühne gegenüber. In einem Zwischenakt hatte er uns in unserem Versteck entdeckt und sandte einen Lakaien, sich dessen zu versichern. Doch trieb er seine Marotte wenigstens nicht so weit, den Verfasser des Stückes, das er aufführen ließ, aus dem Hause fortzuweisen.

In den letzten Jahren seines traurig verdunkelten Lebens hörten auch diese seltenen literarischen Beziehungen vollständig auf.

Auch König Max würde sich durch jenes Geibelsche Gedicht empfindlich berührt gefühlt haben. Doch wäre es darüber nie zum Bruch zwischen ihm und dem so hochverehrten Dichter gekommen, der dem fürstlichen Gönner aus seinem Kaisertraum nie ein Hehl gemacht hatte.

Bei einem seiner vertraulichen Gespräche mit dem Könige hatte Geibel geäußert: »Wenn ich mich nicht als Bürger eines großen deutschen Reiches fühlte, wäre mein Vaterland nur fünf Quadratmeilen groß.« Der Sohn eines freistädtischen Gemeinwesens durfte wohl so empfinden, und die Äußerung dieser Gesinnung bei einer solennen Gelegenheit hätte ihm vielleicht ein Wort der Mißbilligung unter vier Augen, nimmermehr aber die Entziehung der königlichen Gnade in so schroffer Form eingetragen.

So schmerzlich uns aber der Verlust unseres geliebten und verehrten Königs war, ihn selbst bewahrte sein früher Tod vor mancher herben Prüfung, die ihm die Entwicklung der politischen Geschicke Deutschlands auferlegt haben würde.

Schwerer als sein Sohn hätte er das Jahr 1866 empfanden, und obwohl auch er, als der Krieg gegen Frankreich die gesamte Wehrkraft Deutschlands unter die Waffen rief, nicht gezaudert haben würde, sein Heer den Bundesgenossen anzuschließen, einen härteren Kampf als seinen Nachfolger hätte es ihn gekostet, sich in die neue Ordnung des Reichs zu fügen, die ihm ohne Österreich und außer dem Rahmen der Triasidee als ein Abbruch an seiner vollen Souveränität erschienen wäre.

All diesen Zweifeln und Kämpfen war er nun entrückt. Zugleich war ihm das Bitterste erspart geblieben, seine beiden Söhne ihrem tragischen Geschick unaufhaltsam verfallen zu sehen. Nun stand sein edles Bild in der verklärenden Vollendung des Todes vor der Erinnerung der Seinen und seines Volkes, und selbst diejenigen, die ihm widerstrebt hatten, konnten ihm das Zeugnis nicht versagen, daß er das Beste zum Wohl seines Landes gewollt und mit unermüdlich tapferer Hingebung danach gestrebt hatte, selbst auf Kosten einer leicht zu gewinnenden Popularität, was er als die Aufgabe seines Lebens erkannt, zur Erfüllung zu bringen.

*

Das Häuflein der »Münchener Idealisten« war gelichtet, das Band, das sie zusammengehalten, gelockert worden. Einige Jahre hausten die Krokodile noch gemächlich in dem »heil'gen Teich«, den sie bald hierhin, bald dorthin, zuletzt in mein Haus verlegten. Bodenstedt war nach Meiningen gezogen, wo er nicht lange blieb, da er für das Amt eines Dramaturgen in keiner Weise begabt war. Schack hielt sich zurückgezogen in seinem Hause, an das er die Räume für seine Galerie hatte anbauen lassen. Ich selbst dachte nicht daran, dies München je wieder zu verlassen, an das ich durch die teuersten Erinnerungen eines glücklichen Jahrzehnts geknüpft war. Auch einer wiederholten ehrenvollen Einladung zur Übersiedelung nach Weimar, zu der mich der Großherzog, der stets mir wohlgesinnt war, zuerst durch Liszt, dann indem er persönlich mich in meiner Sommerfrische zu Ebenhausen aufsuchte, überreden wollte, widerstand ich um so leichter, da ich nach fünf einsamen Jahren ein zweites Herzensglück gefunden und eine junge Münchnerin heimgeführt hatte. Durch diese Verbindung bestärkte sich mehr und mehr mein süddeutsches Heimatsgefühl, und um so fester wurzelte ich im Münchener Boden, als ich durch den Tod meiner Mutter im Jahre 1864 den Antrieb verlor, in meine Vaterstadt zurückzukehren, die mir, je gewaltiger sie zur Reichshauptstadt heranwuchs, ein immer fremderes Gesicht zeigte, aus dem die traulichen alten Züge verschwunden waren.

Mein alter Geibel hatte, seitdem sein ohnehin nur äußerliches Verhältnis zu König Ludwig II. gelöst worden war, München gemieden. Sein schweres organisches Leiden, das immer qualvoller wurde, machte ihm weitere Reisen unmöglich, so daß er von seinem Hause in Lübeck und seiner einzigen Tochter Marie, die in glücklicher kinderreicher Ehe lebte, sich nur noch entfernte, um im Sommer in einem der Ostseebäder sich zu erfrischen. Er war nie ein fleißiger Briefschreiber gewesen. Nun wurde der Verkehr mit den fernen Freunden immer spärlicher, wie denn auch Kraft und Stimmung zur Arbeit mehr und mehr versiegten. Er vollendete noch, mühsam genug, das Trauerspiel »Sophonisbe«, das 1869 den Schillerpreis erhielt und weit hinter der »Brunhild« zurücksteht. Im Jahre 1877 gab er die »Spätherbstblätter«, den vierten Band seiner Gedichte heraus, Nachklänge aus seiner jüngsten wie auch reifsten Zeit, in denen der alte Löwe noch einmal klingend seine Mähne schüttelte. Die Arbeit an seinem »klassischen Liederbuch« ging nebenher. Die letzte überschwenglich hohe Lebensfreude hatten ihm die Siege in Frankreich und die Erfüllung seines einst verspotteten Kaisertraums bereitet. In dem schmalen Bändchen seiner »Heroldsrufe« sammelte er neben den ahnungsvollen Herzensergießungen der früheren Zeit die machtvollen Triumphlieder, mit denen er das glorreiche Siegesjahr feierte.

An meinem Dichten und Trachten nahm er auch in der Ferne den alten Freundesanteil. Ein Wiedersehen mit ihm war mir aber nur noch einmal, im Herbst 1881, in seinem stillen Hause zu Lübeck vergönnt.

In tiefer Bewegung sah ich den Freund, dessen Bild mir noch immer in der vollen Kraft seiner Mannesjahre vor der Seele gestanden hatte, als einen gebrochenen, hageren Greis, der sich mit schwermütigem Blick mühsam von seinem Sitz erhob, um mich mit alter Herzlichkeit zu umarmen. Bald freilich belebten sich die leidvoll gespannten Züge, das Auge leuchtete wieder auf, wenn er der alten Zeit gedachte oder nach gemeinsamen Freunden fragte, und hin und wieder, sobald das Gespräch literarische oder politische Themata streifte, die seinen Grimm und Groll erregten, blitzte noch ein Funke des alten Berserkerzorns aus seinen Worten hervor, und die magere Hand zauste heftig wie sonst den ergrauten Knebelbart. Hernach aber, als er einen Wagen holen ließ, mir die Stadt und ihre Umgebung zu zeigen, sank er wieder in eine dumpfe Stimmung zurück und saß, in die Wagenecke gedrückt, mit trüben Augen vor sich hin blickend. Vor der Schifferstube des Rathauses ließ er halten, und wir stiegen aus, die altberühmten Räume zu beschauen. Ich sah, mit welcher Ehrerbietung, wie einem Stadtheiligen, man ihm begegnete.

Doch auch hier, bei einem Trunk edlen Weins, der sonst immer die Macht gehabt hatte, seinen Genius zu beflügeln, verharrte er in seiner düsteren Versonnenheit, und erst am Abend, als seine Nichte, die ihm als treue Pflegerin zur Seite stand, meine Bitte unterstützte, doch etwas von seinen neuesten Versen vorzulesen, fiel auch von mir der Druck, dessen ich mich in all den Stunden nicht hatte erwehren können. Er las dann ein paar Übersetzungen aus dem Französischen und einige eigene Gedichte. Es war noch in allen die alte Herrschaft über die Form und die Anmut des Gedankens zu spüren. Aber der tiefe, melodische Klang seiner Stimme war wie umflort, und wir beide fühlten, daß dies stille Symposion das letzte, wehmütige Fest der Freundschaft war, das wir miteinander feiern sollten.

Im Jahre 1883 wurde ich von seinem Verleger aufgefordert, für die hundertste Auflage seiner Gedichte einen Prolog zu dichten. Ich ergriff mit Freuden die Gelegenheit, dem teuren alten Meister, dem ich so viel verdankte, einmal öffentlich auszusprechen, was er mir und seinem Volke gewesen war. Der Freundesgruß sollte ihn nicht mehr erreichen. Ehe noch das Buch zur Ausgabe gelangte, war er, am 6. April 1884, von seinen Leiden erlöst worden.

6. Erste Liebe.

Der Tod des Königs machte, wie ich schon erwähnt, in meinen Münchener Verhältnissen keine einschneidende Änderung. So blieb ich in der Stadt wohnen, die mir eine zweite Heimat geworden war, ohne jedes Amt nur meinen mannigfachen literarischen Aufgaben mich widmend, sah gute Freunde und Gleichgesinnte kommen und gehen und eine neue Zeit anbrechen, in der ein neues Geschlecht mit neuen Anschauungen und Bedürfnissen heranwuchs. Dies alles vollzog sich geräuschlos, mit innerer Notwendigkeit, die ich nicht leugnete, wenn ich mich ihr auch nicht unterwarf. Von Zeit zu Zeit, so oft ich einer geistigen Luftveränderung bedurfte, pilgerte ich auf ein paar Wochen wieder in mein gelobtes Land und fuhr auch zweimal mit meiner Frau statt über den Brenner über den Rhein, um mich jedesmal etwa vierzehn Tage in Paris umzusehen. Von diesen kurzen Episoden jedoch soll hier so wenig berichtet werden, wie von meinen vielfachen einsamen Streifzügen in Italien. Da wir es in Paris von vornherein nur auf die Stadt selbst, Museen, Theater, die Umgegend und so viel vom Volkscharakter abgesehen hatten, als man im Schlendern über die Boulevards und im Bois davon erhaschen mag, notablen Bekanntschaften aber aus dem Wege gingen, so hätte die Mitteilung unserer flüchtigen Eindrücke nur geringes Interesse.

Hier aber habe ich noch einen Punkt zu berühren, der eigentlich schon früher hätte zur Sprache kommen sollen.

Ich bin oft gefragt worden, ob meinen zahlreichen Novellen, in denen es sich um leidenschaftliche Konflikte handelt, nicht eigene Erlebnisse zugrunde lägen, an denen ja auch ein äußerliches Stilleben nicht arm zu sein braucht. Man pflegte zu glauben, die Kenntnis des weiblichen Geschlechts, der Abgründe und Untiefen im Frauenherzen, die man in meiner Dichtung finden will, könne nur in der Schule des Lebens erworben und mit eigenem Herzblut bezahlt worden sein.

Dies ist nun keineswegs der Fall gewesen.

Von den nur allzu zahlreichen Novellen, in denen ich Frauencharaktere geschildert habe, wüßte ich kaum ein halb Dutzend, für welche persönliche Erinnerungen das Motiv geliefert hätten. Auch dann niemals in memoirenhafter Genauigkeit, sondern so umgebildet und künstlerisch verarbeitet, daß nur der seelische Grundton des eigenen Erlebnisses darin forttönte. Ebensowenig habe ich Schicksale guter Freunde oder Charakterbilder von Personen, mit denen das Leben mich in nahe Berührung brachte, novellistisch »verwertet« oder als Modelle mit porträtmäßiger Ähnlichkeit mir angeeignet, sondern mich stets auf die Anregungen beschränkt, die eine fruchtbare Phantasie einer liebevoll beobachteten Wirklichkeit verdankt. Gegen »Schlüsselromane« vollends, die nur eine frivole Neugier befriedigen, fühlte ich stets einen tiefen Abscheu, als gegen eine schnöde Zwittergattung, die den Reiz polizeilicher Dokumente mit künstlerischen Effekten verbinden will.

Und so würde die heut so unheilvoll im Schwange gehende Methode, Dichterwerke als eine genau zu berechnende Summe biographischer Faktoren darzustellen, an meinen novellistischen Arbeiten keinen dankbaren Stoff finden. Wohl habe auch ich in der Schule der Leidenschaft meinen Kursus gründlich durchzumachen gehabt. Denn schon als Knabe hatte ich die Macht der Schönheit empfunden, und es war eine sehr persönliche Konfession, die ich in einer Strophe der »Braut von Cypern« aussprach.

O heilig Wunder! Uralt ist die Welt,
Und dennoch steht am Anfang aller Dinge
Das Herz, in das ein Strahl der Schönheit fällt.
Als ob dich eine Schöpfung neu umfinge,
Wird dir die Brust erschüttert und geschwellt,

Die Träne fühlst du dir im Auge beben –
Nun weißt du erst, lebendig sei dein Leben.

Was der träumerische Tölpel Cimone dort erfuhr, wie gut kannte ich es, wie oft hatte ich es als schüchterner Juvenil selbst erfahren, in Gesellschaften, wo ich einer reizvollen Mädchengestalt begegnete, im Theater, wenn ich eine schöne Frau in ihre Loge treten oder sie auf der Straße mir vorübergehen sah. Ich empfand dann leibhaftig jenen »Schlag« auf das Herz, der Atem stockte mir, ja, wie es schon die große Lesbische Dichterin an sich erlebt hatte, ein leiser Schweiß trat mir auf die Stirn, wenn das zauberhafte Wesen mich anredete.

Diese Schwäche meiner jungen Jahre ist mir noch lange nachgegangen, und wenn ich als Dichter oft eines überschwänglichen Schönheitskultus geziehen worden bin - obwohl mir so viel tiefere geistige und sittliche Probleme zeitlebens zu schaffen machten -, kann ich mich nur damit entschuldigen, daß es sich dabei um einen Naturfehler handle, der sich mit keinem noch so guten Willen hätte ausrotten lassen.

Daß ich aber dennoch in der Schule der Frauen lange gesessen, ohne allzu schweres Lehrgeld zu zahlen, und vor zerrüttenden Herzensstürmen bewahrt geblieben bin, verdanke ich dem seltenen Glück, daß mein Herz früh in festen Händen war und daß ich zweimal eine Ehe geführt habe, wie sie harmonischer, Seele und Sinne im tiefsten erquickender nicht gedacht werden konnte.

*

Eine ernsthafte erste Liebe hatte ich schon in meinem Primanerherzen erleben müssen.

Schon bei der Schilderung des »Klubs«, den ich mit meinen drei Schulfreunden in dem Poetenhause am Enkeplatz gestiftet hatte, habe ich den Namen Felix von Steins genannt. Seine Eltern waren seit einigen Jahren aus Thüringen übergesiedelt, da sie für die Erziehung ihrer Kinder in ihrem waldumrauschten Schlosse Kochberg nicht wohl zu sorgen wußten, und bewohnten eine reizende Villa in Schöneberg, von wo aus ihr Stammhalter Felix und sein viel jüngeres Brüderchen Karl täglich zur Schule nach Berlin wanderten. Ein Neffe des Freiherrn, Sohn seiner Schwester, die in Weimar an einen Mister Perry verheiratet war, lebte ebenfalls unter der Obhut seiner Verwandten und besuchte wie sein Vetter das Friedrich-Wilhelms-Gymnasium.

Da die Eltern durch ihren Sohn von mir als einem »Musterschüler« gehört hatten, mußte Felix mich auf einen Sonntagmittag zu ihnen hinausladen. Noch ist es mir deutlich in der Erinnerung, wie ich das hohe Gittertor der Villa erreichte und das schmucke einstöckige Haus zum erstenmal hinter dem sanft ansteigenden Rasenplatz des Vorgartens liegen sah, von den hohen Wipfeln des Parks, der sich dahinter ausbreitete, überschattet. Als ich eintrat, sah ich einen großen, schwarzhaarigen Mann mit dunklem Bart, den ich nach seinem nachlässigen Anzug für den Gärtner hielt, an einem Gartenbeete beschäftigt. Auf meine Frage, ob Herr von Stein hier wohne, sah er mich mit seinen schwarzen Augen freundlich an und antwortete, ich möge nur ins Haus hinaufgehen, im Gartensaal, der sich nach dem Vorgarten öffnete, würde ich die Damen finden.

Felix kam mir entgegen mit dem großen Neufundländer, der bald mein Freund werden sollte, und führte mich zu seiner Mutter, deren herzlicher Empfang rasch alle Fremdheit zwischen uns verscheuchte. Ich war früh in allerlei geselligen Kreisen eingeführt und hatte mich leidlich unbefangen zu betragen gelernt. In ein altadeliges Haus trat ich hier zum erstenmal, und auch die Erinnerung an jene Frau von Stein, deren Freundschaft den jungen Goethe beglückt hatte, trug dazu bei, mich diesen ihren Nachkommen gegenüber anders als sonst in einem befreundeten Haufe empfinden zu lassen. Auch die Räume, die sie bewohnten, waren mit Bildern geschmückt, die eine Art historischer Stimmung erzeugten, und der ganze Zuschnitt des Lebens, obwohl von irgendwelchem Prunk keine Rede war, hob sich doch um eine Stufe über die mir gewohnte bürgerliche Sitte hinauf.

Dann öffnete sich eine Tür, und ein junges Mädchen trat ein, das Felix umarmte und mir als seine Schwester Anna vorstellte. Sie trug ein einfaches helles Kleid, das ihrer schlanken, aber schon voll aufgeblühten Figur sehr reizend stand, das reiche, schwarze Haar schlicht gescheitelt und in einem dicken Knoten aufgesteckt, den kleinen runden Kopf ein wenig in den Nacken geworfen. Sie gab mir unbefangen die Hand, betrachtete mich ruhig mit den halb zugedrückten schwarzen Augen, als ob sie bei sich selbst spräche: Also so sieht der gepriesene primus omnium aus! und wandte sich dann mit einem feinen Zucken der Nasenflügel von mir weg.

Nach der überfließenden Freundlichkeit der kleinen, trotz ihres Embonpoints sehr beweglichen Mama machte mir diese überlegen kühle Begrüßung der Tochter einen unholden Eindruck, und ich nahm mir vor, das hochmütige Freifräulein, das mir gegenüber sich in der Rolle einer unnahbaren Aristokratin zu gefallen schien, meinen Bürgerstolz fühlen zu lassen, auch wenn ich mir nicht ein junges Genie zu sein dünkte, wie der Dichter des Werther. Dieser flüchtigen Verstimmung aber wurde ein Ende gemacht, als der

Bediente die Tür nach dem Eßzimmer öffnete und von der anderen Seite der Hausherr eintrat, kein anderer als der große brünette Mann, den ich für den Gärtner gehalten hatte.

Die schlichte Güte und Herzlichkeit, mit der er mir begegnete, gewann ihm in der ersten halben Stunde mein Herz, und als ich spät am Abend mich verabschiedete, fühlte ich deutlich, daß die Bekanntschaft mit diesen Menschen einen bedeutsamen Abschnitt in meiner Entwicklung bilden würde.

Ich habe nicht vor, hier den kleinen Roman dieser Jugendliebe ausführlich zu erzählen. Auch sind die wesentlichsten Züge desselben, vor allem die leidenschaftliche Stimmung, in der ich ihn durchlebte, in der Novelle »Das Freifräulein« zur Darstellung gekommen, getreuer und umständlicher, als irgendein anderes meiner eigenen Lebensabenteuer einen dichterischen Ausdruck gefunden hat. Nur die Katastrophe, von dem Entschluß der Entführung an, ist freie Zutat, da die Geliebte einer romantischen Torheit dieser Art nie auch nur im Traum sich würde schuldig gemacht haben.

Hier möge genügen zu sagen, daß das Eis zwischen mir und dem schwer verkannten jungen Wesen überaus schnell ins Schmelzen kam. Zwar behielt sie äußerlich ihre zurückhaltende Miene und den kühlen Blick der Augen bei, doch erkannte ich bald, daß unter der scheinbar stolzen Ruhe und Gleichgültigkeit sich ein scheues, warmblütiges Temperament verbarg, das Tasten und Suchen einer jungen Menschenseele, die den Rätseln des Lebens furchtsam gegenübersteht und ihr inneres Leben der Welt nicht enthüllen will. Eben diese äußere Sicherheit in den Formen bei der inneren geistigen Ratlosigkeit, die sich hin und wieder in unbewachten Augenblicken verriet, machte ihr Wesen so anziehend. Es war die erste »problematische« Mädchennatur, die mir begegnete. Kein Wunder, daß sie bald mein ganzes Inneres erfüllte und Kopf und Herz zugleich gefangen nahm.

So wenig Anlagen ich zum blöden Schäfer hatte und so kecklich anderen Mädchen gegenüber ich den Verliebten zu spielen verstand, wo ich nichts empfand, in diesem Falle versagten mir Mut und Selbstgefühl völlig, auch nur so weit mich mit meinem geheimen Herzenszustand hervorzuwagen, wie jeder gute Jüngling der Schwester seines Freundes den Hof machen darf. Auch trug ich diese Liebe ohne jede Hoffnung, daß sie je erwidert werden könne, mit mir herum. Doch lebte ich nur von einem Landbesuch zum andern, wo ich dann vierundzwanzig Stunden unter einem Dache mit ihr zubrachte, da es bald eingeführt war, daß ich Sonnabend nachmittags hinausging, die Nacht mit Felix und seinem Vetter in ihren Mansardenzimmern bei allerlei kleinen Rauch- und Trinkorgien halb durchwachte und den Sonntag darauf mit den Geschwistern unter den herrlichen alten Bäumen des Parks mich herumtrieb.

Man wird begreifen, daß bei diesem Gastrecht im Hause der Eltern – der Name des »Goldsohns« war mir von der Mutter, die mich in jeder Weise verhätschelte, wie in jener Novelle beigelegt worden – meine grüne junge Lyrik so üppig wie jedes andere Unkraut gedieh. Damals stand ich ganz im Banne Heines. Was an schwermütigen, desperaten oder todesschaurigen Versen entstand, wurde dann an den Klubabenden vorgelesen. So waren Felix meine Gefühle für seine Schwester, ohne daß der Name je genannt wurde, von Anfang an kein Geheimnis, und die Gedichte wurden zwischen uns nur in bezug auf ihren poetischen Wert oder Unwert besprochen.

Der gute Junge war aber endlich unvorsichtig genug, Mitleid mit meinem Zustande zu fühlen, und eines Nachts, als wir aus dem Klub nach Hause gingen und Endrulat uns verlassen hatte, eröffnete er mir, er habe mit seiner Schwester von mir gesprochen, und sie habe ihm gestanden, daß ihr meine Liebe längst kein Geheimnis mehr sei, und daß sie sie erwidere.

So unerhört und unfaßbar mir dieses Glück erschien, war ich doch keinen Augenblick im Zweifel, daß ich Manns genug sein würde, es festzuhalten. Am nächsten Sonntag, da mir die Liebste zum erstenmal ohne ihre sichere Haltung, mit beklommenem Atem und geröteten Wangen gegenübertrat, bat ich sie, mit mir in den Garten zu gehen. Dort fragte ich sie ohne Umschweife, ob ich glauben dürfe, was ihr Bruder mir gesagt, und als sie wortlos mit einem entschlossenen Nicken ihres reizenden Kopfes es bestätigte, sagte ich ihr alles, was ich seit der brüderlichen Enthüllung mir zurechtgedacht hatte. Wir standen beide in unserem siebzehnten Jahr, ich um wenige Monate älter, übrigens aber im Nachteil gegen sie, die so herangereift war, daß sie jeden Augenblick einem Bewerber ihre Hand gewähren konnte, während ich im günstigsten Falle, ehe ich daran denken durfte, sie heimzuführen, eine Wartezeit wie Jakob um Rahel durchzumachen hatte.

Wie konnten wir auch hoffen, selbst wenn die Eltern ohne jedes Standesvorurteil dem Goldsohn, dessen Vater ein schlechtbesoldeter Professor war, ihr Freifräulein gegönnt hätten, daß sie auf eine so weite, unsichere Aussicht hin zu einem Eingehen auf unsere Wünsche geneigt sein würden? In so seligem Taumel ich neben dem geliebten Wesen hinschritt, blieb ich doch besonnen genug, nichts von allem zu verschweigen, was scheinbar als ein unüberwindliches Hindernis unserem Glück sich entgegentürmte. Als ich sie aber schließlich fragte, ob sie sich getraue, trotz alledem an mir festzuhalten, wie ich mich ewig an sie gebunden fühle, und sie ruhig ausblickend das erste Wort auf meine gestammelte Rede, ein helles entschiedenes Ja! erwiderte, sah ich plötzlich alle Wolken über unserer Zukunft zerstreut und den Stern unserer jungen Liebe verheißungsvoll herabstrahlen.

Noch heute ist es mir rätselhaft, daß wir nach diesen tapferen Bekenntnissen uns nur die Hand reichten und unsere Lippen sich nicht berührten, so einsam und sicher der Platz unter den alten Ulmen war. Das damals Versäumte ist auch später nicht nachgeholt worden. Ich habe dies schöne Wesen, das sich mir verlobt hatte, nie im Arme gehalten und ihr nicht einmal Stirn und Augen, geschweige denn den stolzen Mund geküßt, der mir ein so beseligendes Geständnis gemacht hatte.

Was dann weiter geschah, nahm keinen so dramatisch bewegten Verlauf, wie in der Novelle. Bald nach unserer heimlichen Verlobung reiste ich in den Herbstferien mit den beiden Vettern nach Thüringen. Als Gymnasiasten im letzten Semester wurden uns in Jena von einem dortigen Corps gastfreundliche Ehren erwiesen, durch die man uns zum späteren Einspringen ködern wollte. Es waren auch sonst vergnügliche Tage, mir insbesondere verklärt durch das verschwiegene Liebesglück, das ich, wie ich meinte, sicher aufgehoben daheim zurückgelassen hatte, und von dem mein Skizzenbüchlein auf jeder Seite in überschwänglichen Liedern zu erzählen wußte. Die Krone all unserer Wandererlebnisse war die Rast in Kochberg, wo uns die alte Mama Stein und Onkel Altenstein aufs liebenswürdigste mehrere Tage beherbergten. Mit wie ehrfürchtiger Andacht betrachtete ich in den Goethezimmern alle Spuren, die die Hand unseres größten Dichters darin zurückgelassen hatte. Ihn sah ich natürlich unerreichbar hoch über mir. Daß aber die Urenkelin seiner Frau von Stein ihren Ahnen ebenbürtig sei, stand mir über allem Zweifel.

Doch aus dem seligen Traum, den ich in diesen Frühlingstagen geträumt hatte, sollte ich gleich nach der Rückkehr unsanft geweckt werden.

Die gute Tochter hatte es nicht über ihr Gewissen gebracht, das Geheimnis ewiger Liebe und Treue, die wir uns gelobt hatten, der Mutter zu verschweigen. Natürlich hatte dann auch der Vater davon erfahren, und beiden Eltern war es nicht zu verdenken, daß sie klüger waren als ihr Kind, und einen jungen Menschen, dem noch das Abiturientenexamen bevorstand, nicht als zukünftigen Eidam betrachten wollten.

Auch ich verdachte es ihnen nicht, als mir Felix im Schulzimmer berichtete, wie er es zu Hause gefunden hatte. Freilich, über den »Verrat«, dessen ich seine Schwester anklagte, war ich tief empört. Den Eltern aber dachte ich »männlich« gegenüberzutreten und für das, was ich getan und ferner zu tun entschlossen war, offen einzustehen.

Es sollte nicht dazu kommen. Ich wurde in der Villa draußen ganz wie sonst, als wenn nichts geschehen wäre, empfangen, von der Mutter mit schmeichelnder Zärtlichkeit, vom Vater treuherzig wie sonst, kaum daß in seinem guten, biederen Gesicht ein leiser Zug von Ironie sich bei meiner Begrüßung entdecken ließ. So oft ich anfangen wollte, meine Beichte samt allen mildernden Umständen und den festen Vorsätzen für die gemeinsame Zukunft vorzubringen, wurde ich durch irgendeine freundliche Frage nach unseren Reiseabenteuern, meinen Versen oder dem Befinden meines Vaters unterbrochen. Ich erkannte, daß man entschlossen war, das, womit es mir heiliger Ernst war, als eine Kinderei, einen Schülerstreich zu behandeln, den man einem leichtherzigen angehenden Poeten zugute halten, aber beileibe nicht ernst nehmen müsse.

Ob dies Verfahren den Umständen nach das gescheiteste war, da so jeder heftige Auftritt, der zum Bruch geführt hätte, vermieden wurde, ist mir noch lange zweifelhaft geblieben. Daß es nicht das gütigste war, steht mir auch heute noch fest. War ich wirklich der Sohn des Hauses gewesen, für den man mich ausgab, so hätte ich erwarten dürfen, daß man trotz meiner blutjungen Jahre mich nicht als ein Kind behandelt und den Schmerz, den man mir bereiten mußte, durch ein wenig Herzenswärme zu lindern gesucht hätte. Statt dessen wollte die »Goldmama« auch die poetischen Ergüsse meines Grimms und Grams, die ich ihr nicht vorenthielt, so oft sie nach meinen Versen fragte, nur als freie Phantasien ansehen, und zu einem vertrauten Aussprechen zwischen uns ist es nie gekommen.

Auch nicht zwischen mir und meiner verlorenen Geliebten. Meine Besuche in der Villa waren natürlich selten geworden und beschränkten sich immer nur auf wenige Stunden. Doch wäre auch in diesen Gelegenheit genug gewesen, unter vier Augen sich wenigstens ein letztes Mal sein Leid zu klagen. Sie aber wich mir beharrlich aus. Felix hinterbrachte mir zwar, daß er sie oft in Tränen aufgelöst finde. Ich erlaubte mir sarkastische Zweifel daran zu äußern, daß ich dem kühlherzigen Freifräulein diese Tränen entlockte, und verschmähte es nun eigensinnig, eine letzte Unterredung gewaltsam herbeizuführen. Und so blieb es bis zum Ende. Im Frühjahr verließ die Familie Schöneberg, um nach Kochberg zurückzukehren. Ich fand mich zum Abschiede, der von seiten der Eltern scheinbar der herzlichste war, am Bahnhof ein. Die Tochter reichte mir durch das Wagenfenster ihre kleine Hand im Handschuh, ohne ein Wort hinzuzufügen, und die Lokomotive entführte mir das Bild dieses kurzen, trügerischen Jugendglücks auf Nimmerwiedersehen.

Als ich sieben Jahre später nach München berufen wurde, schrieb die »Goldmama«, von der ich seither nie mehr ein Wort gehört oder gesehen hatte, im Auftrage des Großherzogs an mich, um anzufragen, ob ich nicht vorzöge, statt in München in Weimar am Hofe zu leben. Ich wußte, daß die Tochter Hofdame der Frau Großherzogin geworden und noch unvermählt war, während ich meine junge Frau in mein neues Leben hinausführte. Erst einige Jahre später ging das Freifräulein eine Ehe ein mit einem viel älteren Manne aus ihren Kreisen, dem sie zwei Knaben brachte. Sie selbst ist früh gestorben, und von all den Ihrigen habe ich nur sehr spät einmal den Bruder wiedergesehen, der von seinem Kochberg aus mich nur noch einmal an sein Dasein erinnert hatte, als er mir das Manuskript eines von ihm verfaßten Trauerspiels schickte, das schon in der Zeit unseres »Klubs« schwerlich unseren Beifall errungen haben würde.

*

Nach dieser ersten schmerzlichen Lebenserfahrung war ich gegen alle leidenschaftlichen Anwandlungen eine gute Weile gefeit. Ich glaubte, das »schwächere« Geschlecht nun hinlänglich kennen gelernt zu haben, und verhärtete mich gegen etwaige neue Versuchungen, seiner »Tücke« und »Falschheit« zum Opfer zu fallen, durch blutige Hohnverse im Heineschen Stil, in denen ich mir ungemein erwachsen und überlegen vorkam.

Zum Glück aber wurde ich von allen Nachwehen meines tollen Liebesfiebers bald geheilt, als ich in die gesunde Luft des Kuglerschen Hauses eintrat. Nicht, als ob das Bild meiner Jugendflamme so rasch in mir erblaßt wäre. Ich hörte aber auf, in meiner Wunde zu wühlen und lyrisches Gift hineinzuträufeln, und gewann es über mich, an das seltsam rätselhafte schöne Gesicht zu denken, ohne weiter darüber nachzugrübeln, wie das wohlerzogene junge Herz sich so rasch hatte verschenken und wieder zurücknehmen können.

Auf den früheren Blättern meiner »Jugenderinnerungen« habe ich die Menschen, die im Kuglerschen Hause wohnten oder dort ein und aus gingen, geschildert. Ich brauche nichts hinzuzufügen, um es verstehen zu machen, daß meine aufstrebende Jugend hier besser aufgehoben war als in der Schöneberger Villa. Die Tochter des Hauses, die später die Meine werden sollte, war freilich um vier Jahre jünger als ich, in jenem harmlosen Backfischalter, das nur zu einem lustigen Verkehr auf dem Neckfuß angetan war. Je mehr sie heranwuchs, je liebenswürdiger sich all ihre Gaben und Talente, die sie von den trefflichen Eltern ererbt hatte, entfalteten, je anziehender erschien sie mir wie allen anderen Freunden des Hauses. Doch nur sacht und unvermerkt verwandelte sich das geschwisterliche Gefühl, das mich mit ihr und ihren jüngeren Brüdern verband, in ein wärmeres von anderer Art, bis mir zuletzt ein Leben ohne sie als ein unfaßbarer Gedanke erschien, so wenig ich mir vorstellen konnte, wie ich es ertragen sollte, sie als Frau eines anderen zu sehen. Einen bestimmten Zeitpunkt aber, in welchem das geschehen wäre, was man »Verlieben« nennt, wüßte ich überhaupt nicht anzugeben. Wir wurden nur immer klarer darüber, daß es ein Naturgesetz sei, einander anzugehören, daß eins dem anderen zu jedem reinen und vollen Erfassen und Genießen des Lebens unentbehrlich geworden war. Daß dies Bewußtsein sich nicht als ein laues, behagliches Gewohnheitsrecht geltend machte, sondern, wenn es durch eine äußere Störung gefährdet schien, sich mit leidenschaftlicher Gewalt dagegen auflehnte, habe ich mehr als einmal erfahren müssen, in den heftigsten Sehnsuchtsschmerzen, während ich, von meiner Braut getrennt, ein Jahr in Italien zubrachte, dann in dem Freudensturm des Wiedersehens, endlich durch das Fieber der Nostalgie, an dem ich, wie ich früher berichtet habe, in der Pfalz erkrankte. Als dann vollends nach kurzen acht Jahren des reinsten, innigsten Miteinanderlebens der Tod mir die geliebte Frau von der Seite riß, empfand ich die Beraubung so tief, als wäre mir die linke Hand vom Rumpf getrennt worden und ich stände ratlos da, wie ich mich mit der rechten allein behelfen sollte.

Daß ich für das verlorene Glück je einen Ersatz finden könnte, war mir undenkbar. Überdies, wenn ich mich auch in meinem Innern gerade am Eigensten und Besten verarmt fühlte, wie viel war mir noch geblieben! Vier liebe, begabte Kinder, in deren Erziehung meine teure Schwiegermutter sich treulich mit mir teilte, der warme tägliche Verkehr mit den brüderlichen Freunden Adolf Wilbrandt und meinem jüngeren Schwager Hans, die unsere Hausgenossen waren, andere vertraute Freunde, mit denen uns eine lebhaft anregende Geselligkeit vereinigte, und endlich der wirksamste Trost in jedem Lebenskummer: Arbeit, die Seele und Geist erfüllte und mir das Bewußtsein gab, daß ich in freier Luft noch mancherlei zu schaffen hatte.

So lebte ich fünf Jahre hin, in einem helldunklen, wunschlosen Herzensfrieden, ohne zu zweifeln, daß für mein übriges Leben an Mühen und Freuden vollauf ausgesorgt sei. Am wenigsten reizte es mich, mit eigenem Willen diesen sicheren Besitz aufs Spiel zu setzen, um einem leidenschaftlichen Phantom nachzujagen.

Die guten Mächte aber, die meines Lebens walteten, hatten es freundlicher mit mir vor.

7. Neues Leben.

In einer Abendgesellschaft bei meinem Freunde, dem Komponisten Robert von Hornstein, in dessen Hause wir den oberen Stock bewohnten, lernte ich ein junges Mädchen kennen, dessen schlanke, hochgewachsene Gestalt und an südliche Schönheit erinnernden Züge mir schon öfters Eindruck gemacht hatten, wenn sie mit ihrem leichten, anmutigen Gang in einer der Münchener Straßen an der Seite ihrer Mutter mir vorübergeschritten war.

Daß ich ihr hier wieder begegnete, war nicht zufällig geschehn.

Die Frau vom Hause, meine kluge, muntere Freundin, die es gut mit mir meinte, hatte mich mit meiner Zurückgezogenheit von heiterer Geselligkeit geneckt und gescholten, daß ich in meinen noch jungen Jahren mich zum Menschenfeind und Weiberhasser ausbilden wolle. Das sei so wenig der Fall, hatte ich lachend erwidert daß ich vielmehr im besten Zuge sei, mich richtig zu verlieben, nur sei der »Gegenstand« leider unnahbar und die Sache hoffnungslos. Als ich dann aber das gefährliche Fräulein näher beschrieb, wurde sie erkannt, und es kam heraus, daß ihre Familie mit der Hornsteinschen in einer Sommerfrische am Starnberger See gute Nachbarschaft gehalten hatte. Von der jüngeren Tochter, der »Meinen«, wußte Frau Lotte von Hornstein nicht genug Liebes und Gutes zu rühmen und schloß endlich damit, daß sie mich mit ihr einladen würde. Sie sehe nicht ein, warum sie sich nicht einen Kuppelpelz an mir verdienen sollte.

Als ich an dem festgesetzten Tage zu der Gesellschaft hinunterging, war mir so beklommen zumute, wie einem Schüler vor dem Examen. Ich konnte auch zuerst eine Befangenheit nicht überwinden, während ich der Erwarteten vorgestellt wurde, die mir in solcher Nähe noch reizender erschien. Auch in diesem Kreise fiel sie durch die einfache Vornehmheit ihrer Haltung auf, und die Art, wie sie die Huldigung der jungen Leute unbefangen entgegennahm mit einer bescheidenen Sicherheit des Taktes, ließ nicht erkennen, daß sie ihr siebzehntes Jahr noch nicht vollendet hatte.

Bei Tische saß ich ein paar Stunden neben ihr, in ernsthaften Gesprächen, die für ihre Jugend kaum anziehend sein konnten, auf die sie aber mit feinen, klugen Antworten einging, manchmal erst sich besinnend, so daß ich keine einzige banale Äußerung hörte, sondern nur ihre eigenen Empfindungen und Meinungen. Die Hausfrau, die uns mit stillem Triumph beobachtete, nickte mir ein paarmal verstohlen zu, die jüngeren Freunde, Wilbrandt und mein Schwager Hans Kugler, beklagten sich nachher, daß ich die schöne Jugend so ganz für mich in Beschlag genommen hätte. Sie ahnten nicht, wie ernst es mir damit war, dies auch fernerhin zu tun.

Denn als ich nach einer sehr ruhelosen Nacht, in welcher jener »«, den ich erhalten, in meiner Seele nachgezittert hatte, zu den Meinigen kam, erklärte ich ihnen, daß ich fest entschlossen sei, um die Hand dieses Mädchens zu werben, und es nicht leicht verwinden würde, wenn ihr Herz nicht mehr frei sein sollte oder ein anderes unübersteigliches Hindernis meinem Wunsch im Wege stünde.

Nur eine einzige Woche verging, eine Bedenkzeit, in der ich es gänzlich unterließ, mich zu »bedenken«. Nur noch zweimal hatte ich Gelegenheit, mich in der Überzeugung, daß mir hier ein wundersames Glück winke, zu bestärken, dann brachte ich es zur Entscheidung, mit so unbedenklichem Ungestüm, wie man ihn kaum einem jungen Hitzkopf, geschweige denn einem lebenserfahrenen Familienvater zugute halten konnte. Gerade an meinem siebenunddreißigsten Geburtstag empfing ich von den schüchternen Lippen des geliebten Mädchens die Versicherung, daß ihr Herz noch für keinen ihrer jungen Verehrer gesprochen hatte, und daß sie es mit mir wagen wolle.

Wie groß dieses Wagnis, war ihr zu meinem Glücke nicht zum Bewußtsein gekommen.

Nicht der Altersunterschied war es, der sie am meisten hätte bedenklich machen können. Die Kluft der zwanzig Jahre, die zwischen uns lagen, wurde zur Not überbrückt durch die ernste Jugend, die sie im Elternhause an der Seite einer in langem Siechtum hinschwindenden älteren Schwester verlebt hatte, durch den Schmerz, auch ihre andere Schwester von dem schweren Schicksal heimgesucht zu sehen, daß ihr geistvoller, lebensfrischer Mann durch einen Schlaganfall mitten in seinem Beruf gelähmt worden war, so daß der Ernst des Lebens sie früh angerührt und über ihre Jahre gereift hatte. Andrerseits hatte ich mir, trotz alles Traurigen, was ich erlebt, die volle Frische der Empfindung bewahrt und mit ihr alles, was »von jener Jugend, die uns nie entfliegt«, mir zuteil geworden war.

Schwerer fiel ins Gewicht, daß ich meiner neuen Lebensgefährtin zumuten mußte, mit ihren siebzehn Jahren, die noch ein volles Anrecht auf jugendliche Freuden hatten, die mütterliche Sorge und Verantwortung für vier Kinder zu übernehmen, von denen der älteste Knabe schon im zwölften Jahre stand, das jüngste Mädchen erst sechs Jahr alt war. Dazu sollte sie in einen großen, festgeschlossenen Freundeskreis eintreten, der meiner ersten Frau ein zärtliches Andenken bewahrte und ihrer Nachfolgerin nicht sogleich mit offenen Armen und Herzen entgegenzukommen fast für eine Pflicht der Pietät hielt.

Auch das trug dazu bei, ihre Aufgabe zu erschweren, daß sie in ihrem Elternhause zwar eine geistige Luft geatmet hatte, wie man sie in den meisten anderen Münchener Bürgerhäusern vermißte, doch nicht unter so vorwiegend literarischen und künstlerischen Einflüssen aufgewachsen war, wie sie in meinem Kreise gepflegt wurden. Der Vater, J. B. Schubart, war ein trefflicher Mann, der die allgemeinste Achtung genoß. Er stammte von väterlicher Seite aus Schwaben und war in einem nicht ganz aufgeklärten Grade mit dem Dichter der »Fürstengruft« verwandt. Ihn selbst hatte sein Vater, der erst nach Bayern eingewandert war, zum Kaufmann bestimmt, wozu ihm jede Neigung und Anlage fehlte. Denn sein Geschäftssinn war so wenig entwickelt, daß er selbst die erlaubtesten Mittel, sich in die Höhe zu bringen, verschmähte, etwa auf einen vorteilhaften Kauf von Häusern und Grundstücken, der ihm angeboten wurde, verzichtete, wenn er nicht imstande war, gleich die ganze Kaufsumme bar auf den Tisch zu zählen. So begnügte er sich in seiner Tuchhandlung mit einem bescheidenen Wohlstande, ließ es in der Erziehung seiner Kinder an nichts fehlen und blieb, obwohl er in seiner Abendgesellschaft mehr mit Männern höherer Kreise verkehrte, dennoch mit schlichtem Bürgerstolz seinen Altmünchener Gewohnheiten treu.

Der Mittelpunkt des Hauses aber war die Mutter, die mit ihrer geistigen Regsamkeit und einem liebenswürdigen Humor eine ganze Anzahl bedeutender Männer an ihr trauliches Haus zu fesseln gewußt hatte. Ich nenne hier nur den geistvollen Historiker Dr. Thomas, den später an der Leipziger Universität glänzenden berühmten Anatomen Thiersch, den Anatomen Rüdinger, ferner Adam v. Doß, Schopenhauers frühesten und eifrigsten Schüler, vor allen den eigenen Schwiegersohn, Dr. Herrmann, der als glänzender Anwalt und freisinniger Politiker in großem Ansehn stand, bis ihn sein grausames Los durch siebzehn traurige Jahre zu einem bitter empfundenen halben Vegetieren verdammte – alle diese Männer waren in dem einfachen Wohnzimmer der Mama Schubart häufige Gäste gewesen und hatten dafür gesorgt, daß die Kinder ein Bedürfnis nach höherer Bildung erhielten, als selbst das damals in hohem Ansehen stehende Aschersche Institut ihnen gewähren konnte. Ein Oheim war Mitglied des obersten Gerichtshofs, der einzige Sohn, später Ministerialrat im Finanzministerium, brachte seine Universitätsfreunde ins Haus. Auch die Poesie kam einigermaßen zu ihrem Recht, denn mit klassischen Dichtungen hatte der Schwiegersohn früh auch die jüngeren Töchter bekannt gemacht, da er es liebte, Shakespeare und Goethe vorzulesen. Die Mutter, stets eine eifrige Leserin, kannte manches von meinen Sachen und hatte, da sie sehr vorurteilslos war, auch die Lektüre der Töchter nicht streng überwacht, so daß die jüngste sich an Jean Paul abgemüht und sogar sich verpflichtet gefühlt hatte, mit ihren sechzehn Jahren sich durch die Ritter vom Geist durchzuarbeiten. Von meinen Büchern aber hatte sie noch kaum eins gelesen und nicht ein einziges meiner Dramen aufführen sehn.

Wenn sie sich entschloß, mein Leben zu teilen, so hatte Verehrung für den Poeten den geringsten Anteil daran.

Die guten Freunde und zumal die älteren Freundinnen, die damals über meinen tollkühnen Streich die Köpfe schüttelten und einen üblen Ausgang weissagten, waren nicht ganz und gar zu tadeln. Jedenfalls, wenn ihre Prophezeiung nicht in Erfüllung ging, mußte ich gestehen, daß ich mehr Glück als Verstand gehabt hatte. Ein wenig zwar war mir mein langes Studium der Frauenseele zustatten gekommen, so daß ich nicht ganz wie ein leidenschaftlicher Hans der Träumer nach dieser goldenen Frucht am Baume meines Lebens gegriffen, sondern die Schrift sorgsam entziffert hatte, die sich in den Zügen dieses »lieblich-ernsten« Gesichts und in dem Blick der schwarzen Augen mir darbot. Doch wie vieles gehört zu einem ruhigen, harmonischen Eheglück, was selbst dem zeichenkundigsten Auge sich nicht sogleich enthüllt, sondern erst in längerem Zusammenleben zutage tritt, und in meinem Falle das Wichtigste: die leise, sichere Hand, mit der die Erziehung junger Kinder geleitet sein will. Daß ich von alledem in meiner Erkorenen nichts vermissen sollte, war von keinem noch so geübten psychologischen Scharfblick vorauszusehn gewesen.

Dazu noch eins, was ich bisher als eine Grundbedingung eines glücklichen Lebens, zumal eines auf das Haus angewiesenen Künstlerlebens betrachtet hatte: die reine Luft im Hause, die durch keinen Mißklang mit der nächsten Umgebung getrübt wird. Daß mir dies zum zweitenmal zuteil werden sollte trotz der mancherlei Vorurteile der süddeutschen Gesellschaft gegen die norddeutsche und umgekehrt, war kaum zu erwarten. Und doch habe ich mich von Anfang an mit meiner neuen Familie im herzlichsten Einklang gefühlt. Das Glück, eine leibliche Schwester zu besitzen, hatte ich stets entbehren müssen, und in meinem siebzehnten Jahre einen Ersatz gesucht, indem ich eine Nichte Frau Klara Kuglers, Felicie Meyer, zu meiner Adoptivschwester erkor. Sie war acht Jahre jünger als ich, in Mexiko geboren, von wo sie als Erbteil ihrer kreolischen Mutter eine fremdartige Anmut, die schlanke Geschmeidigkeit einer Antilope und den spanischen Spitznamen Chata (Stumpfnäschen) mitgebracht hatte. Auch als sie später Otto Gildemeisters Frau wurde, bewahrten wir einander die geschwisterliche Anhänglichkeit aus der Jugendzeit. Aber ihr Wohnort Bremen war von dem meinen so weit entfernt, daß ich meiner Wahlbruderschaft nur selten froh werden konnte. Nun sollte ich in meiner Schwägerin *Emma Herrmann* eine Freundin finden, die mir so nahe stand, als ob mich mit dieser »schwesterlichsten der Seelen« die engste Blutsverwandtschaft verbunden hätte, und die mir nur allzu früh, im Jahre 1904, durch den Tod entrissen wurde!

Welch hohes und reines Glück ich aber in einer nun fünfundvierzigjährigen Ehe genossen habe, davon mehr zu sagen will ich unterlassen, da von den zartesten und intimsten Erlebnissen niemand gern in Prosa beichtet, diejenigen aber, die an meinem Leben Anteil nehmen, hinlängliche Zeugnisse dafür in meinen Gedichten finden.

Nur eines sei noch erwähnt, was zu allen seelischen und Charaktereigenschaften meiner Lebensgefährtin noch hinzukommen mußte, um mir volle Befriedigung zu gewähren: ein inniges Einverständnis in allen künstlerischen Dingen. So viel geistige Anregung das heranwachsende Kind im Elternhause empfangen hatte, zum Genuß und Verständnis der bildenden Künste hatte ihr, wie so vielen jungen Mädchen in der Kunststadt München, jede Anleitung gefehlt. So war ich freudig überrascht, als ich auf der Hochzeitsreise über Mailand nach Florenz meine junge Frau durch Kirchen und Galerien führte und sah, mit wie angeborenem feinem und sicherem Gefühl sie das Große und Echte von allem Manierierten und Naturlosen unterschied und für die Entwicklung vom Einfachsten zum Höchsten lebhaftes Interesse und eine rasche Ausfassung hatte. Auch für Musik besaß sie eine natürliche Begabung und nur eine Grille ihres Vaters hatte sie an der Ausbildung dieser Anlage gehindert. In betreff ihres literarischen Verständnisses aber war es mir eine besondere Genugtuung, daß sie auch meinem eigenen Schaffen gegenüber sich in ihrem unbefangenen natürlichen Sinn nicht beirren ließ, auch wenn ihre Empfindung einmal von der meinigen abwich, da nichts mir peinlicher gewesen wäre, als eine blind bewundernde erste Leserin an meiner Seite zu haben.

In diesem seltenen Glück, das mir von den ewigen Mächten beschieden war, hat es nun aber auch an herben Prüfungen nicht gefehlt, die freilich das Band, das uns vereinigte, nur fester knüpften.

Im Juli 1869 starb unser jüngstes Kind, Marianne, erst anderthalb Jahr alt, da es eben anfing, durch das Aufwachen seiner kleinen Seele uns tausend Freuden zu machen. Im April 1871 raffte ein jäher Genickkrampf binnen zehn Stunden den zweiten meiner Söhne, meinen Ernst, in seinem zwölften Jahre hin, einen ungewöhnlich begabten Knaben, der in der Schule mühelos stets den ersten Platz behauptete und sich mit einer eigentümlich stolzen Verschämtheit immer nur zögernd entschloß, seine glänzenden Zensuren uns sehen zu lassen. Wie große Hoffnungen hatte ich auf diesen Knaben gesetzt und nur bedauert, daß es schwer war, in sein spröde verschlossenes inneres Leben einzudringen. Um Mitternacht hatte ich ihm die großen Augen zugedrückt, aus denen schon Stunden zuvor das Licht des Bewußtseins geschwunden war. Eine Stunde darauf empfing ich einen neugeborenen Sprößling meiner zweiten Ehe in meinen Armen, in einem so qualvollen Widerstreit der Empfindungen, wie wohl wenigen Menschen zu erleben verhängt worden ist.

Ein Blatt aus jener Zeit, das ich nie den Mut hatte meinen dichterischen »Totenklagen« einzureihen, da es ohne nähere Erklärung als ein unverständlicher, seltsamer Empörungsschrei gegen einen unerforschlichen Willen verletzt haben würde, möge hier seine Stelle finden. Ans der inneren Zerstörung, von der es Zeugnis gibt, habe ich mich dann nur durch die Arbeit an meinen »Kindern der Welt« herausgerettet.

Der Promethide

Eine Nacht war,
Ihr schadenfrohen,
Neidischen Schicksalsgewalten,
Da ihr aus Fiebergluten
Glühender Angst
Mich überstürztet mit Eisesschauern
Bitterster Tränen
Und wieder lodern ließet
Flammen der Freude,
Mich zu durchglühen mit neuem Fieber,
Freude vergiftend mit Schmerz,
Des Schmerzes heiliges Recht
Fälschend, ach, durch den ersten Schrei
Eines neugeborenen Lebens,
Bis dann die Welle des Seins
Halbverschüttet dahinfloß,
Wie ein schmutziger Gletscherbach,
Der das Licht des Tages
Einsaugt in schwärzlichen Wirbeln,
Und dessen Flut nichts Erfreuliches,
Sonnegewohntes, nicht Tier noch Blume
Nährt und tränkt.
Habt ihr wollen zu Stahl mich härten
Durch grausam jähen Wechsel?
Diese Brust zum Wohnsitz machen
Einer ewig unanfechtbaren
Stählernen Seele,

Vielleicht zum Schlupfort
Unmenschlicher Weisheit,
Euer würdig?
Aber es spottet
Mein wundgequältes Herz
All eurer Listen.

Nie sich schmieden lassen
Zu knechtisch herrischer Härte
Wird dies freigeborne,
Dies Menschenherz!
Euren erhabenen Gleichmut,
Wie er ewig seligen
Gewaltherrn ziemt,
Nie tauscht' ich ihn ein
Gegen das zuckende
Jammergefühl,
Eigene Schmerzen
Und meiner Brüder
Zu verstehn, zu betrauern.
Denn nur die ächzende
Pfeilwunde Seele
Kann jenen Klang der Todesgeschosse
Mit brennendem Hohn und Trotz erwidern,
Die der unglückseligsten Mutter
Wehrlos zitternde Brut hinstreckten,
Ein Fest rachsüchtigen Göttern.

Aber versteinern wie Niobe
Ist nur ein feiger
Weibischer Trost,
Da der tränenquellende
Verwaiste Felsen
Duldend verstummt;
Ist neue Schmach,
Von unentrinnbarer Übermacht
Angetan einem Sklavengeschlecht,
Wenn sie in feuchtes Gestein verwandelt
Arme Sterbliche,

Die sie schlug.

*

Auch unser letztgeborenes Kind, das in jener Nacht zur Welt kam, haben wir wieder hingeben müssen, nach sieben Jahren, in denen wir die Entfaltung dieser seltenen Menschenblüte mit zagender Freude miterlebt hatten, da die frühgereifte junge Seele in einer allzu zarten Hülle wohnte. Auch diesmal nahm ich meine Zuflucht zu der alten Trösterin, der Muse. Aber während ihre Nähe nach dem Tode der beiden andern Kinder den Schmerz gelindert und endlich gestillt hatte, hier versagte ihre Kraft. Die »Verse aus Italien«, die um diesen unsern Liebling klagen, geben Zeugnis dafür, daß die Wunde nicht vernarben wollte.

8. Mutter und Sohn.

Doch ehe dieser härteste Schlag uns traf, hatten wir noch den Verlust zweier anderer teurer Menschen zu beklagen, unter den erschütterndsten Umständen.

Meine Schwiegermutter Kugler hatte nach meiner Wiedervermählung sich nur schwer darein gefunden, ihre Enkelkinder einer neuen Mutter anzuvertrauen. Um ihnen möglichst nahe zu bleiben, hatte sie mit ihrem Sohn Hans und Wilbrandt eine Wohnung im Erdgeschoß desselben Hauses bezogen, dessen oberen Stock wir bisher zusammen bewohnt hatten. Erst nach und nach gewann sie es über sich, ihre schmerzliche Empfindung zu überwinden und den seltenen Eigenschaften der jungen Frau Gerechtigkeit widerfahren zu lassen, während Hans von Anfang an aufs wärmste ihren Ritter gemacht und auch die Gegnerschaft der älteren Freundinnen sich mit der Zeit in ein freundliches Geltenlassen verwandelte, das dann zu wärmster Freundschaft werden sollte.

So blieb es auch, als Wilbrandt nach Wien übersiedelte, ich mit den Meinigen das Haus bezog, das ich hinter dem Propyläenwäldchen mir erworben, und Frau Klara mit Hans in einer nahegelegenen Straße eine eigene kleine Wohnung gefunden hatte. Wir sahen uns fast täglich hüben oder drüben, die Kinder wurden der Großmama nicht entfremdet und alles, was der Tag brachte, so treulich geteilt, als ob wir noch unter einem Dache lebten.

Nur das immer unaufhaltsamer zunehmende Leiden unseres Hans - eine Darmverengerung, ähnlich der, die auch Geibels Leben zerrüttete - trübte die Freude unserer herzlichen Gemeinschaft. Schon bei dem Knaben hatte sich das Unheil bedrohlich angekündigt und ihm einen regelmäßigen Schulbesuch unmöglich gemacht. Als er dann in den Jünglingsjahren erkannte, daß er zum Maler berufen sei, schien sich ihm noch eine heitere, fruchtbare Zukunft aufzutun. Er konnte mit lieben Freunden eine anregende Wanderzeit in Italien genießen und bei seinem hochverehrten Meister Böcklin sich in die Lehre geben. Auch nach der Rückkehr arbeitete er, wenn auch häufig durch heftigere Anfälle unterbrochen, rüstig fort und brachte einige anziehende Landschaftsbilder zustande, die ihm das Recht, sich der Kunst zu widmen, verbürgen konnten.

Die arbeitsfähigen Zeiten aber wurden immer kürzer, das Ringen mit dem grausamen Geschick, das seine Jugendkraft aufrieb, immer hoffnungsloser. Zuletzt konnte er nicht mehr daran denken, in sein Atelier zu gehen. Er lag, wenn die Schmerzen nachließen, auf seinem Ruhebett, eine Mappe auf den Knieen, deren Blätter er mit grotesken Federzeichnungen voll heroischen Galgenhumors füllte. Oder er saß am Schreibtisch mit einer leichten Schreiberei beschäftigt. So unter anderem entstand die Übersetzung der italienischen Novelle, die ich in den Novellenschatz aufnahm, und auch an einer eigenen, freilich höchst persönlich gefärbten Novelle versuchte er sich. (Freund Wilbrandt hat sie später herausgegeben und mit einer warmempfundenen Charakteristik des Verfassers eingeleitet.)

Denn neben seiner zarten, fast weiblichen Liebenswürdigkeit war ein starker, fester Wille in ihm lebendig, ein trotziger Mut, »sich nicht unterkriegen zu lassen«, vor allem auch um der Mutter willen, der er nach Möglichkeit seine Qualen verbarg und stets ein heiteres Gesicht zu zeigen suchte.

Er täuschte das hellsichtige Mutterauge freilich nur auf Augenblicke. Wie sehr die alternde Frau unter dem Schicksal ihres Schmerzenskindes litt, wußten wir nur zu gut. Sie fühlte sich nach dem schönen, reichen Leben, das hinter ihr lag, traurig verarmt, ihr älterer Sohn wurde durch seine Tübinger Professur ihr ferngehalten, ihre Tochter ruhte in ihrem einsamen Grabe jenseits der Alpen, die Lebensaufgabe, die sie in der Pflicht, ihre Enkel zu behüten, noch gefunden hatte, war ihr abgenommen worden, und sie selbst hatte ein schweres körperliches Leiden nur durch eine gefährliche Operation überwunden – was sie noch am Leben hielt, war die Sorge um und für diesen jüngsten, selbst dem Tode geweihten Sohn, mit dem sie ein so wundersames Band vereinigte, wie zwei Menschen, die sich aus einem Schiffbruch nur gerettet haben, um in einem schwachen Boot ohne Hoffnung auf Rettung miteinander hinzutreiben.

Doch gerade weil der Sohn die Mutter so zärtlich liebte, konnte er den Gedanken endlich nicht mehr ertragen, durch den Anblick seiner Leiden ihr Schmerzen zu bereiten, die durch alle innigen Freuden des Zusammengehörens in den lichteren Intervallen nicht vergütet wurden. Und da er in seiner ritterlichen Seele die Kraft fand, wie er wähnte zu ihrem Besten, auf den Rest seines elenden

Daseins zu verzichten, wollte er ihr auch den Schmerz des Abschieds ersparen.

Eines Morgens wurden wir durch die Botschaft erschreckt, mein armer Schwager habe in der Nacht eine so große Dosis Morphium genommen, daß er jetzt in den letzten Zügen liege.

Hinübergestürzt fanden wir ihn angekleidet auf seinem Bette ausgestreckt, nur ein schwacher Hauch bewegte noch seine Brust, der eilig gerufene Arzt, der ihn sehr lieb gewonnen hatte, ging widerstrebend daran, noch einen Versuch zu machen, das entfliehende Leben festzuhalten, da er selbst dem Unglücklichen die Erlösung von seinen Qualen gewünscht hätte. Als er seine traurige Pflicht getan, entfernte er sich, der Mutter die Hand drückend mit dem Trost, den er nicht zurückhalten konnte, er werde wohl zu spät gekommen sein.

Während dieser ganzen Zeit hatte die ärmste Frau tränenlos mit erloschenen Zügen des einst so schönen Gesichts am Bette gesessen, wir an ihrer Seite. Keins hatte das Schweigen gebrochen; wir starrten in widerstreitenden Gefühlen in das regungslose bleiche Antlitz unseres sterbenden Geliebten. Die Mutter stand endlich auf und ging in ihr Schlafzimmer. Wir waren zurückgeblieben, in dumpfer Beklommenheit, wohl eine halbe Stunde lang. Da schreckten uns schauerliche Töne auf, die aus dem Schlafzimmer zu uns drangen. Als wir in banger Ahnung die Türe öffneten und bei der Mutter eintraten, sahen wir auch sie auf ihrem Bette ruhen mit geschlossenen Augen regungslos, nur ihre Brust arbeitete laut, und das leere Fläschchen auf ihrem Nachttisch sagte uns, was hier geschehen war.

Der eilig von der Straße heraufgeholte erste beste Arzt erklärte, daß hier das Gift, an das ihre Natur nicht wie die des Sohnes durch langen Gebrauch gewöhnt war, noch rascher und sicherer sein Werk getan habe und ein Rettungsversuch, den er gleichwohl anstellte, aussichtslos sei.

Noch aber sollten die Schrecken dieser Stunden überboten werden.

Gegen Mittag, als die Mutter ausgeatmet hatte, hörten wir aus dem Sterbezimmer des Sohnes schwache, seufzende Laute, die uns das Entsetzliche sagten, daß in dem Totgeglaubten ein leiser Lebensfunke wieder aufglomm.

Der Schrecken sträubte uns das Haar. Wie sollte es werden, wenn der Sohn wieder zu vollem Bewußtsein kam und nun erfuhr, daß die Mutter es nicht übers Herz gebracht hatte, sein freiwilliges Scheiden zu überleben!

Wir entschlossen uns, eh er völlig wieder aufwachte, ihn ins Krankenhaus bringen zu lassen. Hier kam er noch an demselben Abend wieder zu sich, und sein stiller, tiefsinniger Blick sagte mir, daß er den Grund seiner Übersiedelung in diesen fremden Raum durchschaue. Ich hatte ihn glauben machen wollen, die Mutter sei durch den jähen Schreck selbst schwer erkrankt, und der Arzt habe die strengste Ruhe um sie her angeordnet, was nicht zu erreichen sei, wenn in der engen Wohnung zwei Kranke gepflegt werden müßten. Eine Gefahr für ihr Leben sei zum Glück nicht vorhanden.

Er lächelte trübsinnig und erwiderte kein Wort. In der Nacht darauf machte er einen neuen Versuch, sein Leben zu enden, indem er sich mit seinem Taschentuch an die Messingröhre der Gasleitung aufhing. Er wurde dabei von der Pflegerin gestört; doch seine Todesbegier trieb ihn gleich am anderen Morgen, durch einen Sturz aus dem Fenster zu seinem Ziel zu kommen. Als auch das vereitelt wurde, drang er stürmisch in uns, ihn in die Wohnung zurückbringen zu lassen. Er hatte nun erfahren, daß er seine Mutter dort nicht mehr finden würde, und es war unmöglich, seiner verzweifelten Bitte zu widerstehen, obwohl wir wußten, daß er aus dem Krankenhause nur fortverlangte, um sich der strengen Bewachung zu entziehen.

Er lebte dann noch einige Tage. Wenn ihn an den Abenden dank einer starken Morphiuminjektion seine Schmerzen auf ein paar Stunden verließen, war er glücklich, seine Nächsten bei sich zu sehen, mich und Wilbrandt, der von Wien herbeigeeilt war, und seinen Meister Böcklin, der ihm bis zuletzt beistand. Er plauderte dann mit einer phantastisch schwärmenden Heiterkeit wie in einem glücklichen Rausch der Seele, die schon jenseits der Welt über allem Erdenleid erhaben schwebte, aß auch ein paar Bissen und nippte am Weinglase, doch halb widerwillig, wie wenn er den Gedanken nicht ertragen könne, noch für die Fristung seines unseligen Lebens zu sorgen, nachdem er seine angebetete Mutter selbst in den Tod getrieben. So nahmen wir jeden Abend von ihm Abschied, wie von einem zum Tode Verurteilten, der den nächsten Morgen nicht mehr sehen werde, und erwachten nicht mit der Furcht, sondern mit dem bangen Wunsch, es möchte seine letzte Nacht gewesen sein.

Erst am dritten Morgen, nachdem er noch zwei mißglückte Versuche gemacht hatte, fanden wir hinter der verschlossenen Tür seines Zimmers, die wir aufbrechen lassen mußten, den schon erkalteten Leib unseres armen Dulders, auf seinem Gesicht den Frieden, den er sich mit so heldenmütiger Ausdauer erkämpft hatte.

9. Drei Freunde.

(Hermann Kurz, Ludwig Laistner, Ernst Wichert.)

So tief und lange die Erschütterung durch dies Trauerspiel in uns nachklang, so war darin doch etwas von jenem »Schauder«, der »der Menschheit bestes Teil« ist, von der Erhebung, die wir erfahren, wenn uns ein tragisches Dichterwerk zu Zeugen der Seelengröße macht, mit der tapfere, hochherzige Menschen ein vernichtendes Schicksal auf sich nehmen. Diesen teuren Dahingeschiedenen, die vom Leben nichts Freundliches mehr zu erwarten hatten, mußten wir es gönnen, daß sie, nun auch im Tode vereinigt, von allen Nöten und Bitternissen ihres Daseins in einem Grabe ausruhten.

Schwerer zu verwinden war nächst dem frühen Tode der Kinder, mit denen so viele Hoffnungen begraben worden waren, der Verlust von Freunden, die eine gute Strecke mit mir zusammen gewandert waren und lange vor mir an ihr Ziel kommen sollten.

Von meinen Knabenjahren an war das Freundschaftsbedürfnis in mir besonders lebhaft gewesen, und da ich mir auch das *Talent* zur Freundschaft nachsagen konnte, hat es mir auf jeder Altersstufe und in allen wechselnden Lebenslagen an treuen Gefährten nicht gefehlt, unter denen ich lange Zeit stets der jüngste war, da ich mich gern an Gereiftere anschloß, bis ich eines Tages fand, daß ich, ohne es zu merken, zum Senior hinaufgerückt war.

So genoß ich das Glück, daß ich mein ganzes Leben hindurch warmherzige, an Geist und Charakter hervorragende Menschen fand, die mir herzlich zugetan wurden. Da sie den verschiedensten Berufskreisen angehörten, als Historiker, Philosophen, Philologen, Naturforscher, Literarhistoriker, Politiker an allen Fortschritten unserer geistigen Kultur Anteil hatten, war der vertraute Umgang mit ihnen auch dadurch fruchtbar, daß der Horizont meiner Bildungsinteressen sich nicht mit den Jahren einengte und auf das Künstlerische beschränkte, sondern allen Menschheitsfragen offen blieb. Und wenn ich den Schmerz hatte, viele von ihnen zu überleben, so fanden sich immer wieder Jüngere zu mir, die des besten Willens waren, in die Lücken einzutreten.

So, als ich durch den Tod meines Freundes *Hermann Kurz* einen der schwersten Verluste erlitt, die ich je zu beklagen hatte.

Was ich an diesem seltenen Menschen besaß, wie eng verbunden wir zehn Jahre miteinander gelebt hatten, so innig verbrüdert, wie ich mich nur mit meinem Jugendfreunde Otto Ribbeck fühlte, habe ich in der biographischen Einleitung zu seinen gesammelten Schriften erzählt, die ich nach seinem Tode (1873) herausgab. Das Gefühl der Beraubung durch den frühen Tod des Freundes, der es nur zu sechzig Jahren gebracht, wurde nur dadurch gemildert, daß ein jüngerer Freund, mit dem ich schon bei Lebzeiten von Kurz vieles geteilt hatte, nun noch herzlicher mir nahe trat, *Ludwig Laistner*, auch ein Schwab und Stiftler wie Kurz, von ähnlicher dichterischer Begabung, aber mit breiteren wissenschaftlichen Interessen, und zwar auf den verschiedensten Gebieten.

Er war, nachdem er aus innerem Widerstreit gegen den dogmatischen Zwang sein Vikariat in Württemberg aufgegeben hatte, nach München gekommen, wo er als Erzieher im Hause eines reichen Fabrikanten eine Stellung fand, die ihm Muße genug ließ, seinen Studien zu leben. Mir hatte er sich zunächst als angehender Poet genähert und mir ein Heft Gedichte gebracht, die ich so talentvoll fand, daß ich einige von ihnen in das »Neue Münchener Dichterbuch« aufnahm. Auch eine kleine epische Dichtung war darunter, bei der ihm Wilhelm Hertz mit seinen Erzählungen aus dem mittelalterlichen Sagenkreise als Muster vorgeleuchtet hatte, und im Laufe der Zeit kamen noch Prosanovellen von sehr charakteristischem Reiz hinzu, unter dem Titel »Geschichten aus alter Zeit« bei W. Hertz in Berlin erschienen.

Doch war in dieser ungewöhnlich reich und mannigfach begabten Natur das poetische Talent nur ein Nebentrieb, oder vielmehr der befruchtende Grund und Boden, aus dem seine wissenschaftlichen Arbeiten ihre sinnliche Kraft und formale Frische sogen. Er debutierte in München mit einer rechtsphilosophischen Abhandlung »Das Recht in der Strafe«, von der Holtzendorff erklärte, daß er auf diese Arbeit hin dem Verfasser sofort die venia legendi in der juristischen Fakultät erteilen würde. Alsbald aber wandte er sich der Sagenforschung zu, und es schien, als ob er durch sein Buch über »Nebelsagen« ein für allemal den Platz bezeichnen wollte, den er einzunehmen gedenke. Doch die nächsten Jahre wurden literarhistorischen Problemen gewidmet, unter denen die Untersuchungen über Ruodlieb und die Münchener Nibelungenhandschrift als die wichtigsten genannt sein mögen. Nach diesem Seitensprung kehrte er dann wieder zur Mythologie zurück, und seltsam genug verband er mit seiner reichen Phantasie eine bohrende Spürkraft, die ihm auf dem zähen, steinigen und dornenvollen Felde der Sagenforschung zu den merkwürdigsten Funden verhalf, mit Hilfe eines umfassenden Studiums aller Ergebnisse der modernen Linguistik. Äußere Verhältnisse und dann sein Tod in der vollsten Manneskraft ließen ihn das mächtige Werk, in welchem er die Früchte seiner jahrelangen Untersuchungen niederlegte, nicht vollenden. Von seinem »Rätsel der Sphinx«, dessen Lösung viel umstritten, doch selbst von den Gegnern als eine hochbedeutende Leistung anerkannt wurde, sind nur die beiden ersten Bände erschienen.

An diesen seinen weitausgreifenden Studien konnte ich nur teilnehmen, soweit meine sehr fragmentarische Vorbildung reichte. Aber eine gemeinsame Arbeit, die Fortsetzung des »deutschen Novellenschatzes«, den der Tod meines früheren Mitherausgebers Kurz ins Stocken gebracht hatte, führte uns fast täglich zusammen. zugleich bewährte er die kritische Schärfe seines Blicks nicht nur bei der Auswahl und Einleitung dieser fremden Arbeiten, sondern auch meinen eigenen Dichtungen gegenüber, von denen nicht eine einzige in die Öffentlichkeit trat, ohne daß ich sie ihm vorgelegt hätte. Nur im Dramatischen fehlte es ihm an Bühnenerfahrung und Kenntnis der technischen Bedingungen. In allen übrigen verließ ich mich so getrost auf die Klarheit und Unbestechlichkeit seines Urteils, daß ich einmal ein großes Manuskript (den »Roman der Stiftsdame«), ohne es auch nur noch einmal flüchtig durchzulesen, in die Druckerei schickte, nachdem mein erstes Publikum, meine Frau und Freund Laistner, ihr Placet dazu ausgesprochen hatten.

Auch als er von München nach Stuttgart übergesiedelt war und dort als literarischer Beirat der großen Cottaschen Verlagsbuchhandlung leider nur wenig Zeit für seine wissenschaftlichen Aufgaben übrig hatte, wanderten all meine Manuskripte zu ihm, eh ich sie in die Druckerei schickte. Er war mein zweites dichterisches Gewissen geworden, mit dem ich mich nur selten entzweite. Um den dritten Band meines »Merlin« zu schreiben, da in meinem Münchener

Hause allerlei Arbeiter mir die Ruhe störten, nahm ich mir ein Zimmer in einem kleinen Stuttgarter Gasthof und enthielt mich jedes anderen Umgangs, als mit dem einen Freunde. Er hatte spät eine Frau nach seinem Herzen gefunden, eine nicht mehr junge Braunschweigerin, die nach einer unglücklichen Ehe - ihr erster Gatte war im Irrenhause gestorben - ihm in München begegnet war. Ihre geistige Regsamkeit und reine Herzenswärme gewannen ihr seine Neigung, und da sie mit heiterer Entsagung sich in seine einsamen Lebensgewohnheiten fügte, dauerte das Glück dieser Ehe ungetrübt fort, auch nachdem sie in Stuttgart selbst den Verkehr mit ihren alten Münchener Freunden entbehren mußte.

Leider sollten die drei Wochen, in denen ich allabendlich nach einem heißen Arbeitstage mich im Gespräch mit diesen teuren Menschen erquickte, die letzte gute frohe Zeit sein, die dem Freunde beschieden war. Bald darauf trat ein Herzleiden, das ihm schon früher zu schaffen gemacht hatte, heftiger und bedrohlicher hervor, qualvolle Monate folgten, in denen die Frau ihm nicht von der Seite wich. Als sie ihm dann die Augen zugedrückt hatte, kam es wie eine geistige Blindheit über sie, die ihr das Licht des Tages nur durch einen dunklen Flor zu schauen vergönnte. Sie hatte, da auch die beiden Söhne aus ihrer ersten Ehe durch ihren Beruf ihr ferngehalten wurden, jedes Gefühl einer Lebensaufgabe und mehr und mehr jeden Lebenstrieb verloren, quälte sich mit sinnlosen Vorwürfen, daß sie dem geliebten Manne nicht genug Liebes erwiesen hätte, und ging, noch ehe das Trauerjahr verflossen war, still und ohne jeden Abschied mit freiem Entschlusse aus der Welt.

Noch eines dritten Freundes muß ich hier gedenken, mit dem ich über dreißig Jahre aufs innigste verbunden blieb: *Ernst Wicherts*.

Er war fast genau ein Jahr jünger als ich, am 11. März 1831 in dem preußisch-litauischen Städtchen Insterburg geboren, hatte dann bis 1859 bei seinen Eltern in Königsberg gelebt und sich der Juristerei gewidmet, verschiedene Ämter in verschiedenen Städten Ostpreußens bekleidet und wurde endlich im Jahre 1888 als Kammergerichtsrat nach Berlin versetzt. Doch neben seiner juristischen Tätigkeit, mit der er es sehr ernst nahm, hatte er sich schon früh im Drama versucht, zunächst in historischen Stoffen (sein erstes Stück »Unser General York«, 1858, dann der »Withing von Samland«, zuletzt »Aus eigenem Recht«, womit er in Berlin einen großen Erfolg errang), dann in Lustspielen, von denen der »Narr des Glücks«, »Biegen oder brechen«, »Ein Schritt vom Wege« mit Glück über viele Bühnen gingen. Später wandte er sich dem historischen Roman zu, dessen Stoffe er aus seiner ostpreußischen Heimat nahm – große, trefflich komponierte und mit lebhafter Farbe dargestellte Geschichtsbilder, denen er kleinere novellistische Arbeiten folgen ließ unter dem Titel »Litauische Geschichten«, das für seine Anerkennung in breiten Schichten Entscheidendste, was wohl auch auf lange hinaus seinen Namen lebendig erhalten wird.

Seine dramatischen Erstlinge hatte er mir in den sechziger Jahren zugeschickt, eine nähere Anknüpfung ergab sich, da er eine meiner chinesischen Novellen in Versen, »Die Brüder«, zu einem Libretto für Richard Wüerst bearbeitete. Ein bald darauf folgendes persönliches Begegnen stiftete eine Freundschaft zwischen uns, die ohne jede Trübung in brüderlicher Wärme bis an seinen Tod Mitte Januar 1902 fortdauerte.

Die Geschichte der Literatur weist mehrfach Fälle auf, wo sich scharfer juristischer Verstand mit reicher dichterischer Phantasie verträglich zusammenfand und ein Justizrat und Poet dazu »morgens zum Bureau mit Akten, abends auf den Helikon« ging. Meistens aber wurde das richterliche Amt als eine Bürde empfunden, die der Poet aus äußeren Gründen durchs Leben mitschleppte und je früher je lieber abwarf. Wichert trug sie ohne Zwang bis ins höhere Alter, und daß er sich gewohnt hatte, in den Sitzungen des Kammergerichts auf einem ziemlich großen Blatte Landschaften zu zeichnen, die eine geübte Hand verrieten, schmälerte die Achtung, die er bei seinen Kollegen genoß, keineswegs, da er stets in seinem Votum bewies, wie dieses künstlerische Spiel seine Aufmerksamkeit von dem ernsten Gegenstande nicht abgelenkt hatte.

Je länger ich ihn kannte, je mehr lernte ich die tiefe Redlichkeit und allem Schein abgeneigte Güte seines Charakters schätzen, und je dankbarer empfand ich es, daß ich an diesem äußerlich schlichten und sogar etwas nüchternen Manne einen so warmen Freund gewonnen hatte. Was ich ihm an aufrichtigem Interesse für seine dichterischen Arbeiten entgegenbrachte, vergalt er mir reichlich durch ein kritisches Vertiefen in alles, was ich ihm von meinen Sachen, gewöhnlich vor dem Druck, zu lesen gab. In ausführlichen, oft acht, zehn Seiten langen Briefen ging er auf alles ein, mit seinem Verständnis dessen, was ich gewollt und erreicht - oder nicht erreicht hatte. Da er die Technik des Dramas und Romans vollkommen beherrschte, waren mir seine Äußerungen unschätzbar. Nur das Organ für Lyrik besaß er nicht. Hiefür ihn zu Rate zu ziehen, hätte ich auch selten Anlaß gehabt.

Auch meine anderen Freunde waren von mir verpflichtet worden, über alles Neue, was ich ihnen sandte, mir die ungeschminkte Wahrheit zu sagen. Doch wenige unter ihnen besaßen die kritische Fähigkeit meines teuren Wichert, noch weniger die Geduld, sich ausführlich über einzelnes auszusprechen. Ich wurde meist mit einer summarischen Empfangsanzeige abgefunden, der gegenüber mir das kritische Bemühen Wicherts von höchstem Werte war, dazu sein Bestreben, gelegentlich durch einen hilfreichen Vorschlag mir zu zeigen, daß noch ein Ausweg aus einer schwierigen Situation zu denken sei.

Dies führte mich allerdings dahin, daß ich mich mehr und mehr entwöhnte, auf die Kritik, wie sie in der Presse geübt wird, irgendein Gewicht zu legen, ja überhaupt von ihr Notiz zu nehmen.

Nachdem ich in den Anfängen meiner literarischen Laufbahn wie jeder junge Poet die kritischen Äußerungen in den Tagesblättern und größeren Zeitschriften respektvoll hingenommen und etwas daraus zu lernen gesucht hatte, wurde es mir bald klar, daß dies ein vergebliches Bemühen sei, da diese von oft sehr unberufener Seite gefällten Urteile einander vielfach widersprachen und ich klüger tat, mich auf mein eigenes redliches Gefühl und das meiner nächsten Freunde zu verlassen.

Närrische Tadler und Lober zu beiden Seiten, und darum
Hat mir der Himmel den Kopf zwischen die Ohren gesetzt.

(Mörike.)

Auch was die bedeutenderen, geistvolleren Rezensenten über andere dichterische Erscheinungen urteilten, bestärkte mich in meinem Zweifel am Wert der ästhetischen Kritik, wie sie bei uns gehandhabt wurde. Wie lange hatten sie gebraucht, um den von mir verehrten Mörike als einen echten Lyriker anzuerkennen und Gottfried Keller als den genialsten aller lebenden Novellisten! Wie lange – wenn ich von meiner eigenen Erfahrung reden darf – war die fable convenue nachgesprochen worden, daß ich nur ein Formtalent sei, selbst noch trotz des Erscheinens meines ersten Romans, der doch wieder als »Tendenzroman« galt –, so daß erst ein Fremder, der Däne Georg Brandes, kommen mußte, dies törichte Gerede zu widerlegen.

Jede größere künstlerische Aufgabe birgt schon im Stoff irgendein problematisches Element, das ihre ganz reine Lösung gefährdet. Mit redlicher Mühe sucht der Schaffende diese Unvollkommenheit soviel als möglich aufzuheben, wie ein Bildhauer, der einen Marmorblock mit einer schwarzen Ader zu bearbeiten hat, es sich angelegen sein läßt, die böse Stelle unschädlich zu machen und sie etwa in die Schattenpartie zu verlegen; der Kritiker entdeckt sie natürlich sogleich, schüttelt den Kopf über die Kurzsichtigkeit des Künstlers und erklärt dem Publikum, es sei da eine schwarze Ader, die das ganze Werk entstelle.

Manchmal auch ist es nur das Auge des Kritikers, in dem sich die schwarze Ader befindet.

10. Bühnenschriftsteller und Theater.

An dieser Stelle will ich auch in Kürze ein Unternehmen erwähnen, zu dem ich mich mit Freund Wichert verband, und das von unseren dramaturgischen Kollegen mit Hoffnungen begrüßt wurde, die leider nicht in Erfüllung gingen: die Gründung der Genossenschaft deutscher Dramatiker und Komponisten.

Wie schlimm es vor vierzig Jahren um die Verhältnisse der deutschen Bühnenschriftsteller stand, ist kaum den wenigsten noch erinnerlich. Eine so naive Recht- und Schutzlosigkeit, ein so unbilliges Mißverhältnis zwischen dem Aufwand an Arbeitskraft und dem Ertrag hat schwerlich auf einem anderen Kulturgebiet bestanden. Nur wenige große Theater (Berlin, Wien und München) zahlten regelmäßige Tantiemen für dramatische Werke, für Opern dasselbe zu gewähren war immer noch nicht Brauch geworden, vielmehr wurden selbst die zugkräftigsten Repertoireopern mit einmaligem Honorar abgefunden. In Konzerten aufgeführte Musikstücke brachten dem Komponisten nichts ein, und die Verfolgung von Rechtsansprüchen war bei der heillosen Verworrenheit der Gesetzgebung auf diesem Gebiet unendlich erschwert und oft ganz hoffnungslos.

Dazu kam, daß die Schriftsteller und Komponisten in den Händen von Agenten waren, die mit wenigen ehrenvollen Ausnahmen ihre verantwortungslose Macht mißbrauchten, bei den Abrechnungen unredlich verfuhren und von ihren verkürzten Mandanten nicht zu kontrollieren waren.

Schon im Frühling des Jahres 1870 war von einem in Wiesbaden lebenden Leipziger, E. W. Batz, teils durch Zirkulare, teils durch persönlich angeknüpfte Verbindungen der Gedanke angeregt worden, zu einer Genossenschaft zusammenzutreten, welche die Interessen der Dramatiker und Komponisten mit vereinten Kräften und Mitteln übernehmen sollte. Herr Batz war niemand bekannt, man wußte, daß er nicht Schriftsteller war und wohl nur sich der Sache annahm, um die zu gründende Stellung eines Generalagenten für sich zu erlangen.

Der französische Krieg unterbrach die Vorbereitungen zu der für den September 1870 beschlossenen Vorversammlung. Erst zu Anfang 1871 konnte die Arbeit wieder aufgenommen werden, und Wichert entwarf ein Promemoria und ein ausführlicheres Statut, das dann auf dem ersten Genossenschaftstag am 15. Mai in Nürnberg die Grundlage der Beratungen bildete.

Die Beteiligung war nur gering. Es hatte viel befremdet, daß die Anregung von einem bisher unbekannten Wiesbadener Geschäftsmann ausging, statt von anerkannten dramaturgischen Notabilitäten. Andere waren nicht geneigt, so viel von ihrer persönlichen Freiheit zu opfern, wie nach dem Statut nötig geworden wäre. So waren außer Wichert und mir nur Batz, v. Hillern (Vertreter der Birchpfeifferschen Erbrechtsansprüche) und Eduard Mautner, als Delegierter der Wiener Interessenten, erschienen.

Als wir daher am ersten Morgen im Rathaus erschienen, wo Batz vom Bürgermeister den großen Sitzungssaal für uns erwirkt hatte – er hatte auch in großen Plakaten unser Kommen und seinen Zweck der Stadt verkündet –, konnte sich der treffliche Bürgermeister Herr v. Stromer eines Lächelns nicht enthalten, als er unser Trüpplein musterte, und schlug uns vor, statt des Rathaussaals in einem kleineren Gemach uns niederzulassen, was wir dankbar annahmen.

Auf die Ergebnisse unserer Beratungen will ich nicht näher eingehen. Genug, daß ein Statut zustande kam, das allen billigen Anforderungen entsprach. Schon nach drei Wochen waren die fünfzig Beitrittserklärungen, die vor der Konstituierung erfolgt sein mußten, beisammen, so daß die erste Generalversammlung am 12. Juli im Leipziger Schützenhause stattfinden konnte. Gegenwärtig waren etwa zwanzig Mitglieder, achtunddreißig auswärtige hatten sich durch ausdrückliche Vollmacht an der Konstituierung beteiligt. Von diesen nenne ich nur Gustav Freytag, den ich vorher auf seinem Gute Siebleben bei Gotha besucht und für die Sache gewonnen hatte, Roderich Benedix, den Veteranen des Lustspiels, Oswald Marbach, Gustav zu Putlitz, Alfred von Wolzogen, Karl Nissel aus Liegnitz. Dazu einige Agenten und Vertreter von Theaterbuchhändlern, von Komponisten Karl Reinecke und Karl Riedel, der zweite Vorstand des Allgemeinen deutschen Musikvereins.

Die erfreulichste Einmütigkeit hatte bei den Verhandlungen geherrscht. Zum Sitz der Genossenschaft war Leipzig gewählt und die Ausführung des Statuts den drei Vorstandsmitgliedern Benedix, Marbach, F. v. Flotow in Wien übertragen worden. In den nächsten vier Wochen wuchs die Zahl der Mitglieder von fünfzig auf achtundachtzig, unter denen kaum einer der namhafteren Autoren fehlte.

Leider hat das mit so schönen Hoffnungen begrüßte Werk nicht gehalten, was wir uns von ihm versprochen hatten. Am 1. Oktober 1899 löste die Genossenschaft sich auf, die alten Agenturen nahmen die Autoren, die ihnen abtrünnig geworden, wieder auf, der ganze Gewinn war, daß infolge der von uns ausgegangenen Anregung die Theatergesetzgebung vervollständigt und in den Agenturen eine solidere Geschäftsgebarung eingeführt worden war. Womit immerhin, so viel Übelstände noch bestehen, viel gewonnen ist.

Warum wir das gewünschte Ziel auf unserm Wege nicht erreichten, soll hier nicht näher zur Sprache kommen, bis auf einen, allerdings den wichtigsten Punkt. Wir hatten die Leitung der Agentur nicht wie bisher einem Geschäftsmann übertragen, der zu seinem eigenen Vorteil die Stücke vertrieb und in der Wahl der Mittel dazu nicht immer allzu ängstlich war, sondern einem Schriftsteller, den die Genossenschaft besoldete. Einem jeden, der im Laufe der Zeit diese Stelle bekleidete, fehlte teils die Umsicht, teils eben das persönliche Interesse. Während die früheren Agenten den Versand der Novitäten nach den ihnen bekannten Verhältnissen der einzelnen Bühnen einrichteten, auch wohl ein weniger hoffnungsvolles Stück dennoch zur Annahme brachten, weil sie sich nur unter dieser Bedingung bereit erklärten, auch ein zugkräftiges dem Theater zu überlassen, beschränkten sich unsere Generalagenten darauf, die eingelaufenen Stücke einfach in größeren Partien zu versenden, ohne auf einzelne besonders hinzuweisen, so daß die Intendanten und Direkteren sich bald daran gewöhnten, solche Sendungen uneröffnet im Winkel verstauben zu lassen. Die Dichter aber, die es unter ihrer Würde hielten, zur Verbreitung ihrer Dramen irgendeinen Reklameweg zu betreten, mußten hinter geriebenen Geschäftsleuten zurückstehen, die ihnen in den Theaterbureaus den Rang abliefen.

So hatte sich's wieder einmal gezeigt, daß dichterisches Talent und Geschäftsverstand zwei verschiedene Gaben sind, die nur selten in demselben Kopfe sich zusammenfinden.

*

Es sei mir gestattet, hier aus meiner Erfahrung einen Fall anzuführen, der die grenzenlose Gleichgültigkeit der kritischen Parnaßwächter ergötzlich illustriert.

Im Jahr 1863 hatte ich eine Tragödie »Hadrian« gedichtet und gleich als Buch erscheinen lassen, da ich von vornherein auf eine Aufführung verzichtete. Wo sollte ich einen Charakterspieler finden, dem ich die Rolle des grüblerischen, feinsinnigen und doch gewaltherrischen alten Kaisers anvertrauen mochte, wo einen jugendlichen Liebhaber, der die äußere Schönheit und den geistigen Adel meines Antinous in sich vereinigte! Und so hatte ich das Buch weder einem Agenten gegeben noch selbst verschickt.

Ein Jahr aber nach der Veröffentlichung brachte die Augsburger Allgemeine Zeitung einen Bericht aus Athen über einen von der dortigen Regierung ausgeschriebenen dramatischen Wettbewerb. Den Preis hatte ein Trauerspiel »Antinoos« davongetragen, das einen bis dahin unbekannten Poeten, Angelos Vlachos, zum Verfasser hatte. Das Stück war im Theater zu Athen aufgeführt und mit dem größten Beifall aufgenommen worden. Nachdem aber dem Dichter der Preis zuerkannt worden, war er mit der Erklärung hervorgetreten, sein Stück sei keine Originaldichtung, sondern nur die wörtliche Übersetzung der Tragödie »Hadrian« eines in München lebenden Dramatikers, und er habe durch diese Unterschiebung nur an den Tag bringen wollen, wie wenig die athenischen Preisrichter zu ihrem Amt das Zeug hätten, da sie nicht einmal von bedeutenden Erscheinungen in Deutschland Notiz nähmen.

Der gute Angelos Vlachos, dem ich nie begegnet war, hatte in München studiert, doch nicht lange genug, um zu erfahren, daß der Poet auch in seinem Vaterlande nur wenig galt. Es war der griechischen Jury wahrlich nicht als ein Beweis grober Unbildung anzurechnen, wenn sie sich um ein deutsches Drama nicht bekümmert hatte, das in Deutschland selbst völlig unbeachtet geblieben war. Ja selbst, nachdem die immerhin belustigende kleine Geschichte durch ein paar Zeitungen gegangen war, regte sich nirgendwo das geringste Interesse, ein Drama kennen zu lernen, das seine Premiere auf dem Theater Athens erlebt und einen Preis davongetragen hatte. Von keinem Theater wurde ich um ein Exemplar zur Ansicht gebeten, und in keinem kritischen Journal erschien eine Besprechung, da man von vornherein in dem Volke der Dichter und Denker dies »Buchdrama« zu den übrigen gelegt hatte.

*

Jede Zeit hat bekanntlich das Theater, das sie verdient. Schwerlich aber wird eine Epoche nachzuweisen sein, in der eine ähnliche Verwirrung aller ästhetischen Begriffe, ein so großer Mangel an gesunden künstlerischen Bedürfnissen, und infolge davon eine so völlige Stillosigkeit und bunte kosmopolitische Toleranz auf dem deutschen Theater geherrscht hätte, zugleich unter den schöpferischen Talenten so viel seltsame Verranntheit in technische Schrullen neben einer tiefen Verkennung der sittlichen und ästhetischen Grenzen, die eine gesunde Bühne zu respektieren hat.

Noch immer ist das deutsche Theater ein Land der unbegrenzten Möglichkeiten, ein Tummelplatz der verwegensten Experimente, von dem völlig banausischen Streben beherrscht, durch Neues und Unerhörtes dem Sensationsverlangen einer urteilslosen Menge entgegenzukommen, die statt dichterischer Genüsse im Theater nur sinnliche Aufregung, Befriedigung einer rohen Schaulust und Zerstreuung nach den Geschäften des Tages sucht. So ist es gekommen, daß es auf das Wort des Dichters im Theater immer weniger ankommt, daß reich und bunt ausgestattete Pantomimen und Schattenspiele großen Zulauf haben und in neuester Zeit die Kinematographentheater immer massenhafter die eigentlichen Bühnen verdrängen, deren Repertoire sogar sie sich aneignen, ohne daß bei dieser stummen Aktion das aus den niedersten Schichten bestehende Publikum so wie die sogenannten Gebildeten nur den geringsten Mangel empfänden. Was aber die noch bestehenden rezitierenden Theater betrifft, so ist es bei der ungeheuer wachsenden Konkurrenz zumal in der Reichshauptstadt, deren Vorherrschaft in der Bühnenwelt des Deutschen Reichs immer unbestrittener und unheilvoller wird, kein Wunder, daß die Bühnenleiter mit allen Mitteln in der Befriedigung dieser Bedürfnisse des Publikums sich zu überbieten suchen, worin diejenigen, die für neue Stücke sorgen, sie bereitwillig unterstützen. Im Gebiet des Sittlichen ist eine so schrankenlose Freiheit eingerissen, daß sogar der in der Jugend erwachende Geschlechtstrieb als »Frühlings Erwachen« in einzelnen Szenen, die durch keinerlei dramatische Handlung verbunden sind, auf die Bühne gebracht werden konnte - ein Äußerstes an Spekulation auf die niederen Triebe der Menge, zu dem selbst die zügellosesten Dramatiker unserer romanischen Nachbarn sich nie verirrt haben. Und dies unter dem Beifall eines Publikums, das sich aus sogenannten Gebildeten zusammensetzt und für »Kulturträger« gehalten sein will. Auch in anderer Weise geschieht manches Bedenkliche. Gewiß ist die Wiederbelebung langbegrabener wertvoller Dramen in hohem Grade verdienstlich. Doch bleibt es gefährlich, das *vollständige* Lebenswerk eines Dramatikers in großen Zyklen vorzuführen, da auch völlig verfehlte, niemals lebendig gewordene Sachen darunter zu sein pflegen, die man ruhig ihrer Verschollenheit überlassen sollte, dies alles nur, um auch dem Bildungsphilister Gelegenheit zu geben, mitsprechen zu können, wenn von gewissen sonst nur den Eingeweihten bekannten Werken die Rede ist. Damit es aber der bildungseifrigen Menge nicht zu beschwerlich werde, an dem völlig Fremden Interesse zu gewinnen, wird die Darstellung mit der ausgesuchtesten szenischen Kunst verblüffender Effekte zu einer Wirkung gebracht, die freilich mit dem, was der Phantasie des alten Dichters vorschwebte, nicht das mindeste mehr zu tun hat. Statt der tragischen Erschütterung durch die Macht echter Dichterkraft wird der Zuschauer mit sinnlichem Gaukelwerk überrumpelt und die Masse durch Massenwirkungen darüber getäuscht, daß sie unter dem Namen einer alten Kunst nur ein modernes Regiekunststück kennen gelernt hat. Das Äußerste hierin ist in den Aufführungen der großen griechischen Tragödien in Zirkustheatern geschehen, die man unter dem Namen von »Volksschauspielen« (sic) dem heutigen Publikum zum besten gegeben hat. Difficile est satiram non scribere.

Hin und wieder freilich erscheint auch, zumal in der letzten Zeit, ein Stück, das von einem feinen, echt dichterischen Geist beseelt ist und im Gedränge der lauten und lärmenden Konkurrenz bescheiden seinen Platz zu gewinnen sucht. Daß es ihn findet und zu behaupten vermag, ist ein erfreuliches Zeichen für den unverlöschbaren Trieb des deutschen Volkes nach dem, was man früher »Poesie« zu nennen pflegte, ein Wort, das heutzutage nicht mehr im Kurs ist, ein Trieb, der noch immer bei den Ausführungen klassischer Stücke zu seinem Rechte kommt, wie die ausverkauften Häuser bei solchen unvergänglichen Werken beweisen.

Und auch an Bühnenleitern fehlt es nicht, die die Verantwortlichkeit und Verwilderung unserer Theaterzustände beklagen und nach Mitteln ausspähen, ihr ein Ende zu machen. Dies zeigt sich unter anderem in mancherlei Bestrebungen, eine sogenannte Volksbühne zu schaffen, auf der unsere klassischen Dramen und unter den neueren nur sittlich gesunde Werke der Menge dargeboten werden sollen. Auch die Freilichttheater, die allerdings nur auf einen beschränkten Spielplan angewiesen waren, sollen dem gleichen Zwecke dienen. Ob es gelingen möchte, durch solche Bestrebungen unserem deutschen Volk das einzuflößen, was ihm bitter not tut: ein starkes nationales Gemeinbewußtsein, ein stolzes Selbstgefühl gegenüber den nachbarlichen Kulturvölkern, die es nicht bloß im politischen Leben, sondern auch auf ihrem Theater nicht daran fehlen lassen, wird hoffentlich nicht allzulange ein frommer Wunsch bleiben.

Über tredition

Eigenes Buch veröffentlichen

tredition wurde 2006 in Hamburg gegründet und hat seither mehrere tausend Buchtitel veröffentlicht. Autoren veröffentlichen in wenigen leichten Schritten gedruckte Bücher, e-Books und audio-Books. tredition hat das Ziel, die beste und fairste Veröffentlichungsmöglichkeit für Autoren zu bieten.

tredition wurde mit der Erkenntnis gegründet, dass nur etwa jedes 200. bei Verlagen eingereichte Manuskript veröffentlicht wird. Dabei hat jedes Buch seinen Markt, also seine Leser. tredition sorgt dafür, dass für jedes Buch die Leserschaft auch erreicht wird.

Im einzigartigen Literatur-Netzwerk von tredition bieten zahlreiche Literatur-Partner (das sind Lektoren, Übersetzer, Hörbuchsprecher und Illustratoren) ihre Dienstleistung an, um Manuskripte zu verbessern oder die Vielfalt zu erhöhen. Autoren vereinbaren direkt mit den Literatur-Partnern die Konditionen ihrer Zusammenarbeit und partizipieren gemeinsam am Erfolg des Buches.

Das gesamte Verlagsprogramm von tredition ist bei allen stationären Buchhandlungen und Online-Buchhändlern wie z. B. Amazon erhältlich. e-Books stehen bei den führenden Online-Portalen (z. B. iBookstore von Apple oder Kindle von Amazon) zum Verkauf.

Einfach leicht ein Buch veröffentlichen: **www.tredition.de**

Eigene Buchreihe oder eigenen Verlag gründen

Seit 2009 bietet tredition sein Verlagskonzept auch als sogenanntes "White-Label" an. Das bedeutet, dass andere Unternehmen, Institutionen und Personen risikofrei und unkompliziert selbst zum Herausgeber von Büchern und Buchreihen unter eigener Marke werden können. tredition übernimmt dabei das komplette Herstellungs- und Distributionsrisiko.

Zahlreiche Zeitschriften-, Zeitungs- und Buchverlage, Universitäten, Forschungseinrichtungen u.v.m. nutzen diese Dienstleistung von tredition, um unter eigener Marke ohne Risiko Bücher zu verlegen.

Alle Informationen im Internet: **www.tredition.de/fuer-verlage**

tredition wurde mit mehreren Innovationspreisen ausgezeichnet, u. a. mit dem Webfuture Award und dem Innovationspreis der Buch Digitale.

tredition ist Mitglied im Börsenverein des Deutschen Buchhandels.

Dieses Werk elektronisch lesen

Dieses Werk ist Teil der Gutenberg-DE Edition DVD. Diese enthält das komplette Archiv des Projekt Gutenberg-DE. Die DVD ist im Internet erhältlich auf **http://gutenbergshop.abc.de**

Printed in Poland
by Amazon Fulfillment
Poland Sp. z o.o., Wrocław